本书为国家社会科学基金重大项目"新时代我国农村贫困性质变化及2020年后反贫困政策研究"（19ZDA117）的阶段性成果。

本书作者为周力教授团队，团队成员有：漆家宏、张纯、支晓旭、王崇懿、陈睿、李欣。

黄泥村

一个西南山村的变迁与振兴

周力〇等 著

中国社会科学出版社

图书在版编目（CIP）数据

黄泥村：一个西南山村的变迁与振兴 ／ 周力等著．—北京：中国社会科学出版社，2022.11
ISBN 978-7-5203-9672-1

Ⅰ.①黄… Ⅱ.①周… Ⅲ.①报告文学－中国－当代 Ⅳ.①I25

中国版本图书馆CIP数据核字(2022)第017745号

出 版 人	赵剑英
责任编辑	黄　山
责任校对	贾宇峰
责任印制	李寡寡
出　　版	中国社会科学出版社
社　　址	北京鼓楼西大街甲158号
邮　　编	100720
网　　址	http://www.csspw.cn
发 行 部	010－84083685
门 市 部	010－84029450
经　　销	新华书店及其他书店
印　　刷	北京明恒达印务有限公司
装　　订	廊坊市广阳区广增装订厂
版　　次	2022年11月第1版
印　　次	2022年11月第1次印刷
开　　本	710×1000　1／16
印　　张	24
插　　页	2
字　　数	400千字
定　　价	98.00元

凡购买中国社会科学出版社图书，如有质量问题请与本社营销中心联系调换
电话：010－84083683
版权所有　侵权必究

序　言

庚子初冬，我收到周力教授送来的《黄泥村——一个西南山村的变迁与振兴》书稿，欣闻即将付梓。周力教授带领学生，在贵州省麻江县的一个山村"蹲点"进行解剖麻雀式的调研，书中的分析、思考与故事，让我感触颇深。

2020年，我国全面建成小康社会取得伟大历史性成就，决战脱贫攻坚取得决定性胜利。这是一个伟大的时刻。一直以来，南京农业大学始终响应党和国家号召，充分发挥高校的智力优势，把科技和人才源源不断输送到脱贫攻坚与乡村振兴的战场，一批批南农人足迹遍布祖国大江南北的广袤乡村，为脱贫攻坚和乡村振兴不断注入强劲动能。特别是在定点扶贫贵州省麻江县的过程中，南京农业大学实施"党建兴村、产业强县"行动，开展了"南农—麻江10+10行动计划"，以10个学院结对帮扶10个贫困村，以10个产业技术专班服务10大特色产业，帮助麻江提前实现了脱贫摘帽。

本书即是在这个背景下形成的一个优秀成果，作者的研究也正是南京农业大学师生投身脱贫攻坚的一个缩影。

该书是在南京农业大学经济管理学院经贸系党支部书记周力教授的带领下，由多名本科生组成课题组，在实地考察贵州省麻江县12个山村后，以黄泥村为样本编撰形成的一部细致研究山村精准扶贫现状和经验的学术专著，描述了在我国坚决打赢脱贫攻坚战这个恢弘的图景下，一个贵州落后闭塞山村开展产业、教育扶贫，探索特色脱贫道路的历程。

产业增收是脱贫攻坚的主要途径和长久之策。从全国扶贫成效来看，建档立卡贫困人口中，90%以上得到了产业扶贫和就业扶贫支持，三分之二以上主要靠外出务工和产业脱贫。可见，产业扶贫作为极具生命力和战斗力的扶贫方式，为脱贫攻坚取得重大成就提供了有力支撑，发挥了不可替代的作用。但是，受到产业类型、市场和农户自身差异的影响，产业扶贫的减贫效果并不一致，发展得好就可以完全激活乡村经济内生动力；发展得不好，就还需要再辟蹊径。通览全书，可看出课题组对黄泥村这一问题的深入调研和思考，以及他们对探索一条适合山村实际的振兴道路所做的努力。

该书分上下两篇，上篇描述了黄泥村农业产业现状与农户生活；下篇深入剖析了黄泥村的发展困境，总结了黄泥村脱贫的经验与不足，并提出了相应的发展建议。课题组在论述精准扶贫背景下的山村发展时，做到了实践与理论、现象描述与机制分析、局部与全局、回顾与前瞻相结合，提出了不少具有实际意义和可操作性的见解，为全国其他山村地区实现脱贫与振兴提供了一个可参考的样本。

细读此书可以感到其鲜明的特点。第一，材料丰富，数据翔实。课题组利用暑期时间在黄泥村进行了长时间的调研，走基层、访农户，通过问卷采集和深度访谈的形式，收集了大量案例、图片和文件资料，积累了充实的素材，保证了书稿的真实性和生动性。这些丰富、翔实的资料，是脱贫攻坚中山村发展历程的如实记录，不仅对当下探究山村脱贫道路有借鉴意义，对日后回顾我国精准扶贫政策也具有很好的参考价值；第二，观点鲜明，分析入理。该书主线围绕黄泥村的产业扶贫和教育扶贫展开，得出了黄泥村农业产业与农户之间的利益衔接机制不够紧密，要依托社会力量大力发展山村产业，同时以教育扶贫阻断贫困代际传递的结论。应当说，这些结论非常明确的找出了该村过去贫困的堵点、痛点和未来发展的通路、出路；第三，体系完整，结构合理。该书紧紧抓住黄泥村的山村特色和精准扶贫举措作为研究的着力点，选择产业扶贫、教育扶贫、建立脱贫长效机制、阻断代际贫困传递等重点难点问题，进行了大量深入细致的观察和理论分析，从现象深挖原因、从原因寻找方法、从方法总结经验，能够使读者对黄泥村的发展现状、扶贫成效、脱贫经验有整体的了解，使人有所启迪。

可以说，该著作是研究中国山村脱贫经验的一个宝贵资料，也体现了众多扶贫工作者的心血和汗水。尤其难能可贵的是，该研究的主要工作都是由本科生完成，充满了当代青年学子关注乡村、心系家国的情怀与愿景。他们在服务乡村发展中贡献了价值，也接受了一次最好的国情社情教育。

我衷心希望，该书的出版能够为研究脱贫与乡村振兴理论和模式的专家学者，以及乡村振兴的工作者、实践者带来启发，同时能够为解决类似于黄泥村这样的山村的发展实际问题提供借鉴，从而发挥此研究成果的最大价值。

习近平总书记指出，经济社会领域理论工作者要从国情出发，从中国实践中来、到中国实践中去，把论文写在祖国大地上。希望参与此书撰写的课题组成员能够锲而不舍地持续研究下去，用脚步丈量大地，在农村研究中取得更大成绩。也希望越来越多的老师、同学们投身到乡村振兴的研究中来，把更多的优秀理论成果播种在祖国大地上。

陈利根

南京农业大学党委书记、教授、博士生导师

2021年2月

目 录

前 言 1

第一篇 基本情况

第一章 调查区域 9
第一节 黄泥村所在县的基本概况 9
第二节 黄泥村的基本概况 18

第二章 地区文化 25
第一节 习俗文化 25
第二节 计时系统 29
第三节 民族文化 29
第四节 文化生活 30
第五节 体育健身 34
第六节 休闲娱乐 36
第七节 传统思想 38

第三章 人居环境 40
第一节 自然环境 41
第二节 村容村貌 44

第三节　户内人居环境 50

第四章　财富状况 54
　　第一节　黄泥村农户的财富情况和资产特征 54
　　第二节　财富来源与用途 57
　　第三节　财富对农户的影响 58
　　第四节　财富的继承 60

第五章　农村家庭 64
　　第一节　基本特征 65
　　第二节　家庭的分工和决策 73
　　第三节　成家 78
　　第四节　分家 80

第二篇　村民生活

第六章　膳食 85
　　第一节　食物的购买渠道 85
　　第二节　食物的消费支出 93
　　第三节　饮食习惯 97
　　第四节　饮食观念 99
　　第五节　营养 99

第七章　教育 101
　　第一节　学校教育 101
　　第二节　家庭教育 109

第三节　社会教育 115
   第四节　政策帮扶 117
   第五节　子女心理效用 118

第八章　医疗健康 151
   第一节　村民健康 151
   第二节　医疗资源 154
   第三节　可负担性 165
   第四节　医疗健康扶贫政策 171

第九章　农房 175
   第一节　黄泥村农房的现状 175
   第二节　"危房"改造 179
   第三节　易地搬迁 184

第十章　老人及养老 189
   第一节　老龄化情况 189
   第二节　养老 190
   第三节　老年劳动力 195
   第四节　隔代教育 196

第十一章　幸福感 200
   第一节　幸福感的描绘 200
   第二节　幸福感的维度 208
   第三节　扶贫对幸福感的影响 210
   第四节　产业扶贫、父母陪伴对幸福感的影响 215

第五节 启示与建议 217

第三篇　经营活动

第十二章　农业生产 221
第一节 历史沿革 221
第二节 黄泥村农业现状 222
第三节 蓝莓产业 225
第四节 锌硒米产业 230
第五节 产业扶贫与子女教育的关系初探 232

第十三章　产业结构 234
第一节 产业结构调整与农户生产结构改变 234
第二节 黄泥村农业产业结构调整概况 235
第三节 农户生产结构调整困境 237

第十四章　资金往来 246
第一节 信贷体系 246
第二节 借款信贷需求 250
第三节 借款信贷渠道 259
第四节 信用担保制度 261
第五节 人情往来 263

第十五章　家庭收入 266
第一节 收入概况 266
第二节 工资性收入 269

第三节　经营性收入 ... 273
第四节　转移性收入 ... 277
第五节　财产性收入 ... 279
第六节　蓝莓产业对农户收入的影响 ... 280

第四篇　乡村振兴

第十六章　党建与公共服务 ... 285
第一节　村党委的构成及维护 ... 285
第二节　公共服务中的党建力量 ... 287
第三节　山村振兴中的基层干部情怀 ... 296

第十七章　公共投资 ... 302
第一节　公共设施 ... 302
第二节　公共投资与乡村振兴 ... 308
第三节　公共投资的困境 ... 310

第十八章　集体经济 ... 313
第一节　集体经济现状 ... 313
第二节　黄泥村集体经济的成效与困境 ... 317
第三节　黄泥村集体经济的发展选择 ... 321

第十九章　精准扶贫 ... 324
第一节　对贫困的界定 ... 324
第二节　扶贫措施 ... 328
第三节　扶贫效果 ... 336

第二十章　高校帮扶 339
　　第一节　定点扶贫工作的概况 340
　　第二节　典型措施成效与困境的启示 350

第二十一章　山村振兴 357
　　第一节　脱贫成果 357
　　第二节　新形势与新挑战 361
　　第三节　巩固脱贫攻坚成果，衔接乡村振兴战略 362
　　第四节　乡村振兴实现中的问题 365
　　第五节　建立乡村振兴的长效机制 366

后　记 369

前　言

改革开放以来，中华民族举全党全社会之力，历史性解决了绝对贫困问题。扶贫政策经历五个阶段的调整与演进，中国农村绝对贫困发生率由1978年的97.5%下降到2019年底的0.6%，约7.5亿农村贫困人口摆脱绝对贫困，创造了人类减贫史上的奇迹。2020年是中国全面建成小康社会目标实现之年，是全面打赢脱贫攻坚战收官之年。[①] 现阶段，收入不平等加剧、社会分化明显、城乡差距仍在扩大等问题更是引起广泛关注，中国开始面临公平和效率的双重挑战。随着现行标准下农村贫困人口脱贫攻坚任务的完成，中国的农村发展战略，将由决胜脱贫攻坚向实现乡村振兴转变。《中国共产党第十九届中央委员会第五次全休会议公报》也强调，优先发展农业农村，全面推进乡村振兴。实施乡村振兴战略，就要加快农业农村现代化建设，深化农村改革，实现巩固拓展脱贫攻坚成果同乡村振兴有效衔接。与此同时，中国扶贫工作的重心也将由解决绝对贫困转向解决相对贫困。

相对贫困的理论溯源于杜森贝利（1949）提出的相对收入假说和朗西曼（1966）提出的相对剥夺（Relative Deprivation）理论。1949年，杜森贝利注意到时间序列上储蓄行为与收入水平不匹配的现象，他认为家庭会关注所在社区的平均消费水平，这使得家庭储蓄率随着家庭的相对收入地位而变化，同时，这种"社会对比"是非对称的，人们往往低估"向下比较"、而高估"向上比较"的重要性。17年后，朗西曼基于社会公正理论，提出了相对剥夺的概念，它是指人们将自己的处境与他人（某种参照系）相比而发现自己处于劣势时所产生的受剥夺感。实际上，马克思（1849）就描述过这种相对剥夺感："一个房子可大可小，只要周围的房子都一样小，这个房子就可以满足一切社会需求；但如果房子边上有一座宫殿拔地而起，它就缩成

[①] 党建网微平台：《习近平谈如何打赢脱贫攻坚战》，2018年8月13日

一间小屋"。相对贫困假说植根于经济学中的效用理论。福利主义认为，效用所指的收益、优势、愉悦、满意和幸福，不仅受绝对收入的影响，还受到相对收入的影响。在经济学中，效用往往采用主观幸福感来表示，在心理学中幸福还被看作主观福利（Subjective Well-Being）。长期以来，幸福感被党和国家高度重视和关注，党的十九大报告指出，"牢牢坚持人民的幸福线"，"中国共产党人的初心和使命，就是为中国人民谋幸福"。然而，在现有的相对贫困标准研究中，幸福感及其效用机理往往被忽视。

与绝对贫困的攻坚战相比，相对贫困的持久战任务更重、时间更长、挑战更大，我们不能用解决绝对贫困的方法解决相对贫困问题。有关相对贫困的国际经验与理论虽然已经比较丰富，但是，中国解决相对贫困则需要构建中国特色社会主义的相对贫困治理政策及理论体系。西方经验与理论对于中国之指导意义至少存在如下五个方面的不足：（1）忽视了培育内生发展动力的重要性；（2）忽视了城乡二元结构的长期性；（3）忽视了经济发展阶段的特殊性；（4）忽视了贫困治理能力的引领性；（5）忽视了社会帮扶力量的协同性。因此照搬照抄西方经验并不可行。本书试图通过典型案例讨论，基于"志""智"双扶、"空心"家庭、新冠肺炎疫情、党建引领、对结帮扶等关键词，来绘制中国特色的扶贫画像，修正现有理论与文献的不足。

解决深度贫困地区的相对贫困问题是下一阶段巩固脱贫攻坚成果的重点，本书以贫困山村为题材，正是为了探析扶贫攻坚主战场的耀眼成就与遗留问题。2020年3月6日，习近平《在决战决胜脱贫攻坚座谈会上的讲话》指出，已脱贫的地区和人口中，有的产业基础比较薄弱，有的产业项目同质化严重，有的就业不够稳定，有的政策性收入占比高。相对而言，贫困山区更可能如此。因为资源环境的约束，贫困山区可能无法发展乡村产业，但是本书所选择的黄泥村是个特例。过去的黄泥村所在地区是国家重点贫困工作县之一，长期受资源与环境条件约束，处于深度贫困之中。但是，黄泥村通过贵州省黔东南苗族侗族自治州麻江县政府和麻江县农业农村局麻江县发文旅开发投资有限公司种植蓝莓，形成了本村特色产业，建档立卡户通过集体经济分工、收取地租等方式提升了收入。2019年4月，黄泥村正式脱贫。

但是，由于蓝莓产业与农户之间的利益衔接机制不够紧密，村里的青壮年劳动力长期在外务工，农村与农户的"空心化"问题依然没有得到解决，黄泥村走向乡村振兴的过程中仍然存在困境。如何基于产业发展积累人力资本，这是黄泥村面临的首当其冲的问题。黄泥村需要何种形式的山村振兴，才能阻断相对贫困的代际传递，这是本书论述的主线。我们的落脚点是子女的学业成绩、心理健康、成长型思维、未来志向与幸福感，由此溯源，探寻"空心"家庭的收入与陪伴效应，进而探索产业发展对"空心"家庭的形成有何影响。

关于选择黄泥村作为研究对象，主要基于以下五点原因：

第一，黄泥村是"南农麻江 10+10"行动计划的帮扶村之一，所对接的学院正是南京农业大学经济管理学院。自 2013 年开始，南京农业大学便开始对麻江具进行扶贫，于 2018 年提出了"南农麻江 10+10 行动"计划。南京农业大学经济管理学院联合黄泥村党支部通过"党建＋扶贫"的方式对黄泥村进行扶持。在具体的工作当中，学院党委和黄泥村党委合工协作保障工作稳步进行。此次黄泥村的帮扶重点是蓝莓种植的产业扶贫项目，自 2017 年黄泥村引进蓝莓产业至今，蓝莓产业虽然兴起，但仍然存在诸多问题。基于此，结合学院各系的专业方向，学院党委决定以经济贸易学系党支部为黄泥村帮扶的对接党支部。笔者恰好是经济贸易学系教师党支部的书记，而黄泥村的产业发展与脱贫攻坚等相关问题恰好与笔者的研究方向契合，故将黄泥村作为研究案例。

第二，贫困作为一个普遍性的问题，长期以来受到政府及社会各界的广泛关注。贫困问题也是我们课题组一直所重点关注的研究课题。2019 年 12 月笔者作为首席专家，获得了题为"新时代我国农村贫困性质变化及 2020 年后反贫困政策研究"的国家社会科学基金重大项目立项。在新时期，关注深度贫困农村的相对贫困，乃至代际传递问题正是本课题的研究重点之一。党的十九届四中全会审议通过的《中共中央关于坚持和完善中国特色社会主义制度、推进国家治理体系和治理能力现代化若干重大问题的决定》(以下简称《决定》)，明确提出要"坚决打赢脱贫攻坚战，巩固脱贫攻坚成果，建立解决相对贫困的长效机制"。笔者认为，长效机制的建立正在于通过乡村振兴巩固脱贫成果，通过产业兴旺促进人力资本的有效积累。而黄泥村恰好为我们提供了一个内容丰富的山村样本，从蓝莓产业扶贫到子女教育，我们希望将黄泥村的扶贫经验辐射到其他相似地区，助力内地农村地区扶贫重点由绝对贫困问题向相对贫困问题的转变。

第三，多数深度地区都受到资源环境约束，黄泥村正是这样的一个山村。黄泥村的地形地貌有两个特点：地势陡峭和多山地。地势陡峭使得黄泥村的道路崎岖，虽然道路村村通，但是交通不便，这给当地的产业发展带来了很多限制。山区所伴随的土地细碎化问题，导致农户难以开展规模化的农业生产经营活动，大型农机作业受限。黄泥村为数不多的"好地"，例如黄泥坝区这些产业条件良好的土地几乎全部流转给了蓝莓公司，余下的土地中主要是一些交通不便的零散地或者肥力不强的土地。这导致农户产业转型困难，表现在只能进行细碎化小农经营，且产量都不会太突出。试问，黄泥村发展蓝莓产业，对这个山村是福音还是祸端？这是值得讨论的议题。

第四，现有学术著作主要讨论了一些难以复制的"明星村"模式，如华西村、小岗村等[1]，而本书反其道而行，选择黄泥村正是因为他的不起眼。黄泥村像中国大多数山村一样没有明星光环，既与城镇生活有较强的关联性，又保持着自身的传统特点。这类山村农户长期保持劳动输出为主、家庭农产品种植为辅的收入特征，山村发展没有可依托的历史名人、名胜古迹、特色产业等自然与社会资源，仅靠自身的力量难以实现脱贫。对于这样的农村地区，不论是旅游服务开发，还是工农业发展，都是从零到一的创造过程，这个过程也是该地区从贫困到脱贫的实现过程。因此，在以黄泥村为代表的普通山村地区进行精准扶贫的学术研究，对我国探索普适性脱贫道路更具备一般性的现实意义。

第五，黄泥村还是少数民族聚居的山村，这使得本书更具备现实推广价值。黄泥村作为贵州省黔东南少数民族聚居的山村之一，如何依托民族特色来实现脱贫致富，这是一个重要的发展特色产业思路。长期以来，少数民族集聚区与深度贫困区耦合，主要是因为地区劣势和生产力落后，如果通过一个聚居十多个少数民族的黄泥村展开论述，这对民族地区乡村振兴有着借鉴意义。

2018—2020年，笔者带着学生团队多次赴黄泥村开展扶贫与调查工作。在此基础上，获得了大量第一手资料和数据，通过描述与分析形成了这部反

---

[1] 贾鸿彬：《小岗村40年》，江苏凤凰文艺出版社2018年版，第4页。

映山村振兴的专著。全书共有四篇，共二十一个章节。第一章至第五章为第一篇，从县域情况、地区文化、人居环境、财富状况以及农村家庭等方面，通过翔实的信息与现实的笔触，描述黄泥村的基本情况。第六章至第十一章为第二篇，关注膳食、教育、医疗健康、农房、老人及养老、幸福感等方面，以细致的考察与理性的思维，聚焦于黄泥村村民的生活。第十二章至第十五章为第三篇，通过农业生产、产业结构、资金往来以及家庭收入等维度，分析黄泥村的经营活动。第十六章至第二十一章为第四篇，从党建与公共服务、公共投资、集体经济、精准扶贫、高校帮扶和山村振兴角度出发，将本书的关键观点与重要论述整合起来，并总结了脱贫攻坚与乡村振兴的共性经验。我们希望本书能在几个方面有所创新：一是调查内容更加全面、系统。本书不仅有乡村产业和经济发展，而且更加关注孩子的学业成绩、心理健康、成长思维、未来志向与幸福感；二是采用丰富的分析手段。我们采用人类社会学方法和经济学研究方法、工具相结合，以期能够描绘出翔实的黄泥村原貌；三是研究内容融合山村、产业、扶贫以及教育四大元素，环环相扣，体现了本书围绕乡村振兴、山村扶贫和农民发展进行叙述的时代主线。课题组在调研与分析中也遇到了一些难以克服的困难，留下了不少遗憾，个别问题有待进一步研究。

第一篇　基本情况

　　本书的第一篇将从宏观视角出发,为读者介绍黄泥村的基本情况。首先,通过历年年鉴以及县志的梳理,详述黄泥村所在县及黄泥村本身的自然地理概况;其次,就地方习俗、计时系统、民族特色等方面,展现黄泥村所在地区的山村文化;再次,以户内、户外为线,介绍黄泥村的人居环境状况;从次,就村内的财富状况、资产特征以及财富来源等展开叙述;最后,聚焦视野于农村家庭,展现黄泥村家庭的基本特征、家庭分工、成家及分家等家庭特色。

第一章　调查区域

黄泥村是贵州省麻江县谷硐镇东南部的一个行政村，总面积为9.6平方公里。改革开放以来，黄泥村及其所在的麻江县经历了巨大的变化。2019年4月，曾作为国家扶贫工作重点县的麻江县摘下了"贫困帽"，但黄泥村的未来发展仍然面临一些挑战：例如，村集体经济薄弱，产业发展滞后，农户的经济收入主要来自于外出务工，等等。本章聚焦于黄泥村所在的麻江县及黄泥村的介绍，以便读者对调查区域有一个全貌概览。

第一节　黄泥村所在县的基本概况

麻江县总面积为957平方公里，地处贵州省中部，清水江[①]上游，是黔东南苗族侗族自治州的西大门。麻江之名是苗语"麻哈、麻峡[②]"的音转，有"水上之疆"之意。麻江作为后来的衍生地名，可以归到以地理河流命名的类别之中。本节将主要介绍麻江县的自然地理、历史沿革、资源以及工农业发展情况。

一　麻江县的地理概况

麻江县拥有得天独厚的地理位置，处于云贵高原向湘桂丘陵过渡的斜坡地带，东西长40.7公里，南北宽36.7公里，介于东经107度17—53分、北纬26度17—36分之间。县城地处"三市一矿"之间，东邻凯里市，距

[①] 清水江是沅江的主源，发源于贵州省都匀市谷江乡西北。
[②] 麻哈、麻峡是同一种语言的不同汉字记音的结果。

离40公里；南与黔南州都匀市毗邻，距离23公里；西与贵定县交界，和省会贵阳市直线距离109公里；北与瓮福磷矿基地福泉市接壤，距离21公里。麻江是近海内陆县区，与南海直距500公里。全世界最大的苗族聚居村寨西江千户苗寨[①]位于麻江县东部80公里。

县内交通便利，高速公路、国道、省道等交通网络交织，是连接贵阳市、福泉市、都匀市、凯里市的枢纽和交集区域。沪昆铁路、沪昆高速公路、兰海高速公路和沪昆高速铁路客运专线贯穿县境。320国道、210国道和206、309、311省道在县内纵横交错。县、乡道路缠绕群山，实现了"村村通产业路，组组通柏油路，户户通水泥路"。便利的交通为打造"黔货出山"奠定了良好的基础。

二　麻江县的自然概况

（一）气候

麻江县地属黔中北亚热带季风湿润气候区，气候有四季分明、日照充足、雨热同季的特点。麻江县年日照时数为1109.5小时，季节日照差异较大，夏季日照比较充足，冬季日照较少。全县年平均相对湿度为83%，年平均无霜期为275天，最长无霜期为329天，最短无霜期为233天。全县年平均降雨量为1404.5毫米，雨季集中在每年的4月至8月，占全年降雨量的68.6%。年平均风速为2.1米/秒，最多风向为东北风，风向频率为23%。

麻江县年平均气温为15.5℃，无严寒、少酷暑。特殊的地貌条件使得麻江县内立体气候差异显著。地势自东向西逐渐抬升，形成西高东低、南高北低的斜坡地貌，东北部最低，海拔在600米左右，西南边缘最高，海拔在1400米以上。由于东西部地势高差大，麻江形成县境东部、中部、西部3个不同的气温带。比如，东南部宣威镇的平均气温常年比中部的杏山镇高1.2℃，比西部的谷硐镇高1.3℃。

[①] 由10个自然村寨连结成片，保存了苗族"原始生态"文化。

（二）水文

县内共有河流228条，总长712.9公里，河川径流总量达1035亿立方米，流域总面积1201.4平方公里。其中，流域面积大于20平方公里的1级、2级河流有11条，这些河流全长238.24公里，分属清水江马尾河段和鱼梁江支流。马尾河属清水江干流，流经县境37.5公里，主河道坡降1.73‰，流域面积458平方公里，其主要支流有羊昌河、龙山河、回龙河、下坝河、三道河、白河等6条，共接纳大小支流80余条，鱼梁江系重安江上源支流。在县境中部和西、北部分布有雨源性河流、溪流118条，流域总面积578平方公里，其中流域面积在20平方公里以上的有麻哈江（江水河）、响水河、景阳河、小堡河等4条。表1—1列举了麻江县主要河流的河长及汇流面积。

表1—1　　　　　　　　麻江县主要河流一览表

河名	白	三道	羊昌	龙山	回龙	下坝	麻哈	小堡	响水
河长（公里）	6.49	7.61	48.3	32	12.1	16.3	39.8	17.7	22.8
汇流面积（平方公里）	29	24	143	176	53	33	324	46	162

资料来源：根据《麻江县县志》整理而得。

（三）自然灾害

受地形地貌、季风和冷暖气流的影响，县内自然灾害时有发生。"倒春寒"、冰雹、春旱、伏旱、洪涝、秋雨连绵、凝冻天气等灾害给工农业生产带来一定的影响。

（1）旱灾：每年7—8月，县境大部地区高温炎热，光照强，雨水少，蒸发量大，常有不同程度的伏旱发生。东部的下司、宣威镇海拔较低，气温相对高，降水量较少，蒸发量大；中西部的杏山、谷硐两镇海拔较高，气温相对低，蒸发量小。伏旱分布以下司、宣威两镇较重，谷硐、杏山两镇相对较轻。过去30年，最严重的旱灾发生在1992年，全县境内降水量比历年同期少60%以上，连晴少雨，平均地表最高温度为50.3℃，最高可达到65.8℃，造成田土龟裂，水井干枯，人畜饮水困难。

（2）冰雹：全县境内四季都有冰雹，但在大小、次数上不同。冰雹灾害主要分布在谷硐、杏山两个片区。根据《麻江县县志》所记载，一般情况下，冰雹发生有两条路径：一条从贵定县入境，经坝芒、乐埠与谷硐三镇之间直下贤昌到宣威虎场；另一条由福泉的马场坪、沿粮田分叉，一叉直奔贤昌，另一叉散于杏山镇境内。

冰雹的形成原因有二：一是坝芒南部位于斗篷山①，对流云团不易通过山高之处。在山脉抬升作用下，迎风面的对流云团对流更强，极易产生冰雹，使坝芒乡成为重雹区。二是在海拔1000—1200米的山川河谷上，水汽充足，对流旺盛，也容易形成冰雹，粮田就处在山川河谷的冰雹路径线上。因此，冰雹几乎年年不绝。

（3）"倒春寒"："倒春寒"多出现在3月下旬到4月中旬期间。麻江地处南高北低的斜坡迎风面上，由于特殊的地形结构，受冷空气影响要比同纬度的其他地区大，导致县境内"倒春寒"出现次数多而重。持续"倒春寒"天气造成全县作物大面积减产，也会影响正常的春播进程。

（4）凝冻：县内冬季气温较低，凝冻天气多。其中，中部和西部的凝冻天气居黔东南州各县之首。凝冻天气主要影响工农业生产和交通运输。

（5）秋风：秋风天气出现时间在8月上旬至9月上旬，一般表现为3天以上的连续阴雨，最长时间可达6天。秋风时期，日平均气温低于20℃。这种天气对水稻扬花造成的影响较严重，例如水稻会发生严重的穗颈稻瘟病，造成粮食大幅度减产。

（6）洪涝：麻江县气象局统计数据显示，1991年至2018年，全县有7年发生洪涝灾害，受灾15次。其中，1996年7月2—3日特大洪灾损失最为严重。该段时间连降暴雨，造成3人死亡，18人受伤，36户156人无家可归，直接经济损失达1.1亿元。

（7）病虫害：全县水稻、玉米、油菜、小麦与蔬菜病虫害情况较为严重，采用包括农业、生物、化学、物理等综合防治措施。2003年以来，病虫测报对象分为系统测报对象和一般测报对象②。系统测报对象有稻飞虱、二化螟、稻曲病、玉米螟和斑潜蝇5种；一般测报对象有稻纵卷叶螟、蔬菜

---

① 斗篷山位于贵州省，地跨都匀、麻江、贵定三县境。主峰海拔1961米，是苗岭山脉的南段主峰，为黔南境内第一高峰。

② 按照《贵州省稻飞虱系统测报办法实施细则》《贵州省稻纵卷叶螟系统测报办法实施细则》和《贵州省水稻稻瘟病联合测报技术实施方案》分别进行测报。

小菜蛾、稻瘟病、地老虎、蚜虫、油菜菌核病、霜霉病、烤烟黑胫病 8 种。2005 年 3 月起，县内实行旬报制度，每月逢 8 上报 1 次，全年共印发病虫害旬报 27 期千余份，准确率均在 90% 以上。

（四）自然景观

麻江县拥有独特秀美的自然风光，用当地人的话来说，"有探不完的奇，揽不尽的胜"。东部长岭岗气势磅礴，形成天然屏障；南部丘陵起伏，连绵成片；北部群峰争雄，难分伯仲；西部天生桥鬼斧神工，皆天造地就。此外，更有马尾河金流洞钟乳瑰丽，似宝窟仙境；老人坡烟雾缥缈，若即若离；清水江的山情水韵，深入人心。

三 历史沿革

麻江县历史悠久，县境开发较早。秦始皇三十三年（公元前 214 年），隶象郡。汉代隶属于牂牁郡[①]且兰县。隋（炀帝）大业二年（公元 607 年），隶牂牁郡宾化县。唐贞观四年（630 年），隶黔州都督府牂州。宋大观二年（1108 年），隶都云定云安抚司。南宋绍兴二十七年（1157 年）五月，置麻哈平蛮安抚司，隶都云定云安抚司。元至元二十九年（1292 年），置麻峡县，隶定远府属八番顺元等处宣慰司。明初县废，洪武十六年（1383 年），置麻哈长官司，隶贵州都指挥使司属平越卫。弘治七年（1494 年）五月，置麻哈州，隶都匀府。清康熙七年（1668 年），清平县并入麻哈州。麻江县隶属地变迁如表 1—2 所示。

麻江县虽不能称为是人才辈出的宝地，但也有不少知名人物，夏同龢便是其中一位。他是贵州历史上仅有的两名文状元之一，也是中国历史上第一个以状元身份出国留学的学生。夏同龢在日本留学时，接受了《法律新闻》记者的采访，当记者问道："回国后将怎样谋求国家的改良进步"时，他表示"使法律思想普及于国民则国力自强"，并认为自己将来的事业就是能通过开办法政学堂，在普通民众之中普及法律知识，通过让民众依法办事来谋

[①] 牂牁指汉代的牂牁郡，遗址位于今贵州省东南部的黔东南自治州的黄平县旧州镇。

求国家富强。果不其然，回国后的他出版了中国历史上最早的近代行政法学书籍《行政法》，创办了中国最早的法政学堂之一——广东官立法政学堂（今中山大学前身）并出任监督[①]。

表1—2　　　　　　　　　中国古代麻江县隶属地变迁表

朝代	设立时间	隶属
秦	公元前214年	象郡
汉	—	牂牁郡且兰县
隋	607年	牂牁郡宾化县
唐	630年	黔州都督府牂州
宋	1108年	都云定云安抚司
元	1292年	定远府属八番顺元等处宣慰司
明	1383年	贵州都指挥使司属平越卫
明	1383年	都匀府
清	1668年	麻哈州

资料来源：根据《麻江县县志（1995—2005年）》整理而得。

　　麻江县在中国近现代历史上也经历了较大的建制变迁，民国时期共有8次行政区划改革[②]。新中国成立后，麻江县人民政府于1949年11月23日设立。1956年7月，麻江县划入黔东南苗族侗族自治州。在这之后，麻江县经历过一次重大的行政区划调整，从撤销合并到恢复原来地位。到1990年，全县辖4个区、1个区级镇、3个乡级镇、2个民族乡、17个乡，5个居民委员会、32个居民小组，129个村委会、1293个村民小组。

　　截至2019年末，全县户籍人口51369户，共计169929人。全年共出生人口2203人，死亡人口1009人。自然增长率为1.7‰。麻江县人口特征体现在五个方面：第一，男女性别比失调，男性90645人，女性79284人，男

[①] 监督也就是现在所说的校长一职。
[②] 1914年（民国3年）1月12日，废麻哈州，建麻哈县，厘定为三等县，隶黔中道。1920年（民国9年）直隶贵州省长公署。1926年（民国15年），隶贵州省政府。1930年（民国19年）3月，麻哈县改称麻江县（以县境北部麻哈江、东部清水江更名），县政府驻杏山。1935年（民国24年），改隶第七行政督察区。1936年（民国25年），改隶第八行政督察区。1937年（民国26年），麻江直隶贵州省政府，核定为三等县。1948年（民国37年）改隶第二行政督察区。

女比例约为114∶100。第二，农村人口仍占主体，按照地域划分，麻江县城镇人口62915人，乡村人口107014人，户籍人口城镇化率为37.0%。第三，人口流动性较大，2019年末常住人口12.47万人，流动人口占比约为27%。第四，人口密度大，麻江县人口密度为175人/平方公里①。第五，少数民族类别多、占比高，有苗族、布依族、畲族、仫佬族、瑶族等31个少数民族，少数民族人口137642人，占县总人口数的81%。②麻江县人口年龄结构如图1—1所示。

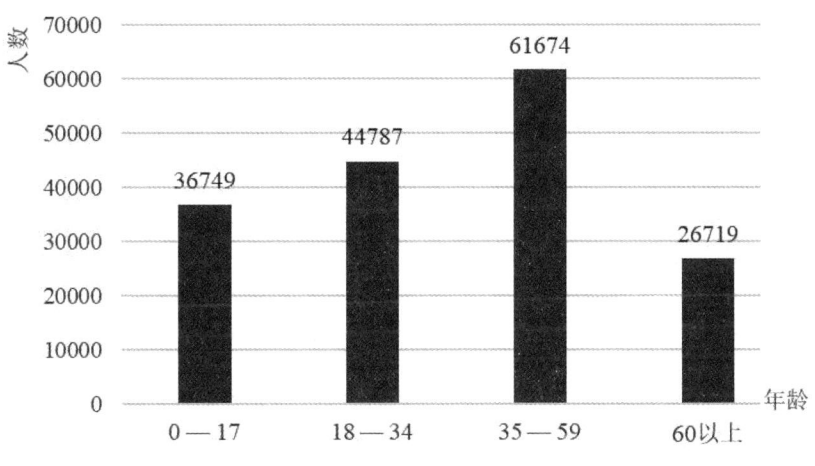

图1—1 麻江县人口年龄结构图

四 麻江县的资源概况

（一）矿产资源

麻江县内地下蕴藏着19种金属矿和非金属矿③，其中石灰石、煤、重晶石储量丰富，品质优良。全县有矿床、矿点135处，其中中型矿床1个，小型矿床26个。

---

① 我国人口密度为143人/平方公里，贵州省人口密度为204人/平方公里。
② 参见《麻江县县志》《麻江县2019年国民经济和社会发展统计公报》。
③ 石灰石、重晶石、铁矿、煤、铀、锌、磷、铅锌矿、铁矿、磷矿、硅石、石灰石、白云岩、页岩、陶瓷土、砖瓦黏土、硫铁矿、大理石、方解石、萤石及汞等19种。

（二）土地资源

截至 2017 年，麻江县土地总面积达 143.51 万亩，占全州土地总面积的 3.15%。其中，农用地 134.62 万亩，占麻江县土地总面积的 93.79%[①]；建设用地 4.62 万亩，占土地总面积 3.22%[②]；未利用土地 4.29 万亩，占土地总面积 2.99%[③]。

（三）生物资源

麻江县生物资源丰富，主要植物有马尾松、杉木、柏木、毛竹等 925 种，野生药材有金银花、杜仲、天麻等二百多种，野生动物有熊、野猪等 154 种。森林植被属亚热带常绿阔叶林植被带，森林覆盖面积大。

（四）水力资源

水力资源是一种重要的自然资源，可供开发利用并发挥经济效益。据 1984 年麻江县委对县境内流域面积大于 20 平方公里的 11 条干流的普查结果显示，全县水能资源蕴藏量 43238 千瓦，平均每平方公里 36 千瓦，可开发建设水电站 34 处，装机容量为 36975 千瓦。其中，马尾河段流域 32060 千瓦，鱼梁江支流流域 4915 千瓦。县内河流主要依靠降水补给，多年平均地表水径流总量为 8.26 亿立方米，丰水年为 9.30 亿立方米，偏丰年为 7.85 亿立方米，偏枯年为 6.35 亿立方米，特枯年为 4.58 亿立方米。

马尾河段流域年平均径流量为 4.35 亿立方米，鱼梁江支流流域年平均径流量为 3.904 亿立方米。马尾河段多年平均过境客水为 11.61 亿立方米，年径流量分布在县境内为自西南向北、向东递减，流径深变化幅度在 600—697 毫米之间。全县地下水平均年径流总量为 1.89 亿立方米。其中，马尾河段流域为 1.11 亿立方米，鱼梁江支流流域为 0.78 亿立方米。

---

① 耕地 31.33 万亩，占 23.27%；园地面积 1.08 万亩，占 0.8%；林地 84.93 万亩，占 63.13%；牧草地 11.31 万亩，占 8.41%；其他农用地 5.30 万亩，占 3.94%。

② 居民点及工矿用地 38059.56 亩，占建设用地面积的 82.38%；交通运输用地 7817.04 亩，占 16.92%；水利设施用地 323.4 亩，占建 0.70%。

③ 历年未利用土地 31492.89 亩，占 73.41%；其他土地 11407.11 亩（河流水面 10625.13 亩，滩涂 781.98 亩），占 26.59%。

五 麻江县的工农业概况

2017年，全县生产总值327014万元，比上年增长6.2%，人均生产总值26522元。其中，第一产业84366万元，比上年增长5.7%；第二产业78158万元，比上年增长5.9%；第三产业164489万元，比上年增长6%。500万元以上项目固定资产投资216300万元，比上年增长3.7%，其中工业投资28147万元，比上年下降4.5%；房地产开发投资25318万元，比上年下降32.7%。民营经济增加值为172230万元。城镇居民人均可支配收入26756元，农村居民人均可支配收入8050元。2017年，全县减贫8933人，实现了8个贫困村出列[①]。2019年，麻江实现贫困县"摘帽"。

（一）农业

麻江是以农业为主的县。县委、县政府始终将农业与农村工作放在重要位置，十分重视发展农业生产。通过几十年的建设，麻江县加强了农业基础设施，改善了农业内部结构比例，农业经济呈现蓬勃发展的良好局面。

麻江县农业产业优势明显，享有"中国红蒜之乡""中国锌硒米之乡"等美誉。全县蔬菜、茶叶、食用菌、中药材、精品水果及酸性原料作物种植面积大，畜禽（生猪、蛋鸡、肉牛）规模养殖场数量多。2017年，麻江县被列为"国家农村产业融合发展试点示范县"，药谷江村菊花产业发展初步实现第一、二、三产业融合。

近年来，麻江县着力优化农业结构调整，大力挖掘农业优势产业资源，重点培育发展种养殖大户、农民专业合作社、家庭农场和龙头企业，迅速壮大现代农业发展规模，推动县域经济更好更快发展，为农业增产增效、农民增收致富发挥了重要的作用。麻江有机认证获批企业30家，产品涉及蓝莓、锌硒米、猕猴桃、核桃、茶叶、冷凉蔬菜多个品种。"白竹林"牌蓝莓被评为贵州省名牌产品，"玉馥冠"牌大米被评为贵州省著名商标。作为中国南方最大的商品蓝莓种植基地，麻江初步形成了产加销一体化的产业链条。以蓝莓产业为载体，获得了"中国蓝莓产业科技创新十强县""国家有机产品

[①] 麻江县年鉴编纂委员会：《麻江年鉴（2018）》，云南民族出版社2019年版，第313页。

认证示范创建区"等称号。

截至2019年,麻江县引进、培育龙头企业31个,其中,扶贫龙头企业13个。建立农民专业合作社114个,所有合作社均开展了技术服务;其中参与"企业+农户"模式的企业有10个,贫困户1128户;参与"合作社+农户"模式的企业有251个,贫困户15667户;参与"企业+合作社+农户"模式的企业有14个,农民专业合作社71个,贫困户2884户。种养殖大户(家庭农场)54个,以生猪、土鸡、山羊等养殖为主,带动贫困户数127户。

(二)工业

改革开放后,麻江县人民政府依托县内资源,根据人民群众生产和生活需要,大力发展地方工业。县内民营工业发展始于1991年。到2001年,全县招商引资取得了重大突破,一批来自县外的私营经济相继到麻江县兴办企业。2005年,县内工业企业除了少数尚未改制的国营企业外,全部为民营企业,民营工业成为麻江工业的主体。

2017年,全部工业增加值65285万元,比上年增长3.6%;全县规模工业企业10个,规模工业产值65185万元,比上年下降30.8%,规模工业增加值18111万元,比上年增长2.8%。全县主要工业产品产量如下:钢材0.75万吨,水泥92.9万吨,硅酸盐水泥熟料67.10万吨,商品混凝土10.60万立方米,人造板0.12万立方米,辣椒制品6079吨。全县招商引资到位资金共25.76亿元,比上年增长93.1%。[①]

第二节 黄泥村的基本概况

不同时期的黄泥村具有不同的称呼。黄泥村的前身是黄泥组,一直以来,村庄的耕地多黄土,这在土壤贫瘠的贵州山区极其常见。特别的是,在多喀斯特地貌、地表崎岖的贵州地区,村庄地表却少见碎石与沙土,基于这种特殊的地质特征,村内祖辈们将村庄命名为"黄泥组"。

---

① 麻江县年鉴编纂委员会:《麻江年鉴(2018)》,云南民族出版社2019年版,第316页。

新中国成立后,黄泥组的名称也被保留,直到20世纪50年代末60年代初,在人民公社化运动中,黄泥组被改建为黄泥大队[①]。直到90年代,镇政府以黄泥大队为基础将黄泥组所在片区改建为村,实现村委会自治管理模式。值得一提的是,在大队改建为村委过程中,"黄泥村"称呼的确定存在一定的机缘巧合。黄泥组所在大队还包括其他10个村组,而黄泥组在各村组中并不算大,但由于黄泥组地处11个村组的中心位置,并且在原村小学的位置旁正好有一片较为平整的空地可用于村委会办公楼的建立,由此最终确定名称为"黄泥村"。

一 黄泥村的地理概况

(一)区位交通

黄泥村位于谷硐镇的东南部,地属西北部丛峰槽谷区。村间联络紧密,东邻摆沙村、西连谷硐村、南接兰山村、北抵乐埠村。

黄泥村对外交通较为便利,距麻江县城约30分钟车程,距谷硐镇政府所在地约10分钟车程。黄泥村道路建设完善,村域内X033县道穿村而过,这是黄泥村对外交通的主要道路,四通八达。从X033县道向东南可到达贵新高速;与X033县道相连的X032县道向北可以到达杏山街道;从X033县道向西北可到达S206省道,经过S206省道向西通往坝芒乡。目前,黄泥村已全面道路硬化,实现"组组通、户户串"的基本标准。

(二)人口

黄泥村进行了多次人口普查与贫困普查,根据黄泥村村委2019年的普查数据,现黄泥村总户数379户,合计1535人,其中:建档立卡户[②]142户,合计509人。表1—3展示了黄泥村的人口结构。

[①] "大队"全称是农村生产大队,若干个生产队组成生产大队,多个生产大队服务于一个人民公社。

[②] 2014年,在加大下拨扶贫资金的过程中,中央政府要求地方政府对贫困户实施建档立卡制度,建立贫困户的相关档案,并向他们发放贫困卡,以助力精准扶贫工作。

表 1—3　　　　　　　　　　黄泥村人口结构表

年龄（周岁）	男性（人）	女性（人）	总计（人）
71 以上	36	47	83
66—70	38	35	73
61—65	21	19	40
56—60	38	40	78
51—55	70	50	120
46—50	80	65	145
41—45	62	48	110
36—40	66	39	105
31—35	50	52	102
26—30	50	49	99
21—25	57	52	109
16—20	33	36	69
11—15	68	37	105
6—10	42	43	87
0—5	18	14	32
年龄未知	10	7	17

资料来源：根据黄泥村 2019 年底人口普查数据整理而得。

　　黄泥村现有 11 个村民小组[①]，村民小组是在村民委员会下设立的小组，所发挥的作用类似于以前的生产队。一个村组包括居住区、耕地、林地三个部分，每个村民小组的占地面积划分并不固定也难以测量，主要是按照村民居住区的聚集性以及该村村民所使用的耕地与林地占地范围共同确定的。一个村民小组的居住区往往连片，体现出"小聚居"的特点，各个村民小组在整个行政村区域内的分布较为分散，距离也远近不等，体现出"大散居"的特征。对村民小组的衡量多用村民户数和村民人口数，户数与人口数的多少与村组的面积之间存在一定关联，但并不是简单的正相关。我们还统计了每个村民小组的建档立卡户的数量。以下为 2019 年黄泥村 11 个村组的名称以及现有村民户数。表 1—4 为 2019 年黄泥村 11 个村组的名称以及现有村民户数。

---

　　① 村民小组是乡村治理体系中的最小治理单元。

表 1—4　　　　　　　　2019 年黄泥村村民小组统计表

村组名称	村民户数（人数）	建档立卡户（户）
新庄组	18 户（82）	8
马鞍组	33 户（137）	10
棉花组	41 户（185）	17
大坡组	28 户（120）	12
羊方组	53 户（186）	17
虎场组	35 户（139）	14
黄泥组	36 户（158）	11
琵琶组	50 户（184）	23
田坎组	25 户（91）	9
兴隆组	25 户（87）	8
上岩组	35 户（166）	12

资料来源：根据黄泥村村委统计数据整理而得。

少数民族也是黄泥村一大人口特征元素，村内有畲族、彝族、苗族、布依族、侗族、土族、土家族、瑶族、仫佬族和傣族 10 个少数民族，汉族在村内人口占比并不高。具体各民族人口统计如表 1—5 所示。

表 1—5　　　　　　　　黄泥村各民族统计表

民族	人口数（人）	人口占比
汉	219	14.48%
畲	813	53.77%
彝	41	2.71%
苗	164	10.85%
布依	206	13.62%
侗	5	0.33%
土	48	3.17%
土家	7	0.46%
瑶族	5	0.33%
仫佬	4	0.26%
傣	1	0.07%

资料来源：根据黄泥村村委统计数据整理而得。

二　黄泥村的自然概况

（一）气候

黄泥村地处麻江县西北部丛峰槽谷区域，属亚热带季风湿润气候区，气候温和、雨量充沛、四季分明。黄泥村年平均气温16℃，黄泥坝区年平均气温18℃，年气温变化特点是冬无严寒，夏无酷暑，春温高于秋温，升温迅速，平均无霜期289.6天，极度最高气温不超过28℃。雨量充沛，年降水量1000—1300毫米。舒适宜人的气候条件为黄泥村发展休闲农业形成了良好的天然基础。

（二）水资源

村辖区内建有中小型水库1座、大小山塘5座、水井7口，村民用水便利，户户实现通自来水。2016年至2018年修建农田灌溉沟渠11300米，人畜饮水提灌站2座，实现全村人畜饮水及农田灌溉全覆盖，解决了水资源枯竭的问题。

洗布河是唯一一条贯穿村内的河流，全长约72公里。水质良好、水源丰富，主要用于农业灌溉。洗布河的源头是黄泥村附近的棉花冲水库，库容高达67.8万立方米。详细内容见第三章。

（三）地形地貌

村内中部与西南部地势相对较低，坝区分布在虎场组、羊方组，而西北、东北、东南方向地势相对较高，平均海拔在900米以上。域内嶂谷发育，是典型的丛峰槽谷区域，峰丛层叠，沟谷密布，河流清澈，山势陡峻，部分地区拥有喀斯特地容地貌，景致优美，引人入胜。

（四）土地资源

全村所占国土面积9.6平方公里，耕地面积4140亩，其中："田"1864亩，"土"2276亩，林地面积3868亩。村内黄泥坝区面积790亩，坝区产业条件良好。2019年，村内已完成土地流转面积1557余亩，流转费用400—500元/亩。

"田"和"土"在村内界限分明。二者主要表现在耕地质量有所差异。"田"多分布在山地之间的坝区或是河流附近;"土"主要位于山地山腰处或是坡地。"田"是更为优质的土壤类型,土壤更湿润、养分含量更高,作物产量与产质方面均优于"土"。在粮食作物种植方面,"田"和"土"带来的收益差异难以区分;但在经济作物种植方面,"田"的每亩收益远高于"土"。

三 黄泥村的农业

黄泥村是较为传统的农业山村,现代化和工业化还未在这个山村留下明显的痕迹。农业是黄泥村的主要产业,村民以种植业为主,养殖业为辅。根据2019年统计数据,黄泥坝区主要分布在虎场组、羊方组,坝区耕地面积790亩,涉及农户113户,农民专业合作社1个。现建有村集体经济草莓苗种植基地1个47亩、示范种植蓝莓1320余亩。村内产业有优质稻米、蓝莓、草莓、葡萄、烤烟、中药材、蔬菜、牛、猪、鸡、鸭、鹅。具体而言,全村种植优质稻米(锌硒米)1700余亩、蓝莓1320亩、草莓(草莓育苗)50亩、葡萄40余亩、烤烟105亩、中药材200亩、蔬菜50亩、牛存栏100余头、猪存栏300余头、鸡鸭鹅存栏5000余只。为适应建立环保生猪养殖体系,落实相关政策,村集体已新建容纳780头猪的新型养殖基地1座。

黄泥村以优质稻米和蓝莓为特色产业。其中,有机蓝莓产业为麻江县农文旅公司在全县产业机构调整布局的农业产业之一。2018年,黄泥村累计完成蓝莓基地土地入股流转862.76亩,惠及农户174户,并示范带动谷硐镇其他村入股流转土地发展蓝莓产业5786.849亩,惠及农户1595户。目前黄泥村蓝莓种植面积1320亩,占本村耕地面积比例为31.8%。规模最大的蓝莓基地为黄泥坝区蓝莓基地,种植面积903.11亩,品种以"灿烂[①]"、"莱克西"、"蓝美1号"为主,蓝莓口味偏酸,主要推广高厢起垄、地膜覆盖、绿色防控等生态化栽培技术。项目实施完成后将促进全镇蓝莓产业发展,种植面积将达6761亩。

---

① 灿烂蓝莓,属于早熟品种。植株健壮、直立、树冠小,易生基生枝。丰产性极强,果实中大,质硬、淡蓝色、果蒂痕干,风味佳。雨后浆果不裂。

黄泥村产业发展主要以"公司＋支部＋合作社＋农户"的模式，形成了如下的利益衔接机制：村合作社利用土地入股农文旅公司来种植蓝莓、草莓、烤烟等经济作物，农户从中获得土地流转金的同时，还能解决部分农户就地务工问题，盘活了农村闲置劳动力。而合作社收益主要来自提取土地管理费，同时壮大了村集体经济。

第二章　地区文化

文化和娱乐，在小小的山村蕴藏着无穷魅力，它不仅是山村风貌的历史映照，更是乡民的精神状态与幸福感的反映。在日出而作、日落而息的山村生活与劳作的循环运行模式中，文娱活动自然也成为农户生活中多彩的一笔，它更像是精神氮泵，给长期疲于生计的山村人民背负起生活重担的勇气与力量。要想细致地考察山村的文化与娱乐，就离不开继承传统与推陈出新两个方面。在文娱方式新旧交替的历史演进中，青年儿童逐渐成为山村文娱变革的新兴力量。

人类社会是经济、政治和文化的统一。不论农村还是城市，任何一个社会形态的经济发展都不仅仅是经济因素的问题，还包括政治、文化在内的多种社会因素[1]。其中文化是我们发展中最容易忽略的重要因素。我国文化发展普遍存在"重城市"、"轻农村"的问题，在推进社会主义新农村建设中，各地在极力强调农业生产和改变农村风貌，但是对农村文化建设重视依然不够[2]。我国发展的不均衡问题，不仅包括城乡文化发展不均衡，也包括农村物质与精神发展不均衡。党的十九届五中全会提出，要繁荣发展文化事业和文化产业，提高国家文化软实力，促进满足人民文化需求和增强人民精神力量相统一。因此，关注贫困山村扶贫发展，不能落下对其文化发展情况的考察。

第一节　习俗文化

从古至今，我国传统节日和文化习俗的诞生、传承与发展，农村地区起

---

[1] 黄蔚：《中国农村全面小康之路：农村经济、政治、文化全面发展》，《管理世界》2004年第9期。
[2] 张莹等：《农村社会文化问题研究综述》，《农业经济问题》2017年第4期。

到了不可忽视的重要作用。作为传统意义上的农业大国，文化推行离不开农村。文化的推行大致可分为两类：一类是自上而下的强文化推行机制，在此类文化建立与发展过程中，城市是文化创作的中心，真正的文化推广是通过统治阶级的权力，使得文化由城市输入农村。由于中国古代农村在交通、通讯等方面的封闭性，使文化一经传入就极易在广大的农村地区持续发酵，并伴随着以传宗接代为代表的继承思想，使文化一脉相承。另一类是自下而上的软文化扩散机制，不少文化是在农村地区自发兴起的，但此类文化的覆盖面通常较小，甚至仅仅村为单位，这类文化的兴起往往是在农村地区人与人之间的社会交往中潜移默化形成的，正因为上述农村的闭塞，这种社会交往的范围也是受限的，这就导致了农村地区出现"十里不同村，百里不同俗"的文化差异现象。由此可见，不论哪种文化推行方式，都让农村成为了传统节日与文化习俗的载体，一个村的发展优劣也能折射出该村文化的兴衰。

一　传统节日

人们普遍认为农村地区是传统文化极盛行的区域，每逢传统佳节农村必然是热闹一番的景象。而黄泥村与众不同，在众多传统节日中，由于受经济条件的限制，真正被重视的节日寥寥无几。

对于华夏儿女而言，春节是一年中最为隆重的传统节日，正所谓"有钱没钱，回家过年"，黄泥村也不例外。在除夕夜，大部分外出务工的村民也要赶在当天回家，陪老人、妻子与儿女吃一顿丰盛的年夜饭，一年在外打拼的辛酸与劳累也被浓浓的年味冲散。随着正月初一零点的鞭炮声响起，新的一年在热闹的黄泥村中拉开序幕。正月初一，村里的小孩子在这一天十分活跃，这是由于拜年的习俗在黄泥村颇为盛行。初一清晨，小孩子早早地就结伴挨家挨户地敲门拜年，户主对此也颇为高兴，认为这是福气临门，便以2—10元不等的压岁钱或糖果给予回馈。

值得一提的是，分家是农村多子女家庭在特定阶段所发生的行为，大部分财产在分家过程中被家庭男性成员继承，女性成员外嫁后依附于丈夫一方的家庭经济，分家前兄弟姐妹的情谊也会随分家而淡化，为了维系家中男性成员与其姊妹亲情，"上九"的习俗相应产生。"上九"是指正月初九，家里继承财产的男性成员会亲自登门去接外嫁的姊妹回家团聚，简单的一顿饭，却能使两个家庭保持良好联系。

"七月半"是民间秋收时节的传统节日，每到农历七月十三，黄泥村村民会提前庆祝中元节。此时正是稻田稻穗成熟至金黄的时节，而稻田中的鲤鱼也饱食天然稻花，并以山区原生态的泉水滋养，长得硕大肥美，自然成为"七月半"夜晚村民家中的盘中美味。捕捞稻花鱼是全村村民都喜爱的活动，大人和小孩挽起裤腿光着脚丫，与稻穗相伴，穿梭在泥泞的稻田水中，感受捕鱼的乐趣，享受丰收的喜悦。夜幕降临，村民便要在家门前立一根1米多长的木棒，在木棒的顶端插入一个圆圆的南瓜，再将特制的青香均匀地插在南瓜上，俗称"插香瓜"。小孩也会手提一个南瓜灯，清香四溢、星火点点，借此寓意一年到头家人红红火火、团团圆圆，如图2—1所示。

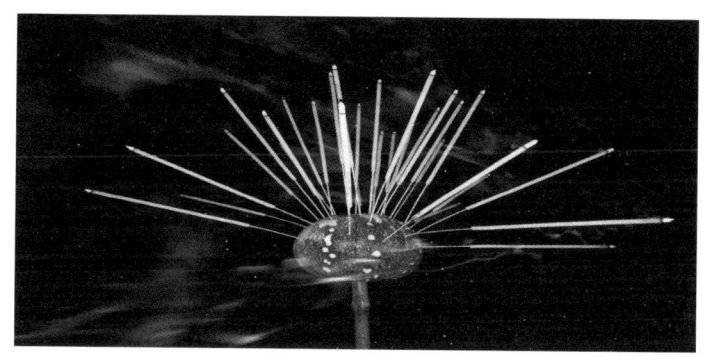

图2—1 "插香瓜"
（注：黄绍有于2020年8月31日拍摄，拍摄地点：黄泥村。）

年初的春节和年中的中元节便是村民仪式感最强的两个节日，其他节日例如端午节、中秋节等仪式感逐渐淡化。

二 婚丧嫁娶

家庭的重大活动一方面是节日庆典，另一方面则是婚丧嫁娶。习俗产生于特定的日子，特定的习俗也正是为了使这个日子区别于平时。这个日子通常是一段时间内极少出现的，例如一年内少数几天被赋予文化意义便形成春节、元宵、清明等节日。婚丧嫁娶活动在村民的生活中发生的频率不高，因此，婚丧嫁娶的习俗更为重要。

"红喜"对应的是婚姻，其中有娶与嫁两层含义。在黄泥村，一场蕴含村内文化的婚礼包含三个阶段。在婚礼前，作为男方，首先要确定大婚的日期，这个日子一般是通过黄历确定的佳日，并且日期可以不用与女方商榷，以显示男方的主动。日期确定后，男方需雇一位媒人"送信"，主要意义是为了表达对女方的重视，需提前至少一个月让媒人拿着猪肉、糖果与白酒去女方家里，以书面的形式将大婚日期告知女方，以便女方早做准备。与城市不同的是，村内并不注重请帖文化，邀请亲朋好友参加婚礼，如果距离较远就通过电话通知，如果距离稍近则需上门告知。

在婚礼前一晚，男方和女方并不见面，而是各自在家中举办酒席，宴请各自家中的亲友以示对亲友参与婚礼的感谢。大婚之日，婚礼在男方的家中庭院摆席而设，村内婚礼的仪式感并不隆重，没有主持司仪进行开场，而是亲朋"随礼"（普遍为100—500元不等）入座后，婚礼宴席便开始进行。唯一的仪式是新郎手持一盘摆满小酒杯的果盘，新娘手持一盘糖给亲朋好友敬酒，各位宾客需拿一点儿新娘盘中的喜糖讨喜气，能喝酒的宾客可取新郎盘中的两杯白酒一饮而尽，借此表达对新婚夫妇的祝福。

"流水席"也是婚礼当日一大特色，由于山地地形，较为平整的土地有限，部分家庭的庭院并不开阔，席位数量并不能一次性满足所有宾客，由此产生了"流水席"。"流水席"是指准备足够饭菜的情况下，先到的宾客可先行用席，吃完后便可离开，然后主人换上新的饭菜以供后来的宾客食用。在村内长期邻里默契形成中，后到的宾客也会估算适当的时间出发赴宴，给前面的宾客预留足够的时间。婚礼后一周，新娘要抽空回"娘家"，一来告知家人在男方家生活的情况，二来是为了保持与家人的亲密联系。

丧事在该地区被称为"白喜"，红白喜事的界限分明，但也有着联系，更多的是"白喜"影响着"红喜"。家中有"红喜"，主人家通常要主动邀请宾客前来贺喜；家遇"白喜"，则是附近各组的村民主动前来吊唁，稍远一些的邻寨的亲友，需要主人派人持邀请名单前去相邀。"白喜"日会有一个负责丧葬的总管，一般是村内比较有威望的人（多为村干部），负责帮助主人家调度人手，安排相关事宜。

黄泥村地处偏远，由于火葬运输成本大，再加上入土为安的思想根深蒂固，因此火葬的现代化丧葬方式尚未得到普及。棺材作为土葬的必备品，会提前制作好并置于家中干燥通风的偏房。每当老人到一定年龄（大约65岁）就会去购买棺材，或是找木匠给自己打造一口上好的棺材。大多数老人会倾向于选择后者，因为棺材的取材多来自村内山林之木，由木匠师傅打造，全新的棺材让老人更心安。丧事一般持续3天，少数村民也会为了选择下葬的黄道吉日而延长几天，但不会超过7天。值得一提的是，黄泥村居民家中若有老人过世，三年内家中贴"春联"时一定要贴白纸"春联"，而不能用传统意义上的红纸"春联"，借此表达对老人的哀思，也是体现家中的孝文化。

第二节 计时系统

虽然时间是抽象的概念，但却极大地影响着村民的日常安排。要说明山村地区的生产生活状况，就必须研究当地的计时文化。当前黄泥村普遍以农历和公历为主要的计时方式，在山村地区，由于农业生产的需要，还存在着节气计时。

农历与公历的区别主要是纪月和纪日的区别。在黄泥村，二者的使用主要体现在年龄层的差异：大部分老年人使用阴历，节气的产生也是依附于阴历计时方式，这样更便于他们进行农业生产；年轻群体普遍是用阳历以迎合城市社会的需要。

在每日的计时方式中，村民都会使用现代计时方式，即"几时几分几秒"，而很少使用传统古时计时的十二时辰制。只有在婚丧嫁娶等特殊的场合下，村民为了求取良辰吉日，才会使用传统的十二时辰计时方式。

第三节 民族文化

一 民族服饰

黄泥村所在地区冬暖夏凉，四季分明，所以一般来说一年会存在三季的服饰。春秋装多为较薄的长袖长裤;夏天山村虽绝对温度不高,但就体感温度来说宜穿短袖短裤;冬装则多为棉服,少有羽绒服、皮大衣等保暖服饰。

值得一谈的是,虽然黄泥村是一个多民族(黄泥村少数民族有10个)山村村落,但民族服装在村内一年四季都难得一见。这主要有两方面原因:第一,普通服饰的便利性。相较于民族服饰,普通服饰在日常生活工作中穿着、行动更为轻松自在。第二,普通服饰的价格更低。民族服饰或者需家中老人自己制作,或者需找专门民族服饰店制作,无论哪一种方式,其成本都较高。而黄泥村村民所购买的普通服饰价格低,更适应家庭经济状况,因此,也就不难理解为什么在黄泥村民族服饰鲜有人穿。

二 民族语言

语言是一个民族文化的沉淀,语言文字的继承性能深刻反映出民族文化的延续性。调研组在与黄泥村20位来自小学到高中文化程度不等的少数民族(包括畲族、布依族、土家族等)学生谈话中发现,很少有学生能够熟练掌握其本民族的语言,大多数仅能使用部分简单的生活用语。从学生交流中了解到,他们很少有语言环境能使用本民族语言,学生在生活中使用麻江当地的方言,在学校普遍使用普通话。受地区方言的影响,他们普通话标准度为中等水平,大致相当于二级甲等或乙等的水平。学生的父母因常年外出务工,所以可以用极不标准的普通话和调查员交流,相互理解并无障碍。爷爷奶奶辈的家庭成员只会使用口音很浓厚的麻江方言,不会也不能理解普通话,导致与外乡人交流障碍极大。

第四节 文化生活

一 广播影视与文艺活动

(一)广播

相较于沿海省份的村落,广播在黄泥村的起步较晚。在20世纪80年代以前，黄泥村还并没有引入广播，当时村内的通讯方式依赖上门告知或集中开会的形式，对于较远的亲友（受地形、交通、通信的限制，当时村民鲜有远在外乡的亲友），只能去县城打公用电话，或是书信往来。20世纪80年代初，广播才作为一种新兴技术引入村内。一开始，黄泥村只有一台广播设备，安装在当时的村大队（现称为村委会），主要是村干用来通知国家或当地的突发事件、召集村民开会，以及传达上级部门的文件指示。

广播的操作程序虽不复杂，但在20世纪80年代的黄泥村也算是稀奇物品。当时的广播还不是现代意义上的广播，而是充当了扩音喇叭的功能，因此，在相对闭塞的山村，利用广播打开外界世界的大门并不成功。

广播在黄泥村真正实现"组组通"是在2016年前后。2016年，脱贫攻坚正式在黄泥村打响，脱贫攻坚的大量文件需要及时传达给村民，同时在"扶贫先扶智"的思想引领下和国家文化管理局的政策指导下，要求村委会每天给村民广播包括政治、经济、文化、体育等多方面的信息，广播建设由此大面积展开。广播在村内大范围的运用虽然较晚，但对早就熟练运用智能手机的年轻村民来说影响甚微，反而对村内老人存在显著的积极影响。每天早晨7点、中午12点和晚上18点的广播时间，让老人对日常劳作的安排有了更清晰的划定，同时，广播也是对老人闲暇的填充，极大扩展了老年群体的信息获取量。

（二）电视

电视给山村地区的人民带来了外部世界的信息。在20世纪80年代的沿海地区，电视已经成为结婚的必备物品，和冰箱、洗衣机构成了那个年代的结婚"老三件"。然而直到1985年，黄泥村内只有三台黑白电视机，到了1990年后，村内80%以上的家庭都购买了黑白电视机，短短几年的巨变可以说是黄泥村的一次"电视革命"。

这其中有三种力量驱动着这次"电视革命"。首先是地形，当时黄泥村也存在着"一户电视，户户来看"的现象，但是与地势缓和的农村地区不同，山村村民想要去别家看电视需要绕一段很长的坑坑洼洼的山路，即便是同组的居民相互串门儿也颇费周章，并且村民放松娱乐的时间多在夜晚，在别户看完电视后需靠手电筒照明山路回家，因此，安全问题也是一大隐患。为了规避地形与道路带来的麻烦，最简单的方法就是家中置办一台电视。其次，人情与这场"电视革命"息息相关。每天或者隔天就去别家看电视，虽拥有电视的主人家不会逐客，但是把别人的私人领域当成公共场所总会让黄泥村的村民内心不安。随着时间的流逝，陆陆续续有村民自己购买电视机，"蹭电视"的群体越来越少，村内逐渐形成了买电视的氛围。最后，电视的价格也是实现这次"电视革命"的关键推动力。1990年前后，电视的价格大约在600元，村民一年的收入在800—1000元。对于村民来说，电视虽是一种奢侈品，但也在经济承受的范围内，绝大部分的村民愿意省吃俭用一整年来购置一台电视。2000年，彩电开始在黄泥村地区流行起来，彩电成为大部分家庭有条件购买的商品，而不用像之前一样通过节俭才能购置一台黑白电视。到2016年后，在脱贫攻坚的帮扶下，网络电视成为家家户户的基本家电。

（三）电影

与现在不同的是，曾经看电影是上到老人、下到小孩都适宜的活动。早在电视引入黄泥村之前，即1980年前后，电影放映就在黄泥村展开。多为山地的黄泥村想找一块较为宽敞的平整土地并不容易，因此电影放映往往在村委或是村民的院落进行。前者放映多为县文化局下派安排，后者多是谁家逢红白喜事，主人家特意花钱（大概10元）请人来放映电影。在电视引入之前，村内放映电影可是大事，只要听闻谁家晚上要放映电影，即便刮风下雨，村民也会前来观看。在人数对比方面，县文化局安排的电影放映观看人数少于村民自己组织的放映活动。

到20世纪90年代，受黑白电视迅速普及的冲击，电影的吸引力逐步下降。根据麻江县统计数据显示[①]，1992年县城闭路电视开通，县电影上座率大幅度下降，电影公司全年亏损0.7万元。现代电影对黄泥村村民的影响力较小，黄泥村村民结构中，青壮年劳动力大部分外出务工，村内多为老人、妇女和儿童。传统的院坝电影已经不复存在，而现代电影的形式

[①] 贵州省麻江县县志编纂委员会：《麻江县县志（1991—2005）》，贵州人民出版社2009年版，第870页。

与风格对村内老人和妇女吸引力较弱，因此村民对现代电影的需求也相对较少。

（四）文艺活动

文艺表演或许是村内唯一能找寻民族元素的舞台。黄泥村的文艺表演虽不专业却成体系，每个村民小组都有一个"广场舞"小队，每逢正月运动会，村内也会同时举办一场"广场舞"比赛，各组小队便各秀风采，吸引不少村民前往观看。各组的小队对于外界的文艺活动也是踊跃参与。各组派人组成黄泥村的代表文艺表演团，不仅学习"广场舞"，也会学习一些民族舞蹈进行表演展示。对此，黄泥村村委办公室黄主任表示："黄泥村的才艺氛围十分浓厚，上到五六十岁的中老年，下到十几岁的青少年，不论男女多多少少都会跳'广场舞'。"

二 文化氛围的培养

在一个小山村，图书馆和书屋的建设较为困难，村委现有的阅读室也是近几年才建立的。在教育供给侧改革中，为了培育村内良好的文化气息，提高村民的文化素质，黄泥村建设了阅读室来保障书刊和阅读地点的供给。另外，阅读室有一套详细的管理章程，负责人会定期查阅图书借阅情况。

对于书目来源，村干部会主动联系县文化局或者负责提供智力帮扶的南京农业大学经济管理学院举办募捐图书活动，村内也会用部分的扶贫资金进行图书采购。阅读室书刊的类型丰富多样，有针对学生的学习辅导工具书，也有适合大众阅读的历史类读物，当然大部分是有关于农业生产生活的科普书刊。

然而，村内对于阅读需求的刺激效果甚微，阅读室也常常处于闭门状态，自2018年以来，村内阅读室人稍多起来，这主要由于村内产业发展，少数外出返乡创业的青年人需要扩充专业知识，由此使阅读室渐渐有了人气，如图2—2所示。

图 2—2　黄泥村阅读室
（注：王崇懿于 2020 年 08 月 27 日拍摄，拍摄地点：黄泥村阅读室。）

第五节　体育健身

（一）新春运动会

村内的体育环境相对于文化环境而言更为突出。在传统节日中已经提及，每到春节期间，正值村内的中青年返乡在家，于是，村内村民会自发组织一场新春运动会。运动会的项目不限于田径比赛，还包括拔河、斗鸟、斗鸡等趣味项目，热闹异常。村内的运动会是开放式的，虽是黄泥村村民出钱主办，但是邻村邻寨的村民都可以前来参与，黄泥村的体育文化氛围也能借此达到极好的宣传效果。儿童在运动会上发挥了重要作用，一方面儿童是作为田径类参赛选手的主力军；另一方面儿童对这种村内的重大活动抱有巨大热情，他们不仅成群结队来参加，还会吸引家人前来参与，如图 2—3 所示。

图 2—3　黄泥村春节运动会颁奖现场
（注：图片来源于黄泥村村委会。）

（二）篮球场

体育中心也是村内的文化广场，其大部分广场主体是一个篮球场，部分广场是实现地面硬化的空地。麻江县各个村落有许多体育广场，黄泥村也不例外。在黄泥村 11 个自然寨中，只有两个自然寨由于占地问题没有修建体育文化广场，其余 9 个自然寨中有 5 个自然寨篮球场和健身设施一应俱全，还有 4 个自然寨具有硬化地面的活动广场。

篮球场的使用是值得关注的一个问题。篮球场本应是人群汇聚的运动场所，但是在村内却出现了怪象：篮球场变成了停车场。一般在村内，占用篮球场停车是被允许的行为，前提是谁家举办"红白"喜事时，家中来了许多宾客，为了客人方便停车，主人家可借用篮球场使用。平时无故占用篮球场是不被允许的，但由于缺乏惩罚机制，停车乱象也就难以制止，这也和篮球场使用率不高有关。

篮球场更多发挥的是供村内居民闲聊的聚集作用，篮球场地势平坦，占地大，并且通常向阳而建，在平日里，部分村中留守妇女会带着孩子去篮球场活动。村内 5 个篮球场中总有长期空余没人的球场，在稍微较大的村组，篮球场也多是见到几个老年人和妇女在一旁闲聊和零零散散嬉戏的小孩，真正打篮球的村民很少。

（三）运动方式和时间

村民选择运动的方式不尽相同，运动的时间也长短不一。在调查黄泥村的对象中只有很少一部分村民会每天留有专门的运动时间，大多数村民会把一天的农忙当作锻炼，并以此为借口不参加其他任何锻炼。村内主要参与运动的群体为妇女和小孩，妇女多是参加"广场舞"；小孩子选择运动的方式多种多样，有篮球、足球、乒乓球等。

小男孩的篮球梦[①]

小华（化名）是一位就读五年级的小孩，也是一位对篮球痴迷的运动爱好者。暑假里，他每天会进行两次篮球训练，晚饭前17点到18点和晚饭后19点到21点，这两个时间点的气温适中，同时也是篮球场最为清净的时段。暑假里的小华是孤独的"篮球小孩"，因为村内大部分的同龄人对此并无兴趣。"万般皆下品，唯有读书高"的思想虽不曾提及，但是在人们潜意识中是根深蒂固的。小华是村里的一股逆流，他热衷于NBA，以詹姆斯为偶像，并励志成为一名专业的篮球运动员。但是现实却是残酷的，父母对他打篮球的时间严格控制，他大部分时候是以出去和朋友玩的借口来打篮球，他也不敢向父母提及自己的理想，因为等待他的可能是一顿训斥。

第六节　休闲娱乐

安静的山村生活总是单调的，包括娱乐方式。以前村内常见的两种娱乐是聊天和棋牌，但近年来渐渐被智能手机替代。山村的日常事务单调而烦琐，尤其是务农家庭。调查时正值玉米丰收季节，村内每家每户都在院落内

[①] 引自王崇懿对黄泥村孩子小华的访谈，2020年8月28日，地点：贵州省麻江县黄泥村。

晒玉米粒，将玉米粒从玉米棒上分离是该时段的农业要务，少部分家庭是用机器将二者分离，大部分家庭是老人和妇女一起坐在院中手工分离玉米粒，这段时间农户的休闲娱乐的时间相对较少。表2—3为黄泥村一位农忙妇女一天的时间安排。

表2—3　　　　　　　　　　黄泥村农户时间安排表

主要活动	时间分配（小时）
农业劳动	8
非农劳动	0
休闲娱乐	1
运动健身	0
家务经营	2
睡眠休息	8
其他	5

资料来源：据调研组在黄泥村问卷调查的数据整理而得。

　　交流是一种信息的传达过程，也是情感流露的过程。聊天既是一种心理上的需求，也是一种休闲的方式。村内聊天多发生在妇女之间，人数也不固定，两三人之间的聊天多发生在家庭的院落门口。山村串门儿不同于城市，无需提前打招呼，只要路过时看见家中有人便能进门而坐。五人以上的聊天发生在类似于篮球场或是其他较大的公共场所。聊天的对象也相对随机，遇见谁都可以开始一段聊天，"社恐"现象在山村并不存在。妇女们聊天的内容多是和自己无关的村内"八卦"，每每提及自己也总是抱怨的语气，例如，家庭经济条件不景气、小孩读书困难等，以此达到共鸣。村中的男人也会聊天，但多是在农忙或是其他工作的间隙，往往一支烟的功夫就结束聊天。

　　黄泥村地处贵州省，虽然云贵川地区是麻将文化最火热的地区，但是与想象中不同的是，黄泥村内打麻将的风气并不显著。在黄泥村，麻将多是用来巩固和深化感情的工具。打麻将的场所多是在村民家中，一些家庭条件较为宽裕的人家会在家中购置一台麻将机，每到逢年过节时，主人家就会邀请亲友到家中做客打麻将，借此来联络感情。村中也有极少部分爱打麻将的群体,这部分群体成员相对固定,他们通过手机联络,并相约打牌地点。

旅游是极少存在的娱乐休闲方式,旅游的短期开支极大,一般的村民家庭难以承受。普通家庭的孩子多数最远也就是去过凯里市或是贵阳市,相对贫困的家庭,其子女最远只去过麻江县。

电子产品的兴起和信息化社会的冲击极大改变了村民的娱乐休闲方式。现阶段随着手机功能的发展,年轻村民之间的沟通更多是通过社交软件进行,同时,手机的娱乐游戏也对青少年有着巨大的吸引力。这种随时随地的线上娱乐方式让村民足不出户就能实现消遣,但学生的娱乐时间明显增多,学生把大部分精力投入到游戏、直播等方面,学习成绩下降明显。

> 想管却管不住[①]
>
> 在暑假里,只要不管小孩子,他可以看一整天的网络电视或者玩智能手机,我们当父母的也会管,但是完全管不住,看到小孩子不好好学习,天天十几个小时守着电视和手机,更多地也只有无奈。

第七节 传统思想

在对黄泥村文化的考察中,调研组没有观察到封建文化的残留表现,更多地是对中华传统美德的继承。孝文化是村里重要的传统思想,最突出的一点是孝文化与祭祖相结合。祭祖是村里的重要仪式,虽然过程并不复杂,但环节必不可少。祭祖的地方就在家中,黄泥村家家户户都会单独将家里正中央的房间作为堂屋,专门用于供奉祖先灵位,表达对祖先的哀思与敬畏。祭祖通常在新春佳节,在世的人享团聚之乐,却也不能遗忘祖先。节日里,晚上通常会摆一桌好饭好菜,这时也需要在堂屋摆上一小桌,分量不用大,但却不能少了菜品种类,以示哀思与敬畏。在堂屋中摆好饭菜后,再由家中长辈为祖先上香。上香也有讲究——需要在堂屋内灵位上、灵位下,以及堂

[①] 引自王崇懿对黄泥村村主任黄绍有的访谈,2020年8月28日,地点:贵州省麻江县黄泥村。

屋外门口各上三炷香，此外，家中如有亲人客死异乡，那么需要单独摆一桌饭菜在院落内，而不是摆进堂屋。祭祖的过程也是孝文化的传递过程，往往这个时候，家中长辈就会给小孩讲述相关礼仪以及家族历史，小孩子对于孝文化的理解也逐渐加深。

第三章　人居环境

自 2014 年起，国务院住房和城乡建设部就开启了每年一次覆盖全国所有行政村的农村人居环境调查[1]。2017 年，党的十九大报告指出，"要因地制宜搞好农村人居环境综合整治""加大城乡环境综合整治力度，建设美丽城镇和美丽乡村"。次年 2 月，中共中央办公厅、国务院办公厅印发《农村人居环境整治三年行动方案》（简称《方案》），将改善乡村人居环境提升为乡村振兴战略的一项重要任务。

三年来，全国各级政府围绕《方案》采取了一系列措施，加大农村人居环境整治力度，颇有成效地提升了农村居民的权益保障水平。2020 年，党的十九届五中全会公报又进一步提出，"要完善生态文明领域统筹协调机制，构建生态文明体系，建设人与自然和谐共生的现代化""要持续改善环境质量，提升生态系统质量和稳定性"。

人居环境，即人类聚居生活的地方、与人类密切相关的地表空间，按照其对人类生存活动的功能作用和影响程度的高低，在空间上，人居环境可以再分为生态绿地系统和人工建筑系统[2]。黄泥村坐落于贵州省中南部地区，是一个空气污染较少，生态环境优良的山村。村内现聚居有 379 户，共 1535 人。自 2017 年开展"清洁风暴"行动以来，黄泥村在污水整治、垃圾处理、农户危房改造等方面取得了较大成效，完善了村内生态绿地系统以及人工建筑系统。本章就黄泥村的人居环境，分别从自然环境、村容村貌、户内人居环境三方面试图描绘出村民们的生活图景。

---

[1] 中华人民共和国中央人民政府：《国务院办公厅关于改善农村人居环境的指导意见》（国办发〔2014〕25 号），2014 年 5 月 29 日，http://www.gov.cn/zhengce/content/2014-05/29/content_8835.htm。

[2] 吴良镛：《人居环境科学导论》，中国建筑工业出版社 2001 年版，第 38 页。

第一节 自然环境

一 空气

黄泥村的空气质量优良，污染较少。在村里居住了82年的老人李某表示，天晴的时候总是蓝天白云，几乎从未经历过空气浑浊看不清人的情况。我们从黄泥村所在的麻江县空气质量监测数据也可窥见一斑。2019年8月到2020年7月，麻江县整体的空气质量呈向好趋势，2020年6、7月，该地区空气质量排名甚至达到全省前五[①]。

村里的空气污染物主要是臭氧和PM2.5。臭氧污染一般发生在春夏季[②]；后者则在冬季较为突出。由于村民们家中都没有安装空调，在冬季他们多会通过烧柴、烧煤取暖，这就产生了PM2.5等污染性颗粒物；在作物收割后，部分农户会小范围焚烧剩余秸秆，也是导致该地区PM2.5污染的一大原因。

二 水质

（一）河流

流经黄泥村的河流只有洗布河，河水主要用于农业灌溉。20世纪六七十年代，洗布河经过黄泥村的只有一小段。1971年，村内田土地进行了重新划分，老一辈们为了更好、更方便地灌溉自家农田，开始集体动工拓宽、延长了这一小段河流，到1980年正式完工。如今，洗布河全长约72公里，流经黄泥村的河段深浅不一，最浅的有1米左右，最深处有3米至4米，河面在棉花冲水库附近最宽，大约有3.5米，其他河段平均宽约2米。

---

① 贵州省生态环境厅：《贵州省生态环境质量月报》，2020年6月，http://sthj.guizhou.gov.cn/hjsj/hjzlsjzx_5802731/hjzlyb_5802733/202007/t20200727_65004227.html。

贵州省生态环境厅：《贵州省生态环境质量月报》，2020年7月，http://sthj.guizhou.gov.cn/hjsj/hjzlsjzx_5802731/hjzlyb_5802733/202008/t20200828_65004228.html。

② 这两个季节温度高、湿度低，有利于长生臭氧的光化学过程发生以及生物臭氧的形成。此外，贵州夏季频发的强雷暴闪电也会直接产生臭氧造成污染。

洗布河的源头是村附近的棉花冲水库。该水库修建于1977年5月，1982年1月竣工，总库容达67.8万立方米。由于当年条件的限制，棉花冲水库是一边设计一边由人力施工完成，大坝建成后一直不能正常蓄水，到了雨水充沛的时节，水位上涨到1049.0米高程就开始出现渗漏现象。2013年，县政府相关部门对棉花冲水库进行了除险加固工作，增加建设了1.2米高的防浪墙，对坝尖、水库左岸进行了回填、削坡和砌护处理，对坝体进行防渗，保障了下游居民的财产安全，水库周边的自然环境也得到了改善。

虽然洗布河的水质良好，但也曾发生过污染事件，并产生了纠纷。几年前，黄泥村马鞍组建了一个养鸡厂，该厂将养殖产生的鸡粪水直接排入洗布河中，导致水体变质，恶臭难闻。村民们因此与该企业产生了纠纷。后经调解，2015年，养鸡厂给村里11个组分别赔付了4万元赔偿金[1]。村民们利用这些资金，将洗布河河道中的淤泥全部清理干净。此后，该养鸡场也不再把污水直接排放到河中，直到2017年，养鸡场搬离。目前洗布河的河水清澈见底。村民们告诉我们，河里的水不用净化，直接就可引至农田进行灌溉。

河长制与水质保护[2]

2018年，黄泥村开始实行洗布河河长制制度。村民们可以通过自己报名和他人推荐两种方式参与竞选。村委会继而组织村民代表们开会并投票选出1名河长。其工作职责主要是牵头进行水资源保护、防治污染、河道清理等行动，负责督促村内其他河流保护工作人员完成必要任务并与洗布河上下游其他河段河长进行工作对接。

为了保护河流水质、帮扶村内的贫困户，村委会还另外增设了6名陪育员和4名护河员（只提供给村里的贫困户）的岗位。当河里出现了垃圾，他们需要及时将垃圾清理干净并投放到附近的垃圾收集斗。平日里，陪育员和护河员们也需要监督村民们保护河流，制止农药毒鱼等污

---

[1] 引自黄泥村村民访谈，2020年8月26日，地点：贵州省麻江县黄泥村。
[2] 引自陈睿对黄泥村村支书孟庆国的访谈，2020年8月28日，地点：贵州省麻江县黄泥村。

染水体的行为，并宣传河流保护相关环保知识。

（二）泉眼

黄泥村一共有 7 口泉眼，其中马鞍组和黄泥组各有 2 口，上岩组、田坎组，以及兴隆组各有 1 口，这些泉眼都是天然形成的。各组的居民们会自发集资请工程队到村里安装引水装置，然后将水引至居住地并通向各家。村民们告诉我们，从山上引下来的泉水没有异臭、异味，偶尔参杂了一些杂质，如果要用做吃食，大家都会静置过滤后再使用。水厂工作人员也曾到村里来检测过泉水，并表示这些山泉水质都符合国家标准[1]，是可以饮用的。

三 绿化

尽管没有做过精细的绿化方案设计，但黄泥村还是随处可见绿色的蔬植。全村耕地面积共 4140 亩，其中林地 3868 亩，约占村土地面积的 26.86%。为了保护林地生态系统，黄泥村安排了 8 个护林员的公益性岗位[2]。他们负责对管护区域内的林地和林木进行统一管护，需要按时巡护山林，及时发现并制止非法采伐林木这类破坏林地的行为，发现森林的病虫害情况，协助县、镇的林业部门做好相关政策宣传工作。每到秋冬严防山火的时期，护林员们还需要在村里山林附近的卡点守卡，告知将要上山的村民们务必注意防火事项。

黄泥村的主干道和通组的道路旁都种植有桂花树等常青植物。这些树于 2012 到 2013 年间由县政府在进行公路硬化升级改造时种植。2017 年，村内全面开展了"清洁风暴"行动，有的村民们在此行动时在自家通户路旁种上了低矮的观赏性花草。

---

[1] 此处指 2007 年 7 月 1 日由中华人民共和国卫生部及国家标准化管理委员会制定颁布的《生活饮用水卫生标准》（GB 5749-2006）。

[2] 黄泥村的公益性岗位包括"护河员""护林员""护路员"和"保洁员"。这些岗位只提供给村里的贫困户，他们每年都有 1 万元的劳务报酬，按照 1 月到 11 月每月 800 元，12 月 1200 元的标准计算，并以季度为单位发放工资，每个季度的月末发放到手中。岗位上的工人们没有假期、加班工资或者其他福利待遇，但县人社局和财政局会帮其缴纳人身意外商业保险。

第二节　村容村貌

一　房屋

（一）房屋分布情况

黄泥村村民的房子都是以组为单位聚居在一起，村里一共有11个组，虽然组与组之间相距不等，但都是步行数分钟即可到达。除了虎场组、上岩组外，其他组居民居住地都主要集中于一处。值得指出的是，村里有一条自南向北的大路（谷贤公路）途经棉花组、大坡组、黄泥组、田坎组、兴隆组和新庄组，因此这6组的房屋分布更具特点——全都建在公路旁，且相对于其他组的房屋布局较为分散。

村干部告诉我们，黄泥村的房屋布局并没有经过缜密的规划，农户们大多是翻新祖辈留下来的老房子或者在老房子附近、靠近公路处修建新房。建设新房时，村民们需要向村委会提交新房修建的申请，经县国土与规划部门批复后才可以动工。村中不允许在农田保护区建房，少数农户在自家田地边建造的违建房都已于2017年被拆除。

（二）住房建设

1. 普通居民区

新楼房和旧房子修建在一起，这是包括黄泥村在内，贵州山村房屋建设的特色（本书第九章将作详细介绍）。2017年村里开展危房改造工作以来，一部分一级"危房"被拆除、原地重建；二、三级"危房"则大多在原基础上进行修补和改造。出于各种考虑，多数村民会选择将新楼房建在老房子旁边。农户们在新建楼房的时候，希望能通过"气派"的新房展示自家财力，村委也并不会对此有所干涉，于是就出现了老房子还是木质结构，紧挨的新楼房却是砖混或钢筋水泥"小洋房"的现象。一边满是风霜的痕迹，一边洋溢着新兴的味道，两种风格迥异的住房建筑修在一起，形成别具一格的山村风貌。

村里的传统木质结构住房大多是用松木、杉木建成，两层高，屋顶铺设瓦片。由于年久，屋内的木质结构多数出现了受潮发霉、卷翘、开裂、开缝等现象。2017年村里全面实施"危房"改造时，拆除了大量木质"危房"。目前黄泥村内木质房屋数量不足20户。

2.易地扶贫搬迁居民区

黄泥村于2016年展开易地扶贫工作（也称作"生态搬迁"）。到目前为止，一共有6户易地搬迁户，且均已入住麻江县官井湖社区后坝移民搬迁居住点，如图3—1所示。该处房屋是由麻江县政府拨款集中建设而成，与黄泥村内农户自建的屋子相比要规整得多。小区路面铺设有沥青，每栋房子采用"三楼一底"的建设方式，一楼为商铺，二楼以上用于居住，共住6户搬迁户。房屋分布按照：2—3人户的居住面积为60平方米，4人户为80平方米，5人户为100平方米，6人以上的家庭居住面积为120平方米（3间卧室、2个卫生间、1个厨房和1个客厅）。搬迁户们每人只需缴纳2000元的房款，拿到分配房子的钥匙后便可入住。

图3—1 后坝移民搬迁居住点

（注：吕达奇于2020年8月20日拍摄，拍摄地点：贵州省麻江县杏山镇官井湖社区后坝移民搬迁居住点）

二 道路

2012年以前，黄泥村的道路都是沙石路。2012年，县政府开展了道路硬化的工作：安排施工队在"村村通""组组通"道路上铺设了沥青，并在路旁种植了绿化树木。同时，交通部门还为村民们提供了修路的材料；村委会则动员大家一起铺设了"户户通"的水泥路。2015年，由于原有通组路路面较窄，不方便会车，镇交通部门又安排了施工队将村里通组路拓宽到了3米至3.5米宽。目前，黄泥村与其他村之间的公路都是按照国家四级公路标准建设，路基高5.5米至5.6米，路面宽4.5米至5.5米，且全部通有客运交通；村内通组路每公里设置有3个错车位，道路厚15厘米至20厘米，大渣层低于30厘米，混凝土层约12厘米至15厘米，两侧都配置40厘米宽的排水沟，通向洗布河。

为了保护道路完整以及路面交通安全，黄泥村设置了3个护路员的公益性岗位。他们负责将路边的杂草或碎石等阻碍交通的障碍物清除干净，该岗位同样只面向村内的贫困户。

三 垃圾

黄泥村的垃圾处理和麻江县其他村一样，采用"三段式"的模式转运。第一段由村里安排的保洁员、村民分别打扫好农村的公共场所和门前"三包"区域，将垃圾投放至附近的垃圾斗内；第二段由村内保洁员联系垃圾转运车司机，将垃圾斗内的垃圾转运到谷硐镇垃圾压缩站进行压缩；第三段由麻江县住建局安排的转运车将压缩站压缩好的垃圾转运到垃圾发电厂做最后处理。

目前，村中安置了15个垃圾收集斗，投放于每个自然寨交通便利的公路旁或硬化场地上，然后由负责该片区的保洁员清理并通知运输人员清运垃圾。垃圾收集斗的存放位置不允许随意更换，凡是随意更换垃圾斗位置并导致清运人员未及时清运垃圾的保洁员，将会在年终考核中扣分，同时垃圾斗周围的卫生情况也被纳入了保洁员的考核标准。

虽然村委会向农户家一共发放了377个分类垃圾桶，但在走访过程中我们发现，这些分类垃圾桶的使用频率并不高。显然，尽管我国居民的垃圾分类意识正在逐步强化，但全面落实垃圾分类依旧任重道远。

村里配备垃圾收运车 1 辆，一般情况下两到三天清运一次垃圾，由保洁员电话联系运输人员将垃圾送至约 6 公里外的谷硐镇垃圾厂。村民们自家产生的生活垃圾需要自己倾倒入家附近的垃圾收集斗，每年需要缴纳 12 元的垃圾清运费。

针对普通村民，黄泥村也有"门前三包"的要求：（1）包卫生。要求村民保持住房整洁，门外不得堆积粪肥、秸秆、砖土等杂物，垃圾入桶、废水入池；（2）包绿化。要求农户负责养护自己责任区内的树木、花草，不在树木上绑绳搭线晾晒衣物；（3）包秩序。要求村民不得乱搭乱建、乱摆酒席，胡乱停放车辆、占道等等。村保洁员、村组干部以及帮扶干部会对保洁养护不到位的农户进行批评和监督。农户门前的道路和卫生区，则由村委负责。村委同时还担有划分责任区，落实到户的任务。

保洁员[1]

村内一共有 9 位保洁员。在精准扶贫的背景下，这种公益性岗位全部提供给了村里的建档立卡户。他们主要负责自己责任区域内的公共场所、道路、广场、便道、水塘或者沟渠的环境卫生保洁工作。他们通常早上 6 点到达分区，在 7 点半以前进行一次较为全面、彻底的清扫，其余时间便采取巡回保洁的方式清理零散垃圾或者落叶，将垃圾箱或垃圾桶中的垃圾每天收集一次投放至垃圾收集斗。

村里曾发布过数份保洁制度的公示，要求各位保洁员上岗时务必穿戴好分发的工作衣和工作帽，责任区的保洁工作必须达到"无堆积物、无果皮纸屑、无污泥恶臭、无人畜粪便；路面净、绿化带四周净、墙根净、公共场地净"，工作时不允许串岗、脱岗、扎堆聊天或者干私活等。为保障保洁员的工作质量，村委会每年都会重新选择岗位聘用人

---

[1] 引自陈睿对黄泥村"六大员"的访谈，2020 年 8 月 27 日，地点：贵州省麻江县黄泥村。

员并与之签订协议,对于上一年年终考核中合格的保洁员,则在次年优先续聘。

四 污水

(一)家庭污水处理装置

村民们家中的厕所污水都是经过处理后才会流向各组的集体处理池内。2017年开展的"三改"行动为黄泥村的每一户人家都安装了三格式化粪池,这种家庭版的小型污水处理装置分为三个池子,全部采用玻璃钢建造。粪便在第一池贮存约20天,利用寄生虫卵的质量大于粪液混合液的原理产生沉淀作用。经初步分解后,粪液流入第二池,贮存约10天。该池为密封厌氧环境,虫卵继续下沉,粪液发酵,病原体逐渐死亡。到了第三池,此时粪液已经腐熟,病菌和寄生虫卵也已基本杀灭,这一池主要起到暂时贮存、沉淀已基本无害的粪液的作用。第一池、第二池和第三池的容积比例约为2∶1∶3。

改造前的农户厕所[1]

在"三改"行动之前,黄泥村只有少数条件较好的居民家中安装有三格式化粪池,且都是村民自己拿砖头和水泥筑就的。那时大家对厕所污水的处理方法通常只是用作种植肥料或在粪池下面挖一个洞,让污水直接流入土地中。对于厨房这类生活污水,农户们往往直接倒在屋外,下雨的时候雨水会把这些污物冲至道路两侧的排水沟内,流至洗布河里。"三改"行动让农户们的家中都安装有科学的污水处理装置以及处理污水的下水管道,极大程度上改善了村民们的居家环境和村里的公共卫生环境。

---

[1] 引自陈睿对黄泥村主任黄绍有的访谈,2020年8月28日,地点:贵州省麻江县黄泥村。

（二）集中污水处理装置

黄泥村相对于其他乡镇，由于人口规模较小、居民居住较为分散，地形地貌也比较复杂，村内的集体污水处理系统采用的是"厌氧池、生物过滤+人工湿地处理"的模式。目前，村里 11 个自然寨都已全部实施了农村污水处理基础设施建设，全村修建主管网总长约 7421 米，支管网约有 11185.7 米。

我们实地调查了虎场组的污水处理系统，它于 2019 年完成，属于黄泥村人居环境二期工程建设，日均处理污水总量可达 20 吨。居住在虎场组的村民有 35 户，共 139 人，每家每户的生活污水，包括厨房、厕所用水，都汇总到这里进行集中处理。该处理池的工作模式主要分三步。

第一步是好氧发酵。该项目采用了玻璃钢建造化粪池，这类新型复合材料质量轻、硬度高、耐腐蚀，在化粪池工业中的使用非常广泛。在这个池子里，污水首先经过粗渣过滤，再进行沉淀，池中的好氧细菌消耗了污水里的氧气，为下一步厌氧发酵做好准备。值得一提的是，黄泥村的污水处理池都是建在地下，地面上方则种植有不同种类的绿色植物。池子边缘用木栏围起，不允许踏入。

第二步采用厌氧发酵。这一步和农村自然堆积发酵原理一致。各类微生物分解代谢污水中的有机质，最终形成可以利用的甲烷、二氧化碳混合气体，分解后的物质也更利于后续阶段的植物的快速吸收。厌氧池拿水泥浇灌而成，顶上留一个小口，盖上水泥盖板，防止沼气爆炸。

第三步的处理池则铺满了鹅卵石，用于吸附厌氧发酵后污水中的其他杂质。接着，污水将进入人工湿地处理系统[1]进行最后的处理。

---

[1] 人工湿地模拟了天然湿地的运作结构，其复合生态系统"基质—微生物—植物"可以通过物理、化学、生物三方面的作用，将粗处理后的污水净化至国标 GB 8978-1996 一级 B 污水处理标准。在黄泥村，人工湿地的地面下方都用砖砌起了墙，中间建造有均匀的间隔，将处理池分割成 11 块小区域。每一个区域的最底层铺放鹅卵石，往上再堆放活性炭、砂土。砂土层除了过滤与吸附，又兼有种植层的责任——种植的植物在自身生长的过程中会吸收营养盐，进行离子交换，从而对污水产生净化作用，此外，它们的根系形成的生物膜也可以有效降解有机物。小区域里的污水经过净化再流入下一区域，总共在人工湿地里停留 5—8 天，可以去除 70%—90% 的还原性物质和 60%—80% 的含氮化合物，最后达到国家生活污水排放标准，流入农田进行灌溉、稻田养鱼。

第三节　户内人居环境

一　饮水工程

在没有通自来水前，黄泥村村民们的日常用水都来自附近山上的泉水。2018年，村内饮用水工程建设正式完工，目前村民们的用水选择有二：一是山泉，二是更为安全、需要收费的政府供水。

黄泥村除了上岩组，其他村民小组的饮水都来自统一提灌点。该点距离黄泥村约1公里，负责满足谷硐镇所有村庄居民日常用水的供应需求。而上岩组由于地处较为偏僻，由县政府前后出资40余万元，单独修建了用水提灌点，能够保障该组35户家庭的用水需求。

二　"三改"

黄泥村从2017年开始大规模开展"三改"行动。"三改"指的是"改厨""改厕"和"改圈"。县政府委派工程队到黄泥村，按照《关于贵州省农村危房改造和住房保障三年行动计划的通知（2017—2019年）》以"缺什么、补什么"的原则，与"危房"改造计划同步实施了这项显著提高农户人居环境质量的工程行动。

2019年，黄泥村完成全面"三改"行动，是麻江县第一个完成该政策的村庄。村里主要实施了生态污水处理、"改厕""改厨"、太阳能路灯安装、花坛维修、娱乐广场建设等。到目前为止，全村新建污水终端系统13座，"改厕""改厨"367户，安装了太阳能路灯257盏，维修花坛152处，新建娱乐广场硬化11处，其中5处安装有健身器材。

（一）"改厨"

黄泥村的厨房颇具贵州特色。在改造前，厨房里最显眼的通常是一个水泥砌筑的灶台：灶眼的上方开设火门，生火做饭的时候用来控制火候，旁有一个小窟窿，用来放置打火机这类小工具。村里每家每户都添置了一个可以生火的桌子：桌子下方有一个炉子，放入燃煤就可以炖煮食物、烧水或者保温，从桌下通有一根钢管到屋顶用于排气。一家人会围坐在桌子旁吃饭，冬天还可以用来取暖。如果厨房足够大，农户们会把这个桌子安置在厨房里，如果略显拥挤，则多数会把桌子放置在客厅。

黄泥村的"改厨"行动，根据《住宅设计规范》（GB 50096-2013）要求保障每户家中的厨房面积不低于 5 平方米。施工人员将村民家中不够规整的水泥灶拆除重建，将不够节能的灶具换成相对节能的装置，固定、规整了厨房电线和燃气管线，改造或修建了储水池、洗菜池和案台，并在每户厨房都安装了排污管道，通向各组污水处理池。最后，接受改造的厨房地面还会进行水泥清光，墙面和天棚也会被抹上水泥砂浆并刷白。

良好的厨房环境让村民们的饮食安全、用电用火安全得到了保障。此外，因为更换了更节能的灶具，几十年来烧柴、烧煤做饭所造成的空气环境污染也得到很大改善。目前，随着村里经济向好，贫困户们走向脱贫，黄泥村已经很少见到烧柴做饭的做法了，村民们大多都是用煤气、天然气和电饭煲炒菜烧饭。

（二）"改厕"

黄泥村传统木屋的厕所几乎都是露天旱厕，即在房子外不远处自行挖一个坑，浇上水泥，盖块木板或水泥板。夏天常常臭不可闻，更严重的是，因为粪便没有经过处理，滋生细菌，招来各种蚊蝇，如果遇到下雨天，场面更是难堪。每年夏天村里常常会有人因此出现胃疼腹泻的情况。更早一些年代，还常出现村民感染寄生虫病的严重卫生健康问题。

和"危房"改造同步实施的"改厕"工程目的正在于让农户粪水、生活污水分流，并建设可以科学处理好农户日常排泄物的装置设施。施工人员针对那些原本在屋外的厕所，新用毛石混凝土修建了基础，用砖砌起厕所外墙并用混凝土浇盖了厕所的顶板。对于改造厕所的地面，则铺设了混凝土垫层并进行了水泥清光，在厕所外墙、内墙和天花板上涂抹好水泥砂浆，再将厕所内部墙壁漆白，安装好洗脸盆、便池、冲洗设备、照明路线等。最重要的是，施工队还为黄泥村每家住户都堆砌了家庭用的小型三格式化粪池。

目前，黄泥村的冲水厕所实现了 100% 覆盖。村委会也早已明文规定，严格禁止农户在水体周边建设厕所或将粪液直接排入河流。为了防止家用化粪池发生渗漏污染，相关工作人员还会定期前往农户家中进行清渣。

"改厕"提高生活品质①

  王先生一家5口人，2018年以前一直住在木质老房子里。老房子建了几十年了，早已破旧不堪，上楼的时候楼梯还会吱呀作响。

  大约三年前，村里开始大范围地开展"危房"改造项目。刘先生接到村委的通知后就想着借此机会给自己和家人建一栋好房子。建档立卡贫困户的他拿出自己的积蓄，在原来的老房子旁边盖了一栋两层高的砖混楼房。

  刘先生告诉我们，老房子的厕所在户外，拿水泥砌了一个小坑，再用砖头搭起棚子。每到夏天，老厕所里就蚊蝇乱飞，脏臭不已，偶尔还会导致家里人胃疼腹泻。孙子随儿子到外省去上学，每年暑假回老家后，总是不愿意去那里上厕所。

  但是现在，刘先生家新房子的厕所建在户内。墙面用油漆刷白，墙面和地板都贴了瓷砖。最重要的是，厕所变成水冲式厕所了，没有异味和成群的蚊蝇。今年夏天，家里人安安稳稳，非常舒适。

（三）"改圈"

  黄泥村不存在人畜共住的情况，村民们圈养家畜的棚舍往往建在屋外20余米开外，因此村里并没有实施改圈。本小节所讲述的"改圈"相关内容则是基于团队在实地调研中走访过的贵州麻江其他村子的情况所得。

  在贫困山区，一些木质老房子里仍然存在"人住楼上，畜住楼下"的情况，这带来了突出的环境问题。我们曾到访过一户人家，他们的地下室里圈养了鸡鹅和一头猪，屋子里弥漫着鸡粪味，蚊蝇厚重。人畜混居带来了突出的环境卫生问题，家畜粪便得不到及时、科学地清理，导致生活环境脏乱臭，人接触带病毒的家畜体液更可能患上禽流感、口蹄疫、寄生虫病等。"改圈"工作因此显得相当重要。工程队在居民房子外新建了独立圈舍，按

---

 ① 引自陈睿对黄泥村村民王某的访谈，2020年8月24日，地点：贵州省麻江县黄泥村。

照每户至少9平方米的面积标准，修建了顶盖以及围护设施，设置通风透气的洞口，用水泥浇筑出粪池，力图确保家畜粪液不外流，避免造成环境污染。有的村还建立了集中圈养点，通过安排村民们轮班值守、清理圈舍，保障了养殖环境的卫生。

第四章 财富状况

黄泥村农户的财富包括房屋、宅基地、承包地，以及存款储蓄、生产型资产、消费型资产等。财富不同的家庭体现出不同的特征，包括对子女的教育理念、家庭资产类型、职业类型等，从财富对人的主观影响看，财富高低也在一定程度上影响着农户的风险态度、满意度和攀比行为。除此以外，一个重要的内容是财富的继承。本章将就财富的上述维度展开描述与讨论。

第一节 黄泥村农户的财富情况和资产特征

一 财富概况

房屋、宅基地和承包地构成农户财富的很大一部分。在黄泥村，几乎每家每户都有自己的房屋、宅基地和承包地。房屋经历了三次较为明显的改造潮，目前以砖混房为主，一户四人的家庭约有房屋一套，较庞大的三世同居的家庭平均有一套旧的木屋和新建的砖混房[1]。农村宅基地有三种类型，分别是：建了房屋、建过房屋或者决定用于建造房屋的土地；建了房屋的土地、建过房屋但已无上盖物或不能居住的土地；准备建房用的规划地。农户对宅基地有使用权、继承权和转让权，一般是一个户口分配一块宅基地[2]。承包地是指农村集体经济组织成员有权依法承包由本集体经济组织发包的农村土地耕地，包括耕地、林地、草地，以及其他农业用地[3]。黄泥村的土地以耕地为

---

[1] 引自黄泥村书记访谈，2020年8月28日，地点：贵州省麻江县黄泥村村委办公室。访谈结论：三代同居的，一般老房的户口仍然保留在老人名下，新房户口是中年男性。

[2] 引自黄泥村书记访谈，2020年8月28日，地点：贵州省麻江县黄泥村村委办公室。黄泥村内保障了"一户一宅"，一个户口分配一块宅基地。

[3] 中国法制出版社编：《农村土地承包法新解读》，中国法制出版社2010年版，第34页。

主，农户家庭平均有耕地 2.92 亩，部分流转给当地合作社和蓝莓企业。另外，牲畜主要是牛、鸡等，除了几位养殖大户有大棚和砖房进行专业养殖外，其余小农户都是零散饲养，规模不大。

除此以外，目前黄泥村的户均年收入是 5 万元，其中较高收入的（户均年收入在 6 万元之上）约有 100 户，较低收入的（户均年收入在 2 万元以下）有 142 户。扣除各种生活生产开销，收入积累数额即为家庭存款，黄泥村的户均存款约为 8 万元；贫困户较少，存款一般不足 2 万元[①]。

与财富相关的概念除了存款，还有家庭的资产。家庭资产分为生产性资产和消费性资产两类，生产性资产大多是农机设备、土地等；消费型资产则是满足基本需求的房屋、衣物、家具家电等。在 2005 年时，村内进行了一项农户消费性资产的统计，统计显示，村内每百户彩电拥有量为 87 户，每百户摩托车拥有量为 32 户，每百户手机拥有量为 52 户。到 2020 年，全村小汽车拥有率为 25%，摩托车/电动三轮拥有率在 95% 以上，智能手机/电脑拥有率为 80%，冰箱拥有率为 100%，彩电拥有率为 100%，洗衣机拥有率为 100%。其中，小汽车几乎都是富裕家庭所有，有的贫困户家庭没有手机、摩托车。而生产性资产，都集中在富裕的农户家庭，主要有联合收割机、播种机等。

二 不同存款类型家庭的特征

（一）高存款家庭特征

黄泥村有一幢白墙红瓦的小洋楼，家中住三口人，其户主是龙先生，妻子在家务农，他和儿子外出打工，2020 年年初因病回家后一直休养在家。龙先生还有一个出嫁的女儿，外孙 3 岁。龙先生和他妻子是读过书的，高中毕业；女儿、儿子都是大专毕业，从小受教育情况良好，经济条件也较好。该户年纯收入在 8 万元左右，即每年能够存款 5 万。2019 年建新房花费了 30 万元，目前存款还剩两三万元，可以基本实现粮食的自给自足。一个月开销的主要构成变化是：从前是孩子的教育费用为主，目前是孙女的营养费、老人的药费为主等。对于烟酒消费，龙先生和他儿子平常会抽烟喝酒，

---

① 引自黄泥村书记访谈，2020 年 8 月 28 日，地点：贵州省麻江县黄泥村村委办公室。

但并不上瘾,所以也可以承担得起。家里没有购买小汽车,只有一辆摩托车,家用电器很齐全,也有净水器、智能手机、电脑。

(二)中等存款家庭特征

中等存款类型的家庭,一般有1—2人在外务工,通常在县城附近,年纯收入可以达到1.5万元、年存款在5000元以上;家中其他劳动力务农。对于孩子教育的要求有严有松,孩子的成绩也分布在各个水平。总体来说,这一存款类型的家庭,在分析上并没有特别显著的特征。值得注意的是,有些家庭购置了小汽车,大约是7万—8万元的价位。调研组采访了一位姓金的户主,其家庭年收入在4.5万元。其大儿子在县城工作,一年的工资是2万元;小儿子在县城打工,年收入1.5万元;金某和妻子在家务农,主要种植水稻和蓝莓,蓝莓的纯收益约为每亩3500元,种植了3亩,一年的农业生产性收入为1万元左右。因此,金某家一年可存款1.5万元以上且不愁吃穿,住房有保障,有两辆摩托车。两个儿子均是高中学历,未考取大学。金某表示他和妻子对教育并不是很重视,从前孩子放学后,金某也会让他们帮忙做农活。

(三)低存款、负债家庭特征

贫穷的低存款家庭,甚至一些负债家庭,在家务农的家庭成员偏多。这些家庭从纯种植业中得到的年纯收入约为8000元;养殖的牛、猪可以带来的年纯收入约为1万元;喂养的家禽也不多,且都是不贩卖的,一般不能获得经济收入。这些家庭普遍没有存款,他们的生活开销主要靠各种政府补贴维持:教育补贴、医疗补助、养殖业补助等。并且,他们一般不重视教育,虽然都希望孩子上大学,但是在实际行动上却表现不佳:基本80%都没有能力为孩子上大学存钱,90%以上没有陪孩子学习过,甚至还有一部分表示不清楚孩子的成绩。这类家庭的孩子们也并不在意孩子的成绩,对未来的职业选择大多数意向为低技能职业。

总体来说,排除特殊情况(患病、意外伤害),黄泥村中的高存款类型家庭都有1—2人外出打工,且出省打工比在附近城镇打工更能赚钱;而低存款家庭一般都是本地务农,因为农业的经济效益比较低;介于两者之间的中等存款家庭一般会在本地从事养鸡、养猪之类的事业,辅以种植生产。

第二节 财富来源与用途

一 财富的来源

财富的各种形式都是通过收入实现的。据统计,全村农户的工资性收入主要来自外出务工。自1993年以后,农户外出务工收入在农户人均总收入中的比重从1993年的3.13%,提高到2005年的25.3%,此后甚至达到了45%的高度,极大地增加了农户的财富。[1]

除了打工,农业生产也能够给家庭带来收入,进而增加家庭财富。蓝莓种植的经济效益可以达到4000元/亩,但是村内几乎没有自主种植的农户;烤烟等作物村内部分农户有种植,但是规模不大;其他作物,例如玉米、水稻等经济效益较低,家庭从中获得的经营性收入极少。

普通农户与建档立卡户的财富来源[2]

钱某家庭的经济水平在村内属于中等偏上,他家有五口人,分别是两位在家务农的老人、两位外出务工的夫妻,以及读小学的儿子。钱某表示,自己和老伴一年种植1亩耕地的水稻和蔬菜用于自家消费,另外2亩耕地流转给合作社,一年可以从中获得约1000元。儿子和儿媳到江苏打工,一年纯收入约6万元。由此看来,钱某家的财富构成中外出务工占比绝对领先。

吴某是建档立卡户,家有六口人,和钱某家一样,有两位务农老人,一年依靠种植了分耕地,其余2亩耕地的流转费一年1000元,还有分红1000元。夫妻两位在县城的公益性岗位工作,工资不高,勉强支付两个孩子上大学的费用,但所剩不多。因此财富来源很大一部分是种植业收入。

---

[1] 麻江县年鉴编纂委员会:《麻江年鉴(2018)》,云南民族出版社2019年版,第143页。
[2] 引自支晓旭对黄泥村农户钱某、吴某的访谈,2020年8月25日,地点:贵州省麻江县黄泥村。

二　财富的用途

经过调查发现，通常情况下，收入经由消费行为转化成了各种资产类型，如食物、学习用品、农户的家电家具，甚至是房屋。问卷结果显示，黄泥村农户平均拥有太阳能热水器 0.81 台、彩电 1.07 台、电冰箱或冰柜 1.04 台、洗衣机 1.03 台、空调 0.06 台、含滤芯净水器 0.24 台、摩托车 0.76 辆、电瓶车/电动三轮 0.45 辆、电脑 0.21 台。

另外，虽然不同存款类型家庭在存款的用途上表现大有不同，但是农户很大一部分存款用于食品开销——农户家庭的恩格尔系数普遍在 60% 以上，有的甚至高达 80%。除此以外，贫困家庭的存款通常用于上学、看病等救急之用；稍微富裕的家庭一般会将存款用于购置新的家电等。并且，很大一部分农户存款都是为了日后建一幢新房，他们将这视为和婚丧嫁娶一样重要的大事。

第三节　财富对农户的影响

一　对待财富与风险的态度

我国是传统的小农经济国家，由于小规模农业的稳定性，农户的风险态度一般都是风险厌恶型。他们对待新技术、新变化表现出排斥的心理，积极尝试的兴趣不高。尽管与其他经济主体，如与城市居民相比，山村农户大都是偏向风险厌恶的，但是财富水平的不同显然会影响农户面对的风险，以及看待风险的态度。希顿和卢卡斯曾对此给出详细的讨论，他们表示由于家庭财富不同，农户家庭持有的资产类别和相应的份额都不尽相同，因此就影响了农户面对的风险。比如，富有家庭的耕地相对较多，有了这些稳定的资产，在面对意外时所面临的风险就相对较小，例如遭遇新冠肺炎疫情冲击时，耕地多意味着家庭经营性收入多、粮食富足，可以减少风险。所以，也就不难理解耕地多的农户相比耕地少的农户更能够承受风险。在调研期间，我们发现黄泥村农户的平均耕地拥有量为 2.92 亩，其中耕地在 3 亩以下的农户，在回答风险态度问题时表现出强烈的厌恶心理，表示不会流转土地、不会选择自主创业等[1]。

另外，财富与风险有对冲作用[2]。在面对相同的风险冲击时，较高的财富能提供更好的缓冲作用。和上述机制类似，拥有较高的财富和资产能够在风险来临时给农户提供更高的保障，在有了基本保障后，农户相对更能接受风险和尝试风险行为。

有钱不怕担风险[3]

朱先生在十年前离乡务工，积累资金；于2019年初返乡创业，将赚取的10万元和借贷的8万元都用于生态鸡养殖产业。访谈时，朱先生说："十年前没有钱嘛，也就不敢想创业的事情。现在有钱了，有资本去尝试创业了。风险是一直存在的，但是现在有能力去应对了嘛。"

总体来看，黄泥村农户对待的风险态度还是倾向于风险规避的，仅有少数富裕家庭和文化程度高的家庭具有较明显的风险喜好。这部分群体愿意使用新技术、参与农业产业，而不是从事传统的种植养殖业或者外出务工。

二　财富与满意度

财富能够对农户的生活满意度产生影响。一般来说，财富积累多的家庭，家庭资产更多、更完备，他们的生活满意度普遍更高；而财富积累少的家庭会产生强烈的相对剥夺感，在与周围高收入、高存款的家庭对比中产生负面情绪，从而在物质和精神两方面降低满意度。

笔者收集了不同群体对自家存款的满意度后发现，大多数的农户对自家存款都不满意。他们普遍认为自家的经济在乡邻中处于较低水平。即使是年收入可以达到10万元的富裕家庭，也都表示自家经济水平一般，没有达到

---

[1] 李景刚等：《农户风险意识对土地流转决策行为的影响》，《农业技术经济》2014年第11期。
[2] 张琳琬、吴卫星：《风险态度与居民财富——来自中国微观调查的新探究》，《金融研究》2016年第4期。
[3] 引自支晓旭对黄泥村农户朱某的访谈，2020年8月25日，地点：贵州省麻江县黄泥村。

满意的程度。一方面，在被问及家庭收入时，农户倾向于回答较低的数值；另一方面因为需要用钱的地方很多，所以农户存在想要多收入的情况。在大量支出的刺激下，农户对拥有大量存款的欲望变得强烈，由此产生了对目前自家存款的不满意态度。

三　财富与攀比

在一个熟人社会，社会地位是很重要的，而社会地位的高低往往又与家庭财富有着密不可分的联系。本部分从家庭财富的重要指标"一般财产"，对黄泥村内的攀比风气进行描述。

"一般财产"包括银行存款、汽车、摩托车、家电等。近年来村内攀比风气体现最明显的是在汽车的购买方面。在黄泥村，由于地势崎岖不平，汽车不便通行，反而是摩托车和电瓶车更为合适。值得注意的是，在基本家家户户都拥有摩托车或者电瓶车的前提下，很多农户却还要购买汽车，这看起来不必要的行为背后正是攀比风气所致。

> 尽管杨某没有驾驶证，也没有开车的必要，但他说周围的乡邻有的购置了小汽车，经济地位和社会地位得到了提高，在此风气的诱导下，自己也会想要购买小汽车。

事实是，每家每户购置摩托车或者电瓶车、电动三轮，主要是用来代步出行，少部分用于生产经营性的运输活动。在黄泥村，约25%的农户购置小汽车，在一定程度上是攀比的行为表现。

第四节　财富的继承

一　财富继承的内容

法律中对"遗产"的界定是："夫妻在婚姻关系存续期间所得的共同所

有的财产"。当夫妻双方一方逝世时，按照法律规定，应当将夫妻共同财产一分为二，仅其中的一半是个人遗产。在黄泥村情况有所不同。当地民俗是户主（通常为男性）逝世后，其连同其配偶的资产一同以夫妻双方共同资产的形式分给后代，与资产共同继承的还有赡养老人的义务，有时还有偿还债务的义务。

农村广泛认同的共同财产有：房产、家具、牲畜、土地、汽车、存款、金银首饰。在黄泥村，拥有金银首饰的家庭数量基本为零；房子通常包含了独立的房产、屋内的家具、屋外的牲畜；山地田地承包权不属于遗产，但承包所得利润可以继承，本节中以"存款"计；土地地上附着物由于不易移植性，以"土地"计。所以一般的遗产分配，考虑的仅有房子、土地、汽车和存款。

二 继承的风俗

虽然1985年颁布的《中华人民共和国继承法》（简称《继承法》）规定：继承权男女平等，但是黄泥村的公序良俗决定了《继承法》在村内仅作为一种解决纠纷的依据。实际上，儿女的继承权在黄泥村是不均等的，财产继承以男性后辈为主。

虽然村内"男尊女卑"的思想已经淡化，但是在掌握财产分配权的主体，即50岁以上的老人心目中还是占了比较大的分量，这也直接影响了他们的财产分配。一般来说，女儿仅仅是出嫁的时候能够以"嫁妆"的名义分得家庭的一部分财产，而儿子在结婚时不仅可以以"聘礼"的方式获得一部分财产，而且通常还可以分得婚房。"嫁妆"通常是一些家具，或者是摩托车，家庭富裕的还会买汽车当作"嫁妆"；"聘礼"通常是冰箱、彩电、洗衣机。继承权的性别不均等还体现在分配遗产时。户主逝世后，夫妻双方的共同财产，即房子、土地、汽车、存款一般都是留给儿子的。女儿是无权要求分得财产的，她在出嫁时就已经脱离这个家庭，婚后收入也不会用于原来家庭的开销。

以龙先生为例。龙先生有一儿一女。儿子在外务工，准备娶媳妇；女儿已经出嫁，嫁在邻村。他说，新建好的房子以及原来的老房子以后都是属于儿子的，包括现在老房子里圈养的牲畜、新房子里的各种家具，以及耕地、摩托车、银行的存款。而女儿只有在结婚时，龙先生送了一辆汽车作为"嫁妆"。值得注意的是，目前家中仍有房间留给女儿和外孙，是一间儿童房，粉色调，但等儿子结婚成为新户主后，房间则交由儿子处理，女儿不能再随意进出。

在黄泥村，房产和宅基地毫无疑问是儿子继承的。承包地经由村集体收回后，其经营权再分配回被继承者①。汽车、家具一般而言也是儿子继承，少数情况会是女儿继承。对于育有多个儿子的家庭，财产分配相对均等。虽然《继承法》中规定："对尽主要抚养义务的，或与被继承人共同生活的继承人，分配遗产时可以多分"，但是黄泥村的长辈们似乎不在意哪个儿子会更多地照顾自己，或者说更孝顺一些。他们一般都会花积蓄新建房屋，好在分配房产上尽量做到公平公正。

房产和宅基地是遗产中最主要的部分，每个儿子基本都会有一套房子，也都会在老人到了一定年纪后去办理新的房产证。在黄泥村没有长子的说法，每个儿子分得的房产和承包地基本是一样多的。

三 继承发生的时间及方式

第一次财产的继承发生嫁娶过程中。在儿子娶妻或者女儿出嫁时，父辈的一部分财产会以"聘礼"、婚房，或者"嫁妆"的形式完成转移，具体的财产转移内容是由父辈定的。"聘礼"一般是冰箱、彩电、洗衣机，除了"聘礼"，儿子还可能分得一间婚房，而女儿仅仅能获得一份"嫁妆"。

第二次继承发生在被继承人逝世时，继承人（一般是儿子）和其他亲属陪在身旁，听候被继承人的遗嘱。但是大多数人逝世时，是不立遗嘱的，直接按照当地风俗完成遗产继承，这在黄泥村是一种约定俗成的习惯，无需特

---

① "三权分置"的新政策，为顺应农民保留土地承包权、流转土地经营权的意愿，进行农村土地的所有权、承包权、经营权三权分置改革。另外，为稳定农村土地承包关系并保持长久不变，耕地承包期届满后再延长 30 年。由此产生承包地经营权"继承"的问题，现行标准下可行的措施是经过村集体收回后再分配。

别说明。丧事结束后，在民间习惯上就已经完成了继承，继承者可以按照个人意愿分配和使用财产。

四 女性与财富继承

在黄泥村，传统意义上的女性对于财产的继承是极为被动的。在成年之前，她作为女儿在家中没有经济地位，要依靠父母的收入完成学业；毕业后工作，尚未出嫁前，她在家中的身份仍然是女儿，要将大部分的工资上交父母、贴补家用。尤其是在黄泥村这样有很多贫困家庭的村落，未成家前的子女的工资通常属于家庭所有；女性在出嫁时会得到唯一一份家庭的财产作为"嫁妆"。此后她就从原来的家庭中脱离出去，进入一个全新的家庭。虽然结婚后，"嫁妆""聘礼"和婚房作为新婚夫妻的共同资产，由双方共同分享，但是资金一般还是掌握在丈夫手里。而且在实际生活中，女性一般不会将共同资产花费在自己身上，尤其是在家务农、收入较低的家庭。如果在外务工，女性的零用钱一般是从自己的工资里拿取较少的一部分。但是这一部分也通常是用来给孩子买零食或者买些生活用品；步入中老年后，她和丈夫积累的资产又要用来建新房、准备"嫁妆"等；等到儿子分家、丈夫逝世后，作为妻子的她也得不到遗留的资产。虽然法律上要求将夫妻双方的资产一分为二，但是在黄泥村却是全部分给后代，妻子则由继承人负责赡养。

第五章　农村家庭

家,是农村基本运行体系中最基本的单位[1]。新版《辞海》中对家庭的定义作了如下解释:由婚姻、血缘或收养而产生的亲属间的共同生活组织。美国著名人类学家默多克指出,家庭是一个社会群体,特点是共同的居所、经济上的合作和繁衍后代。我国社会学界泰斗孙本文先生认为家庭是夫妇、子女等亲属所结合的团体。费孝通先生指出,家是一个占有共同财产和收支预算的基本社群,暗示了家具有资金吸纳与资金扶持的功能。2020年最新颁布的《民法典》中第一千零四十五条列出了可被纳入家庭的成员:配偶、父母、子女和其他共同生活的近亲属。

家与户不同,前者关注亲属组织,后者侧重生活单位。《辞海》认定户是"由共同生活在同一住所的成员组成"。户可大可小,从概念上看,它的含义比家更加广泛客观,被更多作为政府计量的单位。在户口管理中,家庭户以家庭立户,集体户是无血缘关系而居住在一起的人员。以户籍为划分,同一户家庭成员在同一个户口本上,生活于同一场所,形成一个共同的生活组织。

随着社会转型与乡村生活变迁,黄泥村内家的内涵与外延也悄然改变。"民工潮"的爆发、城乡流动闸门的打开[2],使得"空心"家庭成为日趋普遍的家庭模式,其主要特征为青壮年在外,老人、妇女和孩子留守。传统的家庭中,重大决策一般由男女双方共同商议,细碎的小事直接由女方做主;而对于"空心"家庭而言,诸如留守子女的教育问题则愈发转变为由妇女和老人决策。本章将基于黄泥村的典型家庭特征展开阐述,重点刻画"空心"家庭的人物画像。

---

[1] 费孝通:《江村经济》,北京大学出版社2012年版,第87页。
[2] 2018年我国流动人口达到2.41亿人,人户分离人口达到2.86亿人。

第一节 基本特征

黄泥村是一个苗、汉、畲、布依等多民族聚居的村落。根据黄泥村村委2019年的普查数据显示，该村现有1535人，人口密度为160人每平方公里，全村共379户家庭，家庭平均人口是4人。黄泥村劳动力共732人，占总人口的47.8%。2020年，黄泥村有512人外出务工，流动人口比例为33.4%。表5—1统计了黄泥村家庭人口数及所占比重，家庭人口数为3—5人的家庭所占比重较大，符合我国的一般情况[①]。

表5—1　　　　　　　　黄泥村家庭人口数及所占比重

家庭人口	1人	2人	3人	4人	5人	6人	7人	8人	9人	10人以上
家庭个数	19	44	80	107	67	37	18	5	5	3
比重（%）	4.94	11.43	20.78	27.79	17.40	9.61	4.68	1.30	1.30	0.78

资料来源：根据黄泥村村委2019年人口普查数据整理而得。

黄泥村的微型家庭（一人家庭及二人家庭）共63户，其中单人户有19个。尽管学界有观点认为，家庭是由某种契约关系（正式或非正式的姻缘、血缘、领养或其他关系）连接的2个及以上成员组成的生活共同体，1人是构不成家庭的。但在我国，因为户籍制度，家庭与户口联系在一起，户口是家庭成员关系的正式文书证明，这就产生了所谓的单人户——户口上只有1个人的家庭。

单人户是一种特殊家庭，人们以"单个原子状态"生存。以独居老人李某为例，80多岁的她没有儿子，女儿全部外嫁，户口迁出。她的收入来源主要是种地、养老金、低保金，侄孙负责照料她的生活。黄泥村还有一名"五保户"，现居住在谷峒镇养老院。除了这种情况外，黄泥村其他的单人户多数属于父母去世，还未成家，独身一人依靠劳动生活的类型。

黄泥村的两口之家共44户，可分为两种类型。第一种类型是夫妻户，多数两口之家属于这种类型，金某和妻子是其中的典型代表。夫妻二人由小

[①] 根据《中国统计年鉴》统计，2018年我国共4.5亿户家庭，户均人口为约3.08人，农村地区户均人口略多。

儿子负责生养死葬，平时的生活来源为低保金、养老金以及其他转移性收入。第二种类型是子女和父母中的一方生活。可能由于丧偶，鳏寡之人抚养孩子，许某和女儿组成了这种两口之家；也有可能是由于离婚，孩子和有抚养权的一方生活。

除了家庭规模，代际数目[①]也是描述家庭结构的重要指标。黄泥村家庭多为二代户与三代户，四世同堂的大家庭极少。如图5—1所示。[②] 在黄泥村，儿子长大后可分家自立门户，财产由父母均分给儿子。分家时，先留一份财产和承包地作为父母生养死葬的费用。分家后一般父母同小儿子住大房，也有父母分由弟兄赡养的。没有子嗣的家庭，可过继子女赡养老人，有女无儿的家庭可招赘女婿赡养父母。

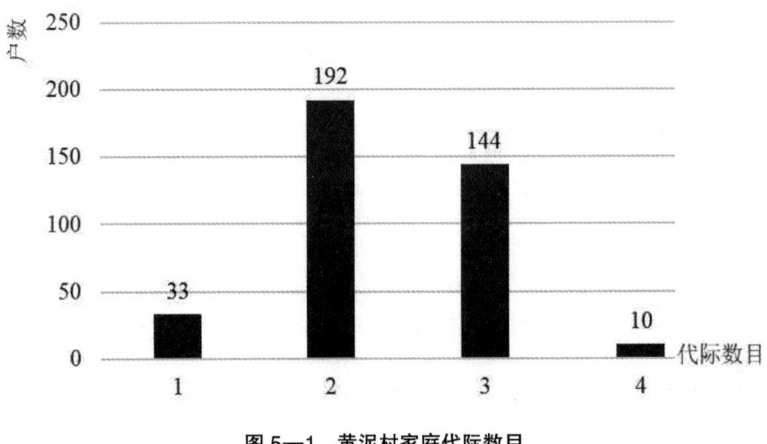

图 5—1　黄泥村家庭代际数目

从家庭人口居住特征来看，黄泥村的家庭模式可以分为"空心"家庭和"实心"家庭两种。"空心"家庭指有家庭成员外出务工，其余成员留守家中的家庭；与之相对应的"实心"家庭是指全部家庭成员生活在一起的家庭。接下来将分别对这两种模式进行阐述。

---

① 以住户家庭常住人口的辈分代际数，二代户指的就是父母和孩子两代人作为一个家庭。
② 根据黄泥村村委2019人口普查结果整理而得。

一 "空心"家庭

随着城镇化的推进，农村劳动力逐渐外流，导致了农村"空心"化。从经济角度来看，"空心"化主要表现在劳动力资源从农村流向城市，就业结构转变[1]；从空间角度来看，"空心"化表现在"人走房空""不拆旧房建新房"，宅基地闲置废弃[2]。在农村"空心"化背景下，留守儿童、"空巢"父母等现象引起社会关注，农村"空心"家庭越来越多。黄泥村共有210户家庭是"空心家庭"，大多数离开村庄的人都是外出务工，我们在本章把他们称作"离村人"。

我国的劳动力市场由完成工业化的发达地区、尚未完成工业化的不发达地区，以及承包制条件下的农业产区构成。农民不仅拥有较充分的劳动力市场选择权，还面临着潜力巨大的非农就业市场。根据"理性经济人"假设，人们选择用最小代价获得最大的收入。农户行为理论中，舒尔茨认为小农也是理性经济人，追求利润的最大化。黄泥村的村民根深蒂固的观点是外出务工能获得更多的收入，这是推动他们离村的根本原因。"离村人"工作生活的地方在地理上远离家庭，他们往往在"农忙"或重大的时节才回家。

距离不是问题——"离村人"如是说。随着信息科技的发展，越来越多外出打工者都能够通过电话、语音、微信视频等方式与家人保持联系。在黄泥村，"离村人"与"留守人"交流的频率平均为每周2次，部分家庭交流频率高达每天1次。这种便利在21世纪初是不敢想象的。中国手机普及率是在2007年逐步提升的，我国的第一批智能手机涌入市场，加上通信技术进步，使得手机网民与总网民的比例大幅度提升。2007年6月底，全国手机普及率达到38.3%，但农村移动通信的普及率却只有12%。据《中国互联网络发展状况统计报告》显示，截至2020年6月，互联网普及率达64.5%，其中农村地区互联网普及率为52.3%。全国贫困村通光纤比例从2017年的不足70%提升到98%，深度贫困地区贫困村通宽带比例从25%提升到98%。

---

[1] 周祝平：《中国农村空心化现状及其挑战》，《人口研究》2008年第2期。
[2] 刘彦随、刘玉：《中国农村空心化问题研究的进展与展望》，《地理研究》2010年第1期。

黄泥村的"离村人"与"留守人"沟通的媒介经历了三个阶段的变化。1997年，麻江县建成第一个移动通信直放站，黄泥村村民开始使用"大哥大"手机进行沟通；1999年，由于手机价格昂贵，村民们普遍使用的是寻呼机（BP机）；到2005年，麻江县的移动、联通通信网络覆盖率达85%以上，为手机推广使用奠定了基础。黄泥村的村主任告诉笔者，黄泥村基本每家每户至少有一部手机，收入较高的家庭甚至是每人一部手机。

五口之家①

丈夫、妻子、与三个孩子②组成了家，作为家中顶梁柱，丈夫常年从事运输业，在县内与县外到处跑。妻子则挑起照顾孩子的担子，还在村里经营一家小卖部补贴家用。和大多数货运司机一样，虽然月收入相对较高（每月1.5万元），但丈夫的工作性质决定了其工作地点不固定、工作强度大。他每两个月回家一次，妻子带孩子去"探亲"的频率较低（半年一次）。"不方便"，妻子用简单的三个字解释了不进城探亲的缘故，有的时候团聚的时间还没到一天，丈夫就要开着大货车奔赴下一站。在访谈中，妻子多次提到了她一个人抚养三个孩子的辛苦。在妻子看来，这个小家庭每周最幸福的时光，就是周六晚上带着孩子与丈夫视频，虽然不乏陈词滥调般的嘘寒问暖，但多少让她感觉到，这个家还是"完整"的。

距离不是问题？——对于家中的"留守人"而言，距离可能是一种阻碍。"离村人"外出务工获得收入的同时，对家中亲人的陪伴与关爱减少了。据调研组调查，黄泥村90%的留守妇女表示自己的生活压力大，85%的留守儿童表示想念外出打工的父母。现阶段，留守儿童已经成为新闻媒体、社会聚焦的重要领域，在学术研究上也有大量文献讨论了留守儿童的

---

① 引自漆家宏对黄泥村村民的访谈，2020年8月23日，地点：贵州省麻江县黄泥村。
② 黄泥村平均每户孩子数量超过1，家中有2个孩子的共146户，有3个孩子的共21户。

身体健康、情绪创伤、社会融入、未来发展等各类问题。段成荣指出农村留守儿童所面临的问题和我国的教育问题、农村问题相互交织，因此更为棘手[①]。在上文的五口之家中，我们采访了三个孩子，询问他们对父母陪伴的态度，他们分别给出了自己的答案。老大说："自己每个月都很期待父亲回家，希望一家人可以一起聊天"；老二说："因为父亲陪伴比较少，平时一般都是母亲照顾自己，因此对妈妈的依赖性更强"；小儿子说："已经有两个星期没看见父亲，想他了"。我们发现，虽然发达的信息技术为"空心"家庭提供了交流便利，但是，视频并不同于亲身陪伴，屏幕方框里的人仍然不能和身边陪伴的人比拟。特别是对于孩子成长而言，缺乏父母的亲情关爱，可能会让孩子处于孤独、寂寞的状态，不利于心理健康的发展。据调研组统计，在整个麻江地区，"空心"家庭的留守儿童与"实心"家庭的孩子相比，语文成绩均分低5分、数学成绩均分低4.8分、英语成绩均分低5.3分[②]。

对于"空心"家庭来说，部分家庭成员进城务工是考虑到迁出成本后做出的理性选择。城市是他们获取收入来源的暂居所，乡村则是情感寄托之处。农村—城市—农村的联系链条，形成了城乡之间的传送带。研究表明，农民外出务工呈现举家迁移的趋势，但在黄泥村，我们却很少看到这样的情况，大多数还是"空心"家庭，只有部分家庭成员外出务工。

以亲子家庭为主线，黄泥村的"空心"家庭可以分为以下两种形态：

（1）两代亲子家庭的分离。两代亲子家庭指家里有两代人，可能出现以下几种情况：一是父母一方外出务工，另一方留下，承担教育子女之责；二是父母双方都离开村庄，孩子成为留守儿童，成年后再面临留在村庄和走出村庄的抉择，如图5—2所示。

[①] 段成荣、吕利丹、郭静、王宗萍：《我国农村留守儿童生存和发展基本状况——基于第六次人口普查数据的分析》，《人口学刊》2013年第3期。

[②] 根据麻江县教科局提供的孩子成绩数据进行计算。

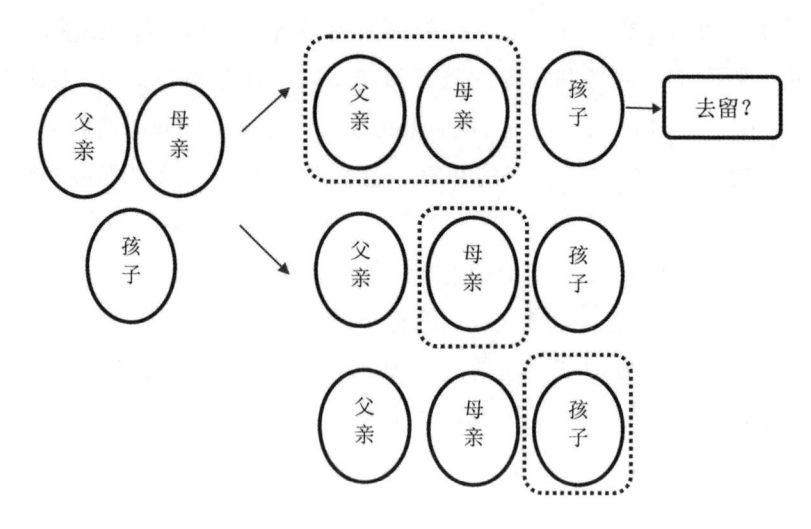

图 5—2　两代亲子家庭分离示意图
（注：虚线框表示外出务工。）

（2）多代亲子家庭的分离。多代亲子家庭一般指父母（或父或母）加上子代中的夫妻，再加上孙子女或外孙子女组成的大家庭。这一家庭的分离是部分家庭成员外出务工经商，部分成员留守农村，其中外出务工的家庭成员主要是子代中的青年夫妻。多代亲子家庭的分离主要有以下几种情况：一是青年夫妻全部外出时，由家里的老人照顾他们的子女；二是夫妻中的一方出去，另一方和老人孩子一起生活；三是举家迁徙，青年夫妻牵家带口，进城务工，家中只剩下老人留守。下文将以九口之家为例，说明典型的多代亲子家庭分离的情况，如图 5—3 所示。

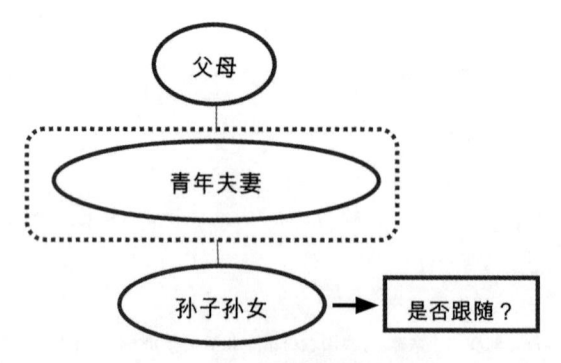

图 5—3　分离的联合家庭示意图
（注：虚线框表示部分成员外出务工。）

九口之家[1]

黄泥村的张某，家庭有9人，2018年家庭人均纯收入15114元，他告诉调研组：

"我家有九口人，在村子里称得上是大家庭了。年轻的时候，家里是我出去打工，赚钱养家，妻子在家照顾孩子。后来我年纪大了，在外面赚的钱不如以前多，体力跟不上，我想回村里养老。幸好两个儿子长大了，他们出去闯荡，我留在村里照顾他们的孩子。年轻人，在外面赚的肯定要比我多。我们家赚钱主要就靠儿子们啊，他们每个月都会给家里打钱，这个钱基本上就是全家的生活费。大儿子和大儿媳去广州打工了。小儿子则跟着哥哥，也在广州，他的妻子在新疆，两人隔得比较远。我跟妻子比较担心他们之间距离太远，但是年轻人说，可以通过视频联系。我的两个孙子都在谷硐镇小学上学。我的妻子在村里做公益性岗位，一年能拿到1万元左右的收入。我平时和老伴除了在家里干活、打零工，就是带孙子。这几年我们的生活条件明显好了不少，无论是从住房还是饮食，都有所改善。我最期待的日子就是过年，孩子们都回来了，一家九口围着桌子吃火锅。那一刻给我的感觉，可以用天伦之乐来形容了。"

从张某的叙述中可以发现，从他外出务工起，家庭结构就开始发生变化，"空心"家庭模式就此形成。他是家庭中第一代外出务工者，而后随着第一代返乡，第二代取代他外出务工，"空心"家庭发生了代际更替。这一现象背后主要有两个原因，一是从主观因素来说，第一代外出务工的家庭成员随着年龄增长，无论是体力还是冒险精神都不如第二代。二是从客观因素来说，劳动力市场自发性选择了第二代外出务工者，第一代外出务工者被市场浪潮所淘汰。

---

[1] 引自漆家宏对黄泥村村民张某的访谈，2020年8月24日，地点：贵州省麻江县黄泥村。

二 "实心"家庭

我们把举家生活在农村的家庭称为"实心"家庭。这一概念的界定,或许有所偏颇。在城乡收入差距下,的确存在一些"实心"家庭,他们有劳动能力却没有去城市寻求更高收入。一些学者根据我国的一些地区农民工工资上升的报告或数据认为中国已经到达了刘易斯转折点[1]。但约翰·奈特等学者对刘易斯模型的阐述表明,中国的劳动力市场转型可能并不是瞬间完成的,可能会出现刘易斯模型,但并非刘易斯拐点[2]。尽管关于"我国是否真正迎来了刘易斯拐点"在学界众说纷纭,但调研组认为,刘易斯拐点可能尚未来临,农村仍然存在剩余劳动力。其中一个重要原因在于,我们不能只看城乡收入差距的表现,在乡村振兴的过程中,农村也有很多能人和乡贤在经营着新型经营主体和乡村产业,其收入与财富水平并不亚于外出打工的"离村人"。对于这个群体而言,在两倍城乡收入差距之下,他们逆流而上投身农业与农村,是本书最关注的"实心"家庭类型。

我们发现,黄泥村的"实心"家庭中有不少是兼业农户[3],即他们既从事农业生产,又参与本地的非农业活动并获得收入,劳动时间并没有全部用于农业。黄泥村的龙某就是典型的兼业农户。

"我留在村里,日子将就过"[4]

龙某,年届四十,家里四口人。据他说,目前家中由他在乡内务工,妻子在家进行种养殖业,每逢农忙时分或者在乡内无活可做的时候,他便帮助妻子进行农业生产活动。2019年家庭总收入35000元,人均收入可以达到8750元,达到"一达标、两不愁、三保障"的要求。

---

[1] 蔡昉、王美艳:《农村劳动力剩余及其相关事实的重新考察——一个反设事实法的应用》,《中国农村经济》2007年第10期。
[2] [英]约翰·奈特、邓曲恒、李实、杨穗:《中国的民工荒与农村剩余劳动力》,《管理世界》2011年第11期。
[3] 与传统农户不同,兼业农户有部分时间投入到非农生产之中。
[4] 引自漆家宏对黄泥村村民龙某的访谈,2020年8月21日,地点:贵州省麻江县黄泥村。

龙先生说："村里很多人都外出打工了，但是我不想离开黄泥村。父母去世，家里的小孩需要我们的陪伴照顾。我的儿子恰好处于调皮要人管的年纪，闺女只有1岁多，我和妻子要细心照看。我留在村里，家里日子也将就着过。在乡里面打零工，一天也能赚个百八十块。妻子在家里种了几亩地后，相应的买菜负担就少了。家里也会养猪养鸡，不用担心吃肉问题。"

第二节　家庭的分工和决策

一　"空心"家庭的分工

"男主外，女主内"是传统的家庭分工模式。下文以家庭结构为划分依据，围绕赚钱与持家这两方面，分别探究如今黄泥村两代亲子家庭和多代亲子家庭的分工情况。

（一）两代"空心"家庭的分工

在黄泥村，两代"空心"家庭的模式有两种类型。一是父母双方中的一方留在村内，另一方外出务工；二是父母双方均外出务工，孩子留守于山村。在第一种情况中，外出务工的家庭成员负责赚钱。他们为了补贴家用，提高生活水平，去其他地方打工。如果是在离得比较近的地方，比如贵州省内其他县城，工资大概在每月4000元左右，通常一个月回来两三次；离得远的地方，比如北、上、广等大城市，工资略高，一般在每月5000—6000元左右，只有过年的时候回来。这样的流动就使得家中女性（留守妇女）的作用越来越得到凸显。女性负责照顾家中的老人与孩子，并承包了一切家务，支撑起了一个家的运营。以黄泥村的张某为例，她的丈夫在深圳打工，平时家里的事情都是张某一人负责。她种好家中的地，养了20只鸡。在她的陪伴下，几个孩子的生活都还不错。大儿子过段时间去上大学，学习艺术；小儿子还未到上学的年纪。两代"空心"家庭的另一种模式是父母双方都出去打工，家中只剩下孩子。这时候赚钱的是父母，但无人持家。

女性角色的力量始终是山村问题研究中倍受关注的方向之一。黄泥村的女性坚韧而又聪敏，有着不一样的人格魅力。她们有的能歌善舞，在欢迎家中客人的时候落落大方，毫不怯场；有的做到"两手抓"，既包揽了一切家务，又负责照顾孩子和老人，将家庭打理得井井有条；同时，她们也是干农活的好手。在以往的普遍看法中，山村女性角色似乎总是和家庭中的男性有或深或浅的依附关系，但如今随着女性自我意识的提高，尤其是留守妇女的想法逐渐觉醒，她们变得更加开明，这种依附关系就会变弱。在对黄泥村的女性进行访谈时，课题组成员发现她们的逻辑清晰，还有一些自己的思考想法。

妇女能顶半边天[1]

在黄泥村，龙某是出了名的能说会道，"妇女能顶半边天"这样的形容和她的形象十分贴切。作为村里的"六大员"[2]之一的计生主任，她负责村里的人口变动情况，在完成自己工作的同时，还要配合好村里其他部门的工作。在正常工作时期，上午8点至12点，下午2点至5点是她的工作时间，如果遇到重要任务来临，她工作强度也会随之加大。比如，在脱贫攻坚和人居环境改革期间，龙某的工作就不再只是原来那么轻松，一周工作七天，甚至还需要在夜间加班，她形象地称之为"5+2""白+黑"。由于经常和不同的人打交道，她的口才好，善于表达自己的想法。在黄泥村的一些决策会议上，她从来不是"随大溜"的那一个，面对专家的建议，她能结合自己在山村进行农业生产的独特经验，做出合理的判断。黄泥村的土地究竟适合种什么？村民们适合发展什么样的产业？对于这样的问题，龙某往往分析得头头是道。"很多东西是要从我们农民的角度看的，我们黄泥村有自己的特点，有些作物看起来能赚钱，但它们不一定适合黄泥村。"

---

[1] 引自漆家宏对黄泥村村民龙碧秋的访谈，2020年8月25日，地点：贵州省麻江县黄泥村村委会。
[2] "六大员"是指村级农民技术员、村级社会治安综合治理协管员、村级计划生育管理员、村级国土资源和规划建设、环保协管员、乡村医生、村级文化协管员。

谈及家庭，她说道，"我的丈夫在上海，家里平时大大小小的决策其实都是我做的。他比较信任我。基本上我们每天都会联系，如果比较忙就打个电话，时间充裕就视频。"对于孩子的陪伴问题，她也有着自己的见解。"孩子是一定要陪的。如果我在外面打工不回来，家里就孩子一人没人管，那肯定是不行的。我表姐就和老公去打工了，没有人管孩子，后来那个孩子学坏了，早早辍学出去打工，现在已经和我表姐没什么联系了，这多令人痛心啊。"她表示自己不希望看到孩子因为没有家长的陪伴和约束而堕落。

（二）三代"空心"家庭的分工

三代"空心"家庭的分工模式在黄泥村主要有两种类型，第一种是家中的老人负责"空心"家庭的运转，照顾孩子，而青年夫妻外出务工，提高家庭收入；第二种是青年夫妻的一方外出务工，那么这时候留在家中的另一方则负责教养子女、照顾老人，压力较大。

二 "实心"家庭的分工

拥有足够的资源能够满足生活需要的农村家庭，不会派家庭成员到城市务工，所有家庭成员都生活在一起，这就是"实心"家庭。"实心"家庭的分工很大程度上延续了传统的分工模式：男性作为家庭的"顶梁柱"，负责赚钱；女性作为"贤内助"，承担大部分的家务劳动。黄泥村的"实心"家庭的谋生手段多样，部分家庭仍然是传统的小农经济模式，每天平均做 10 个小时的农活，农闲时就在附近打零工；也有家庭选择村内创业，通过开办各类家庭作坊式工厂或"农家乐"等特色旅游项目来维持家庭生计及生活需要。

三 家庭决策

家庭的决策受到多方力量的冲击。以"空心"家庭为例，围绕本章"空心"家庭定义的关键：是否有家庭成员外出务工，笔者将分析在这一决策过程中的影响因素。

首先关于影响外出务工的因素主要有六个方面。一是从经济角度来看，正如上文所述，在城乡收入差距下，农民受制于农村现有发展机会，城市的飞速发展极具吸引力。部分农民选择走出山村，谋求更高收入。二是从家庭角度来看，家庭中父母为了让孩子有更好的资源与教育环境，出去打工，将收入用于子女教育。三是从环境角度来看，尽管黄泥村的基础设施建设和十年前相比已经有了显著提高，但和大城市相比还存在一定差距。四是从社会角度来看，社会融入问题是农民外出务工的阻力。课题组的访谈对象张某五年前去广州打工，他表示自己的身份是农民工，即便是现在，他也无法完全适应城市生活。"离村人"不可避免地会在城市遭遇歧视，成为城市的边缘人。五是从政策角度来看，城市户籍制度，福利制度以及一系列政策形成村民外出务工的推力。六是从个人角度来看，个体对风险的承受能力不同，风险规避者往往会列出外出务工所面临的不确定性及其风险，在利益最大化和风险最小化之间，后者是他们的选择，这样的农民就不会选择外出务工。

其次，家庭往往面临着"派谁外出务工"的选择。我们简化分析夫妻决策行为，无外乎有三种情况：丈夫外出、妻子外出，或者共同外出，"空心"家庭的分工类型囊括在这三种情况中。

第一种情况是丈夫外出，由于在外打工较艰辛，家里恰好有孩子老人需要照顾，妻子就是留守的一方。黄泥村的张某告诉笔者，她和丈夫做决定前考虑的因素非常多，她的丈夫担心她无法一人支撑一个家，太过劳累，张女士就会主动提议，打消丈夫的顾虑。第二种是妻子外出务工，丈夫留在家里，这类情况较少。在黄泥村，这样的家庭一般都是因为家中男性工作无法调度或身体原因不适合外出。整个黄泥村，妻子单独外出的家庭寥寥无几，调研组只遇到一户这样的家庭。第三种情况是丈夫和妻子共同外出务工，将孩子留给老人照顾，他们希望能通过这种方式增加收入，用经济"弥补"陪伴的缺失。

（一）消费与储蓄决策

家庭消费决策是群决策的一种。多个家庭成员根据实际情况，在收入水平的约束下，确定消费目标，先买家庭成员的必需品，并确保家庭整体利益的最大化。在黄泥村，每个农户家庭平均每月支出为2647元。

我们发现，黄泥村家庭消费决策主体不同。以商品的品种为划分依据，不同的家庭成员在消费决策中的影响力不同。一般而言，日用品、食品等消费决策中，女性是主导方；家电、交通工具等消费决策中，男性是主导方；开支较大的消费，比如旅游消费决策中，夫妻双方共同协商。

此外，消费情况与未来预期收入的变动紧密相关。当未来预期收入减少时，家庭消费随之大幅度减少。2020年初，新冠肺炎疫情席卷而来，黄泥村大量外出务工者失去工作机会，只能留在村里。仍然有机会出去工作的"离村人"，其工资也减少大约10%。根据调研组调查数据，受新冠肺炎疫情的影响，90%的家庭减少了消费开支，平均减幅为13%。

家庭储蓄决策和消费决策有密切关系。在可支配收入一定的情况下，消费越多，储蓄越少。黄泥村村民2019年末存款平均为77238元[1]。年末，贫困户存款较少，不足两万元。村民手中的现金不多，平均为3800元。

（二）投资决策

1. 物质投资决策

在黄泥村，金融理财、数字金融等概念并不普及。村民很少使用理财产品，基本没有金融资产。物质投资主要是商品房[2]、农机产品，如拖拉机、农用车等，通常由家庭成员共同商议，最终由收入较高的家庭成员负责决策。

2. 人力投资决策

从经济学的视角出发，子女既可以看作是生产品，也可看作消费品。收入低的家庭无法对孩子的教育进行投资，孩子长大后成为劳动力反哺家庭，则属于生产品；收入高的家庭能够承担教育支出，对孩子的投资越来越多，子女属于消费品。黄泥村家庭的人力投资决策权在父母双方。

父母的教育投入对子女而言至关重要，是孩子成长的基石。根据课题组调查结果显示，黄泥村家庭每个月的教育支出占总支出比例的平均值为18%，教育支出主要由学费、文具、辅导资料构成。"望子成龙，望女成凤"是黄泥村父母们的教育预期。但在现实中，将教育投资及子女学业关怀付诸

---

[1] 根据央行发布《2020年一季度金融统计数据报告》显示我国居民人均存款为6.3万元。

[2] 村民住房属于生活资产。

实际的家庭并不多。"空心"家庭留守的成员往往文化程度较低，他们更多是提供衣食住行方面的关照，但对子女教育并不在行。母亲们常说，"孩子不愿意和我们谈心，有代沟、谈得少"，这也折射出留守群体与孩子之间难以在学业上有效沟通的问题。尽管多数父母都希望孩子能上大学，但是由于缺乏陪伴，"空心"家庭的孩子成绩普遍要差一些，特别是那些双亲都在外务工的留守儿童。

当然，"空心"家庭对孩子志向的影响未必都是负面的。"离乡人"在城镇就业创业的过程中积累的经验、拓展的视野通过言传身教，对孩子志向的形成有积极影响。

"我要上'985'"[①]

小张同学，14岁，初二。我们去采访的时候，她正在做数学题。我们问她以后是否想上大学。她回答："我想上大学，想上'985'。我的最终目标是厦门大学，我爸爸说那里非常漂亮，我特别向往。小学的时候大家都是在谷硐镇上小学，和小伙伴成群结队上学感觉时间过得很快。现在初中还是在镇上，但是学习的知识要多很多，我要多花一些时间学习。"

小张的父亲在城市务工，了解"985""211"的概念，同时知晓关于厦门大学的情况，通过与孩子的交流，他潜移默化地将这些概念传递给了孩子，改变了其志向选择。

第三节　成家

一　婚姻

婚姻在一定程度上折射着社会经济和文化的要求，研究家庭关系最直观

[①] 引自漆家宏对黄泥村村民张某的访谈，2020年8月24日，地点：贵州省麻江县黄泥村。

的切入口就是婚姻关系。费孝通先生在《生育制度》一书中指出，婚姻的意义在于构建社会关系的三角，夫妻双方不仅是两性关系，还有共同教养儿女的合作关系。

我国实行婚姻等登记制度。婚姻登记是我国公民结婚、离婚的法定程序。然而在30年前的黄泥村，很多人认为婚姻登记是一项不必要的程序，对婚姻的法律意识比较单薄。近年来情况有所转变，登记结婚的人越来越多。黄泥村的离婚率低，大约为1/300，多数夫妻感情和睦。

在黄泥村，结婚年龄呈递增趋势，男性平均结婚年龄为21岁、女性为20岁，这种情况可能是因为生活成本的提升、思想观念的转变等导致的。黄泥村的姑娘们说道："18岁谈恋爱在我们这里也算早恋，爸妈是不允许的。要等上了大学再谈恋爱。"根据课题组访谈发现，在黄泥村，当地对"彩礼"的要求并不高，一般在2万元到5万元之间。近些年，黄泥村的"彩礼"也有一些变化，有些家庭由于担心女儿嫁不出去，甚至不要"彩礼"，补贴"嫁妆"。对于女婿的要求，女方家长的标准总体可以用"诚实、能干、女儿喜欢"三个词来总结。

二　儿媳

在走访的众多家庭中，未出嫁的女儿虽不算掌上明珠，但是在家庭分工中的任务还是比较轻松的，分担一些家务即可。我们发现，随着女儿转变为儿媳，家庭任务也逐渐增加。在黄泥村，由女儿变儿媳后，女性要面对的不仅仅是家务或者农活，更多的是和丈夫一起支撑一个家的压力。当然，还可能存在处理婆媳关系等问题。

在家是块宝，出门是根草[1]

王某，42岁，家庭主妇。"没嫁人的时候，我考虑的东西就会少一些，每天就帮家里做做农活，然后也没有什么额外要担心的事情。那时

---

[1] 引自漆家宏对黄泥村村民王某的访谈，2020年8月24日，地点：贵州省麻江县黄泥村。

候还比较爱打扮，就花些心思在扎麻花辫儿、穿衣服上。结婚之后，生活变化还是很大的。我要和丈夫一起养家，赚钱的压力一旦上来，就觉得心里有石头。因为我贫血，身体不太好，就留在村里，我丈夫去外面打工，做货车司机。在家里，我主要就是照顾小孩，幸好他们还比较懂事，我比较省心。我们家面临最大的难题就是我婆婆身体很差，经常要往医院跑。我每天自己的休息娱乐时间不超过两个小时，早上五点半起来，就要忙一点儿农活，然后大部分时间都在做家务。"

三 生育决策

费孝通《生育制度》中认为，"生育，包括生与育两层意思：生出一个人来，再把这个人培养成为社会成员，以接替由死亡造成的社会空缺。"在人们根深蒂固的观点中，重男轻女的现象在偏远的山区尤为严重。对男孩的偏好使生育男孩的妇女在家庭中有更大的决策权[①]。在传统观念中，男孩可以传宗接代，绵延"香火"。此外，农村地区主要收入来源仍然是务农、外出务工（黄泥村也是如此），男性往往在这方面更有优势，因此，"得子而止"的生育模式就此形成[②]。

但在如今的黄泥村，重男轻女的现象有所好转。女孩并不会被轻视，更没有"妇女不能上桌吃饭"之类的说法。在祖辈年代，"得子而止"的生育模式比较常见；现如今，虽仍然存在这种生育模式，但大部分父母也都接受生女儿。

第四节 分家

树大分权，子大分家。在中国农村，"分家"是家庭"新陈代谢"的必

[①] 殷浩栋等：《"母凭子贵"：子女性别对贫困地区农村妇女家庭决策权的影响》，《中国农村经济》2018年第1期。

[②] 张杭：《性别比失衡、女性家庭及劳动力市场的议价能力》，硕士学位论文，复旦大学，2013年，第9页。

然规律。通常来说，当儿女成婚有了孩子之后，分家就成为可能。在黄泥村，由于山村家庭家产微薄，所以分家一般不会产生矛盾。农村分家，一般分的是宅基地和承包地。

分家后的父母赡养问题是一大难题。分家后的赡养模式众多，例如，将父亲交给一个儿子照顾，母亲则交给另一个儿子。如果家中儿子众多，或者父母中有一个已经去世，往往就是选择轮流负责的方法。这三个月母亲住在长子家，下面三个月就让次子负责照顾，以此类推，当然这只是一种特殊情况。

虽然对于女儿而言，一般并没有赡养父母的责任，但是，出于孝道、亲情等原因，黄泥村的女儿们仍然会出一部分钱用于帮助兄弟一起赡养父母，让他们的晚年生活更加幸福。对于那些没有儿子的家庭，一般的做法是由侄子等亲戚照顾。

分家之后，女儿往往远嫁，兄弟之间依然往来密切。这是因为，兄弟们分得的承包地是连片的，宅基地也是如此。所以有的时候，大儿子住在这一边，小儿子家就在对面，新房子有时还依着老房子旁边修建。分家后，原生家庭遇到重大事项时，子女们往往也会一起面对，共同承担。

第二篇　村民生活

　　本篇主要介绍黄泥村的村民生活。在脱贫攻坚向乡村振兴转变的新时期，得益于中央与其他社会力量的帮扶，黄泥村村民的生活发生了翻天覆地的变化。精准扶贫、"两不愁、三保障"等政策的良好实施，不仅使村民的物质生活质量得到显著提高，而且丰富了其精神世界，表现为衣食住行有保障，教育医疗有补贴，等等。为具体描述新时期黄泥村的村民生活，本篇主要围绕膳食、教育、医疗健康、农房、老人及养老、幸福感6章展开。

第六章 膳食

从宏观角度来看，居民的膳食营养状况是反映国家经济社会发展状况的重要指标；从微观角度看，食物消费是居民消费最基本的内容，山村的小小餐桌能够折射出村民的生活水平。

民以食为天，为保障粮食安全，我国出台了一系列政策。《国家粮食安全中长期规划纲要（2008—2020年）》指出要建立粮食安全政策体系，稳定市场粮价。《关于坚持农业农村优先发展做好"三农"工作的若干意见》强调要守住18亿亩耕地红线。2020年9月15日，国务院办公厅印发《关于坚决制止耕地"非农化"行为的通知》。2020年11月17日，第三届中国质量合势峰会暨高质量驱动双循环经济发展论坛指出要建立食品营养指标体系，让百姓由"吃得饱"向"吃得好"转变。

关于黄泥村村民食物与营养的讨论，对全面认识黄泥村村民的生活方式具有特殊意义。本章将从黄泥村村民食物的购买渠道、消费支出、饮食习惯、饮食观念、营养五个角度进行分析。

第一节 食物的购买渠道

一 获取食物的方式

（一）获取主食的方式

黄泥村村民获取食物主要有两种方式，第一类是自给自足，第二类是通过市场交易获得。村民的主食以大米为主，除种植大户以外，一般家庭的耕地面积为3—5亩。人均耕地面积是土地资源的直观表示之一，反映的是村民自给食物的能力。黄泥村村民通过种植水稻，普遍能实现自给自足。

（二）获取副食的方式

副食，种类可大致概括为肉类、蛋类、蔬菜类、瓜果类以及豆类，获取方式与主食有所不同。村民平日所食用的肉类以猪肉为主，近些年随着猪肉价格上涨，鸡肉的食用次数逐渐提高，频率为平均每周吃2次。低收入户在日常生活中吃肉较少，集中在节假日时（如春节）在农贸市场买一些肉类产品。从事养殖业的家庭平均每户养3头猪、15只鸡，基本能够实现猪肉与鸡肉的自给自足；[①] 没有从事养殖业的家庭在农贸市场购买肉类。

蛋类的购买渠道可以分为农贸市场和养鸡大户。调研组在黄泥村发现一个有意思的现象，住在养鸡大户附近的村民可以根据"熟人社会[②]"的机理，从养鸡大户处直接购买鸡蛋。对村民来说，能用更便宜的价格购买；对养鸡户来说，这也增加了收益。普通户对于食用鸡蛋的观点是"想吃就吃"，平均每周食用三斤鸡蛋；低收入户对于吃鸡蛋的看法则和普通户截然不同，鸡蛋并不是他们的生活必需品。从事家禽养殖（鸡）的低收入户，可以实现鸡蛋的自给自足；但没有养鸡的低收入户平时不吃鸡蛋，通过节省这部分的开支用于购买其他生活必需品。

蔬菜类食品的获取渠道有三种：第一种是自给自足，部分村民会自己种植蔬菜，比如辣椒、青菜等；第二种是农贸市场；第三种是镇上的超市。镇上的超市会售卖一些易保鲜储存的蔬菜，而村里的超市不卖菜，规模较小，这和麻江县的"三联超市[③]"形成了鲜明对比。随着普通家庭的生活水平的提升，副食中水果的消费比重有所提升，和低收入户相比，增加了10%[④]，购买渠道也更加多样，农贸市场、超市、小卖部均可以买到水果。低收入户对水果的需求并没有大幅度提升，除自给自足外，就在村里的小卖部买一些给孩子吃。表6—1为黄泥村村民的主要食物来源及其商品化程度。

[①] 数据来源于调研组2020年8月麻江调研。
[②] 费孝通在《乡土中国》将农村村落比作"熟人社会"，以信任机制为前提，是由人际关系织成的网络。
[③] 麻江县的三联超市售卖物品品种丰富，如零食、生鲜、生活用品、居家百货、服装配饰等。
[④] 数据来源于调研组2020年8月问卷调查。

表 6—1　　　　　　　　　　主要食物来源与商品化程度

	品种	主食	副食				
		锌硒米	肉类	蛋类	蔬菜类	瓜果类	豆类
普通户	来源	自给自足 农贸市场	农贸市场 自给自足	农贸市场 自给自足 养殖大户	农贸市场 镇上超市 自给自足	农贸市场 镇上超市 小卖部 自给自足	农贸市场 自给自足
	自给自足率	80%	80%	45%	90%	5%	0%
	商品率	5%	0%	0%	0%	0%	0%
	品种	主食	副食				
		锌硒米	肉类	蛋类	蔬菜类	瓜果类	豆类
低收入户	来源	自给自足	农贸市场	自给自足	自给自足 农贸市场	自给自足	农贸市场
	自给自足率	100%	5%	5%	90%	20%	0%
	商品率	8%	0%	0%	0%	0%	0%

备注：农产品商品率＝农产品商品量/农产品总产量×100%。
资料来源：根据调研组 2020 年 8 月麻江调研结果整理而得。

图 6—1 流动酱油售卖者
（注：漆家宏于 2020 年 8 月 23 日拍摄，拍摄地点：黄泥村）

总而言之，村民们的食物获取方式无外乎两种：一是自给自足，村民们自己种植水稻（锌硒米）、辣椒、太子参等，养殖猪、鸡等家禽，以满足食物供应；二是购买食物，集中在农贸市场、小卖部、大超市。由于村内没有农贸市场，因此当地村民一般在谷硐镇的农贸市场买菜。该市场主要销售蔬菜、瓜果、水产品、禽蛋、肉类及其制品、粮食及其制品、豆制品等。市场距离村庄大概 3 公里，村民通常搭乘公交车，15 分钟就能到达。镇上农贸市场的菜品价格要比麻江县最大的农贸综合市场便宜些，尽管如此，也仍然存在个别低收入户无法负担购买蔬菜的费用的情况。

如图 6—1 所示，黄泥村还存在一种特

殊的购买渠道：流动商贩"送货上门"。以"流动酱油"为例，一些家庭专门生产纯黄豆酱油，以 6 元 / 斤的价格进行售卖，运载工具为面包车。村民获得联系方式后，可以直接与其联系，享受酱油送上门的专属服务。

二 购买场所

黄泥村的村民主要前往镇上的农贸市场进行采购。虽然如今农贸市场的条件和前五年相比有所改善，但是依然和城市的农贸市场差距较大。联合国开发计划署指出，贫困的实质是人的发展所必需的最基本的机会和选择的被排斥。对麻江县这样的民族地区来说，机会和选择的被排斥表现之一就是农贸市场发展机会受到限制。镇上的农贸市场面临规模小、功能不够齐全等发展困境，很难形成迎合现代服务贸易的实体经济。一方面，市场内部尚未形成应对市场经济体制的战略布局和灵活机动的机制；另一方面，农产品的潜力与开发空间尚未得到充分体现，外部工商资本暂时无法捕捉到农业投资的价值。因此，我们认为农贸市场的规划和发展在乡村振兴转型之路上需要得到重视。

"我们都在这儿买菜"[①]

罗某是黄泥村的一名家庭主妇，家里有四口人，年收入为 4 万元，是非建档立卡户。作为承担家务的家庭成员，罗某是菜市场的常客，据她描述，自己和村里其他人通常都在镇上的农贸市场买菜，乘坐公交车就可以到达。农贸市场全天开放，且品类齐全，为村民的生活提供了较多便利，村民想吃的基本上都能买到。罗某说自己一般每两三天去一次菜市场，因为家里有了冰箱，储存菜品不再是问题，所以每次买菜可以多买一些备在冰箱里。

王某家里一共五口人，农业收入是其家庭主要收入来源，年收入为

[①] 引自漆家宏对黄泥村村民罗某、王某的访谈，2020 年 8 月 23 日，地点：贵州省麻江县黄泥村。

32000元，是低收入户。提及有关买菜的问题，王某说因为家里没什么钱，因此对食物的要求比较低，基本一周去一次菜市场，买一些蔬菜，以前一个月还会买一次猪肉吃，但现在猪肉价格上涨，家里就改为每两三个月吃一次，一年也就只能吃上五六次。

小卖部也是村民常去的购买场所之一。黄泥村有4个小卖部，村民前往小卖部十分方便。

小卖部[1]

以金融便民服务点为例，该小卖部位于黄泥村的某十字路口，位置十分醒目。小卖部的经营者是家里的女主人，小卖部的楼上（第二层）则是一家人的居所。小卖部经营收入为一年8万元。

小卖部的进货来源为镇上的批发市场，所销售物品可以分为三类：第一类是烟、酒等消费品；第二类是生活用品，比如洗衣液、个人洗护用品；第三类则是零食，比如方便面、糖果。

除了卖东西外，小卖部还具备存钱等便民职能。有些住在附近的村民每天都会光顾一次。

三 影响食物可获性的因素

由上文的叙述可得：食物的可获性在不同的家庭之间存在明显差异，影响个体食物可获性的因素纷繁复杂。有学者将其分为资源性因素、家庭特征因素和其他因素[2]。资源性因素主要指农户所拥有的保证家庭食物供给的各种资源，比如人均收入、耕地面积。家庭特征因素主要指家庭规模、家庭结构、职业类型等。其他因素主要包括地区变量和市场发育程度指标。由于黄

---

[1] 引自漆家宏对黄泥村村民的访谈，2020年8月23日，地点：贵州省麻江县黄泥村金融便民服务点。
[2] 李瑞锋、肖海峰：《我国贫困农村地区居民的家庭食物安全影响因素分析》，《农业技术经济》2007第3期。

泥村的地区变量的影响并不明显,因此,本章将以资源性因素和家庭特征因素为重点展开探讨。

（一）资源性因素

朱晶（2003）[1]通过对贫困地区的粮食消费进行计量分析,指出收入正向影响了农民的食物消费。调研组认为,人均收入不仅会影响食物的购买渠道,而且会影响村民的就餐场景。低收入家庭的食物购买渠道比较单一,集中在农贸市场。普通家庭在食物的花销上较多,购买渠道不局限于农贸市场,超市与小卖部均有所涉及。

黄泥村村民的就餐场景可以大致分为以下四种：自家做饭、出席筵席、在亲朋好友家串门以及饭店消费,普通户与低收入户在就餐场景上呈现出不同的方式,如表6—2所示。

表6—2　　　　　　　　黄泥村村民正餐就餐场所统计表

地点	普通户				低收入户			
	家	筵席	亲朋好友家	饭店	家	筵席	亲朋好友家	饭店
频率（次/月）	25	1	3	1	30	0.3	1	0
比重[2]	70%	10%	5%	15%	95%	5%	0%	0%

资料来源：根据调研组2020年8月麻江调研数据整理而得。

1. 自家做饭

普通户和低收入户在家中做饭的差异主要体现在厨房和一日三餐两个方面。黄泥村厨房的一大特色是家家户户必备的烟囱。受村民饮食习惯的影响,当地的特色火锅是冬日一道必备餐,因此,餐桌中间是专门放置火锅的地方,紧贴餐桌旁边就插着烟囱。普通户的厨房与吃饭的地方是分开的,且贴有瓷砖。低收入户由于住房面积的限制,部分家庭还没有进行改造,厨房和吃饭的区域未作区分,环境较差,如图6—2所示。

---

[1] 朱晶：《贫困缺粮地区的粮食消费和食品安全》，《经济学（季刊）》2003年第2期。

[2] 支出占食物消费比重。

图 6—2 普通户（左）与低收入户（右）厨房对比图
（注：漆家宏于 2020 年 8 月 24 日拍摄，拍摄地点：黄泥村。）

一日三餐[1]

蒙某所在家庭是黄泥村的普通户，她告诉调研组，若没有特殊情况，她们在家就餐。早饭形式比较简单，以米粉和糯米饭为主；午饭是村民眼里最重要的一餐，最为丰盛。蒙某家里有小孩，因此午饭格外注意营养，搭配一荤两素；晚饭如今也要比以前多样，如果中午剩菜比较少，晚上她会额外炒两个小菜。蒙女士还特地说到家庭的仪式感，她们每周都会吃一次火锅，以酸汤鱼为主料，配以竹荪、西红柿等辅料，味道鲜美。家中的小孩偏爱零食，家里的大人就会在小卖部买一些饼干和牛奶。

黄泥村普通户的一日三餐和城市的普通家庭差别并不大，但黄泥村的低收入户没有这般情形。刘某一家收入较低，她说因为家庭经济条件差，家庭成员对三餐的要求以吃饱为重。她们早饭以米粉为主；午饭以米饭和蔬菜为主，豆腐也是餐桌上的常客，平均一周吃一次肉；晚饭则以剩菜剩饭为主。

---

[1] 引自漆家宏对黄泥村村民蒙某、刘某的访谈，2020 年 8 月 23 日，地点：贵州省麻江县黄泥村。

2. 出席筵席

黄泥村的"流水宴"一般只有在"红事白事"的时候才会操办，普通户参加"流水宴"的频率为每月1次，每次人情往来支出100—200元不等。由于人情与面子，筵席往往需要"随礼"。由于收入有限，低收入户不得不有意识地减少去这类场合的次数，大致为3个月1次。

3. 串门儿

黄泥村村民十分注重礼仪，串门儿之时必带礼品，有客人至必殷勤招待，以客人醉酒为荣。招待客人主人会做一整只鸡，辅以竹荪、豆腐。普通户一般一个月去亲戚朋友家玩2—3次，低收入户一个月1次左右。

4. 饭店就餐

收入水平相对较高的普通家庭几乎每个月都会去镇上或县里的饭店进行消费，作为享受生活的一种方式，而低收入户则基本不去饭店。除去维持生活的基本开支后，低收入户可自由支配的收入很少，他们秉持"将钱花在刀刃上"的想法，一般会选择存下这笔钱作为储蓄。

村里没有饭店，镇上有十多家小饭店，这些小饭店距离村有5公里左右的距离，村民乘坐公交车就可以到达。和镇上相比，县城里的饭店数量更多，菜系以本地传统菜系黔菜为主，特点是辣醇、香浓、酸鲜、味厚。

镇上和县城都有快餐店，离得近的村民大概20分钟就可以到达。村里的孩子和思想前卫的年轻人比较热衷这种快餐。在询问村民时，我们发现有一部分年纪较长的村民不清楚镇上和县城有这样的快餐店，这部分人平常并不关注此类信息，也不喜出门。从口味上来说，部分习惯于中餐口味的中年人接受不了快餐式的油炸食品。

赶集时，一些家庭会带着孩子一起去饭店吃饭。除了普通饭店，"农家乐"①是县城近些年兴起的餐馆形式之一。在乡村旅游蓬勃发展的背景下，农家乐可以作为增加村庄收入、带动村民致富的新渠道。"农家乐"的餐食以鱼为招牌，辅菜为豆腐、青菜；得益于当地自然禀赋，麻江县的"农家乐"多建在依青山、傍绿水之处，因此戏水是常见的娱乐方式。除了外地的旅客

---

① "农家乐"又称休闲农家，是一种新兴的旅游休闲形式，通常以农家院、农家饭、农产品为吸引物，提供农家生活体验服务的经营形态。

外，本地一些物质生活富足，重视精神文化的家庭也会去"农家乐"消费。我们在调研的途中经过一处"农家乐"，有不少本地人在此消费。

（二）家庭特征因素

家庭特征因素包括家庭规模以及家庭结构。从家庭规模来看，人数较多的家庭更多依赖自给自足。在黄泥村，家庭规模较大意味着劳动力数量更多。即使是有部分劳动力外出务工的"空心"家庭，在家庭规模达到一定程度后，家庭的剩余劳动力仍可以从事农业劳作，以保证农业劳动时间的投入，因此种植业会更加发达。从家庭结构来看，多代人一起生活的"空心"家庭食物来源方式会更加丰富。这是因为，第一，"空心"家庭有外出务工的家庭成员，他们往往有更高的工资来补贴家庭，使家庭有能力增加食物方面的开支。第二，不同代的家庭成员需求多样，尤其是有孩子的家庭，对零食、牛奶、水果有更大的需求。

第二节 食物的消费支出

一 恩格尔系数

恩格尔系数是食物支出在家庭总支出的占比。食物支出占家庭总支出的比例越小，生活水平就越高。其计算方式为食物支出/家庭总支出×100%。根据联合国粮农组织提出的标准，恩格尔系数达59%以上为贫困，50%—59%为温饱，40%—50%为小康，30%—40%为富裕，低于30%为最富裕。经过抽样调研，可计算得到黄泥村村民的平均恩格尔系数为46.4%，这表明大部分村民处于小康水平，个别村民达到了富裕水平。图6—3说明村民恩格尔系数的极差较大，波动幅度也较大，表明黄泥村的村民生活水平并不平衡。[1]

---

[1] 引自漆家宏对黄泥村村民金某的访谈，2020年8月24日，地点：贵州省麻江县黄泥村。

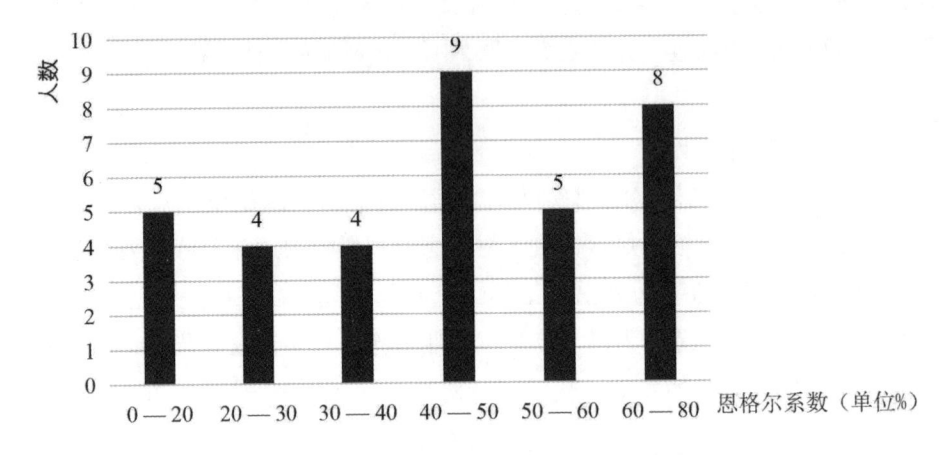

图 6—3 黄泥村受访村民恩格尔系数直方图
（资料来源：根据调研组 2020 年 8 月麻江调研整理而得。）

反常的恩格尔系数

传统观念认为，恩格尔系数越高，代表家庭收入越低，越贫困。在调研中，笔者发现黄泥村存在恩格尔系数极低的贫困户，恩格尔系数为 30%，按照指标意义划分属于富裕水平，但是该户的年均人收入只有 4000 元。造成这一现象的原因是贫困户大部分依靠自给自足，不舍得额外花钱在食物上。

金某一家共 5 人，年均人收入为 4000 元，她说："我们家只有我的丈夫可以外出打工赚钱，我的公公去世了，婆婆身体特别差。而我又是贫血，所以平时只能做一些轻松的农活。我们家的情况就是典型的因病致贫，赚的钱基本都要给婆婆看病，有的时候一周需要跑两次医院。因为医疗开支大，所以只能缩减食物开支，照目前情况看，没有其他更好的办法。我们吃自己种的米，一家人不舍吃肉，就买像土豆、小青菜这类蔬菜。"由此可见，仅用恩格尔系数来度量家庭的经济水平是不合理的。

二　食物的价格

总体来说，谷硐镇农贸市场的菜品价格要低于贵阳市菜市场的价格低。以大米为例，谷硐镇菜市场的大米价格为每斤2.5元，而贵阳菜市场为每斤2.79元。锌硒米作为麻江县的名片，黄泥村大力发展锌硒米产业，作为供应地之一，其价格自然会便宜些。黄泥村农贸市场的蓝莓则比县城的蓝莓便宜4—5元/盒。这两种蓝莓品质相同，但在经过运输成本、包装成本的叠加后，麻江县的蓝莓要更贵，表6—3所示。

表6—3　　　　　　　谷硐镇农贸市场价格与贵阳菜市场价格对比表

	谷硐镇	贵阳市
大米	2.5元/斤	2.79元/斤
猪肉	35元/斤	30元/斤
家禽	20元/斤	30元/斤
鸡蛋	4.5元/斤	5元/斤
蔬菜	0.8元/斤	1元/斤

资料来源：根据调研组2020年8月麻江调研整理而得。

不管是乡下还是城市的农贸市场，食物的价格和前两年相比都有所增长。在新冠肺炎疫情对农业生产链的影响下，2020年的价格涨幅更大。以鸡蛋为例，作为人们餐桌上的重要食材，价格在持续走高。贵阳市区东山农贸市场的蛋类批发店铺老板提到，鸡蛋从2020年7月中旬开始涨价，最高的时候每天每箱要涨十多元，在8月初，一箱30斤的鸡蛋从140元涨到了225元。

调研组对普通户和低收入户家庭一周的食物消费支出分别进行了调查，如表6—4、表6—5所示，普通户家庭食物消费种类更丰富，支出相对更多。

表6—4　　　　　　　　普通户家庭（4人）一周的食物消费支出

食物	消费量	单价
稻米	18斤	2.5元/斤
豆类	0.5斤	2元/斤

续表

食物	消费量	单价
蔬菜	10 斤	9 元 / 斤
豆制品	0.5 斤	5 元 / 斤
猪肉	4 斤	35 元 / 斤
家禽	1 斤	20 元 / 斤
蛋类	3 斤	5 元 / 斤
鱼虾	1 斤	60 元 / 斤
水果	15 斤	10 元 / 斤
烟	4 包	8 元 / 包
白酒	2 斤	20 元 / 瓶
牛奶	0.5 箱	50 元 / 箱

资料来源：根据调研组 2020 年 8 月麻江调研数据整理而得。

表 6—5　　　　　　　低收入户家庭（4 人）一周的食物消费支出

食物	消费量	单价
稻米	13 斤	—
豆类	0.5 斤	2 元 / 斤
蔬菜	10 斤	5 元 / 斤
豆制品	0.5 斤	5 元 / 斤
猪肉	0.5 斤	45 元 / 斤
家禽	0.5 斤	20 元 / 斤
蛋类	2 斤	5 元 / 斤
鱼虾	0	—
水果	5 斤	10 元 / 斤
烟	5 包	6 元 / 包
白酒	2 斤	20 元 / 瓶
牛奶	0	—

注："—"表示未发生此类的消费行为。
资料来源：根据调研组 2020 年 8 月麻江调研整理而得。

低收入户主要以面食和米饭为主。鱼、肉及牛奶的消费较少，有的通常两三个月吃一次鱼、一个月才能吃上一次猪肉。如果没有亲戚赠送，他们没有喝牛奶的机会。过年的时候往往是他们饮食最丰盛的时候，如果遇到收入冲击（比如自然灾害、疫情，或者其他导致收入减少的事情）的时候，会减少食物消费，一般减少肉类消费，主食基本不减少。

低收入户的食物消费[①]

金某的家庭人均年收入为5000元，2017年建档立卡，2018年脱贫。金某说："我跟小孩两个人过，孩子她母亲跟我离婚了。现在家里没有人照顾小孩，我就待在家里，种地、照顾孩子。要说在吃的上面，我们还真不怎么上心，吃得饱就可以了。"

第三节 饮食习惯

黄泥村村民的主食以当地主导产业锌硒米为主，很少食用玉米、小麦，以及红薯。麻江县地处云贵高原向湘黔丘陵过渡的斜坡地带，土地肥沃[②]。此外，稻土富含人体所需的镁、锰、钾、磷、天门冬氨酸、谷氨酸、核氨酸、苷氨酸、赖氨酸等微量元素和氨基酸[③]。

村民食用的肉类以猪肉为主，兼有牛肉、羊肉、鸡肉、鱼肉等。通常，普通户每天都能吃上猪肉；每周吃2次鸡肉；由于牛羊肉价格较贵，村民食用次数较少，大概一个月1—2次；鱼肉则因个人喜好而有较大差异。

村民口味喜食酸辣食品，炒菜要加酸、辣味。每家每户必备辣椒、糟辣[④]、酸汤、盐菜、霉豆腐、水豆豉等食物。冬至以后，尤其是临近年关，家家户户腌制腊肉、香肠、血豆腐，有"腊月腊八，腌鸡腌鸭"的俚语。村民

[①] 引自漆家宏对黄泥村村民金某的访谈，2020年8月25日，地点：贵州省麻江县黄泥村。

[②] 经贵州省地质科学研究所对县境内水稻土取样检测，平均每公斤稻土含锌元素0.528毫克，硒元素0.04毫克，属富锌硒等多元素土壤。每公斤大米中锌元素含量14.1毫克，硒元素0.041毫克，钙元素105.4毫克，分别比国内普通大米中同类元素含量高出5倍、12.7倍、12.9倍。

[③] 麻江县地方志编纂委员会：《麻江县县志（1991—2005年）》，中州古籍出版社2009年版，第6页。

[④] 糟辣是一道以辣椒、芝麻、油等为主要食材制作的美食，是贵州、云南独有的调味品。

过年时会打糍粑。

提到饮食，就不得不提当地的"蘸水"文化。"蘸水"也被叫作"辣椒水"，用辣椒粉、盐和葱蒜，加少许汤汁混合而成。它是一种佐餐调味料，也可以理解为蘸菜吃的酱料。可以增添菜肴的口感。虽然名中带"水"字，但"蘸水"并不一定是液态的，也有固态的"蘸水"。"蘸水"的点睛之笔在于辣椒。辣椒的好坏不在辣度，而在于香味。"蘸水"文化渗透到了黄泥村饮食的方方面面。不同的菜所搭配的"蘸水"有不同的做法，比如在黔东南地区的少数民族会用虾酸和葱蒜、姜米、盐辣等佐料混合做成具有民族特色的"蘸水"。有这么一句话，"在贵州有多少家庭就有多少种'蘸水'"，这也从侧面证实了"蘸水"已深入于村民的生活之中。"蘸水"中加什么、加多少，也许每个人都有自己的配方，从而也构成了博大精深的"蘸水"文化。

在黄泥村，各民族饮食习惯基本相近，大同小异。苗族、瑶族、畲族喜做爱吃糯米饭，糯米饭也是婚礼、行亲、待客的主要食品和礼品。少数民族成年男子喜爱饮酒，多为自酿自食，以大米、玉米或红薯为原料酿制，"小天锅"[①]蒸烤。当地有"客至必饮"的独特礼节。

蓝莓是当地的特色产品，也是当地产业扶贫的重点。作为特色产业，再对其进行了一系列深加工，延长产业链。因此，蓝莓汁、蓝莓饼干这类精加工产品也是当地饮食消费的特色之一。

在黄泥村，对于要干农活的村民来说，一般早上先简单吃上几口，忙活一段时间后，在九十点的时候再吃早饭。早饭的选择并不十分丰富，一般为米粉、面条、糯米饭之类。在村民眼中，早饭并不是十分重要，午饭才是一天中最重要的，因此更为丰盛，这主要有两方面的原因，一方面是延续传统；另一方面是通过午饭，村民可以缓解上午劳作的疲劳，顺便为下午的劳作补充能量。晚饭通常做法是将白菜、豆腐、竹荪煮成一锅汤。

在黄泥村，食物浪费的现象较少。珍惜来之不易的粮食不仅贯穿于子女的教育之中，也展现在居民的日常生活中。父母会从小教育孩子不要剩菜剩饭，

[①] "小天锅"是苗家天锅酿酒工艺蒸煮所用的，天锅酿酒没有经过反复冷凝，温度更高。

吃不完的食物会打包装起来。值得一提的是，随着近些年社会的发展、观念的进步以及科学知识的普及，黄泥村青年一代逐渐形成了健康的膳食观念。

第四节　饮食观念

一　男女平等

本以为越是落后的地方，重男轻女的现象就越严重，那些耳熟能详的女性遭到轻视的事情也似乎多发生在农村。但我们发现，黄泥村村民思想十分开明，尤其是年轻的村民，他们崇尚男女平等的观点。体现在饮食上，就是家里儿子和女儿的饭菜并无差别。村里办酒席的时候，女性和男性一同吃饭。

二　饮酒助兴

在黄泥村调研时，我们发现了一个很有趣的现象：早上5点多，天刚亮的时候，村里的农户就扛着大大小小的农具出门干活了。四五个小时之后，他们才会返程吃早饭，这时已经是上午10点了。农户们喜欢围在一起喝上一杯酒，舒缓早上的疲劳，也为接下来一天的劳累做好准备。他们说："也许你们不懂，但喝酒可以促进血液循环，让我们干活更有力气。"桌子旁边还有个大锅煮着杂烩似的主菜，里面翻滚着黑糊的肉块儿。村民们的早饭就是肉和酒。等他们扛着工具回来吃午饭时，已经是下午两点了。和早饭不同，农户一般会和自己的家人共同吃午饭和晚饭。

第五节　营养

一　摄入的卡路里

通过调查统计显示，黄泥村普通村民平均每天卡路里摄入量为2208大卡，低收入户每天卡路里摄入量为 1895 大卡。可能由于忽略了在外就餐的情况，存在低估村民卡路里摄入量的情况。值得一提的是，调研组特地关注了在 2019 年脱贫的家庭，发现其卡路里摄入的涨幅并不大。主要原因是这类家庭对待食物的消费心理仍然是"舍不得吃"，担心家庭由于增加食物消费开支重新陷入贫困之中。

二 孩子的营养

黄泥村孩子们的营养有基本的保障。在上小学之前，当地孩子的一日三餐大多在家里解决，三餐中的"精华"往往大多是给孩子准备的。"将最好的留给孩子"这一观念在黄泥村十分普遍。收入较好的普通户家庭还会给孩子们准备牛奶。虽然大部分低收入户负担不起牛奶的费用，但是如有养殖家禽，那么鸡蛋会优先给孩子吃。黄泥村的孩子告诉我们，他们并不会刻意去数每天吃了多少鸡蛋，想吃的时候就吃，能够保证一天一个鸡蛋的摄入。

为了更好地保障学龄前儿童摄入足够的营养，黄泥村为 6 个月到 2 岁的孩子免费提供儿童营养包，营养包里是能冲泡的粉状物质，蕴含着多种人体所需的营养。近几年，学校营养餐越来越普及，有些幼儿园、小学也会提供营养餐，孩子会在学校吃午饭。

上了中学之后，孩子大多一周回家一次，有的住校生甚至不回家。对于普通户来说，学校的食堂和家里的食物相比稍有逊色（学校准备营养餐，每餐搭配好三菜一汤，按照每人每餐一两肉、半两菜籽油、以"蔬菜足够、米饭管饱"的原则配餐，饭后还会给学生们发放水果）。

等孩子再长大些，上了高中后，他们大多只能一个月回家来一次。每次孩子们快要从学校回来时，父母提前一天就开始准备，要么去农贸市场买些鱼、虾或者肉骨头，给孩子补补营养；要么在家里准备些孩子喜欢的美食，让孩子解馋。如果父母外出务工，那么孩子的营养会出现跟不上的情况。

总体来说，黄泥村村民们的营养状况和过去相比是有所改善的，但是目前仍然存在以下两个主要问题：一是村民们的营养观念较为传统，膳食结构和城镇差距较大；二是贫困户的营养摄入仍不达标，解决相对贫困的问题任重而道远。

第七章　教育

教育和谐发展既是社会和谐发展的重要内容，也是内在要求[①]。党的十八大以来，我国城乡发展思路正式从"部分地区优先发展"转变为了"城乡一体共同发展"，农村地区教育事业成为事关国家发展的重要一环。2018年，国务院印发《中共中央国务院关于实施乡村振兴战略的意见》，该意见再一次明确强调了农村地区教育事业的重要性，要求"提高农村民生保障水平，优先发展农村教育事业"。

"扶贫先扶志，扶贫必扶智"。对于生在黄泥村这样贫困地区的孩子来说，教育不仅是个人成长、成材的最优途径，更是让他们能够"走出去"、摆脱贫困的最佳选择。在黄泥村，大部分青壮年都选择外出务工并将孩子留给家中的老人或亲戚照顾，这一特殊的成长环境会给孩子造成什么样的影响？在乡村振兴、反贫困的背景下，探讨贫困地区的子女教育问题显得更加重要。本章分别从学校教育、家庭教育、社会教育、政策帮扶，以及子女心理效用五方面讲述黄泥村的子女教育情况。

第一节　学校教育

一　学校

黄泥村没有正式的教育机构。村里原本有一所小学，但在2012年3月因为"并校"被撤除[②]，原校舍修建成现在的黄泥村村委会。目前，村里的适

[①] 袁振国：《缩小教育差距，促进教育和谐发展》，《教育研究》2005年第7期。
[②] 20世纪90年代到21世纪初，麻江县的每个村都有一所小学，但教学点太过分散，教育部门无法确保每所学校都有优良的师资力量，因此决定撤除村庄小学，让孩子们到村附近的镇上读书。

龄学生几乎都会去谷硐镇上学。该镇离黄泥村最近,大约只需要15分钟的车程。谷硐镇修建有1所幼儿园、1所小学和1所初中。

(一)幼儿园

至2020年,谷硐镇中心幼儿园已建园8年,黄泥村3到6岁的适龄儿童有半数在这里上学,另一半则被父母带到了县城或外省接受学前教育。中心幼儿园配备有1辆校车,每天早上7点、下午16点半左右出发接送学校学生上下学,每次发车3次。直达黄泥村的校车一般是最后一趟班次[①]。为了保障孩子们的人身安全,校车只走从谷硐镇通往黄泥村的主要公路。校方严格禁止司机将校车开至主路旁的水泥小道上,并为每班校车专门配备了一名跟车员。

村里在中心幼儿园就读的儿童,每天早上会从家里走到公路附近的指定停车点等待。大约8:10或8:20,黄色的校车就到达了村子,将孩子们全部接到学校,路上大约需要15分钟。

孩子们在7:40至8:30共进早餐。大班的孩子于8:50开始上课,小班和中班的孩子们则在9:00开始一天的学习。到了下午16:40,住得近的孩子们陆续被家长接走。黄泥村的孩子则通常会等到17:10,校车从别的村子回来后将他们送回家。

2017年,幼儿园开始实行儿童"营养餐计划"[②]。政府给孩子们发放了每人每天3元的饮食补助。该计划开启后,学校除了午饭注重营养均衡外,每天10:30还会给孩子们分发牛奶,具体如表7—1、表7—2所示。

表7—1　　　　　幼儿园"儿童营养包A"供货模式　　　(单位:份/每人)

星期一		星期二		星期三		星期四		星期五	
牛奶	100毫升	中式蛋糕	50克	欧式蛋糕	50克	牛奶	100毫升	中式蛋糕	50克
香脆饼干	50克	香蕉	200克	梨	200克	面包	50克	苹果	200克

[①] 每个学期,学校会根据村里上学幼儿的人数调整校车的出行安排。
[②] 孩子们共有两种营养包,每周一换,营养包的内容包括面包、蛋糕、点心、饼干、牛奶、苹果、香蕉、梨子或一些季节性的水果。

表 7—2　　　　　　　　　幼儿园"儿童营养包 B"供货模式　　　　　（单位：份/每人）

星期一		星期二		星期三		星期四		星期五	
香脆饼干	50 克	欧式蛋糕	50 克	牛奶	100 毫升	中式蛋糕	50 克	牛奶	100 毫升
苹果	200 克	香蕉	200 克	面包	50 克	梨	200 克	香脆饼干	50 克

资料来源：贵州省麻江县谷硐镇谷硐中心幼儿园提供。

谷硐镇中心幼儿园还是黄泥村教育扶贫的定点单位。学校安排了 11 个老师点对点负责黄泥村的 11 个村民小组。老师们需要了解自己负责的小组中贫困生数量（义务教育阶段所有年纪儿童），贫困生的年龄、健康情况、家庭条件，以及接受教育扶贫补助的情况，等等。对于那些在外省读书的孩子，学校老师则需进行信息跟踪。每个学期，幼儿园的老师们还会前往黄泥村对那些接受教育扶贫帮助的学生家庭进行家访，实地了解他们的学习生活情况，并为家长和学生做一些教育指导。

（二）小学

黄泥村绝大部分 6 岁以上的学龄儿童就读于谷硐中心小学，偶尔有几个孩子会因为家里的近亲（外公、外婆等）住在谷硐镇周边的景阳村或乐埠村，而选择前往这两个村里的小学（景阳小学、乐埠小学）念书。

谷硐中心小学的软硬件设备优良，接收了镇周围 1 个居委会、5 个村庄的学龄儿童，在校学生 800 余人。学校实行寄宿制度，学生们周一上学，周五下午 14:30 放学回家度过周末。少部分学生家住谷硐镇，离学校较近，则会选择走读。

黄泥村的学生几乎全部是在校寄宿。每周五，他们由家长接回家中。而村里的棉花组则由于离谷硐镇较近，家住此处的学生们大多会花费 20 分钟左右的时间，结伴步行回家。在路上，孩子们如果遇到了过往车辆都会停下脚步，站在路边向车子举手示意，等车子通过了再继续前进。这一特别的做法在贵州相当普遍，学校老师为了防止交通事故的发生，常常向孩子们强调安全问题。

另外还有一所新建的麻江县第三小学，修建在杏山镇官井湖社区后坝移民居住点附近，2020 年 9 月正式开学招生。建设这所新学校的目的在于要确保移民搬迁家庭的孩子有学上。因此，校方会优先考虑招收县内移民搬迁家庭的学龄儿童，如果还有空余学位，再招收其他一般家庭的学生。不同于杏山镇上的其他两所小学[①]，麻江县第三小学实行寄宿制度。有些不便照顾孩子生活起居的家长们也会将学生送至该校读书。目前，黄泥村的6户搬迁户中的1户适龄学生已转入第三小学就读。该学校教师是从麻江县其他乡镇抽调过来的。目前学校一共开设了29个教学班，一年级开的班最多，有8个，其他年级大多开设了4个教学班。图7—1展示的是麻江县第三小学的教室。

图7—1 麻江县第三小学的教室
（注：图片由贵州省麻江县第三小学提供。）

从后坝移民居住点走到麻江县第三小学需要20分钟左右。县交通部门为了保障学生上学路上的安全，专门开设了一条从后坝移民居住点到麻江县第三小学的直达往返公交线路。学校走读的学生们早上8:00到校，下午16:40放学。寄宿的学生则会在学校上晚自习到晚上20:00，再洗漱休息。

此外，县政府还在第三小学旁修建了一所新幼儿园——城东幼儿园，于2020年9月正式投入使用，并与麻江县第三小学一样，优先考虑接收易地扶贫搬迁户家庭的学龄儿童。

---

① 麻江县第一小学、麻江县第二小学。

（三）初中

黄泥村的初中学生们全部就读于谷硐镇谷硐中学。该校与谷硐中心小学仅相隔430米，规模要大许多，有18个教学班，同样实施寄宿制。因为两所学校挨得近，所以镇上的文具店和书店几乎都聚集在此处。学生们放学后多会在这些店里流连，买些喜欢的文具或在书店里阅读自己感兴趣的书籍。

和其他地方一样，在黄泥村，九年义务教育是强制性规范的。虽然村里不存在家长不让孩子读书的情况，但时有学生萌生辍学念头的现象发生。这个时候，学校老师和村里的干部都会登门进行劝导，给孩子做心理工作。因此，村内鲜有初中肄业的孩子。

谷硐中学和谷硐中心小学一样，大约从2013年开始实施"营养午餐"计划，学生每学期只需缴纳100元的生活费，其余的饮食款项全部由县政府进行补贴。学校的食谱一周一换，每餐搭配好三菜一汤，按照每人每餐一两肉、半两菜籽油、"蔬菜足够、米饭管饱"的原则配餐，饭后还会给学生们发放水果。有的孩子挑食，学校配餐老师便会着重注意这些孩子，叮嘱他们均衡饮食，并为他们科普平衡餐饮的重要性。营养午餐用量的适配标准如表7—3所示。

表7—3　　　　　　　　麻江县中小学营养午餐用量适配标准

食材名称	用量	备注
肉类	猪肉60克；牛肉60克；禽类蛋类60克	每周营养午餐须保证有猪肉两餐，牛肉一餐，鸡或鹅肉一餐，鸭肉一餐
蔬菜	200—300克	水分少的蔬菜200克，水分多的蔬菜300克
菜籽油	20克	非转基因一级菜籽油
大米（籼米）	100—200克	籼米一级
包装调味品	适配	盐、味精、酱油、醋等

资料来源：根据贵州省麻江县谷硐镇谷硐中心小学提供的资料整理而得。

（四）高中

如果能通过中考，黄泥村的学生们多会到麻江县第一中学进行高中学习。该校是县内唯一一所省级三类示范性普通高中，占地150余亩，建有2栋教学楼、1栋科技楼、4栋学生公寓、2栋学生食堂、1块人造草皮足球运动场，以及8块塑胶篮球运动场。

2005年，学校将校舍迁至了杏山镇金竹街道鄞州路11号凤凰山，距黄泥村约 25 公里远。村里学生到校上学一般乘坐谷硐镇至杏山镇的专趟大巴。班车途经黄泥村、摆沙村。学生们只需要到路旁的大巴停靠点等待即可，路上大约耗时 40 分钟。

为了全方位提升教学软硬件设施建设，2017 年，学校投入了 40 余万元购置多媒体教学设备，扩大课堂容量，并在县教科局的帮助下采购了 300 多台电脑，其中 200 余台用于教师的现代化办公，结束了学校老师无现代化办公设备的历史。此外，每隔 1—2 个月，麻江县第一中学还会邀请外校名师到校内开展教学讲座，或组织学校教师到外省优秀学校进行学习交流。

（五）职业学校

如果没有通过中考，黄泥村的家长们会选择把孩子送到中等专业学校学习一项谋生的技能。男孩普遍学习汽车修理，女孩学习学前教育、护理或其他。黄泥村在中专学校学习的学生们超过半数就读于麻江县中等职业学校。该校位于杏山镇五星路，学生们同样也只需在村里的班车停靠点乘坐班车前往。

麻江县中等职业学校目前占地面积约 3.2 万平方米，拥有教学楼 1 栋、实训楼 1 栋、综合楼 1 栋、250 亩的环形塑胶跑道 1 个、篮球场 4 个、男生宿舍 1 栋、女生宿舍 1 栋、食堂 2 个、教工休息楼 1 栋，以及厕所 2 栋。学校开设专业有农村经济综合管理、计算机应用、计算机平面设计、电子商务、服装设计与工艺、汽车运用与维修、护理、学前教育等。其中，农村经济综合管理、电子商务等专业与乡村产业振兴有着紧密联系。

二 寄宿制度

（一）寄宿生的日常

黄泥村除了学龄前儿童，其他学生几乎都是寄宿在校。在谷硐中心小学上学的孩子告诉我们，寄宿生平时不能出校门，只有每周五下午 14:30 才能放假回家，每星期一需要在上午 7:00 前返校参加升旗仪式。

星期二到星期四，孩子们需要早上 6:00 起床。下午 16:30 一天的课程结束后，他们会有 1 个小时的自由活动时间。到了 17:30，各个班的负责老师组织班上学生回到教室吃饭。晚上有晚自习，学校安排了值班老师坐在讲台上维持自习纪律，学生们在这个时候通常会完成当日的学习任务。晚上20:00，自习结束，孩子们回到宿舍①洗漱，直到21:00，值班老师来到宿舍清点人数，学生入睡。

（二）子女教育的基石

一所小学的校长告诉我们，"在麻江，我们学校既当爹又当娘，除了'生'以外，与孩子有关的事情全做了"。学生周一到周五在校内，老师们不仅负责讲课、督促孩子学习，还要付出精力保障学生的人身安全、心理健康，尽可能培养他们良好的生活习惯。

然而，寄宿制度在麻江这样经济较为落后、"空心"家庭数量庞大的地方，却恰恰有力保证了该地区的子女教育。

对于家长而言，他们无需再多花时间和精力照顾孩子的生活起居。有的家长并未选择到外省务工，周一至周五，他们通常会前往县城或邻市工作，从而在一定程度上改善了家庭的经济生活状况。

对于孩子来说，寄宿制度也成为孩子健康成长的基石，原因有三：第一，寄宿在校由学校老师进行统一管理，可以有效培养他们的生活独立性以及良好的集体生活习惯。学生们回到家中大多会变得懒散。我们了解到，有的二年级学生放假回家后，一天会花费近5个小时在手机游戏上。而在学校，老师们严格禁止学生携带电子产品，也就间接保证了孩子们的生活、学习状态以及视力健康。

第二，寄宿制度让孩子们得以接受更好的教育培养。黄泥村留守儿童数量众多，绝大多数儿童的监护人没有受过较高层次的教育，无法从生活和学习两方面给予孩子们正确、优良的引导。寄宿制度的推广很大程度上弥补了"空心"家庭子女教育的缺失，让孩子们拥有了更好的生活氛围以及更加科学的教育引导。在学校，学生可以和同龄人一起生活、学习、娱乐，相互带动；学校的负责教师均接受过专业的教育培训，有的甚至是硕士毕业，因而在培育学生上更为游刃有余。

---

① 谷硐中心小学的寝室采取不同年级学生混住的模式，一个房间可以住10到14个人，高年级的学生睡上铺，低年级的学生睡下铺。

第三，寄宿制度在很大程度上降低了家庭差异带给孩子们的影响。学生从入学就和同龄人生活在一起，起步于同一起跑线。在校内，贫困生和非贫困生一样，可以获得相同的教育、相同的生活待遇。学校实施的"营养午餐计划"也帮助贫困学生避免了营养不良的问题。

寄宿制度促进教育公平[①]

小乐马上就要上四年级了。尽管家里是建档立卡贫困户，但他在和我们交谈的过程中总是笑嘻嘻的，并直言对自己非常有信心。言及校园生活，我们询问他"学校里有的同学会不会因为家境更好和大家有些不同？"他听完立马摇头，转着脑袋表示自己没看出来谁家更有钱。

平时，学校要求大家穿统一的校服。班里的同学一起起床、一起吃饭、一起玩耍，没有人搞特殊化。在学习方面，不管是谁去问老师问题，老师都会耐心温柔地回答，假如作业中有题目班上错的人多了，老师也会专门找时间给全班同学讲解一遍。有时候晚自习，老师还会敦促班上成绩靠后的同学认真完成作业，看到有的同学在一个问题上卡住很久，也会上前为他们解答。显然，由于孩子们统一寄宿在校，家庭经济条件不再是难以填平的差异。

三　新冠肺炎疫情期的在线教育

2019年冬至2020年春，受新冠肺炎疫情影响，黄泥村的孩子和贵州其他地区的孩子一样，都无法正常回归校园。但停课不停学，省教育厅推出了"阳光校园·空中黔课"的线上教育平台，让村里的学生们在家也能进行课程学习。省教育局颁布的通知下发后，麻江县每所中小学校都积极行动，向校内全体老师开展了宣传培训工作。

各班班主任负责告知每一位学生、家长"阳光校园·空中黔课"的上课安排和操作方法，并建立了便于家长和老师沟通的线上聊天群。如果班上有

[①] 引自陈睿对黄泥村儿童小乐的访谈，2020年8月24日，地点：贵州省麻江县黄泥村。

学生因为网络原因无法正常参与听课学习，班主任则需要做好登记并上报学校；对于因不会操作而无法听课学习的学生，班主任们会通过电话或者微信联系上家长，了解具体情况，手把手地教，尽全力保障学生们的学习质量。通过"阳光校园·空中黔课"，孩子们可以在家自主学习贵州省名师录好的教学视频，如果遇到学习上的困难，也可以直接在线上聊天群里发言或私聊老师进行提问。

这种线上的教学方式对于习惯传统授课模式的麻江县师生来说既新奇又具备挑战。站在老师的角度，他们通过线上课堂可以更直接地了解到每一个学生的学习成效，却无法知道学生的实时学习情况，不能保证每一个孩子都在屏幕外专心听讲。

就孩子而言，他们一方面在家就可以学习名师授课，教育资源分配不均的问题得到了很大改善；另一方面，由于不适应这一新的授课方式或缺乏自觉性，学生往往需要家长的监督和老师的敦促才能较好地完成学习任务。而贫困家庭的学生，更是因为不具备必要的网络设备，无法进行正常的线上学习。

第二节　家庭教育

尽管黄泥村的多数孩子是在校寄宿，但对家庭的依赖仍然是其成长阶段的显著特点。村里留守儿童众多，村民的土地大都流转给了蓝莓公司和村里的烤烟种植大户，青壮年劳动力外流情况严重，他们由于生计问题无法给予孩子稳定的核心家庭以及言传身教式的家庭教育，只能将养育的责任托付给家里的老人或亲戚。本节试图从子女、父母的视角，就家庭教育的现状、子女表现以及"空心"家庭的选择三个方面分别讲述黄泥村家庭教育景况。

一　家庭教育现状

黄泥村的家庭教育相对弱化，多数父母由于长期在外打工，没有机会和孩子多相处，他们对子女的教育主要发生在寒暑假或周末——村里孩子们放暑假的时候，有的会到父母打工的城市探望父母。家长们通过这一两个月的时间，陪伴了解孩子，在学习上给予辅导，通过自己的方式规正他们的生活习惯，并尽可能弥补自己长期不在孩子身边的遗憾。

学期中，学生们只有周末才能回家。有的学生父母在县城或邻市（凯里市）工作，如果近期工作任务不繁重，他们就会在周五从务工所在地点回到黄泥村，去学校接孩子放学回家，或者带着他们到自己工作的地方吃些好吃的、买些新衣服。有的孩子父母在外省务工，到了周末，他们就会用手机和父母微信通话，聊聊近期学校里发生的趣事。父母们则趁着这难得的互动时间，询问孩子近期的学习情况、心情状态，并进行适当的言语教育，鼓励孩子好好学习。

事实上，黄泥村的孩子们能否得到这些温馨的亲子互动是因家庭而异的。村里同样存在有家长不重视子女教育的情况，且数量不容忽视。他们很少与孩子交流沟通，而是把孩子全权交给家里的老人或亲戚照顾。而这些与父母鲜少沟通的"留守儿童"往往会在言行举止上略逊于其他小孩。在假期里，他们除了完成学习任务，更多的时间都是在看电视或玩手机。虽然孩子们的实际监护人大多是自己的爷爷奶奶，但爷爷奶奶在管教孩子方面常常心有余而力不足。孩子本身如果缺乏必要的自制力，又少于家庭的有效管理和教育，很容易沉迷于电子世界，甚至产生"网瘾"。

此外，这些轻视家庭教育的父母，多数却看重孩子生活的物质保障。外出务工有效增加了家庭收入来源，他们便希望通过物质条件的提高来弥补自己在孩子成长过程中的缺位，从而给予孩子更多的零花钱。"留守儿童"们自主掌管生活费，缺少适当的约束，极易误入歧途。

负责照顾留守儿童的老人们习惯于较为极端的管教方式。他们有的受学识所限，并不清楚如何正确地帮助孩子成人成才，于是常采用传统的"棍棒底下出孝子"的教育模式。但这不仅不能从根本上引导孩子热爱学习，反而稍有不当——只对孩子施威而不施恩——就有极大可能造成儿童出现压抑、敏感等心理健康问题。

有的老人则会极端溺爱孩子。他们心疼自己的孙辈缺少父母的呵护，又希望孩子能生活得快乐顺心，便处处包容处处爱护。孩子犯错时，他们很少认真指出错误或采取措施规范孙辈的言行，从而导致了孩子缺乏成长中所必需的挫折教育，如果未来稍遇困难，很容易自暴自弃。

孤儿的教育①

我们采访了黄泥村的一个孤儿②，他叫芽芽（化名），是一个即将上二年级喜欢做手工的男生，家中有奶奶和一个外出务工的叔叔。看到我们到他家采访，芽芽立马钻进房间拿出一个硬纸壳做的手枪向我们展示。他身材瘦瘦小小的，不太愿意说话，和我们聊天的时候总是一颗一颗抠自己的小乳牙。

芽芽接受到的学校教育和其他同学一样，起床、上课、吃饭、写作业、娱乐、睡觉。学校老师有时还会因为他的家庭情况特殊，多给予他一些关心。

但芽芽却缺少自主求知的勇气。在学校，芽芽的朋友并不多。如果在学习上遇到了什么问题，他只会自己想办法解决，从未求助过老师或朋友，实在想不明白的地方就直接跳过去。在我们问及他快不快乐的时候，他一脸严肃地摇了摇头，告诉我们，自己不够聪明，没有把握可以拥有更好的未来。显然，芽芽并非一个开朗向上的孩子。

家庭环境的特殊让他几乎没有接受过家庭教育或关怀。假期时，奶奶总是忙于农活，没有多余的精力管他。老人不识字，只能尽力严格地要求孩子把作业早点儿做完，但采取的方式却是命令和打骂。祖孙两人从未谈过心，芽芽告诉我们，他一点儿也不爱奶奶，因为只要自己不做作业，奶奶就会打他。

孤儿问题在农村显得尤为突出。经济条件的落后导致不少家庭稳定性遭到破坏。但好在针对孤儿的帮扶政策与措施正在逐步完善。贵州省从2011年1月起就实施了全省范围内的孤儿福利政策，为省内孤儿提供基本生活补贴，其中，散居的孤儿补贴标准为每人每月600元，集中供养的孤儿补贴标

---

① 引自陈睿黄泥村儿童芽芽的访谈，2020年8月27日，地点：贵州省麻江县黄泥村。
② 黄泥村共2位孤儿，均是由于父亲意外去世导致的家庭破散。

准为每人每月 1000 元。此外，我们还了解到，黄泥村村委会也为村内的两位孤儿申请了城乡居民最低生活保障。

虽然经济帮扶让孤儿得以接受正常的学校教育，但我们还需要关注孤儿们由于缺少良好家庭教育而产生的心理健康等问题。也就是说，相关部门在完善孤儿保障系统的同时，仍需加大对孤儿监护人的培训与管理，加强地区的精神建设工作，努力让失去父母的农村孩子们也能感受到家的关照、家的教育。

二　子女表现

黄泥村大部分家长对孩子抱有很大期望。调研组调查数据显示，受访家长中期望孩子上大学、大学以上的分别有 178 人、115 人，占总受访人数（307 人）的 58% 和 38%，如图 7—2 所示。但与此同时，孩子们却出现了缺少生活常识的问题。家长们只要求孩子完成自己的学习任务，却忽视了孩子实践能力的培养。村里很多孩子在学校穿脏的衣服都是攒着等到周五放假带给家长洗。他们缺少切实的生活经历，也就难以从实践中体悟出有用的生活经验或知识。

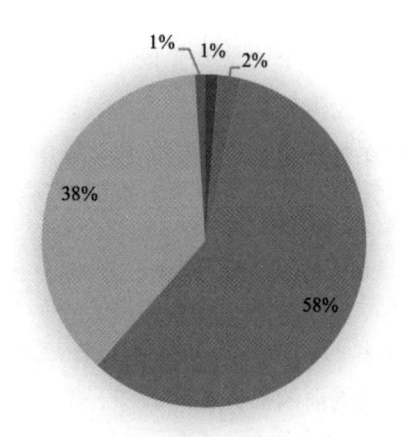

图 7—2　受访家长对子女受教育程度的期待

留守儿童缺少生活常识的问题更甚。尽管他们有时会分担家务活，动手能力要强于相非留守儿童，但他们却缺少了长辈的言语教导。黄泥村留守儿童的监护人大多是他们的祖辈或家中亲戚。老一辈与孩子们缺少共同语言，除了督促他们完成学习任务，鲜少进行沟通，更谈不上言语教导；帮忙照顾留守儿童的亲戚有时也会担心自己的管教让孩子家长产生误会，往往会采取散养的教养模式，不会将生活常识教予孩子们。

由于家庭教育的欠缺，黄泥村的留守儿童在学习成绩上落后于非留守儿童。父母外出务工，守在孩子身边的老人多是小学低年级毕业或者文盲。他们不仅在教育观念上和年轻一辈存在差异，忙于农活之余也没有能力在孩子学习方面进行辅导；而帮忙照顾孩子的亲戚有的可能会更偏重于照顾自己的孩子，忽视了对留守儿童的学习辅导。

此外，黄泥村的孩子们在学习上缺乏动力，且这一现象在留守儿童群体中表现得更为明显。由于缺少必要的父母陪伴和良好的家庭教育，留守儿童的心理健康程度与非留守儿童相比普遍较差，受挫能力弱。如果在学习上遭遇困难，很容易产生畏难情绪和自卑感，长此以往，会失去学习的积极动力。尽管孩子们大多明白"学习有用"的道理，但在回答学习积极性的问题时，常表现出犹豫或勉强的神态。

三 "空心"家庭的两难选择

对"空心"家庭的家长来说，"外出务工还是在家带娃"是一个两难的选择题。外出务工，一方面可以有效改善家庭的经济条件，从而负担得起孩子更优质的教育资源花销；另一方面，走出乡隅让家长们见到更广阔的天地，提高了他们对子女教育的重视程度。但是，正如我们在上一节所分析，家庭稳定性的破坏以及家庭教育的弱化或缺失，在孩子成长过程中会造成不可忽视的负面影响。

家长们或许也意识到自己在子女生活中缺位的不利之处。有的因此会选择回乡照顾孩子。黄泥村的烤烟种植户就是这样的例子。他为了督促小孩读书而选择返乡创业。目前大儿子已顺利考入大学（大学生在黄泥村非常少见）。

但值得指出的是，现代通信技术的普及又在一定程度上降低了父母外出的消极影响。家长们可以通过微信视频和孩子进行沟通。有的父母只要放假，几乎每天都会与孩子电话交流，从而降低了"父母离家"损害孩子身心健康的可能性。调研团队询问了数位与外出父母经常沟通的儿童，"你觉得自己幸福吗？"，得到的全部都是肯定的回答。

放弃高收入，我要留在孩子身边[①]

父母的教育理念、眼界的宽窄影响着家庭教育的好坏。黄泥村的计生主任是一个很开朗的女子。几年前，她亲戚家的小孩因为父母不在身边，叛逆地做了触犯法律的事情，这让她毅然决定回乡，专心照顾两个儿子的生活和教育。尽管在外务工时每个月可以有6000元的收入，回乡只有2000元月工资，但她表示自己从未后悔回来。她的两个儿子一个在谷硐中心小学上学，一个还未到幼儿园入园年龄。大儿子是村里为数不多的走读生。她告诉我们，自己宁愿累一些，咬咬牙也要保证孩子的学习生活不走歪走偏。

平日里，她要求孩子完成学习任务后还要负担起洗自己的衣服、袜子这类家务活。新冠肺炎疫情时期，黄泥村种的菜苔被村民全部收起来捐给武汉，于是，她便把儿子带着一起参与农活——帮忙把收好的菜苔搬到固定地点进行捆扎。

对于孩子的学习，主任也丝毫不放松。2020年上半年在孩子居家学习的日子里，她花钱给儿子买了"网课"。见我们到达黄泥村，她也表达出希望我们给予村里的孩子学习辅导的愿望。"特别是英语"，她告诉我们，"农村的师资和城市里的比起来肯定有一些差距"。而主任的教育理念，并不是黄泥村每一位父母都具备，有的家长用的是"老年机"，更谈不上为孩子提供优质的、有针对性的学习辅导了。

[①] 引自陈睿对黄泥村计生主任的访谈，2020年8月27日，地点：贵州省麻江县黄泥村村委会。

第三节　社会教育

一　阅读室与读书

为了帮助村里的学生提高教育质量，黄泥村在居委会开设了一间阅览室。干部们联系过县相关部门和南京农业大学进行了募捐筹书，也会分出一部分扶贫资金用于补充阅览室的图书资源。

但这间小型图书馆利用率几乎为零，村干部表示，很少能够见到学生们的身影。显然，黄泥村的孩子们并没有良好的课外阅读习惯。村委会的阅览室直到2018年才逐渐被利用起来，但前来阅读的都是一些需要补充专业知识的返乡创业青壮年。

二　文具店与"网购"

黄泥村没有文具店和书店，只有4家小卖部在卖一些本子和笔。村里学生们的学习用具都是在谷硐镇学校周边的文具店购买，平时上课所用的课本也全部由学校统一分发。不同班级的老师可能会根据班上孩子的整体情况订购工具书，但这些都是由老师自己联系书店统一购买。

孩子们如果自己想要额外购买书籍，通常都会在谷硐镇的书店里挑选或者通过"网购"获取。但"网购"对于父母不在身边、监护人不会用智能手机的孩子来说存在着较大困难。村里有的儿童监护人使用的仍然是"老人机"，不具备上网功能；有的则不认字或不会线上支付操作。尚未成年的留守儿童们如果想要"网购"，通常是打电话给在外的父母，让他们帮忙。

三　培训机构与课外教育

黄泥村没有培训结构，村里的学龄儿童也几乎无人参加课外辅导班。一方面，培训班离村较远，家长们也缺乏对孩子课外教育的意识。只有谷硐镇开设了课外培训课程，从黄泥村到谷硐镇需要花费10到20分钟的车程，照顾孩子起居的家长们大多抽不出时间或不太愿意花费时间在这种"非必要的事情"之上；另一方面，对于村里建档立卡贫困户的孩子来说，较为拮据的经济条件也成为他们参与课外辅导课程的阻碍。

"免费的午餐"不被接纳

如果开展可以解决距离阻碍、消除经济压力的免费线上课外辅导，是否会对黄泥村这样贫困地区的学生教育起到帮助呢？南京农业大学曾做过类似尝试，但效果并不理想。

2020年6月学校正式开展"六次方"教育扶贫项目。校方联合某校外知名英语培训机构为麻江县初中的部分贫困生提供了免费的线上英语培训。然而，这一计划却收效甚微。课程开始以来，只有1/3的学生能持之以恒地上课，剩下的同学出勤率不容乐观。其原因产生于以下四方面：

第一，客观条件不足导致线上学习困难。很多贫困生的父母都已到外省务工，家里的爷爷奶奶、外公外婆没有智能手机，而孩子事先又没有和负责线上教育扶贫的老师沟通清楚，因此无法正常参与课堂学习。

第二，家长子女教育意识欠缺。曾有同学向助教老师反映，"我家人不让我上了"。尽管孩子有很强的上课愿望，但他们的家长却认为"课外英语班不仅对学习没有用，还会耽误我的时间"，因而拒绝将手机交给学生上课学习。还有的家长思维僵化，他们告诉老师，"他（孩子）以后能怎么样全靠他自己，天生聪明，他将来就肯定能成大事，要是天生就笨，我再怎么花心思也没用"。

第三，学生本人学习意愿低下。他们不想上课，找理由请假或者干脆不来。在自己所在学校出具奖惩规则后，这些孩子也只是短暂地进入线上课堂，等考勤打卡结束就立马下线。

第四，学生对线上学习实际操作陌生。在使用线上课堂软件的过程中，有学生向助教老师反应自己的手机"没有流量""没电"或者"账号被冻结了"。孩子们不熟悉线上学习的流程，课堂前期准备不足，从而错过了正常课程学习的时间。

显然，贫困地区的课外教育问题不仅源自收入落后、教育资源匮乏这些客观因素，而且还有更深层的内在原因值得考量。基于此，相关的课外教育扶贫工作也应当转变方式，不局限于简单的经济扶贫，还需要关注人力资源的积累，如注重培养学生及家长的成长性思维、注重培养学生的理想抱负、适当向学生及家长科普互联网技术等。

第四节 政策帮扶

一 政府补贴

黄泥村家庭贫困的学生数量较多，留守儿童也不在少数。幸运的是，他们都可以收到来自政府的经济帮扶，生活和学习质量得到了一定的保证。

针对家庭经济情况困难的学生，麻江县根据不同学龄阶段给予了申请者不同数额的经济补贴。在学前教育阶段每人可获得一年500元到800元的补助；在义务教育阶段，每人每天有4元的餐饮补助；此外，小学生每人每年还可获1000元、初中生每人每年可获1250元的生活补助；在普通高中阶段，贫困家庭学生可申请一年2000元的国家助学金，自2015年起，中等职业学校的学生也可以进行申请。这些经济补助不允许发放现金，统一由上级部门拨款给学校，学校直接在孩子们的学杂费中进行减免。

二 结对帮扶

2012年，国务院扶贫办发布《关于做好新一轮中央、国家机关和有关单位定点扶贫工作的通知》，40余所教育部直属高校以"一校对一县"的形式展开定点扶贫工作，而麻江县的结对帮扶单位是南京农业大学。

2014年7月，南京农业大学组织了第二届研究生支教团（简称：研支团）奔赴麻江县。自此，研支团代代接力，目前已累计有30余人在县内开展了支教志愿服务。他们在龙山乡龙山中学开展义务课堂教学，覆盖语文、数学、英语、物理等基础及拓展课程，平均每人每周授课18个课时。

此外，研支团还组织开展了"文化艺术节""紫金大讲堂"等"第二课堂"活动。

2018年，南京农业大学又推出"南京农业大学麻江10+10"行动计划，即由校内的10个学院结对帮扶麻江县的10个典型村。黄泥村的结对帮扶工作由经济管理学院负责。学院积极响应号召，屡次委派专家团队前往黄泥村考察，在党建扶贫、产业扶贫、电商扶贫、教育扶贫等方面付出了极大努力（具体措施详见本书第19章）。

第五节　子女心理效用

一　产业发展与子女陪伴

农户务工选择受农村产业发展状况影响。在上文中，调研组提到紧密型产业与农户之间存在紧密的利益衔接机制，有助于留住劳动力，形成人才回流；非紧密型产业由于农户和产业的利益链接机制松散，难以有效地留住劳动力，往往产生农户为追求高收入而离开家乡、外出务工的现象。

农户选择外出务工进而造成家庭空心化，留守儿童缺失父母陪伴。随着时代的发展，贵州省在推进城镇化的进程中，农村中的大量剩余劳动力流向城市，加入城镇化建设产业的工人群体当中。调研数据显示，麻江县5年级学生中71.37%的家庭中父母至少有一人外出务工。农民为了谋求经济水平的提高选择外出务工，但往往因为城市生活消费水平高、压力大、儿童异地入学难等原因导致孩子留守农村。并且农户外出务工的目的地多在以浙江省、广东省为主的沿海城市，通常与家乡所在地相距较远。受限于较长的交通时间与较高的交通费用，农民工返乡的频率较低，一年之中回家的时间多为1个月到2个月，集中在春节前后。根据调研数据显示，481户"空心"家庭中，有51.39%的家长一年只会回来一次。相比起留在孩子身边的父母，外出务工的父母陪伴孩子时间少的事实是显而易见的。

基于此，调研组从子女的心理层面出发，选择心理福利、志向、成长型思维三个方面探讨"空心"家庭对下一代的影响。

二 子女心理福利

儿童相比其他群体有更高的心理健康需求。在成长过程中,他们会遭遇很多没有经历过的或没有能力解决的生活转变,这些转变不仅会给他们带来较大心理压力,甚至会在生活和学习方面给儿童造成困扰。中小学阶段的孩子处于尚未成熟的阶段,心理亚健康的状态更容易对他们产生严重的负面影响,如叛逆、情绪暴躁,甚至诱发抑郁等精神性疾病,这不仅直接影响了儿童的生活质量,甚至可能导致严重的社会问题。

心理健康还与身体健康紧密相连、相互影响。第一,身体健康会通过生物学和社会心理的途径影响心理健康。譬如,Gortmaker、Richardson 等人(1990,2006)通过研究发现,患有长期身体健康问题的儿童有极大可能产生心理障碍,并出现行为问题[1]。第二,心理情绪也可以通过影响人的免疫系统来影响身体健康[2]。譬如,与心理健康的人相比,患有抑郁症的哮喘患者往往会经历较为严重的身体健康危机[3]。

(一)麻江儿童心理状况

目前,国内外学者在研究儿童心理健康方面常用的测量工具是儿童抑郁量表(Children's Depression Inventory,简称 CDI)。该表由美国心理学家 Kovacs 改编、修订,是国外最早出现的儿童抑郁评定标准,其对受访者的阅读能力要求很低,适用于 7 岁到 17 岁之间的孩子,共包含 27 个检测项目,一般耗时约 15 分钟。

我们借用了该量表的问题,麻江县 1680 个孩子进行了调查,但碍于问卷篇幅以及孩子填写的时长,我们将考察孩子心理状态的指标缩短成为以下

---

[1] Gortmaker S. L. ed., "Chronic conditions, socioeconomic risks, and behavioral problems in children and adolescents" *Pediatrics*, Vol. 85, No. 3, March 1990.

Richardson L. P. ed., "Asthma symptom burden: relationship to asthma severity and anxiety and depression symptoms" *Pediatrics*, Vol. 118, No. 3, September 2006, pp. 1042-1051.

[2] [Anonymous], "No mental health without physical health" *Lancet*, Vol. 377, No. 9766, February 2011, p. 611.

[3] Bussing R. ed., "Prevalence of behavior problems in US children with asthma" *Archives of Pediatrics & Adolescent Medicine*, Vol. 149, No. 5, May 1995.

8个问题,如表7—4所示,分别考察孩子的忧愁、自我否定、恨自己、烦心、学校焦虑、没有朋友、悲观、没人喜欢等8方面的因子症状,并按照选项所列举的一般反应、中等症状、严重症状,分别计1分、2分、3分。受访儿童最终所得总分在8分到24分之间,分数越高表示抑郁水平越高,儿童的心理状况越差[①]。

表7—4　　　　　　　　　　　　　　问卷问题

请阅读以下8题,然后根据你在过去两个星期里的实际情况,从每一组中选出一句(依次为A、B、C)最符合你的想法和感受的句子并填入回答栏中:

情形	选项	回答	情形	选项	回答
情形1	偶尔不高兴		情形5	我觉得上学一点劲都没有	
	经常不高兴			我有时觉得上学有劲,有时觉得没劲	
	总是不高兴			我经常觉得上学很有劲	
情形2	很多事情我都能做好		情形6	我有很多朋友	
	我经常做错事			我有一些朋友	
	我总是做错事			我没有任何朋友	
情形3	我恨我自己		情形7	我一直没有其他同学优秀	
	我不大喜欢我自己			如果我想变优秀,我可以和其他同学一样优秀	
	我喜欢我自己			我本来就和其他同学一样优秀	
情形4	总是有使我烦恼的事		情形8	没有人真正喜欢我	
	经常有使我烦恼的事			不知道有没有人喜欢我	
	偶尔有使我烦恼的事			肯定有人喜欢我	

结果显示,受访的1680个孩子抑郁指数得分平均为12.46,标准差为2.52,其中最低得分为8分,最高得分为23分。得分为12分的孩子人数最多,有268人,占总人数的15.95%,这一分数小于8至24的中位数16,因此整体看来,麻江县五年级学生的心理健康水平较佳。此外,还有54个孩子心理健康状况非常好,最终得分为8分,占总人数的3.21%;没有人得分为24分,如图7—3所示。

---

① 该分数并没有明确界定健康、抑郁的界限。

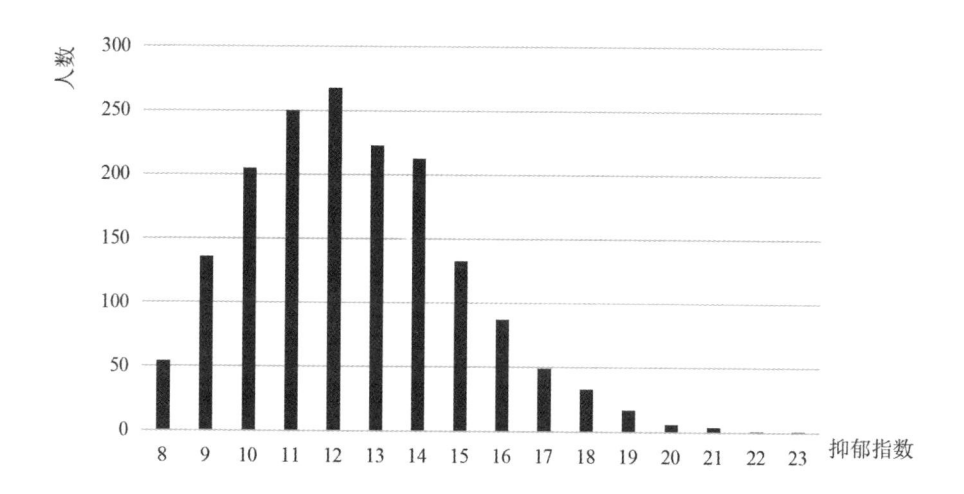

图 7—3 受访学生抑郁指数
（资料来源：根据调研组 2020 年 8 月麻江调研数据整理所得。）

我们继而对具体的问题进行分析并制作统计表 7—5。结果显示，麻江县的儿童有的心理健康指标良好。在受访儿童中，有 85.77% 的孩子在过去的 2 周里只是偶尔不高兴，感到总是不开心的人很少，为 27 人，占 1.61%；有 1147 名学生选择了"我喜欢我自己"，只有 4.40% 的人"恨自己"；70.42% 的学生觉得过去 2 周生活里只是偶尔出现"烦心"。

但尽管如此，孩子们似存在非常明显的负面情绪——麻江县大多数五年级学生都感到自卑，上学意愿低下，生活态度悲观。数据表明，有 676 个孩子觉得自己"经常做错事"，这占调查总人数的 40.24%，接近半数；有 51.01% 的学生有时会觉得"上学没动力"；49.23% 的孩子"拥有一些朋友"；25.18% 的孩子觉得自己"一直没有其他人优秀"，这一严重症状的比例在其他指标中显得非常突出；而"不知道有没有人喜欢我"的孩子有 999 人，占比 59.46%。

表 7—5　　　　　　　　　　　　问卷心理健康问题分析

问题序号	因子症状	平均得分	标准差	一般反应 人数	一般反应 占比	中度症状 人数	中度症状 占比	严重症状 人数	严重症状 占比
1	忧愁	1.16	0.41	1441	85.77%	212	12.62%	27	1.61%
2	自我否定	1.52	0.60	909	54.11%	676	40.24%	95	5.65%

续表

问题序号	因子症状	平均得分	标准差	一般反应 人数	一般反应 占比	中度症状 人数	中度症状 占比	严重症状 人数	严重症状 占比
3	恨自己	1.36	0.56	1147	68.27%	459	27.32%	74	4.40%
4	烦心	1.40	0.68	1183	70.42%	316	18.81%	181	10.77%
5	学校焦虑	1.61	0.58	743	44.23%	857	51.01%	80	4.76%
6	没有朋友	1.55	0.55	803	47.80%	827	49.23%	50	2.98%
7	悲观	2.09	0.64	270	16.07%	987	58.75%	423	25.18%
8	没人喜欢	1.78	0.60	528	31.43%	999	59.46%	153	9.11%

资料来源：根据调研组 2020 年 8 月麻江调研数据整理而得。

麻江县留守儿童数量庞大。县内青壮年父母多因经济压力选择外出务工，"空心"家庭数量众多。我们沿用多数学者对留守儿童的定义：父母一方或双方外出打工而由家中祖辈、亲戚等其他监护人照料生活起居的儿童，并将因家庭变故导致父母一方离家（或离异、去世）的也记作"外出"。统计数据得出，有 960 名受访者是留守儿童，非留守儿童有 720 个，其中，父母均不在身边的孩子有 481 个，父亲不在身边而母亲在身边的儿童有 355 个，父亲在身边而母亲不在身边的儿童有 124 个，如表 7—6 所示。

表 7—6　　　　　　受访儿童中留守儿童与非留守儿童的数量　　　　（单位：人）

留守儿童 父母双方外出	留守儿童 仅父亲外出	留守儿童 仅母亲外出	非留守儿童	合计
481	355	124	720	1680

资料来源：根据调研组 2020 年 8 月麻江调研数据整理而得。

留守儿童的心理健康问题更为严重。按照越严重分值越大的计算方法，受访儿童所得总分数越高表明他们的心理状况越差。我们分别对留守儿童和非留守儿童的健康得分做出统计。显然，如下表 7—7 所示，不论是对总得分还是对 8 个问题单独进行计算，留守儿童的平均心理健康程度都比非留守儿童要差。在问卷设置的 8 种情形中，留守儿童与非留守儿童在心理上相差最大的因子症状为"自我否定"与"没有朋友"，其次是"学校焦虑"，相差最小的是"恨自己"。

产生这一现象的原因可能在于：第一，留守儿童的自卑情绪更严重。父母陪伴的缺失导致留守儿童有较强烈的孤独感与不安全感。照顾他们生活起居的监护人又常为年龄较大的祖辈,受到精力与学识的限制,难以察觉到儿童的情绪变化并给予适当认同与鼓励。儿童如果频繁遭到打击,很容易对自己也产生消极的评价。

第二,留守儿童的社交自闭性更强。父母不在身边,多数留守儿童由自己的祖辈照看,孩子与监护人之间存在巨大的年龄代沟,导致日常生活中基本的情感交流缺失。儿童内心的烦恼无处倾诉,得不到及时、正确的引导,逐渐对外界产生了不信任感。此外,留守儿童在父母离开后容易变得内向。在实地采访的过程中,不少留守儿童表示,"自己在父母离开后变得不爱说话了""没有人跟我说话,慢慢地我也不想和别人沟通了"。因此,普遍看来,留守儿童群体相较于非留守儿童群体更容易发生"没有朋友"的现象。

第三,留守儿童上学动力更低。一方面,自卑情绪与较为自闭的社交方式导致留守儿童在学校生活中较少与老师、同学进行互动,而这种正向反馈的缺失则会在很大程度上削弱儿童的学习动力;另一方面,留守儿童的监护人们大多年龄偏大,没有充足的精力管教孩子,儿童缺乏适当的管理,玩乐心重,主动学习的动力低。

表7—7　　　　　　　　留守儿童与非留守儿童心理健康得分(平均分)比较

	总得分	忧愁	自我否定	恨自己	烦心	学校焦虑	没有朋友	悲观	没人喜欢
留守	12.69	1.18	1.55	1.38	1.43	1.64	1.59	2.12	1.80
非留守	12.16	1.13	1.46	1.34	1.36	1.56	1.50	2.06	1.74
差值	0.53	0.05	0.09	0.04	0.07	0.08	0.09	0.06	0.06

资料来源:根据调研组2020年8月麻江调研数据整理而得。

显然,留守儿童由于父母双方或一方长期离家,导致缺乏较为稳定的核心家庭、正常的家庭环境以及良好的家庭教育,在精神、情绪上遭受挫折,从而心理健康状态较差于非留守儿童。

只有通过解决父母离家造成的陪伴缺失问题,才能从根本上改善麻江县这样贫困地区的儿童心理健康状况。

(二)父母陪伴与子女心理健康

儿童的身心发展在很大程度上受到了父母与子女关系的影响。具体而言，父母通过陪伴照料，为子女提供了成长所必需的经验与支持[1]。儿童也会通过与父母的互动形成亲子依恋关系，并根据亲子关系的质量，发展出不同的依恋模式[2]，这一直以来被心理学家们视作影响儿童生活的最有力环境因素之一。不稳定的依恋关系与儿童较严重的心理亚健康状况密切相关[3]。

此外，父母陪伴的方式也对子女心理健康产生较大影响。有研究指出，假如父母对生活挑战做出消极行为，可能会在无意间告知子女他们无力应对眼前的困难，从而造成孩子处于学习生活的无助状态[4]。

1. 陪伴与否影响子女心理健康

调研组调研数据显示，在留守儿童中，一年见父母一次的人占45%，接近半数，其次是半年见一次和一周见一次的孩子。留守儿童与父母半年一次的见面主要发生在寒暑假。暑假里，他们有的会到父母打工的城市生活，度过有父母相伴的1个月到2个月时光，如图7—4所示。孩子们能够对父母所在城市的工作和生活情况有了切身的认识，父母们也有机会带着孩子去公园玩耍来弥补自己不在孩子身边的遗憾。和孩子一周见一次的父母则大多是在县城里或贵州省内其他市里打工。周末的时候，如果工作任务不繁重，有的家长会回到家中，接自己寄宿在校的孩子回家并陪伴他们度过周末。

---

[1] Brinker, R. P. ed., "Relations among maternal stress, cognitive development, and early intervention in middle- and low-SES infants with developmental disabilities" *American journal of mental retardation*, Vol. 98, No. 4, January 1994.

[2] Bowlby, "Attachment and loss: retrospect and prospect" *American Journal of Orthopsychiatry*, Vol. 52, No. 4, October 1982.

依恋模式被细分为安全型、多虑型、超脱型与恐惧型。人们倾向于与他人建立牢固的联系，这解释了由分离和失落引发的各种表现形式的情绪困扰和人格障碍，包括焦虑、愤怒、沮丧、超然等。

[3] Van Ijzendoorn, M. H. ed., "Disorganized attachment in early childhood: Meta-analysis of precursors, concomitants, and sequelae" *Development and Psychopathology*, Vol. 11, No. 2, Spring 1999.

[4] Davis, E.ed.,"Socioeconomic risk factors for mental health problems in 4–5-Year-old children: Australian population study" *Academic Pediatrics*, Vol. 10, No. 1, Jane-February 2010.

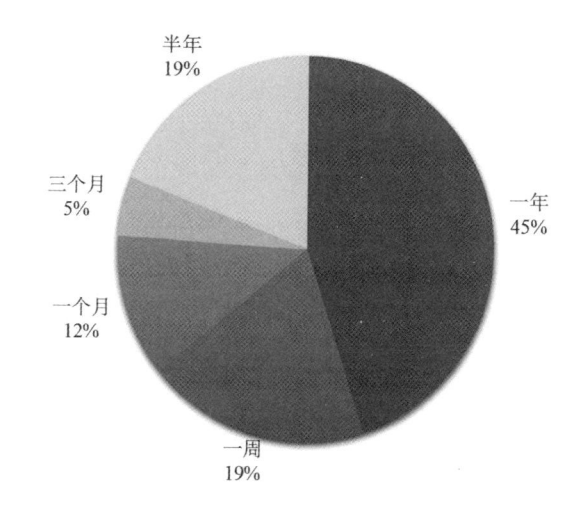

图 7—4 留守儿童和父母见面频率统计
（资料来源：根据调研组 2020 年 8 月麻江调研数据整理所得。）

孩子缺少父母陪伴容易出现不健康的心理状态。对于留守儿童来说，父母外出务工让自己和父母拉开了距离，尽管发达的电子通讯减少了这种距离感，但面对面互动的父母陪伴仍然无法得到保障，他们在生活中遭受的不快无处排解，进而造成了心理上的抑郁情绪。

在日常生活里，留守儿童们常常对远方的父母抱有深切思念，却很少有机会畅快地向父母表达感情。一旦这些丰富的情感内化后，也容易成为孩子们的心理负担。在父母双方或一方迫于家庭经济压力而选择离开家之后，留守儿童们比非留守儿童更早经历了心理上的成熟。

作业本上的思念[1]

小桃是一个小学三年级在读的女孩，皮肤有些黑。她的父母在她上一年级的时候就离开家到广东务工，只有每年过年才会回来住上一个星期。平日里，小桃和爷爷奶奶住在老旧的木质房子里。2019 年，爸爸

---

[1] 引自张纯对麻江县儿童小桃的访谈，2020 年 8 月 23 日，地点：贵州省麻江县。

妈妈在广东生下了小桃的妹妹，但并未把孩子送回老家，而是一直带在身边照顾。

在询问她的学习情况的时候，我们在小桃的书桌上看到了一个摊开的作业本。她有些害羞地把本子拿过来给我们翻看，上面密密麻麻地写满了爸爸妈妈的名字。小桃告诉我们，她每天都很想爸爸妈妈，但爸爸妈妈工作忙，还要辛苦地照顾妹妹，很少打电话回来。爷爷奶奶用的是"老人机"，小桃也不能和远方的父母用微信随时沟通，自己由于担心打扰爸爸妈妈工作，或者影响他们照顾妹妹，从未主动联系过父母。说着说着，她的眼睛红了起来，而我们也真切感受到了一个孩子对父母的爱与思念。

2. 陪伴形式影响子女心理健康

针对留守儿童群里的不同留守类型的研究同样具有意义。我们对父母双方外出、父母一方外出的留守儿童心理健康指数分别做出统计，如表7—8所示。数据表明，"仅母亲外出"的儿童心理健康状况更差，其次为"仅父亲外出"，"父母双方"都外出的孩子心理健康得分反而最小，即心理状况相对更好。

表7—8　　　　　　　　不同类型留守儿童心理健康得分

	父母双方外出	仅父亲外出	仅母亲外出
平均分	12.76	12.54	12.87
标准差	2.68	2.49	2.51

资料来源：根据调研组2020年8月麻江调研数据整理而得。

相比于父亲，母亲拥有更细腻的心思，能够及时发现孩子身体和情绪上的问题，并给予适当的情感关怀。这也是为什么孩子在童年时期对母亲的依恋程度要大于对父亲的依恋，母亲外出与父亲外出相比，前者会对儿童心理健康产生更大影响。

对于父母双方都外出的孩子来说，由于监护人年龄较大，在管教孩子方面常常显得力不从心，父母双方外出对于还在上小学五年级的孩子来说几近等于获得了更多的自由,他们相比于其他只有父亲或母亲在身边的留守儿童,反而会过得更加舒心快乐。

3. 教养方式影响子女心理健康

父母的教养方式分为专制型、放任型和权威型三种。诸多研究显示,专制型的家长对儿童的成熟行为有较高要求,对儿童反应少,缺乏热情,在教育过程中强调顺从和崇尚权威,这种教育方式会导致儿童较为焦虑、缺乏社会责任感、缺少独立性;放任型家庭的儿童自我控制能力较差,出现任性、幼稚、缺乏社会责任感等心理表现,攻击行为频繁;而权威型家庭的儿童具有更多的社会责任感和成就倾向,表现出更强的自信以及更好的自控能力。

在黄泥村,对父亲在外务工,母亲留在家中的留守儿童来说,他们普遍的心理状态要好于其他留守儿童。原因在于,大多数母亲在孩子犯错时,首先想到的是给他们讲道理,试图让子女明白错误并加以改正,而不是粗暴的训斥与体罚。

对于父母双方都在外务工的留守儿童而言,生活的方方面面都由自己的监护人负责,而监护人的教养方式也是决定他们心理健康情况的最大因素。如果监护人可以基于孩子们正确的心理关怀,可以在一定程度上补偿父母离家带给孩子的负面影响。

在麻江县,双亲外出的留守儿童的监护人大多是自己的祖辈,即爷爷奶奶或外公外婆。这些老人一方面受教育程度低,多数是文盲或小学一二年级毕业;另一方面也没有机会接触科学的教育思想,从而容易采用较为极端的教养方式——要么是毫无沟通,用打骂解决问题的专制型教育方式;要么就是捧在手心、溺爱孩子的自由放任型。

溺爱的悲剧[①]

在走访途中,一位村干部曾向调研组成员讲述了这样一个真实故事。小河(化名)是一个性格活泼的男孩,他聪明、学习能力强,小学

---

① 引自陈睿访谈记录,2020年8月21日,地点:贵州省麻江县。

六年每年期末都是班级前五名。父母在他小学的时候就到外省务工，小河一直和奶奶生活在一起。

奶奶特别疼爱这个孩子。只要是小河想要的玩具，奶奶就会毫不犹豫地掏钱买下，家务事从不叫孩子帮忙。在家里，小河几乎是衣来伸手，饭来张口。

初中的时候，因为不适应新的环境和教学模式，小河的成绩下滑明显。奶奶心中着急，开始训斥他。但青春期的孩子哪肯接受批评，于是，他开始顶撞奶奶，甚至顶撞学校的老师。到最后愈演愈烈，时常逃课到校外的网吧里打游戏，周末的时候也不回家，整日和自己的兄弟一起厮混，住在朋友家中。

不幸发生在小河上初三的时候。他的朋友和外校同学发生了矛盾，两人各自叫了一帮兄弟约好时间打算通过武力解决问题。小河也在其中。在冲突爆发的时候，他冲动得失去了理智，打斗中不慎用铁棍重伤了他人，而自己也因此进入了少年犯管教所接受教育改造。

上述故事在麻江县当然只是个例，但其表现出的教养方式问题是不容忽视的。要想子女拥有良好的心理健康状况，父母或监护人必须给予孩子正确的情感关爱与约束管教。在麻江县，多数留守儿童监护人的受教育程度较低，不懂得采用科学的教养方式，那么社区或学校等单位就应当担负相应责任，例如，举办教育座谈会、张贴科学教育的宣传海报，等等。只有确保儿童的心理健康，他们才能茁壮成员，并为乡村振兴带来长足的内生动力。

三 子女志向

关于志向的定义，学界还未形成统一的标准。Bernard 认为志向是根据未来所设立的目标以及对于实现目标的偏好[①]。Sarah 指出志向是对面向未来

[①] Tanguy Bernard and Alemayehu Seyoum Taffesse, "Aspirations: An Approach to Measurement with Validation Using Ethiopian Data" *Journal of African Economies*, Vol. 23, 2014.

的行为和投资的行为约束①。作为一个较为宽泛的概念，志向可以看作远大的理想与目标，是个体立身行事的方向与决心。它既反映了主观层面的愿望，也在一定程度上代表个体的自信程度。

志向对个体的生存和发展具有重大意义。我国古代不少思想家都曾强调志向的重要性。墨子言，"志不强者智不达"，阐明了志向和智力发展的关系。王守仁②将志向看作是成人成才的根本，提出"夫志，气之帅也，人之命也，木之根也，水之源也"。

在黄泥村，乃至整个麻江县，"显性辍学③"的现象已不复存在，但我们发现还存在"隐性辍学"的问题。一些学生虽然学籍仍在学校，但实际上游离割裂于学校教育之外，"人在心不在"。隐性辍学不是因为"上不起学"，而是因为学生心理上"不想上学"，缺乏对学习的兴趣，缺乏明确、远大的志向。

不同个体之间志向存在较大的差异，调研组对306份匹配样本进行调研。下文将对调研数据进行分析阐述。

表7—9　　　　　　　　　样本个体特征

变量	分类指标	样本数	比重
性别	男 女	151 155	49% 51%
年龄	7~10 10~13 13~16 16~19	11 95 160 41	4% 31% 52% 13%
是否为空心家庭	是 否	145 161	47% 53%
是否寄宿	是 否	216 90	70% 30%

资料来源：根据调研组2020年8月麻江调研数据整理而得。

---

① Sarah A. Janzen ed., "Aspirations failure and formation in rural Nepal" *Journal of Economic Behavior & Organization*, Vol.139, 2017.
② 王守仁是明代思想家、军事家，心学集大成者。
③ 显性辍学就是指学籍不在学校，不再接受学校教育。

（一）麻江县儿童志向

调研组用"长大后想从事何种职业"这一问题的回答作为志向的衡量标准之一。提供的答案选项为：1＝公务员；2＝老师；3＝工程师；4＝企业管理人；5＝医生；6＝律师；7＝技术工人；8＝军人；9＝工厂的一般职工；10＝农民；11＝公司老总；12＝其他。我们将这些选项进行分类，其中低技能职业包括"9＝工厂的一般职工"以及"10＝农民"共两个选项；高等技能职业包括"3＝工程师"，"4＝企业管理人"，"11＝公司老总"共三个选项；其他选项属于中等技能职业，调研结果如图 7—5 所示。

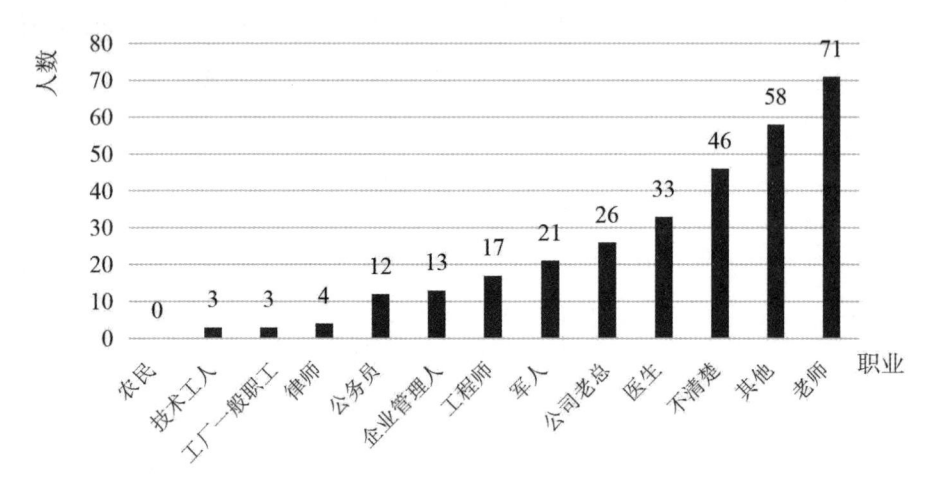

图 7—5 黄泥村儿童的目标职业选择直方图
（资料来源：根据调研组 2020 年 8 月麻江调研数据整理所得。）

在我们所调研的样本中，仍然有 46 个孩子没有明确的志向，比重高达 15%。当问及以后的目标职业时，他们的回答要么是"不清楚""不知道"，要么是"希望以后过上好日子""希望可以挣到钱""成为一个对社会有用的人"等说。

黄泥村孩子选择的职业集中在中等技能职业。选择低技能职业的共 3 人，选择高等技能职业的共 56 人，选择中等技能职业的共 144 人。没有一个孩子的目标职业是农民。由此可见，不管孩子的志向是什么，他们的选择几乎都是为了离开农村。老师是较多孩子所青睐的职业，有 71 个孩子的志向都是成为老师。原因有二：一是在上述答案选项中，从事工作为老师的人是孩子日常生活中接触较多，并且是所喜爱敬佩的。而诸如律师、公务员这些职业类型并没有在孩子心中留下具象，概念较为模糊。二是受环境熏陶。孩子身边常有人灌输"老师这份工作不仅是'铁饭碗'，而且十分体面"等类似的观点，尤其是女孩的家长。调研组在黄泥村所遇到90%的女孩家长都希望孩子将来从事的工作是老师。

从对儿童志向的分析中，我们不难感受到社会文化与网络媒介对黄泥村儿童志向的影响无形且强大。不管是电视、书籍、网络等媒体渠道，还是人们日常的交流所透露出的信息都表明，教师、医生、律师，是令人尊敬的职业，关于他们的描述是正面的，令人羡慕的，于是绝大多数孩子希望自己可以成为这样的人。他们的潜意识中希望得到他人的认可与尊重。而像农民、小职工这类低技能职业，在人们的刻板印象里是不够体面的，甚至是低级的，因此结果显示这类职业无人问津。

山村儿童也表现出了对文体类职业的向往。想要从事文体类职业（如歌唱家、画家、舞蹈家、运动员）的孩子共55人。他们有的满脸自豪，告诉调研组，"我的短跑特别快，以后想做运动员"；有的充满向往，表现出对成为舞蹈家的憧憬。

一些孩子的志向中还体现了他们天马行空的想象与对美好生活的向往。男孩一本正经地表示自己想做国家主席；腼腆的孩子的志向是宇航员，在太空中遨游；稚气未脱的女孩立志要成为慈善家，帮助更多的人。

志向的选择实验

选择往往反映了个体的倾向与偏好。为了更好地探究黄泥村的孩子在选择志向时的关注重点，我们设计了用来衡量志向的选择实验。

选择实验由5个选项卡组成，每个选项卡里有9个选择集，如图7—6所示。用"教育、职业、绝对收入、相对收入"这四个维度衡量志向。其中教育分为初中毕业、高中毕业、大学毕业、硕士以上这4个水平[1]；职业则根据三分法，分为低技能职业、中等技能职业、高技能职

---

[1] 为方便用教育衡量志向，我们用学历层次来代表教育。一般情况下会划分为"小学、初中、高中、本科、研究生及以上"五个层次，但是鉴于本实验的目标调研对象包含初中生，也就是说小学毕业已经成为既定事实，因此本实验用初中毕业，高中毕业，大学毕业，研究生及以上四个水平来衡量教育。

业3个水平[①]；绝对收入划分为500、2000、5000、1万、2万元/月共5个水平，相对收入以全国平均月收入为基准，划分为2000、5000、1万元/月共3个水平。

选择集1	选项A	选项B	选项C
教育	 硕士及以上	 高中毕业	
职业	 中等技能职业	 低技能职业	我会选择A、B之外的人生
绝对收入	 500元	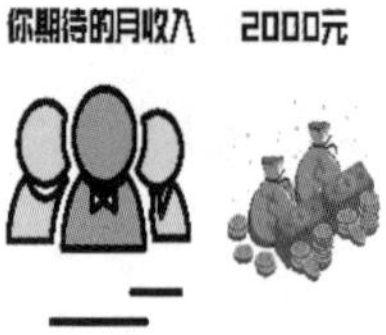 2000元	
相对收入	 2000元	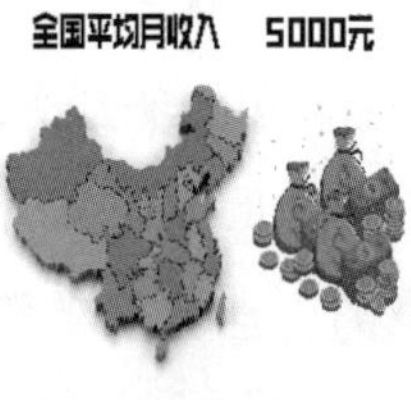 5000元	
选择			

图7—6 选择实验示意图

① 低技能职业并不需要太多学习的过程，以农民、建筑工人为代表；中等技能职业以厨师、幼师为代表；用文化程度和工作经验衡量技术含量，高技能职业可以用科学家、企业管理人员为代表。

通过对选择实验的实证分析，我们发现被调研的孩子进行志向选择时，更加关注的是职业类型、绝对收入以及相对收入，对教育的偏好不大。获得更高的学历和有一份体面的职业以及获得更高的收入相比，他们倾向于选择后者。黄泥村的孩子并没有意识到读书、教育的重要性，"读书无用论"是部分孩子持有的观点。

（二）子女志向的影响因素

由于子女志向的重要性，因此需要探究影响子女志向选择的因素。国内有关志向选择的研究较少，国外相关方面研究较多。有研究表明志向由社会声望水平、最低教育要求决定[1]。山村地区不同于城市和其他平原农村地区，结合麻江县黄泥村的自然禀赋，发现环境的封闭性以及信息的闭塞也是影响孩子志向选择的因素之一。在此，我们主要针对父母陪伴、收入、学校教育、产业发展、大众传媒这五个方面讨论。

1. 父母陪伴

家庭是子女的第一个教室，父母是子女的第一任教师。父母的陪伴很大程度上直接影响了子女的志向选择。当父母外出务工，家庭从"实心"变为"空心"，孩子就成为山村中的留守儿童。

所谓留守儿童，是指父母双方或一方流动到其他地区，孩子留在户籍所在地，并因此不能和父母共同生活的儿童。自20世纪80年代中期我国流动人口大规模出现以来，留守儿童就产生了。但作为一个面临突出问题而引起社会关注的群体，留守儿童在2002年以后才引起社会广泛关注。麻江县外出务工人口较多，以黄泥村为例，该村大约有2/3的家庭都属于"空心"家庭，留守儿童的比例较大。

在黄泥村，父母陪伴主要分为两类：长期分离和长期陪伴。为了生计需要，给家庭追求更好的生活，有父母选择了外出务工。虽然家庭收入有所增加，但造成了子女缺失父母陪伴，往往仅能在过年的那一个月和父母相处。

---

[1] Kimberly A.S. Howard ed., "Career aspirations of youth: Untangling race/ethnicity, SES, and gender" *Journal of Vocational Behavior*, Vol. 79, 2011.

调研组在访谈中也发现，随着年龄增长，孩子与父母联系的次数呈现递减的趋势。女孩对父母的依赖性更强，而男孩与父母之间的联系则日趋减少且很少有男孩会主动给父母打电话。同时，由于监护人多为老年人，到了初中之后，"空心"家庭的儿童无论是功课辅导、卫生习惯养成，还是情感交流上都存在较大问题，需要更多外部（尤其是学校）的引导。同时，他们较其他孩子更难及时表达需求，情感诉求缺乏有效回应，到了初中他们性格一般较为孤僻、胆小，不敢发言。部分"空心"家庭的孩子因缺乏有效监管，在使用网络、手机电玩、电视节目上较少受到限制，沉迷于虚拟世界。

父母外出务工可能带来两种结果：第一种是子女长时间缺少陪伴，身心健康发展受到一定阻碍。有时子女也不得不承担一些家务甚至是农业劳动，学习成绩受到影响，志向水平下降，没有明确的人生目标。第二种是外出务工的父母向家中寄钱，这些钱用于投资孩子的教育后，会对其产生正面影响，减少了子女劳动时间，也改善了其生活质量和健康状况，有利于他们志向水平的提高。

调研组在麻江县分别访谈了两个孩子，对他们说的两句话印象十分深刻。第一句是"我只能读到初中"，第二句是"我想上厦门大学"。截然不同的回答，反映的不仅是两个孩子不同的志向选择，也是两个不同的"空心"家庭的缩影对照。

"我只能读到初中"和"我想上厦门大学"[1]

调研组的第一个采访对象是一名小学女孩，在谈到父母这个话题时可以明显注意到这个孩子有些落寞，经过谈话才得知，她母亲在外打工的时候一去便没有消息，家里还有一个生病的奶奶和智力有些障碍的哥哥，所有的负担都压在她父亲一个人的肩上，但整个家庭的收入却只能依靠父亲种地和帮别人打零工维持。在问到她将来想读书读到

---

[1] 引自张纯对黄泥村村民的访谈，2020年8月23日，地点：贵州省麻江县黄泥村。

什么程度后,她沉默了一会儿,眼睛里的光芒暗淡了,说道:"我只能读到初中。"她给调研人员展示的作业本中,字体工工整整,从中能够感受到她对教育的渴望,但是她属于依旧连上学也很困难的少部分人之一。家庭的收入条件,生活水平,使得这个小女孩的志向囿于读到初中。

另一句让调研组印象深刻的话是"我将来想去厦门大学。"调研组在和这位女孩访谈时,通过她讲话的语言和神态可以很清晰地感受到她是一个积极乐观而开朗的人。她与母亲生活在一起,父亲在外打工。她的家庭条件比我们采访的大多数孩子要好,整洁的墙和铺着瓷砖的地板间接反映了收入水平。在被问道:你将来读书想要读到什么程度?她没有犹豫,并且非常坚定地告诉调研组:我将来想读厦门大学。她解释到,这是因为她爸爸在厦门打工,她去那里旅游过,因此很是向往。在调研时大部分孩子对大学是没有什么概念的,而她是第一个明确说出自己未来计划的人。

从上述案例可见,我们不能武断地得出"空心家庭"的孩子志向不高的结论。外出务工的父母为孩子带来更好的生活条件的同时,也可以将外面更大的世界展现给孩子。

2. 收入

人类学家阿帕杜莱将志向失灵定义为贫困者可能缺乏争取和改变自身贫困状况的志向。子女的志向失灵体现在受到家庭收入水平的限制,缺乏信心,期望降低,进而影响努力水平。

研究认为,不管其家庭背景如何,由于高等教育所带来的高回报率以及社会地位的提高,几乎所有学生都想要追求高等教育,但是由于收入的限制,阻止了社会地位不高的学生志向的实现[1]。此外,家庭收入与教育支出对于儿童的认知能力、学习能力有显著的正向影响,而这些能力素质都与其志向水平息息相关。

---

[1] Martina Jakob and Benita Combet, "Educational aspirations and decision-making in a context of poverty. A test of rational choice models in El Salvador" *Research in Social Stratification and Mobility*, Vol. 69, 2020.

低收入让子女在衣食住行方面的体验大打折扣从而影响了他们对生活和未来的追求。低收入家庭的孩子每天面对的是仅能填饱肚子的食物，多是素菜，荤腥很少，大鱼大肉也只能在逢年过节或是婚丧嫁娶的宴席上体验，他们在食物的追求上或许只是每天能多吃一点儿荤菜。孩子穿的也多是旧衣物，"有穿就行"是大部分低收入家庭孩子的心声。对于大部分低收入家庭的孩子而言，他们大多只是希望跳出贫困，走出大山，而普通户家庭儿童在童年时期就达到了较为殷实的衣食等方面的条件。对于他们而言，更多是追求更美好的生活，即致富而非脱贫。

志向失灵会导致物质贫困，但又肇始于物质贫困。Carlos 指出人力资本的投资是减少贫困的重要工具[1]，但是，穷人缺乏向往的能力，这常常导致对子女教育的投资不足。Carlos 发现父母志向和孩子受教育程度之间存在正相关关系。调研组发现志向失灵、物质贫困和子女志向之间存在着一个恶性循环，由于物质贫困，父母志向失灵，因此对子女的投资受限，人力资本无法得到发展，下一代子女仍然困于贫困陷阱中。

家庭条件使得普通户儿童与低收入户儿童的人生经历不同、接触到的人与事不同，形成的见识不同。再次回到本章节开头所提到的案例，女孩的叔叔给她灌输了"读书有用论"的观点，并且让她看过厦门大学的照片，她感受到了该大学的风采，见识提高，从而影响了志向水平的高度。试想，低收入户儿童和普通户儿童二者之间谁"见世面"的次数更多？普通户儿童跟随父母来到城镇的机会更多，参观过图书馆、博物馆的次数更多，这种场景体验式教育给孩子释放的讯息能够促使普通户儿童树立更加远大的志向。我们可以联系身边所熟知的教育方式，城市有一些家长会带着孩子去名牌大学参观，以期帮助孩子树立远大志向。

"穷人家的孩子早当家"，诸如此类的俗语背后映射的其实是众多低收入户家庭的心酸。同样的事情，低收入家庭的孩子做，就像是为了生存而努力。社会对低收入户的刻板印象，给孩子造成了一定的心理负担。他们主观上会因为他人的目光而退缩，因为家境而产生自卑。根据我们的调研数据，

---

[1] Carlos Chiapa ed., "The effect of social programs and exposure to professionals on the educational aspirations of the poor" *Economics of Education Review*, Vol. 31, 2012.

低收入户孩子的心理健康状态比非低收入户孩子差，更为悲观。大城市与小山村之间的信息鸿沟巨大，山村的人们无法接触到更价值的信息；教育水平的差距使得他们的社会认知与社会参与机会被牢牢地拒于主流话语体系之外，媒体的夸张报道也会加深社会对低收入户的刻板印象。

3. 学校教育

学校教育对子女志向的再造有重要作用。再造的过程除了通过课程教授知识形成，还有周围的人的再影响，这也就是我们所说的同辈群体。同辈群体是年龄和社会地位相似的人结合形成的群体，如同学、伙伴、挚友等，学校是孩子接触同辈群体最多的。他们生活在相同的社会条件和生活条件下，有相似的价值观，兴趣相同，更容易相互感染、模仿，同辈群体的影响力有时甚至会超过家庭和学校。对于孩子来说，同辈群体是与他们真正心灵接触的群体，大家尽情玩耍、交流，分担彼此的忧愁，分享彼此的快乐。

"从众"是影响孩子志向选择的重要原因之一。一些孩子本来有自己的理想，很有可能受同辈群体的影响，而选择与同辈相似或相同的理想。一个人的行为和想法常常会影响其他人，或者受其他同辈的影响而改变自己。同辈群体对留守儿童理想的影响也是不可忽视的，有的学校一个班级会有将近一半同学希望自己将来可以上大学，并把上大学作为自己的理想；有的时候，关系很好的几个儿童甚至由于彼此长时间接触而逐渐形成共同的兴趣，进而形成共同的理想。多数学校会在各个年级选拔出成绩名列前茅的学生组成一个班集体，即所谓的"基地班"或是"实验班"。"物以类聚，人以群分"，将成绩同样优秀的人汇聚在一起，大部分有共同考上好学校的理想会促进共同奋斗，也会带动志向不明确的人。

对于山村地区的下一代，教育是实现人生改变，以及所在区域面貌改变的重要途径。然而，对麻江县全体五年级学生成绩调查中发现，现实状况是大多数学生的成绩偏差，普遍分数在七八十分。成绩状况虽然不能直接反映志向选择，但是能够说明他们将对教育的重视程度不够。

此外，学校的寄宿制度一定程度降低了父母陪伴缺失或是父母陪伴低效的负面影响。寄宿学生离开了以前的环境，在新环境的适应中，更多的是有较高文化水平老师的陪伴，老师不仅传递知识，还能在生活上通过言谈举止影响学生的追求。

4. 产业发展

山村产业发展对子女的志向选择有一定的冲击作用，主要有以下三层原因：第一层，山村产业的引入，例如黄泥村的蓝莓产业，将企业直接带入了黄泥村，企业带资入村迅速发展蓝莓种植，将工商资本落到实处。第二层，产业发展所依托的高校技术与智力支持，可以直接向村民展示了技术人才的重要性。第三层，产业的规模收益也能让村民感受到财富差异，体会到资本再增的过程。

这三层过程首先影响了父母的观念，再通过父母影响到子女。此外，有社会责任感企业和定点扶贫的高校，秉持着产业扶贫抑或是教育扶贫的初心而来，这也能促进子女形成健康的志向选择，而并非一味地追求金钱。

此外，和村民联系紧密的产业能够留住村里的青壮年，吸引外出务工的村民回流。父母留在家里，有更多的时间陪伴子女，有利于子女的志向选择。

5. 大众传播媒介

在如今网络技术飞速发展的时代，大众传媒在儿童志向选择的过程中扮演着重要的角色。各种大众传播媒介——书籍、电视、电影、网络等都在很大程度上影响着儿童的志向选择。在麻江县进行调研时，调研组发现包括黄泥村在内的很多山村在村委旁边都会建立一个图书阅览室。图书可以让山村儿童对人物、故事有更多的了解，并将带有英雄色彩的人物，比如将科学家、宇航员、领导者作为自己的偶像，从而影响了自己的志向选择。虽然黄泥村基本上已经实现了家家户户都有电视机，但看新闻的孩子比较少，动画片、电视剧是他们的主要选择，同时，这些影片中传递出来的价值观也会对其志向选择产生影响。网络传播媒介主要有两个：手机和电脑。部分黄泥村的孩子是有手机的，但是家中配有电脑还属于少数情况。

四　子女成长型思维

成长型思维是一种思维模式。成长型思维一词由英文 Growth Mindset 翻译而来，与之相对的是固定型思维 Fixed Mindset。成长型思维的概念最早来源于美国斯坦福大学、世界著名心理学教授 Carol S. Dweck 博士的经典作品

《看见成长的自己》。她与其调研组经过大量的实证研究，提出了影响人发展的思维模式——成长型思维和固定型思维，并在研究过程中发现成长型思维对于人的终身成长具有积极的意义。

"我不如人家聪明，肯定比不过"[1]

受访者林林（化名）今年12岁，开学之后升入初中。在采访中我们得知林林的成绩并不算好，长期处于班级的中下游。他的母亲告诉我们，孩子有些厌恶学习，因为觉得自己学不会，特别是数学，经常考得不及格。我们询问林林母亲她会不会觉得孩子学不会数学是因为孩子的智力不足，她点了点头说："我家小孩就是有些笨笨的，那个数学他从小学就学不好，别的小孩子能听懂的他就是听不懂。"在问卷调查时，她对"人的智力是天生的"持肯定态度，并认为智力是不能改变的。而林林有着同样的想法，他不相信通过后天的努力可以改变自己的智力，在谈起自己的成绩时说道："我不如人家聪明，肯定学不过他们。"

在上述案例中，林林和她父母的观点表明他们大概率不具备成长型思维。思维模式会影响个体的认知、情感和行为。具有成长型思维的个体相信智力经过后天的培养可以得到提高，这类人拥有学习目标（learning goal），注重努力的过程而不是最终的结果，遇到阻碍时更容易坚持不懈，面对挑战时更愿意迎难而上，谦虚地吸收他人的成功经验；固定型思维的人则认为人的智力是固定不变的，这类人拥有成绩目标（performance goal），过于注重成绩、名次等结果信息，不愿轻易尝试挑战，遇到阻碍时更容易选择放弃，易对他人的成功感到威胁。成长型思维与固定型思维的差异如图7—7所示。

---

[1] 引自张纯对黄泥村儿童的访谈，2020年8月27日，地点：贵州省麻江县黄泥村。

```
                    ┌─────────┐
                    │ 思维模式 │
                    └────┬────┘
              ┌──────────┴──────────┐
         ┌────┴─────┐          ┌────┴─────┐
         │ 固定型思维 │          │ 成长型思维 │
         └──────────┘          └──────────┘
```

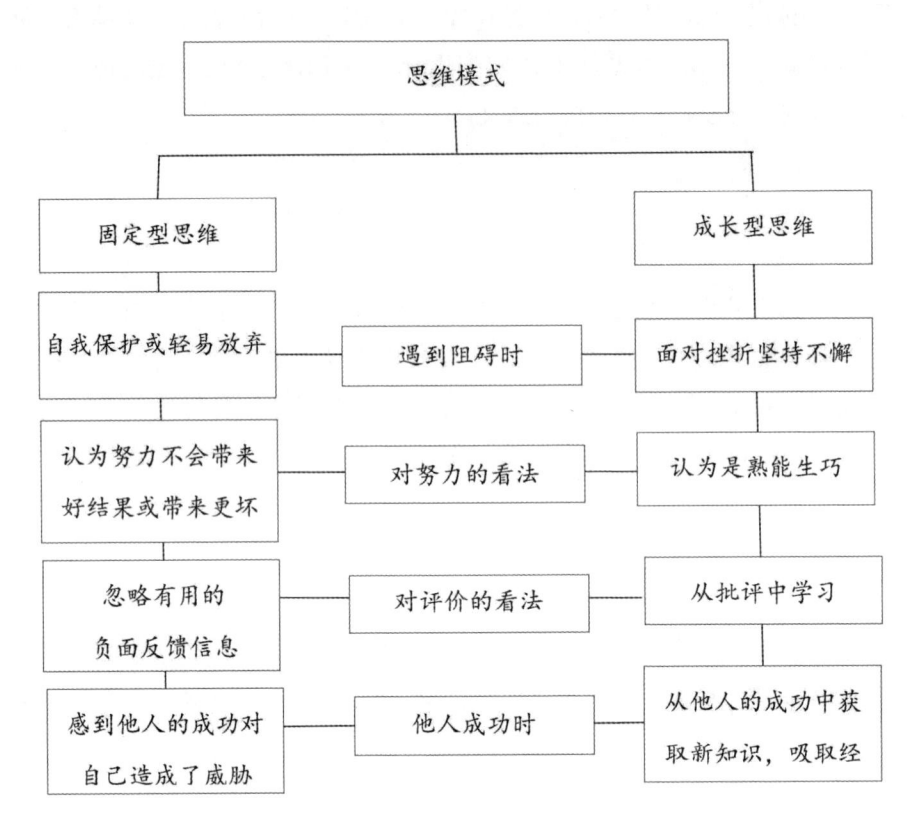

图 7—7 成长型思维与固定型思维对比

（资料来源：Carol S. Dweck 博士所著《看见成长的自己》。）

固定型思维一侧：自我保护或轻易放弃（遇到阻碍时）；认为努力不会带来好结果或带来更坏（对努力的看法）；忽略有用的负面反馈信息（对评价的看法）；感到他人的成功对自己造成了威胁（他人成功时）。

成长型思维一侧：面对挫折坚持不懈；认为是熟能生巧；从批评中学习；从他人的成功中获取新知识，吸取经验。

（一）成长型思维的作用及重要性

成长型思维的获得对学生的学习和成长具有推动作用。1996 年，《科尔曼报告》[①] 曾对美国的 3000 余所学校的约 65 万学生和 7 万教师进行了调研，得出家庭社会经济地位是影响学生学业成绩的最重要因素的结论。麻江县作为刚刚完成脱贫"摘帽"的贫困县，经济发展水平与沿海城市相比较为落后，对五年学生的期末成绩进行分析也发现孩子成绩的整体状况并不理想[②]。而在成长型思维的视角下，Carol（2016）在智利进行的一个实验表明，同等家庭收入下，拥有成长型思维学生的数学成绩会优于固定型思维

---

① 1966 年，詹姆斯·科尔曼教授向美国国会递交了《关于教育机会平等》的报告。

② 21 所五年级学生期末考试成绩，语文均分 67.95 分，数学均分 63.74 分，英语均分 59.52 分。

学生的数学成绩，这证明成长型思维可以缓解贫困所带来的不利影响，使处于经济劣势的学生仍可以取得良好的成绩。思维模式会对学业和情感体验产生影响，使个体在面对成功、失败和挑战等情境时表现出不同的"认知—情感—行为"反应，进而影响到个体的学习行为、学业成就、学习动机、学习投入情况[1]。已有研究表明，通过干预学生的思维模式，不仅可以有效降低差生退学率，使学生形成内部学习机制，享受学习的过程，还有助于学生加强心理韧性，增加抗挫折能力，取得更优秀的学业成绩和更好的学业表现[2]。

（二）麻江县孩子成长型思维得分情况

为了调查麻江县五年级小学生成长型思维的获得情况，2020年9月，在学生开学后，调研组以班级为单位组织县内21所小学5年级学生进行线上问卷的填写，共计收集1680份有效问卷。

本次研究的调查问卷参考了Carol S. Dweck《终身成长》一书中测评思维模式的相关测试题，在阅读相关文献和专家访谈的基础上，最终确定问卷内容。学生调查问卷的题型为选择题，涵盖智力、天赋、努力、挑战和过程五个方面，学生通过回答"完全同意""同意""不同意""完全不同意"来对自己的思维模式进行测试，选项得分范围为1—4分。详细计分情况见表7—10所示，得分越高表明孩子更有可能拥有成长型思维。

表7—10　　　　　　　　成长型思维计分情况

序号	问题内容	完全同意	同意	不同意	完全不同意
1	你的智力是天生的，不能改变	1	2	3	4
2	真正聪明的人不需要很努力	1	2	3	4
3	如果你不擅长某一门功课，那么再努力你也不会擅长这门功课	1	2	3	4

---

[1] 蒋舒阳等：《小学生能力观对数学学习投入的影响：学业控制感和期望的中介作用》，《心理与行为研究》2018年第4期16卷。

[2] Aguilar, L. ed., "Psychological insights for improved physics teaching" *Physics Today*, Vol.67, 2014, pp.43-49.

Schroder, H.S. ed., "Mindset induction effects on cognitive control: A neurobehavioral investigation." *Biological Psychology*, Vol.103, 2014, pp.27-37.

续表

序号	问题内容	完全同意	同意	不同意	完全不同意
4	音乐和绘画的天赋，谁都可以学会	4	3	2	1
5	即使你很聪明，你也还有提高智力的空间	4	3	2	1
6	对于任何人来说，只要努力学习，成绩就能有很大提高	4	3	2	1

资料来源：根据调研组调研问卷整理而得。

问卷调研结果显示，1680名接受调查孩子的成长型思维得分平均分为18.10，其中最低分为10分，最高分为24分。得分为18分的孩子最多，有244人，占总人数的20.77%，只有0.42%的儿童的成长型思维得分在中位数12分以下。因此从整体看来，麻江县五年级孩子的成长型思维得分情况较好，说明大部分孩子具有成长型思维的可能性较大，得分详细情况见表7—11和图7—8所示。

表7—11　　　　　　　　　　成长型思维得分总体情况

	人数	平均值	标准差	最小值	最大值
得分	1680	18.097	2.45	10	24

资料来源：根据调研组对21所小学五年级学生调研结果整理而得。

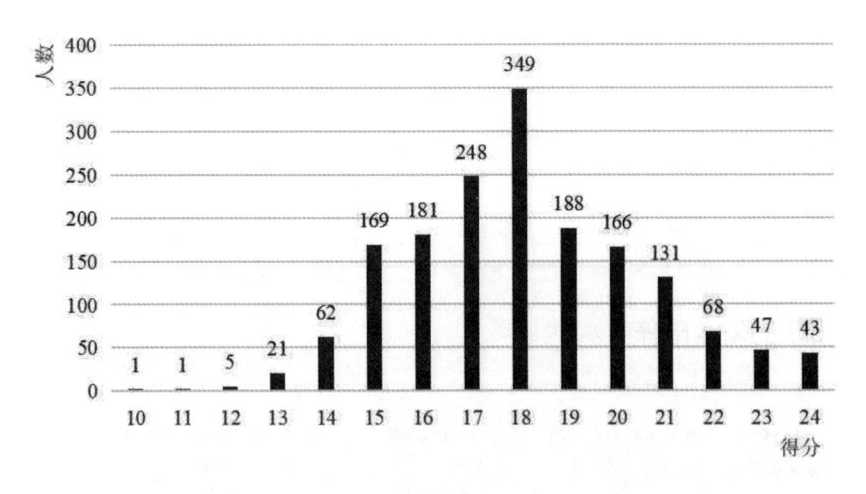

图7—8 五年级孩子成长型思维得分的分布情况
（数据来源：根据调研组对21所小学五年级学生调研结果整理所得。）

虽然总体状况良好,但是样本群体在成长型思维不同维度之间的表现情况有所差别,因此我们继而对具体的维度深入分析并制作统计表格7—12。每个问题回答选项对应的分数分别对应获得成长型思维的可能性,即"非常不可能""较不可能""较可能""非常可能",回答对应的得分越高,获得成长型思维的可能性越高。以问题1举例,有127个人完全认同自己的智力是天生的,这个回答对应的得分为1分,对应的成长型思维获得可能性为"非常不可能"。对比每个选项得分的平均分,可以发现对于问题1、问题2、问题5的回答得分平均值低于3分,问题对应的维度分别为智力、天赋和挑战。相比起问题3与问题6对应的回答情况中"非常不可能"的人占比1.67%与1.61%,前文所提到的三个问题中"非常不可能"获得成长型思维的人数占比较大,都超过了5%,问题1中"非常不可能"的比例最大,达到7.56%。此结果说明较多的人对于智力与天赋是天生的持肯定态度,对于挑战学习困难持回避态度。

表7—12　　　　　　　　问卷成长型思维得分情况具体分析

问题序号	平均值	标准差	非常不可能 数量	非常不可能 占比	较不可能 数量	较不可能 占比	较可能 数量	较可能 占比	非常可能 数量	非常可能 占比
1	2.87	0.83	127	7.56%	323	19.32%	874	52.02%	356	21.19%
2	2.78	0.78	89	5.30%	467	27.80%	843	50.18%	281	16.73%
3	3.12	0.63	28	1.67%	163	9.70%	1055	62.80%	434	25.83%
4	3.15	0.82	86	5.12%	197	11.73%	773	46.01%	624	37.14%
5	2.94	0.81	92	5.48%	322	19.17%	855	50.89%	411	24.46%
6	3.22	0.64	27	1.61%	113	6.73%	1000	59.52%	540	32.14%

资料来源:根据调研组对21所小学五年级学生调研结果整理而得。

(三)父母陪伴与成长型思维

在第五章中我们提到家是农村基本运行体系中最基本的单位,孩子出生后,家庭环境也是孩子所处的最主要环境之一。作为孩子幼年时期最经常接触的人群,家长的行为方式和思维方式通常是孩子在心智未成熟时期认识世界的第一参照标准。古语有云:"近朱者赤,近墨者黑。"与父母之间密切的交往以及频繁的交流,使孩子的思维模式容易受到家长潜移默化的影响。有研究发现父母的批评和表扬方式对于青少年的智力思维模式存在影响，父母看待儿童失败的思维模式会影响到儿童的思维模式[1]，缺乏父母陪伴的儿童相比"实心"家庭的孩子通常学习成绩更低，心理健康状况更差[2]。而且父母对孩子的陪伴不仅存在空间上的差异，还存在质量上的区别，父母陪伴儿童的时间长短和陪伴方式都会影响父母的陪伴质量。即便有父母陪在身边，一个是陪在孩子身边却对孩子"不闻不问"，一个是陪在孩子身边对孩子"嘘寒问暖"，显然后者更容易与孩子建立高质量的陪伴关系。

1. 父母是否陪伴在身边

具体到黄泥村所在的麻江县，我们对比了"空心"家庭孩子与"实心"家庭孩子成长型思维的得分情况后，发现留守儿童的成长型思维程度低于非留守儿童。根据调研数据统计后可得出不同类型家庭五年级学生的成长型思维得分的详细分布情况，如表7—13所示。具体而言，麻江县五年级学生中，720位父母都陪在身边的孩子成长型思维得分平均分为18.37；124位只有父亲陪在身边的孩子成长型思维得分平均分为18.29；355位只有母亲陪在身边的孩子成长型思维得分平均分为18.04；481位留守儿童，即父母全部外出务工的孩子的成长型思维得分平均分为17.68，低于其他有父母陪伴的整体情况。

表7—13　　　　　　　不同家庭五年级学生成长型思维得分的分布情况

类别	人数	平均分	标准差
父母均外出	481	17.68	2.48
母亲在身边	355	18.04	2.39
父亲在身边	124	18.29	2.51
父母均在身边	720	18.37	2.42
总计	1680	18.10	2.45

资料来源：根据调研组对21所小学五年级学生调研结果整理而得。

---

[1] 邢淑芬等：《小学高年级儿童的内隐智力理论及其与表扬的关系》，《心理发展与教育》2011年第3期27卷。

[2] Wu Jia and Junsen Zhang, "The Effect of Parental Absence on Child Development in Rural China" *Asian Economic Policy Review*, Vol. 12, No. 1, 2017.

2. 陪伴质量

父母对孩子不同的陪伴方式影响陪伴的效果。在对父母如何影响孩子成长型思维的研究中，[1]Haimovitz 等人发现，父母的思维模式和孩子的思维模式之间没有显著性相关，但父母对待失败的看法和孩子的思维模式之间有显著相关性。学生是否拥有成长型思维，一方面取决于他对自己能力、智力的看法；另一方面还取决于家长等与孩子具有密切联系关系的外部人员的做法和态度，他们对失败的看法、对学生的夸赞等行为，都会影响学生成长型思维的形成与变化。

"他们陪着我好像也没干什么"[2]

> 受访者京京（化名）今年 10 岁，开学后升入五年级。她母亲留在家里照顾她，父亲则在外打工，一年之中大概只回来一次。京京说平日里她与父亲不怎么联系，因为"打电话也没什么好说的"，而她母亲对于的陪伴，也仅仅只停留在"陪在身边"的表面意思。母亲陪她的方式多是和她一起看个电视，母女之间的交流也仅限于"想吃什么""热不热"这种日常琐事，很少涉及交心的话题。而且因为母亲的文化程度不高，平时也没有辅导过她做作业，只是口头的敦促。"我妈妈陪在我身边好像也没辅导我什么，但是她留在家里陪着我，我就很开心了。"

在塑造孩子成长型思维的过程中，针对父母陪伴方式对孩子的影响，调研组从陪伴孩子的时间、与孩子之间的交谈、对待成绩的态度、和孩子出去玩的频率四个方面设计了多个问题用于了解父母与孩子之间的相处状态、陪伴方式。

---

[1] Kyla Haimovitz and Carol S. Dweck, "What Predicts Children's Fixed and Growth Intelligence Mind-Sets? Not Their Parents' Views of Intelligence but Their Parents' Views of Failure" *Psychological science*, Vol. 27, No. 6, 2016.

[2] 引自张纯对黄泥村儿童的访谈，2020 年 8 月 27 日，地点：贵州省麻江县黄泥村。

（1）陪伴时间

随着聊天软件的普及，跨地区交流不再成为问题。外出务工的父母可通过电话、语音通话、视频通话等方式与子女随时随地进行沟通。此种跨地域交流会缓和父母陪伴缺失造成的影响吗？在问卷中我们设计了"如果父母外出打工，多久和你联系一次？"的问题，并给出可供回答的四种选项，分别是"一周""一个月""三个月""半年""一年"。

数据显示，父母跨地域陪伴的频率与孩子成长型思维的获得间并不具备显著的关系。在调研的481个父母都在外务工的孩子中，有65个孩子与父母一周联系一次，其中成长型思维的平均分为17.43；51个孩子与父母一个月联系一次，成长型思维的平均得分为17.45；17个孩子与父母三个月联系一次，成长型思维的平均得分为18.12；98个孩子与父母半年联系一次，成长型思维的平均得分为17.73；250个孩子与父母一年联系一次，成长型思维的平均得分为17.74，详细数据见表7—14所示。

表7—14　　　　　　　跨地域陪伴对孩子成长型思维分布情况

联系频率	人数	平均分	标准差
一周	65	17.43	2.74
一个月	51	17.45	2.94
三个月	17	18.12	2.47
半年	98	17.73	2.20
一年	250	17.74	2.43
总计	481	17.68	2.48

资料来源：根据调研组对21所小学五年级学生调研结果整理而得。

在上文中，我们通过对比分析"空心"家庭与"实心"家庭中孩子成长型思维得分情况，推测父母的陪伴与否会对孩子的成长型思维造成影响，且有父母陪伴在身边的孩子成长型思维的得分更高。因此同理可推测，如果外出务工父母跨地域陪伴孩子的时间可以影响孩子成长型思维的获得，那么随着父母与孩子交流频率的增加，孩子成长型思维的得分应有所上升，但这一假设与所得数据不符合。因此，"空心"家庭的跨地域陪伴不能代替"实心"家庭的紧密陪伴。

（2）交流谈心

在孩子与父母的相处过程中，交流是父母教育孩子的重要方式。语言是信息传递的桥梁，父母借此与子女进行沟通，得以将自己的思想潜移默化地灌输给孩子。苏彦捷与刘艳春[1]曾指出亲子交流作为孩子言语的输入，影响儿童思维的获得与发展。父母是信息传递者，而孩子是信息的接受者，语言在二者之间建立起沟通的桥梁，能够将二者的想法、行动鲜活地互相传递。

在家庭中，妈妈和爸爸通常在孩子心目中有不同的角色定位，我们的问卷分别调查了在常见场景下父母与孩子交谈的频率，以探究交流时间、交流场景对孩子成长型思维获得的影响。问卷设置了三个问题，分别是"是否与你讨论学校发生的事情""是否与你讨论与朋友的关系""是否与你讨论你的心事或烦恼"，交谈频率分为"从不""有时"和"经常"。

如表7—15数据显示，交谈内容、交流频率、交谈对象的不同会影响孩子成长型思维的获得情况。根据所统计的数据，爸爸有时与孩子交流"心事或烦恼"时，孩子成长型思维平均得分最高，为18.72；妈妈从不与孩子交流"在学校发生的事情"时，孩子成长型思维的平均得分最低，为17.46，具体分布可见表7—15所示。对比各项孩子成长型思维的获得情况后可发现，不论交谈对象是爸爸还是妈妈，随着交流频率的增加，孩子成长型思维的平均得分呈上升趋势。这说明父母与孩子交流谈心的频率越高，孩子习得成长型思维的可能性也越高。但父母之间的相对情况有所不同，对比父母双方不同交谈频率下的交谈人数后可以发现，孩子与父亲交谈的频率要明显低于和母亲交谈的频率，但孩子成长型思维的平均得分差距不大。这说明虽然随着交流谈心的频率增加孩子成长型思维的平均分上升，但交流谈心这种方式对不同群体的影响效果有所差异，父亲与孩子较低频交流的效果和母亲与孩子较高频交流的效果相似。

---

[1] 苏彦捷、刘艳春：《亲子交流与儿童心理理论的获得和发展：文化的视角》，《心理科学进展》2012年第3期。

表 7—15　　　　　　　　不同交谈频率下孩子成长型思维分布情况

类别	对象	从不 数量	从不 平均分	有时 数量	有时 平均分	经常 数量	经常 平均分
讨论在学校发生的事情	妈妈	234	17.46	908	17.91	538	18.68
	爸爸	351	17.73	915	18.04	414	18.53
与朋友的关系	妈妈	330	17.68	867	18.03	483	18.48
	爸爸	445	18	842	17.99	393	18.44
你的心事烦恼	妈妈	372	17.97	948	17.93	360	18.67
	爸爸	421	17.89	947	17.98	312	18.72

资料来源：根据 2020 年 8 月 28 日在贵州省麻江县黄泥村对黄泥村主任黄绍有的访谈资料整理而得。

（3）对待成绩的态度

Haimovitz 和 Dweck[①] 提出拥有"失败的结果就是失败"心理倾向的父母，其子女更可能具有固定型思维，对于结果的重视反映出父母更关注的是他们表现出来的结果，而不是过程，易使孩子过分重视结果信息，向固定型思维发展。在孩子的成长过程中，学习成绩是家长关注的焦点之一，家长对于孩子成绩的看法很大程度上可以反映父母的教育理念是"结果导向"还是"过程导向"。问卷通过设置问题"如果孩子拿回来的成绩单上的成绩比预期的低，您最常用哪种方式处理？"来收集父母对于孩子成绩的看法，父母可选择回答"联系他/她的老师""体罚这个孩子""责骂这个孩子""和他/她交谈，告诉他/她要努力学习""限制孩子的活动（减少玩乐时间）""更多地帮助这个孩子""不采取任何措施"。

如表 7—16 所示，不同的处理措施影响孩子成长型思维的获得。统计不同措施下孩子成长型思维的平均分后可发现，父母采取"和他/她交谈，告诉他/她要努力学习"此措施时，孩子成长型思维的平均得分最高，为 18.84 分；父母采取"责骂这个孩子"此措施时，孩子成长型思维的平均得分最低，为 17.11 分。对比不同措施下孩子成长型思维的获得情况后可发

---

① Kyla Haimovitz and Carol S. Dweck, "What Predicts Children's Fixed and Growth Intelligence Mind-Sets? Not Their Parents' Views of Intelligence but Their Parents' Views of Failure." *Psychological science*, Vol.27, No.6, 2016.

现，父母采取"过程导向"的措施时，即采取"联系他/她的老师""和他/她交谈，告诉他/她要努力学习""更多地帮助这个孩子"此三种措施时，孩子成长型思维的平均得分分别为18.53、18.84、18.67，得分最高。孩子的成绩出现问题时，此三种措施反映出父母更关注孩子在学习过程中出现了什么难以解决的问题，重视的是学习的过程，不是成绩所反映出的结果。而当父母采取"结果导向"的措施，即采取"体罚这个孩子""责骂这个孩子""限制孩子的活动（减少玩乐时间）"时，孩子成长型思维的得分分别为18.18、17.11、18.27，普遍偏低。此三种措施反映出孩子成绩遇到困难时，家长并不关注孩子在学习过程中遇到的困难，仅仅关注于成绩所表现出的结果。因此，不同导向的处理措施会影响孩子成长型思维的得分情况，"过程导向"的措施有助孩子成长型思维的获得。

表7—16　　　　　　对成绩不同处理措施下孩子成长型思维的得分情况

措施	人数	平均分	标准差
联系他/她的老师	101	18.53	2.49
体罚这个孩子	22	18.18	3.03
责骂这个孩子	77	17.11	2.38
和他/她交谈，告诉他/她要努力学习	843	18.84	2.39
限制孩子的活动（减少玩乐时间）	238	18.27	2.61
更多地帮助这个孩子	403	18.67	2.40
不采取任何措施	27	17.29	2.99

资料来源：根据调研组对21所小学五年级学生调研结果整理而得。

（4）出去玩的频率

出去游玩是父母陪伴孩子的主要方式之一，问卷通过设置问题"您或您的家人带孩子外出游玩，比如公园散步、操场玩耍、商场购物或野餐的频率是多久一次"，来调查父母陪伴孩子玩耍的频率。父母可选择回答"每周5—7次""每周2—4次""每月1次""每月两或三次""一年几次或更少"。

调查数据显示，定期的玩耍可以影响孩子成长型思维的获得。对比不同频率下孩子成长型思维的得分情况后可发现，父母与孩子的游玩频率在"一年几次或更少"时，孩子成长型思维的平均得分最低，为17.91分，如表7—

17所示。虽然从整体看来，与父母游玩频率在"每周5—7次""每周2—4次""每月1次""每月两或三次"时，孩子间成长型思维得分的差距不大，但此三种情况的得分高于"一年几次或更少"的情况，说明定期的陪伴可以对孩子成长型思维的获得产生正面影响，频率的大小作用于此影响的效果不明显。

表7—17　　　　　　　不同游玩频率下孩子成长型思维的分布情况

频率	人数	平均分	标准差
每周5—7次	11	18.45	3.41
每周2—4次	95	18.64	2.26
每月1次	226	18.59	2.39
每月两三次	248	18.68	2.40
一年几次或更少	865	17.91	2.39

资料来源：根据调研组对21所小学五年级学生调研结果整理而得。

第八章　医疗健康

健康是人们追求"美好生活"的最基本条件，贫困状态通常与健康状况互为因果、相互强化[①]。自改革开放以来，黄泥村的卫生健康事业取得了长足的发展。调研组在黄泥村的调查中，针对当地疾病防控、医疗资源、医疗保障等方面进行了深入考察。本章试图反映黄泥村目前医疗卫生事业的发展状况。

第一节　村民健康

健康是指一个人在身体、精神和社会适应等方面都处于良好的状态。传统的健康观是"无病即健康"，但现代人的健康观是整体健康，世界卫生组织（WHO）提出"健康不仅是躯体没有疾病，还要具备心理健康、社会适应良好和有道德"。在这里，健康包括两重含义：其一，身体健康，人体各系统具有良好的生理功能；其二，心理健康，无主观不适的感觉，能保持精神愉悦。

一　整体健康水平

黄泥村村民的整体健康水平良好。在全村共计 1535 户农户中，90.48%的村民处于身体健康的状态。在村民所患疾病中，慢性病最为突出，慢性病患者共 96 人，占总患病人数的比例达到 65.65%，其中"三高"疾病所患人数最多，而包括癌症在内的重大疾病患者只有 7 人，占患病总人数的

---

① 陈安平：《收入高会更健康吗？——来自中国的新证据》，《财贸经济》2011 年第 1 期。

0.46%。黄泥村村民详细健康状况统计表如表8—1所示。

在健康状况整体良好的背后，较为落后的健康观念使"三高"疾病成为黄泥村农户的高发病。虽然随着生活水平的提高和生活观念的进步，越来越多的人注重健康生活，但不同的人群对于"健康生活"理念的理解有所不同。黄泥村处于经济较为落后的地区，对健康知识的知晓率偏低。吸烟、过度饮酒、缺乏锻炼、膳食结构不合理等不健康的生活方式依然普遍存在，从而导致"三高"疾病成为黄泥村发病率较高的疾病。

表8—1　　　　　　　　黄泥村村民健康状况统计表　　　　　　　单位：人

病因	新庄组	马鞍租组	棉花组	大坡组	羊方组	虎场组	黄泥组	枇杷组	田坎组	兴隆组	上岩组	共计人数	占总人口比例
残疾	0	5	5	0	6	5	4	7	2	2	4	40	2.61%
慢性病	0	2	9	8	8	11	19	8	15	7	9	96	6.25%
精神病	0	1	0	0	0	0	0	0	0	0	0	1	0.07%
智力障碍	0	0	0	1	1	0	0	0	0	0	0	2	0.13%
其他重病	0	1	0	0	0	2	2	1	0	0	0	7	0.46%

资料来源：根据黄泥村村委2019人口普查结果整理而得。

二　主要疾病类型

通常来说，传染病和地方病是一个地区重大疾病表现的两种主要方式。课题组参照麻江县县志，结合对当地农户的调研及访谈个案，了解了黄泥村的疾病防治情况。

（一）麻江县主要流行疾病

近些年，随着卫生部门的防控加强，麻江县少有流行病发生。自2004年国家发布《关于疾病预防控制体系建设的若干规定》后，得益于卫生部门防治加强，麻江境内虽偶有农户感染流行病，但控制及时，未发生大面积流行。

县内常见的地方病也早已得到了有效的控制。麻江县常见的地方病主要有地甲病（即地方性甲状腺肿大，又称甲肿）和克汀病，发病主要在农村边远地区。1986年，省、州地甲病考核验收团认定麻江县的地甲病防治工作已达到国家规定的基本控制和消灭标准。

（二）黄泥村村民所患疾病的主要类型

地理自然环境是影响疾病传播的重要因素。黄泥村作为一个依山而建的山村，与其他村子之间存在着一定的距离，相对封闭的自然环境使村民面临的健康风险较低。根据受访农户的回忆，自新中国成立以来，该村未曾爆发过任何流行病，即便是2020年爆发了新冠肺炎疫情，黄泥村党支部也出色地完成了疫情防控的任务，村民未有一人感染。和全国各地许多普通山村一样，黄泥村没有经历过大灾大难，一直以平安的状态发展到现在。村民们在日常生活中常患的是一些"小病小痛"，如感冒、发烧、腰酸背痛等。

三 心理健康

正如前文所述，健康包括生理健康与心理健康的双重维度。心理健康是一种持续的良好的心理状态，是人的整体健康的必要组成部分[①]。随着健康观念的不断进步，越来越多的农户逐渐认识到心理健康的重要性，麻江县在进行健康改革时也格外关注村民的心理健康状况。

在这次新冠肺炎疫情期间，黄泥村全村村民响应国家号召进行居家隔离，黄泥村村委为了关怀村民们，特别是考虑到从湖北返乡后按要求隔离的村民们的心理健康状况，特地派遣村干部与所负责区域内的村民们进行对接，积极了解他们的心理状态，及时进行沟通与劝解，确保村民们可以健康平安地度过这一段特殊的居家时光。

在关注农户心理状况时，心智处于发育阶段的儿童心理健康状况尤为重要。黄泥村儿童的心理健康教育主要依托于学校。学校会定期开展相关的心理健康教育的活动。据调研数据显示，黄泥村儿童整体心理状况较好。课题组的调研问卷中共有6项涉及抑郁指数的调查，询问孩子"不开心""沮丧""害怕""孤独""做事情费劲""睡眠不好"的频率，根据回答列举的

---

① 刘华山：《心理健康概念与标准的再认识》，《心理科学》2001年第4期。

"从未""很少""有时""经常""总是"分别计 1—5 分，得分越高证明抑郁指数越高。调查结果显示孩子抑郁指数的平均分为 11.59 分，标准差为 2.50，有 91.9% 的孩子抑郁指数得分在 17 分及以下，这一分数小于 5—30 的中位数 17.5 分，因此从整体看来，黄泥村儿童的心理健康水平良好，得分分布情况详见图 8—1 所示。

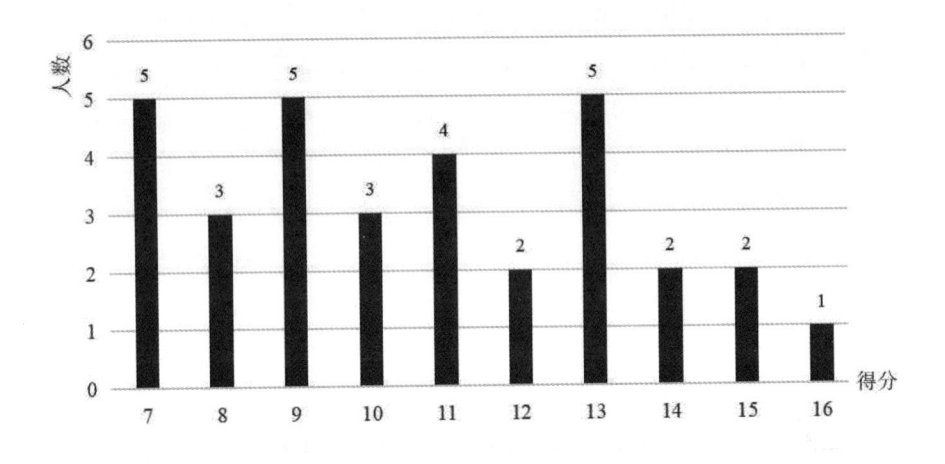

图 8—1 调研孩子抑郁指数得分情况分布图
（数据来源：根据调研组 2020 年 8 月麻江调研数据整理所得。）

第二节 医疗资源

卫生医疗事业的发展直接关系着人们的身体健康，强大的公共卫生体系是维护人民健康的切实保障。近些年，贵州政府聚焦基层群众"看病难、看病贵"的问题，持续关注医疗卫生工作，推动城乡基本公共服务均等化，为群众提供安全有效、方便廉价的公共卫生和基本医疗服务。

一 疾病预防

加强疾病预防是发展健康策略的有效方式。古人说："上工治未病，不治已病。"在进行公共卫生防疫和重大传染病防控时，预防是基层落实发展健康中国战略的主要防控方针。

（一）疾病预防中心

麻江县疾病预防控制中心是麻江县卫生防疫站。1991年至2002年，麻江县内卫生系统延续分级管理体制。2003年4月，县人民政府决定将全县乡（镇）卫生院划归县卫生局管理，对农村卫生工作实行行业管理，在撤销县防疫站、县皮肤防治站的同时，组建县疾病预防控制中心和县卫生监督所。麻江县疾病预防控制中心便由此发展而来，主要职责就是做好全县疾病预防和卫生应急处置工作。目前，麻江县疾病预防控制中心组有工作人员26人，中心内设流行病防治科、慢性病防治科等6个业务科室，并设有一个智能管理科室。

（二）黄泥村疾病预防

黄泥村疾病预防的中心是村卫生室，卫生宣讲与免费诊疗是开展疾病预防工作的主要方式。卫生宣讲的频率稳定在2个月一次，村干部将村民召集到村委后，由卫生室的负责人进行疾病预防的宣讲，如"世界防治麻风病日""世界艾滋病日"会组织宣传活动，依据活动内容有时会为村民配套发放相关的预防宣传单，进行定期的卫生健康科普。黄泥村还会组织一些免费诊疗活动，免费诊疗涉及范围较广，覆盖人群包括妇女、老人、小孩等，如为女性提供"两癌"筛查、孕前优生优育，为65岁以上的老人提供免费体检。上述大型的体检项目通常由镇医院负责，黄泥村卫生室及党委从中协助，体检频率为每年1次。

"她们没那个意识，也舍不得花钱"[1]

受访者金某是村卫生室的负责人，黄泥村每年的各类体检都由她与

---

[1] 引自张纯对黄泥村卫生室负责人金某的访谈，2020年8月22日，地点：贵州省麻江县黄泥村。

县医院进行对接。她提到农户平常基本不会主动体检,"他们很少有体检意识的,不是特别难受的症状都想着自己扛扛就过去了,有的时候小病就容易变成大病。尤其是老年人,年龄大了之后容易生病。体检虽然是一个很好的检测的手段,但是很少有人主动去医院体检,一是他没有这个意识,再一个很多人觉得体检是浪费钱。"村里提供的免费体检几乎就是农户每年体检的内容。

二 医院

在我国农村,由县医院、乡镇卫生院和村卫生所共同构成的三级医疗服务体系是农村医疗服务的主要提供者。长期的城乡二元经济社会体制容易造成城乡医疗机构之间在资源配置方面的不平衡。通常来说,综合性医院和专科医院都集中在县级及以上城市,一个县级行政区域内一般拥有1个或1个以上的综合医院。麻江县所辖区域内存有7所公立的医院及4所私立医院,其中谷硐镇镇中心设有1所公立医院,而黄泥村全村只有1个卫生室。

(一)县与乡的医疗机构

随着国家和省政府投入力度的加大,麻江县三级卫生服务网不断得到发展。截至2020年,麻江县共有医疗卫生单位83所,其中县级医疗卫生单位7所,乡镇卫生院6所,村级卫生室63所,民营医疗机构3所,个体诊所4个。

古硐镇中心卫生医院是黄泥村所处的谷硐镇建有的唯一的一所医院。麻江县谷硐镇中心卫生院成立于1992年,位于麻江县谷硐镇境内,承担全镇及周边3万多人口的基本医疗和公共卫生工作,是一所集疾病预防控制、妇幼保健、基本医疗、健康教育为一体的中心卫生院。谷硐镇卫生院以麻江县卫生局管理为主,乡镇管理为辅。乡镇卫生院人员的工资、人事关系等由县卫生局管理,医务人员须取得执业助理医师以上资格,方可上岗,非卫生技术人员禁止进入卫生技术岗位,并且按精简、高效的原则,科学设置岗位,竞争上岗,全员实行聘用制。

医院的距离、服务质量和医疗费用是村民看病时关注的主要因素。对黄泥村村民而言，村卫生室距离村民较近，费用较低，但是服务质量难以保证；谷硐镇医院在县和乡村两级卫生系统中起着承上启下的作用，能够提供门诊和住院服务，同时也是农村公共卫生服务的主要提供者。乡镇卫生院的服务质量要好于农村卫生机构，距离也相对较近，但是服务价格较高。县医院基本上是一个县域中技术水平较高、医疗服务质量较高的医疗机构，但是服务价格也相对较高。

"能看的话当然还是在村里看"[1]

受访者吴先生今年60岁，一直以务农为生。据他回忆，生病时最常去的还是村里的卫生室，"卫生局查的还不严的时候，卫生室可以拿药也能'挂水'，平时生的病也都是感冒、发烧之类的小毛病，这些小病让卫生室的大夫看看就足够了。要是再严重点儿，比如骨折呀，就要去镇里或者县里的医院了。当然要是没什么大毛病一般我们不常去县里的医院，坐车去县医院也挺麻烦的，得自己找车，到了医院还不知道路，价格还贵，所以，除非镇里看不了才去县里看。"

（二）黄泥村的卫生室

虽没有建立医院，但黄泥村村内设有一间面积130平方米的卫生室。图8—2中的卫生室是2015年由麻江县政府出资新建的卫生室。在此之前，黄泥村的卫生室只有20平方米，地面是粗糙的水泥地，仅设有3个房间。而现在的卫生室宽敞亮堂，室内有功能各样的分区。

---

[1] 引自张纯对黄泥村村民吴某的访谈，2020年8月22日，地点：贵州省麻江县黄泥村。

图 8—2　黄泥村卫生室
（注：张纯于 2020 年 8 月 22 日拍摄，拍摄地点：黄泥村村卫生室外）

　　感冒、咳嗽等常见病的治疗是黄泥村卫生室提供的主要服务。2014 年印发的《村卫生室管理办法（试行）》中的第三十四条（简称"限输令"）规定，村卫生室要想开展静脉输注抗菌药物行为，需经县级卫生行政部门核准。随着该条规定实施力度逐渐增大，2018 年，黄泥村卫生室因不符合标准，不再提供输液、打针等服务，村民仅可以从卫生室购买药品。卫生室不再提供输液服务后，村民只能选择去镇里或者县里的医院输液，虽然在路途和时间上失去了曾经的便捷，但就医安全相应得到了保障。

　　卫生室销售的药物全部属于国家基本药物"零差率"销售。"零差率"是指对于常见病、多发病使用的基本药品，卫生室实行按药品进价销售，不再加价产生利润，简单来说就是药品的进价和销售价之间没有差价，让利于民。但卫生室销售的药品种类相比以前也有所减少，抗生素等药物已被禁止提供，所销售的药物仅限于感冒药、止咳糖浆等，如图 8—3 所示。

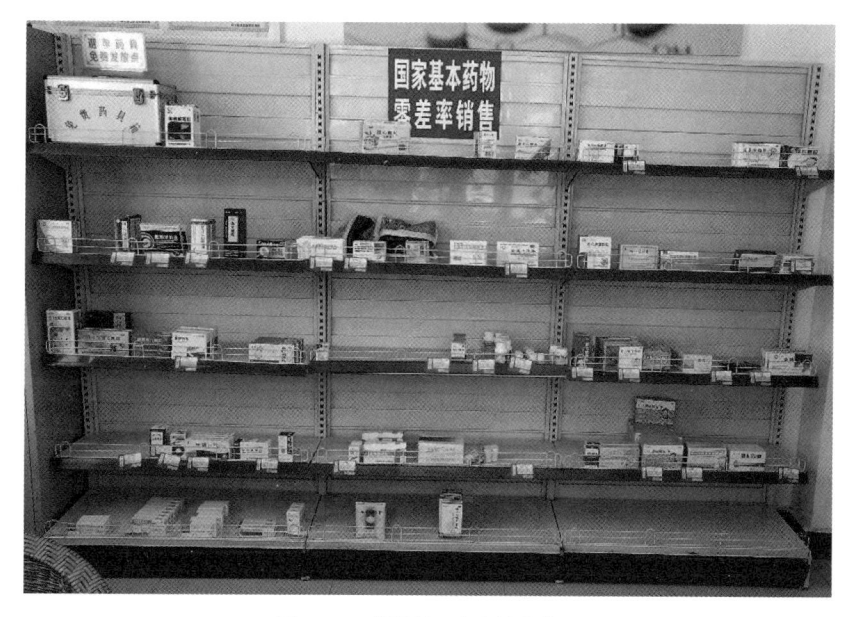

图 8—3　黄泥村卫生室销售药物
（注：张纯于 2020 年 8 月 22 日拍摄，拍摄地点：黄泥村村卫生室）

"常见的小病"①

在过去的 25 年里，黄泥村的卫生室一直由金某负责，每年镇医院会针对她们这些乡村医生组织一次关于临床知识和公共卫生知识的培训。1995 年，她作为一名医学专科的毕业生返回黄泥村，报名参加了黄泥村卫生室相关职位的竞聘，自此成为一名乡村医生。那时候的条件艰苦，工作繁忙，她的吃住都在卫生室的一个小隔间里。自竞聘成功后一直到现在，卫生室 25 年来都由她一个人坚守着。现在余某每月的工资为 2000 元。

在"限输令"未严格实施前，金某在卫生室的工作非常繁忙，除了帮助村民测体温、开药之外，还要打针、输液，有的时候村民情况比较紧急或者下不了地，她还要奔赴农户家里进行诊治。监管严格后，她没

---

① 引自张纯对黄泥村村卫生室负责人金某的访谈，2020 年 8 月 22 日，地点：贵州省麻江县黄泥村。

有像以前那样忙碌了，日常工作变为帮助村民量量体温、测测血压、开一些常规药物。一个月里有接近百人找她看病，基本都为常见病。金某说："大家其实平日里很少患大病的，都是感冒发烧什么的，大部分和以前一样开药就行了，比起以前就是不提供打针、输液了。虽然他们跑到镇上去比以前麻烦了，但是卫生环境确实也更好了，再说镇里也不远，骑摩托车20分钟左右就能到了。"

三 保健

保健和预防一样，都是改善农户健康状态的重要方式。疾病是不健康的表现，但没有患病并不代表身体健康。早在20世纪80年代中期，苏联学者Berkman就首次提出人的一般状态分为健康状态、病理状态及亚健康状态（Sub Health），即诱病状态[1]。保健的意义在于，当人正处于亚健康状态时就进行抑制，防止亚健康状态转化成疾病。

（一）麻江县医疗保健机构

麻江县妇幼保健计划生育服务中心是麻江县主要的医疗保健机构。2009年4月由原麻江县计划生育宣传技术站和妇幼保健所组建而成，是集医疗、妇幼保健、计划生育技术服务为一体的非营利性医疗机构，建筑面积约3000平方米，下设有妇科、产科、儿科、儿童保健科、计划生育技术服务科等15个科室。县妇计中心现有职工51人，拥有彩色多普勒超声诊断仪、全自动血液细胞分析仪等先进的医疗设备，主要开展儿科、妇科、产科、计划生育科、内科、外科、预防保健科等诊疗科目。

（二）黄泥村村民保健情况

黄泥村的村民保健措施主要分为四类：孕妇保健、妇女病防治、儿童保健、老人保健。

---

[1] 陈青山、王声湧、荆春霞、董晓梅、池桂波、朱丽：《应用Delphi法评价亚健康的诊断标准》，《中国公共卫生》2003年第12期。

1. 孕妇保健

当一位怀孕的妈妈在谷硐镇上的医院进行第一次产前检查时，便会收到一份《孕妇保健手册》，上面记录本人的详细信息，包括：详细地址、工作单位、电话号码、配偶姓名、职业等。这份手册将由孕妇自己保管，每次进行产检时都要将其带过去，并在产检结束后，携带手册预约下次的检查日期。

孩子的"成长记录册"[①]

> 孕妇收到的《孕妇保健手册》不仅仅在怀孕期间记录每次产检的状况，这个手册需要家庭保管，而且孩子后续的体检状况也都会记录在这个手册上。这个手册，直到小孩成长到6岁，才算光荣完成它的使命。一份薄薄的手册，记录了孩子成长的过程，也记录了一个家庭满满的期待。

2. 妇女病防治

镇医院每年都会针对妇女组织一次"两癌"筛查活动。村干部会提前下发通知将村里的女性召集到卫生室，专业的检查仪器和检查人员会由镇医院统一通过救护车调度，黄泥村村委和卫生室负责协助镇医院管理人员、下发通知。在2020年的"两癌"筛查中，黄泥村大约有50人参与，无人员出现异常状况。若有人的检查结果出现异常，医生会建议她继续到镇里或者县里的医院进行复查、治疗。

除"两癌"筛查外，黄泥村还有一项面向正处于适育年龄女性的检查——孕前优生优育检查。这是给准备怀孕的夫妇在未怀孕前进行的一次健康检查，目的是通过该项检查发现双方是否具有不宜怀孕的疾病和影响胎儿发育的因素，做到优育优生。此检查也是由镇医院进行组织，黄泥村村委和卫生室协助管理。

[①] 引自张纯对黄泥村村卫生室负责人的访谈，2020年8月21日，地点：贵州省麻江县黄泥村。

3. 儿童保健

黄泥村在儿童保健方面采取的措施主要有三个方面：第一，儿童疫苗免费接种；第二，儿童免费体检；第三，乡村儿童营养计划。

为增强孩子机体的免疫能力，抵御病菌的侵袭，孩子出生后，会按照特定时间去镇里的医院接种免费疫苗，如乙肝疫苗、脊灰疫苗（小儿麻痹）、百白破疫苗等。孩子父母通过手机上安装的"小豆苗"软件可随时接收医院消息，获得详细的疫苗资讯，及时带着孩子去镇医院接种疫苗。黄泥村为本村儿童免费接种的国家免疫规划一类疫苗统计表如表 8—2 所示。

表 8—2　　　　　　　　　　国家免疫规划疫苗种类[①]

疫苗种类	接种对象月（年）龄	接种剂次
乙肝疫苗	0、1、6 月龄	3
卡介苗	出生时	1
脊灰灭活疫苗	2 月龄	1
口服脊灰减毒活疫苗	3、4 月龄，4 周岁	3
百白破疫苗	3、4、5 月龄，18—24 月龄	4
白破疫苗	6 周岁	1
麻风疫苗	8 月龄	1
麻腮风疫苗	18—24 月龄	1
乙脑减毒活疫苗	8 月龄，2 周岁	2
乙脑灭活疫苗	8 月龄接种 2 剂、2、6 周岁各接种 1 剂	4
A 群流脑疫苗	6—18 月龄	2
A+C 流脑疫苗	3 周岁，6 周岁	2

资料来源：根据国务院卫生健康主管部门会同国务院财政部门拟定的国家免疫规划疫苗种类整理而得。

[①] 全部为免费疫苗。

神奇的"小豆苗"[①]

"小豆苗"全称小豆苗疫苗助手，是一款面向年轻父母，为幼儿疫苗接种、育儿提供查询与交流的工具型手机软件。受访者高女士今年30岁，家里有着一个两岁大的儿子。据高女士回忆，"小豆苗"这款手机软件是当时她生孩子住院时医生建议她安装的，她说："这个'小豆苗'特别方便，我平时不算记得住事儿的人，特别担心会不会把孩子的哪个疫苗忘了呀，但是这个软件它会提前提醒，告诉你该去干嘛了，而且里面还有很多科普，对我来说很好用。"

随着孩子慢慢长大，为了能够检测孩子的生长发育情况，及时发现其生理和智力发育的异常，新生儿会定期进行儿童体检。2018年，麻江县6个乡镇11个预防接种点均进行12轮冷链运转，各种疫苗报告接种率均达到95%以上，未有新生儿破伤风、流脑、乙脑、百日咳等疫苗针对病例的发生[②]。黄泥村儿童的体检时间与全国标准保持一致，时间表如表8—3所示，临近体检时间时，黄泥村卫生室的负责人会通知家长带着孩子去镇医院体检。

表8—3　　　　　　　　黄泥村儿童体检项目及时间

序号	体检时间	体检内容	序号	体检时间	体检内容
1	产后7天	基础体检	8	2岁	基础体检
2	满月	基础体检	9	2.5岁	基础体检+血常规
3	3个月	基础体检	10	3岁	基础体检+血常规
4	6个月	基础体检+血常规	11	4岁	基础体检+血常规
5	8个月	基础体检+血常规	12	5岁	基础体检+血常规
6	1岁	基础体检	13	6岁	基础体检+血常规
7	1.5岁	基础体检+血常规			

资料来源：根据孕妇持有的《孕妇保健手册》整理而得。

[①] 引自张纯对黄泥村村民高某的访谈，2020年8月21日，地点：贵州省麻江县黄泥村。
[②] 数据来源于2018年《麻江县县志》。

同时，为了更好地保障儿童摄入足够的营养，黄泥村为6个月到2岁的孩子免费提供儿童营养包，儿童营养包里是能冲泡的粉状物质，蕴含着多种人体所需的营养。

4. 老人保健

为了有效地预防疾病的发生，达到早发现、早诊断、早干预的目的，每年镇医院都会针对村子里65岁以上的老年人进行免费的体检，体检所需的器材与检查人员由镇医院进行统一调度，黄泥村村委及卫生室协助，若体检结果出现异常，医生会建议异常人员去上一级医院进行复诊，避免因为环境和设备的问题造成误诊。

四 家庭医生签约服务

家庭医生签约服务是政府提供的志愿免费诊疗。这里的家庭医生主要指为农户提供测量血压、血糖服务的志愿人员，村民可在政府的协助下与之签订合同，确定每周上门检查的频率和时间。对于患有高血压、高血糖的村民，特别是年龄较大、家里有没有子女陪伴的村民来说，与政府牵头的公益家庭医生签订合约是非常有益的。随着年龄的增长，高血糖、高血压的发作风险也不断增加，没有子女在身边照顾与提醒，老人们常常忘记为自己测血压、血糖，家庭医生的服务恰好可以帮助老人们定期进行检查，及时发现健康隐患。

我儿子都没这么贴心[①]

按照约定的时间，家庭医生会定时上门服务。受访者杨某今年55岁，患有高血压。他的儿子常年在外，家里只有他和老伴一起生活。杨某说每周二下午家庭医生都会为他测量一次血压，"医生每次都特别准时的，而且医生每次量完还会特意叮嘱我一些生活习惯，吃什么，不能

---

① 引自张纯对黄泥村村民杨某的访谈，2020年8月22日，地点：贵州省麻江县黄泥村。

吃什么……特别负责，我有时候都觉得比我那个常年在外边的儿子贴心多了。"

第三节　可负担性

2003年起，我国开始在全国实行新型农村合作医疗制度，经过多年的探索，中国的医疗保障制度基本实现了整体转型，从与计划经济体制相适应的劳保医疗、公费医疗与农村合作医疗制度走向了以社会医疗保险为主体并辅之以医疗救助、补充医疗保险等的新型医疗保障体系，极大减轻了人民群众的疾病医疗负担[①]。

一　医疗保障

改革开放以后，虽然农村社会生活受到了经济发展的带动，但就医疗而言，长期以来缺少医疗保障使农民看病缺乏社会和国家资助，医疗保障制度的建立有效解决了农户看病难、看病贵的问题。

（一）城乡居民医疗保险

黄泥村村民的医疗保障制度经过了三个阶段的变化：第一阶段是农民自发组织的、保障水平不理想的合作医疗；第二阶段是基本覆盖全国农村居民的新型农村合作医疗制度；第三阶段是城乡居民基本医疗保险。

黄泥村自2020年开始进行城乡居民医疗保险的征缴。城乡居民医疗保险是整合城镇居民基本医疗保险和新型农村合作医疗两项制度后，建立的统一的城乡居民基本医疗保险制度。在未整合前，黄泥村村民缴纳的一直是新型农村合作医疗（简称新农合）的费用，村民新农合的参保率早在几年前就达到100%。

新农合制度建立以前，受就医习惯和医疗负担等因素影响，"小病撑，

[①] 郑功成：《中国医疗保障制度改革与发展》，《中国人民大学学报》2020年第5期。

大病抗""救护车一响，家里一头猪白养"是黄泥村里常见的医疗困境。沉重的医疗负担会对村民的生活带来巨大的影响，一旦家庭有人患上"大病"，对农户收入的影响将持续较长时间，甚至可能造成"因病致贫""因病返贫"，严重的还可能造成贫困的代际传递。

医疗水平发展的不均衡与交通不便利是造成曾经看病难的主要原因。一方面，黄泥村的医疗机构水平较低，所能提供的服务质量也较少，能医治的多是常见病。对于许多大病，村民只能向更高一级的医疗机构寻求治疗；另一方面，黄泥村处于山区，以前通往镇医院的道路曲折颠簸，远不是现在平整的水泥路，距离远且路况差，对于看病的人非常不友好。政府进行道路修建后，此问题的困扰大大减轻。

合作医疗制度实施以后，一定程度上减轻了农民的医疗负担，缓解了农民看病难、看病贵的问题。新农合制度实行的是个人缴费、集体扶持和政府资助相结合的筹资机制。医疗保险的缴费依据在于农村居民人均可支配收入与新农合个人缴费标准的合理比例计算的范围值，国家每年都会确定新农合个人缴费的最低标准。2019 年，黄泥村每人缴纳 220 元费用；2020 年，黄泥村每人缴纳 250 元费用。

我们六个人一人收一片的钱[①]

黄泥村"六大员"[②]之一的黄某提到，每年 10 月份至次年 2 月底是新农合统一缴费时期。在这期间，黄泥村村委都会组织全村农户统一缴纳医疗保险费用。"我们'六大员'每个人都管一片，每一片都有 QQ 群和微信群，我们在群里下发通知后，农户可以选择自己单独去镇上缴纳费用，也可以选择先将费用交给我们，然后我们再统一到镇上给大家缴纳。当然如果家里有年轻人，可以直接根据网上缴费的步骤缴纳就可以了。"黄某说在微信、支付宝还没普及的时候，村委们保管村民的钱

[①] 引自张纯对黄泥村六大员黄某的访谈，2020 年 8 月 22 日，地点：贵州省麻江县黄泥村。

[②] 六大员：黄泥村村额村干部有 6 人，统称为"六大员"，对应的 6 个职位分别为村党支部书记、村委会主任、村委会文书、村委会人口计生主任、村宣传员、村委会综合治理员。

也是一件麻烦事,"以前每次都揣着那么多的钱出去,特别怕人偷,不过现在好了,直接用微信把钱转给我们就行,很方便。当然要是没有智能手机或者不会用微信也没关系,仍然可以将纸币带到村委。等到我们确认名单没有遗漏后,就带着大家的钱到镇上进行统一办理了。"

新农合是大病统筹兼顾小病理赔为主的农民医疗互助共济制度,新农合能够报销的主要还是"大病",而"小病"仍然需要农民用个人医疗账户支出。报销范围为参加人员在统筹期内因病在定点医院住院诊治所产生的药费、检查费、化验费、手术费、治疗费、护理费等符合城镇职工医疗保险报销范围的部分。其中,纳入新农合的24种重大疾病如表8—4所示。

表8—4　　　　　　　　　新农合报销的24种重大疾病

序号	疾病种类	序号	疾病种类
1	农村儿童先心病	13	食道癌
2	儿童急性白血病	14	胃癌
3	乳腺癌	15	Ⅰ型糖尿病
4	宫颈癌	16	甲亢
5	终末期肾病	17	急性肌梗死
6	重性精神病	18	脑梗死
7	耐多药性肺结核病	19	结肠癌
8	艾滋病机会性感染	20	直肠癌
9	血友病	21	地中海贫血
10	慢性粒细胞白血病	22	老年性白内障
11	唇腭裂	23	儿童苯丙酮尿症
12	肺癌	24	尿道下裂

资料来源:根据麻江县2019新型农村合作医疗政策整理而得。

在报销力度方面,各个地区之间有所不同,每个地区不同级别的医疗机构之间也有所不同,贫困户与非贫困户之间的报销力度也有所不同,对于普通村民来说,报销金额的计算公式为(总费用-自费部分-起付线)×补偿比例。补偿比例细则如表 8—5 所示。

表 8—5　　　　　　　　麻江县新农合补偿比例细则

	医疗机构级别	起付线（元）	补偿比例（%）	封顶线（元）
普通门诊统筹	村级卫生室	0	70	600
	乡镇卫生院（社区服务中心）	0	70	
	县级医院	0	50	
	医疗机构级别	起付线（元）	补偿比例（%）	封顶线（万元）
住院报销比例	乡镇卫生院	100	90	25
	县卫生院	400	80	

资料来源：根据黄泥村 2019 新型农村合作医疗政策整理而得。

希望以后的人能享受更好的待遇[①]

在访谈时，我们采访到了一个特殊的家庭，这是一个四口之家，龙女士留在黄泥村照顾两个小孩，孩子的爸爸在外打工，她的小儿子只有两岁，却患有一种特殊的病——新生儿 Rh 溶血病。

新生儿 Rh 溶血病是一种先天性的溶血疾病，会引发胎儿红细胞被破坏。如果不予治疗，大多数严重患病的胎儿就会发生死亡。非常不幸的是，这个孩子的溶血症状严重，需要进行换血治疗。为了保证孩子的生命健康，龙女士同意为儿子进行换血手术，并承担了对她来说高额的医疗费用。换血手术成功后并不代表孩子已经平安，随之而来的是并发症和各种护理，各种医疗费用也压上了她的肩膀。龙女士拿出病例给我们看的时候，一张张薄薄的纸摞在一起，厚度大约有 7 厘米。

新农合确实帮忙报销了符合条件的医疗费用，为她分担了部分经济压力，但龙女士身上却依旧背着几万元的贷款，经过询问得知，这部分医疗费用多是来自于治疗的药物，她边说着边用手指比了大约一根拇指

[①] 引自张纯对黄泥村村民龙某的访谈，2020 年 8 月 22 日，地点：贵州省麻江县黄泥村。

的长度："你们不知道，有时候这么小小的一支药就要几千、上万元，负担这些真的非常吃力。"据了解，在她儿子手术的那年，治疗所需的很多药物是不能报销的，因此虽然新农合在一定程度上帮助了她，但效果并不突出，不过近几年新农合可报销的药品种类不断增多。她说："希望以后纳入新农合的药品越来越多，如果再有像我宝宝一样情况的孩子，能享受到更好的待遇吧。"

新农合并不是在医院缴费时就能立刻发挥报销效用，而是需要治疗后凭借留存证据进行统一报销。这就要求农民先自费垫付医药费，在医治结束后将报销所需要的证明材料统一送到镇里的相关部门，镇里审核通过后再将材料报送到县里的相关部门，直到县里审核通过决定拨款后，村民才能收到新农合的报销款，整个报销流程耗时较长。在访谈中，黄泥村村干部透露新农合的报销流程拟在2021年进行变为"一站式"报销，这将大大加快报销的速度，对村民来说也可以从一定程度减轻他们的经济负担。

（二）黄泥村医疗负担情况

得益于医疗保障制度，黄泥村大部分"患大病"的家庭可以借新农合报销昂贵的医疗费用，减轻医疗负担。普通农户的医疗支出多用于购买感冒药等日常"小病"的治疗。在调研的40户农户数据中，每户平均每月支出医疗费用174.2元，75.7%的农户每月的医疗支出占总支出的5%以内，全部调查样本农户的医疗支出都控制在总支出的50%以内，如表8—6所示。

表8—6　　　　　　　　调研农户医疗支出占总支出比例的分布情况

医疗支出占总支出比例	户数	占调研总户数的比例
0%—5%	31	77.50%
5%—10%	4	10.00%
10%—15%	1	2.50%
15%—20%	0	0%
20%—30%	1	2.50%
30%—50%	3	7.50%
50%以上	0	0%

资料来源：根据调研组2019新型农村合作医疗政策整理而得。

黄泥村村民人均医疗支出水平小于城市居民人均医疗支出水平。2019年，城镇居民人均生活消费支出21185元，医疗与保健占比14%[1]。城乡医疗资源的不平衡及城乡居民收入的不平衡是导致此现象的主要原因。一方面，在黄泥村的村民眼中，虽然县人民医院在规模、设备、人才、技术等方面都是本县最好的，治疗水平高于镇医院，但由于距离遥远和交通不便，因此除非罹患大病，否则村民一般选择在镇医院治疗。村子的医疗卫生服务无法充分满足村民的看病需求，许多村民抱报有"省事"观念，选择"能不看病就不看"。另一方面，城乡居民之间收入的不平等造成了两者之间对医疗费用承受能力的差异，总体来说，城镇居民对于医疗费用的承担能力高于乡村村民，且城镇居民更愿意购买价格偏高但药效更好的药物。以降压药为例，黄泥村的村民更偏好于药效较为普通，但价格较低、服用周期较长的药物。

在脱贫攻坚期间，新农合帮助黄泥村完成了大部分"因病致贫"的建档立卡贫困户脱贫。黄泥村曾"因病致贫"的贫困户的医疗负担也得到了大幅减轻。截至2018年，黄泥村共有未脱贫贫困户13户，"因病致贫"贫困户达6户，占46.2%；截至2019年，"因病致贫"家庭已全部脱贫。贫困户"因病致贫"的具体原因可分为两类：第一类是在治疗完成后，农户由于负担了大笔医疗费用而致贫，但依然具有正常的劳动能力；第二类是在治疗完成后，农户身体出现的健康问题依然存留，由于丧失劳动力而致贫。新型农村合作医疗对口解决的往往是第一类，帮助农户在治疗结束后报销医疗费用，减轻农户的医疗负担，不至于"因病致贫"或者"因病返贫"。而对于第二类在就医后丧失劳动能力的农户，新农合只能帮其解决医疗负担，却无法解决农户劳动能力的缺失，农户在丧失劳动力后无法获得收入或收入减少，以至新农合难以从根本上助其脱贫。此类用户通常被转为低保户，依靠低保金脱贫。

疾病影响的不只是身体健康[2]

受访者方某今年14岁，正在读初一。他的父亲卧病在床，已经有

---

[1] 麻江政府网：《麻江县2019年国民经济和社会发展统计公报》，2020年10月19日。
[2] 引自张纯对黄泥村村民方方的访谈，2020年8月22日，地点：贵州省麻江县黄泥村。

三年了，家里的收入来源都压在了他母亲的身上。在我们问到家庭经济状况时，母亲有些无奈："家里经济状况肯定是不好哇，他爸爸整天躺在床上要我们照顾，我又不能出去打工，只能种种地，做做小零工，吃饱饭就不错了。"

从他们的穿着和家庭布置来看，确实不是一个富裕的家庭。经过我们的不断开导，方某谈到在学校上课时会因为自己家庭的经济状况感到不自信，有的时候会觉得很累、很孤独，而且因为他平时要花较多时间来照顾父亲，用在功课上的时间就减少了，导致学习成绩一般。对未来的信心程度的衡量有1—4分，分数越高代表对自己的未来越自信，他对自己的未来的信心打分只有1分，是最低的一档，他坦言是因为自己的家庭状况，"我不知道自己将来能干什么，也不知道自己将来能不能有钱上学。我还要照顾爸爸。"

以此来看，疾病不仅会影响收入、造成经济上的贫困，而且会造成心理、精神上的贫困。

第四节　医疗健康扶贫政策

医疗健康扶贫政策是针对建档立卡贫困户以及其他贫困群体设立的扶贫政策，在减轻贫户群体医疗负担方面发挥了重要功效。黄泥村医疗扶贫政策分为四重，分别为基本医疗保障、大病保险、医疗救助、慢性病医疗救助。

一　"四重医疗保障"政策

第一重为基本医疗保障。对建档立卡农村贫困人口实施"两减免、两提高、两扩大"，即：门诊不设起付线，县域内住院不设起付线，取消经转诊到县域外住院起付线；提高贫困人口门诊、住院补偿比5%，乡、村医疗机构门诊补偿比达75%，乡、县、州住院补偿比分别达95%、85%、70%；将康复综合评定、日常生活动作训练等28项残疾人医疗康复项目纳入基本医疗保障范围，将家庭签约服务费用（3元/人/年）纳入新农合支付范围。

第二重为大病保险。对建档立卡农村贫困人口实施"一降、一提、一取"，即降低大病保险起付线由原来的6000元下调至3000元；提高大病保险各费用段补偿比10%，1—10000元补偿比60%、10001—30000元补偿比70%、30001元以上补偿比90%，补偿保底线提高到200元；取消大病保险50万元封顶线。

第三重为医疗救助。民政医疗救助对象有三类：第一类是精准扶贫建档立卡贫困人口中的重大疾病患者、特困供养人员、最低生活保障对象中的长期保障户、80岁以上老年人，住院，医疗费用经基本医疗、大病保险、计生医疗扶助后，剩余合规医疗费用由民政医疗救助资金100%全额救助；第二类是精准扶贫建档立卡贫困人口中的大病患者、最低生活保障对象、20世纪60年代初精减退职老职工、艾滋病人和艾滋病机会性感染者、家庭经济困难的精神障碍患者、肇事肇祸的精神病障碍患者，享受抚恤补助的优抚对象住院，医疗费用经基本医疗、大病保险补偿后，剩下合规医疗费用由民政医疗救助金在年救助封顶线内按不低于70%的比例救助。第三类是低收入家庭中的重病患者、重度残疾人及老年人，因医疗自付费用过高导致家庭无力承担的患者，县级以上人民政府规定的其他特殊困难人群住院，医疗费用经基本医疗、大病保险补偿后，剩余合规医疗费用由民政医疗救助金在年救助金封顶线内按不低于60%的比例救助。

第四重为慢性病医疗扶助。救助保障对象为患29种慢性病与24种重大疾病的建档立卡贫困人口参合人员。救助方式主要分为三种：一是新农合慢性病基本医疗补偿。门诊和住院补偿不设起付线和封顶线；住院补偿比例在新农合统筹补偿方案基础上乡镇卫生院提高5%，其他医疗机构提高10%。二是新农合大病保险补偿。按照《关于调整黔东南州新型农村合作医疗大病保险基金补偿标准的通知》（州卫计发〔2017〕8号）规定的补偿标准执行（详细内容参看前"第二重医疗保障"）。三是精准扶贫医疗救助按照《中共黔东南州委黔东南州人民政府关于贯彻落实〈中共贵州省委贵州省人民政府关于坚决打赢扶贫攻坚战确保同步全面建成小康社会的决定〉的实施意见》中的关于提高农村贫困人口医疗救助保障水平推进精准扶贫的实施方案规定的救助标准执行；四是专项医疗救助。政策范围内门诊和住院医疗费用经新农合基本医疗、大病保险和精准扶贫医疗救助后，剩余的合规医疗费用由慢性病救助基金予以全额救助。省内定点医疗机构住院未经转诊、省外医疗机构住院未经备案的一律不得享受救助，并且凡在乡镇卫生院（社区卫生服务中心）及县级以上公立医院门诊和住院治疗用药超出《贵州省新型农村合作医疗基本药物目录》外并有国家食品药品监督管理部门批准文号的药品费用，由慢性病救助基金救助。救助比例为州内乡镇卫生院（社区卫生服务中心）70%，县级公立医院65%，州级公立医院55%，省内州外公立医院50%，省外公立医院45%；进口药品按以上标准下浮20%；不设起付线，封顶线每人每年2万元。

二 "四重医疗保障"相关配套政策

与"四重医疗保障"的相关配套政策主要有三种：第一种为建档立卡农村贫困人口100%参合资助政策；第二种为建档立卡农村贫困人口动态参合政策；第三种为建档立卡农村贫困人口州内"先诊疗后付费"和"一站式"即时结算政策。

卫生、计生部门对农村计生"两户"家庭成员参合的，个人缴费部分由卫生计生部门全额资助；民政部门对特困供养人员、20世纪60年代精减退职老职工、肇事肇祸的精神障碍患者参合的，个人缴费部分由医疗救助基金全额资助；对最低生活保障家庭成员参合的，个人缴费部分由医疗救助基金按每人每年不低于30元标准资助；对经认定后符合条件的低收入家庭中的老年人、未成年人、重度残疾人和重病患者参合的，个人缴费部分由医疗救助基金按每人每年不低于10元标准资助；对卫生计生、民政部门参合资助以外的建档立卡农村贫困人口参合的，个人缴费部分由各县市人民政府按照脱贫攻坚规划整合相关资金，按每人每年不低于30元标准资助。对具有双重或多重属性的参合资助对象，按就高原则资助参合。

麻江县及时组织参合对象的纳入，并录入新农合信息系统，在年8月底前对扶贫部门动态调整新认定的建档立卡贫困人口。同时，从扶贫部门纳入建档立卡登记当月起享受健康扶贫优惠政策。当年9月至12月扶贫部门动态调整新增的建档立卡贫困人口，统一纳入次年建档立卡贫困人口数据进行参合。

建档立卡农村贫困人口在州域内定点医疗机构办理住院手续时，无须缴纳住院押金，与医院签订《先看病后付费住院治疗费用结算协议书》后即可住院，出院时只结算个人自付费用，"四重医疗保障"补偿资金先由医院垫付，医院定期和新农合经办机构结算垫付的补助资金，避免贫困群众多部门来回跑路。

"我可以放心地吃药了"[1]

受访者秦某今年73岁，是建档立卡贫困户家庭，自中年时便长期患有高血压疾病。他提到，他所患有的糖尿病属于医疗健康扶贫政策的第三重慢性病医疗扶助，这些年国家帮忙减轻了很大的医疗负担，"我们家六口人，收入还不高，以前那个药我都不怎么敢吃，没钱嘛，不过现在好了，有了国家的资助，我可以放心吃药了。"

---

[1] 引自张纯对黄泥村村民秦某的访谈，2020年8月22日，地点：贵州省麻江县黄泥村。

第九章 农房

农房的建造和改造一直是件民生大事。20世纪后期以来,黄泥村的房屋改造潮经历了三个阶段,房屋结构也从老泥房、木房,到砖房(砖木、砖混),变为现在的钢筋混凝土式的楼房。第一次改造潮是在20世纪八九十年代,砖木结构的木顶小青瓦和砖混结构的平房取代了传统的"七柱二瓜九个头"。第二次改造潮是在2005年左右,村民纷纷盖起钢筋混凝土的小洋楼。第三次改造潮则是源自2016年政府发起的易地搬迁以及2017年的"危房"改造项目。

第一节 黄泥村农房的现状

黄泥村是一个木材资源丰富的山村,村内林地面积3868亩,原木产量丰富。以木建房是黄泥村建筑模式的传统,也是情理之中的选择。21世纪初,由于村内交通道路的修缮、村民生活水平的提高,以及建筑新材料的推广,村内开始有了砖木、砖混结构的房屋。近几年,还出现了别墅式的"小洋楼"。从中国农村的经验来看,新房子在老房子的原址上改建是普遍现象,但是在黄泥村,新房建在老房边上,老房不拆除却是一种普遍现象。

一 新老房建在一起

黄泥村保留了很多老房,也出现了不少新房。最初大多数老房是土房或草房,用土坯作墙、茅草作顶,仅有一层;后来出现了三开间式的木房,最常见的是两层加一个阁楼;现在村内主要的房屋结构是砖房,通常为三层;

近些年出现了一些"小洋楼"和别墅，有的达到了四层的高度。

很多新房、老房相依而建。由于高度、面积、结构、装修风格上截然不同，两栋房子挨在一起虽然显得不伦不类，但是农户视之为正常现象。出现这样"新老相依"现象至少有两点好处：一是方便。新房建在老房旁边，能带来很多便捷，例如，农户承包地在老房周围，牛舍鸡棚也紧邻老房，方便农户保持原来的生活方式；保留的老房子也承载着一部分生活功能，如仓储、烧饭、吃饭；此外，新房建造过程中，农户可以住在老房，随时监督。二是怀旧。村民在老房子里居住了大半辈子，会产生一种情怀使他难以与这座房子割离。另外，很多农户建造新房是为了和子女分家（通常是在儿子娶妻的时候）。为了"分家不分情"，老人会首先考虑将新房、老房建在一起，这样更容易相互走动和联络感情。由于熟悉的乡邻等都居住在老房周边，黄泥村村民喜欢在忙完农活后去"串门"，家长里短地唠嗑儿。

建造新房后，农户对于老房子不仅没有抱有废弃的态度，反而是很重视老房的修缮。这可能是出于情怀，也可能是出于老房有其他用途的实际考虑。所以尽管拆迁老房会得到政府的补助，但是农户们一般仍然选择保留老房。

对于建造新房，虽然农户的态度是很积极的，而且愿意为了建新房负债，但黄泥村农户多数手头不宽裕，为了建新房，多数家庭会选择借贷。我们访谈金某一家时，他们正在建造新房。新房的一层面积约为120平方米，其主体部分竣工时大约花费了16万元。由于资金不足，户主金某于2016年向银行贷款10万，尚未还清，目前，金某一边务工赚钱一边还款。

农房新老相依

2016年建新房时，金某已有65岁，和她老伴儿住在木房里已有大半辈子，两人照料着一位年事已高的老母亲，膝下还有两个儿子。大儿子去了省外打工，其妻子和儿子留在黄泥村。二儿子务农，还没结婚。这一家7口就挤在木房里。木房是传统的"七柱二瓜九个头"，在1990年前后进行了修缮，重新刷木漆、加盖屋顶。由于仍然是传统的三间式构造，无法容纳7个人，这才建造新房，同时也为了分家。为了两家分家不分情，老人们特意将新房建在旁边，留给大儿子住，户主是大儿子。老房子的户口现在还是金某老伴,用于四口人居住。

还有一家农户,户主姓黄,老房子是精致的木房,新房子是砖房,铺了瓷砖、贴了墙砖,两个房子相邻,形成一个直角。他们分家的原因是老房子住着不舒服,比较阴冷潮湿,而新房子通风,并且还贴了瓷砖,便于打扫,也更干净。这一家五口人便举家住进新房。新房子有3层,一楼是一个小客厅,有一个厕所,室内冲水;二楼是三个卧室,分别给老人一间、小夫妻一间,以及孩子一间,除了卧室外还有一个小的休息室,有电子琴和电视机、沙发等;三楼是阁楼,有一间卧室和杂物间。阁楼的卧室作为客房,暂时是不住人的。新房子里是没有厨房的,也没有饭桌,所以一家人烧饭、吃饭还是在原来的老屋。

近几年村内建造的新房数量有所增加,风格多样。村干部介绍说,当地政府对房屋的建造风格没有统一的要求,都是凭农户偏好而建。我们发现,在许多木房之间,会伫立着个别气派而突兀的"小洋楼"。这也折射出黄泥村农户之间的财富存在一定差距。

新老房屋的差异性体现在房屋结构、建造成本、装修风格上。一般老房都是木结构、三开间式,一厅一厨一厕三卧。建造成本较低,装修比较单一;而新房子是砖混结构居多,建造成本在20万元左右,有的别墅、"小洋楼"会使用专用材料和装饰材料,建造费用可能达到40万元。

除此以外,不同财富水平的家庭新建的房屋也体现出明显的差异性。一般经济条件的家庭通常建造的是两层砖混平房;贫困家庭以木房为主;富裕家庭会建造"小洋楼"、别墅等为主。

二 走进新房子

整体来看,村内大部分农户建造新房的原因有以下几点:一是家庭人口过多、老房太拥挤;二是婚嫁产生的建房需求;三是老房居住感受不佳,建新房改善生活质量;四是受攀比风气影响。

村内建房的总体费用一般在20万元左右,包括主体部分的建造和内部外部的装修。主体部分一般都是砖混材料,两层或三层,不再是原始的三开间式结构。在装修方面，由于黄泥村村委于2018年开始实行"三改"政策[①]，因此农户在建造新房时会产生额外的开销。内部装修变化最大的是厕所、圈舍和厨房。厕所主要有几种可选择的改变模式，例如露天"旱厕"改封闭式"旱厕"、"旱厕"改"水厕"等，目前村内的封闭式厕所覆盖率是100%；关于圈舍的改变，主要目的是防止人畜混居。由于黄泥村很少存在此类情况，因此没有系统地实行圈舍改变；厨房主要是以建设干净卫生的清洁厨房为目标进行"五改"（改灶、改台、改柜、改管、改水），黄泥村主要改造了厨房的上下水管道，一部分农户家庭将旧式"土灶"改造成了液化气灶。

新房子在建设时通了水电，用电用水比从前更方便了。本来老房子里用水是没有专门的管道，供电的插座也较少。建设新房后，自来水管道、洗衣机管道等都配备齐全，插座也很多，使得农户获取水和电相对容易。因此，在新房竣工后，农户会重新购置冰箱、电扇和电视等家用电器。据村干部称，农户首次大规模购买冰箱是2010年左右。除了水电，村里普遍使用的还有煤。尽管进行了"三改"，但农户选择最多的仍然是"土灶"。

以前在老房子居住时，村民喝水是依靠河水或者井水；建造新房后，村民可以通过煮沸自来水获得纯净饮用水。目前，几乎每家每户都购置了饮水机，绝大多数农户都使用饮水机解决饮用水问题。相关饮用水安全的注意事项，村里每周都会挨家挨户宣传，比如水要如何烧开、如何正确使用饮水器等。因此，新房里的室内自来水大多用来洗衣、洗菜、烧饭，而农户日常的饮用水则都是通过饮水机过滤获得。

走进新房子

调研组在村干部的带领下访问了一家别墅的户主。别墅是砖混结构，豪华气派。户主龙先生是一位55岁的中年男性，他说房子刚刚建好不到一年。前前后后包括主体和装修大概花了40万左右，其中因为省外务工的工厂拖欠其工资而向银行借了十多万元。龙先生介绍建房的

[①] "三改"政策："改厕""改厨""改圈"。

原因：原先的小房子挤不下一大家庭，并且儿子也快结婚了，正好建新房当作"婚房"。新房盖好后，给儿子新办户口。

龙先生家的新房是砖混结构，一共有四层，负一层是地下室，用来堆放杂物；一楼用来停放摩托车、三轮车，以及接待客人；二楼是休息区，有四间卧室，还有一个大阳台；三楼是阁楼，用于堆放杂物。其中，一楼、二楼均有厕所。

龙先生家的厕所是室内冲水型，厕所内部贴有白色的瓷砖、地砖，还摆放着洁厕灵、马桶刷等清洁用具，很干净。龙先生说，以前也有钱改造厕所，但是老房子用惯了室外的"茅坑"，也就没有费心思去换。正好因为建新房子，以前用旧了、用坏了、用得不舒服的地方都可以换新的。

新房里的家用电器很齐全，有净水器、电视、电风扇、冰箱等，甚至还新装了空调。麻江县农村地区装空调的家庭相对较少，而这一家就装了两台空调。龙先生说，净水器和空调是2019年建新房的时候新购置的，而电风扇、冰箱、洗衣机是大约是2000年前后第一次购置的，20年间更换了一次，现在使用的是从老房搬来的。电视机则是很早就有了，要追溯到20世纪八九十年代。

我们拜访龙先生时，他正在看电视。据他介绍，电视是常常开着的，家里有人就会开着电视看，这是最平常普遍的娱乐方式。电冰箱和净水器也是时时刻刻开着的，电扇夏天也会一直开着。而洗衣机平常一天使用一次，至多两次。另外，龙先生家里有一辆汽车和两辆摩托车。

和原先的老房子相比，新房更为干净卫生，最大的变化是电器焕然一新、厕所改成室内冲水厕所。龙先生表示，对新房子的居住条件特别满意。

第二节 "危房"改造

一 "危房"改造的背景

黄泥村的老房，存在漏水漏雨、墙体破裂、甚至主体倾斜的情况，使得农户生活水平降低，存在住房安全风险。为了保障村内居民的住房安全，政府自2017年开始实施农村"危房"改造，普惠于民，尤其是对于建档立卡贫困户，政府予以危改资金补助。这在一定程度上促进了"危房"改造的进展和成效。据统计，在2017年，黄泥村大约有需要改造的"危房"103间。

二 "危房"改造政策

（一）申请流程

"危房"改造的申请流程简单清晰。第一步是农户自己申请；第二步是县级住房城乡建设部门对所申请的房屋进行鉴定和评级，并建立年度"危房"改造台账上报县级人民政府；第三步是县级人民政府对台账数据进行复核确认，并在县、乡、村公示一周以上；第四步是公示无异议后，县级人民政府上报市、州人民政府，进行审定。

（二）鉴定补助

"危房"改造的鉴定和补助在《贵州省脱贫攻坚住房安全有保障危房简易评定标准（试行）》中有详细说明。国家对农村"危房"的鉴定有四个等级，如表9—1所示。被评为国家A级或B级的住房为安全住房，不需改造，而国家C级或D级则需要进行改造。为更有效地帮助贫困户，麻江县县级住房城乡建设部门将国家C级划分为二级、三级危房，国家D级为一级"危房"，分别给予1万元、1.5万元和3.5万元的补助资金。补助资金在改造完成之后，经村部门审核通过，立即发放。

该政策中对于"危房"的划分标准是：（1）有一项及以上为严重破损或全部为中度破损，房屋危险性评定为一级；（2）有两项为中度破损，房屋危险性评定为二级；（3）有一项为中度破损，房屋危险性评定为三级。其中，严重破损、中度破损的评定会根据三项指标：地基、上部结构、屋面。按照这样的标准，黄泥村的"危房"大多数属于二级"危房"，约占75%；一级"危房"约有10%；三级"危房"约有15%，具体如表9—1所示。

表 9—1　　　　　　　　　　　"危房"改造状况与评定

①房屋各组成部分	
地基基础	a级：完好，地基、基础稳固 / b级：基础埋深略小；有轻微不均匀沉降 / c级：基础埋深偏小；有明显不均匀沉降 / d级：地基失稳；基础局部或整体塌陷
承重墙	a级：砌筑质量良好；无裂缝、剥蚀、歪斜 / b级：砌筑质量一般或较差；有轻微开裂或剥蚀 / c级：砌筑质量很差；裂缝较多，剥蚀严重；纵横墙体脱离，个别墙体歪斜 / d级：墙体严重开裂；部分严重歪斜；局部倒塌或有倒塌危险
木柱、梁	a级：无腐朽或虫蛀；无变形；有轻微干缩裂缝 / b级：轻微腐朽或虫蛀；轻微变形；构件纵向干缩裂缝深度超过木材直径的1/6 / c级：有明显腐朽或虫蛀；柱身明显歪斜；构件纵向干缩裂缝深度超过木材直径的1/4 / d级：严重腐朽或虫蛀；柱身严重歪斜；构件纵向干缩裂缝深度超过木材直径的1/3
木屋架	a级：无腐朽或虫蛀；无变形；自身稳定性良好 / b级：轻微腐朽或虫蛀；轻微变形；自身稳定性较差 / c级：有明显腐朽或虫蛀；屋架明显歪斜 / d级：严重腐朽或虫蛀；屋架严重歪斜
混凝土柱、梁	a级：表面无剥蚀、无裂缝、无变形 / b级：表面有轻微开裂及剥蚀。 / c级：表面剥蚀严重，出现明显开裂、变形 / d级：表面严重剥蚀、出现严重开裂、变形
屋面	a级：无变形、无渗水；瓦、椽完好 / b级：局部轻微沉陷；较小范围渗水；瓦、椽个别部位损坏 / c级：较大范围出现沉陷；较大范围渗水；瓦、椽部分损坏 / d级：较大范围出现沉陷；较大范围渗水漏雨；瓦、椽严重损坏
②房屋整体	
A级：没有损坏、基本完好。（各项均为a级）	B级：轻微破损、轻度危险。（至少有一项为b级）
C级：中度破损、中度危险。（至少有一项为c级）	D级：严重破损、严重危险。（至少有一项为d级）
③房屋抗震构造措施	
1. 基本完备　　2. 部分具备（加固维修）　　3. 完全没有（拆除新建）	

资料来源：根据《贵州省脱贫攻坚住房安全有保障危房简易评定标准（试行）》整理而得。

（三）改造方式和原则

"危房"改造可以采取三种方式，分别是农户自建、农户委托施工单位改建和政府统建，三种方式在政策上享受平等的待遇。黄泥村大部分"危房"改造采取的模式都是农户委托施工单位改建。村委相关部门会定期对施工项目进行监督，并在竣工后进行审核。

"危房"改造针对贫困户发放补贴，其中一个重要的原则是减轻贫困户建房负担。因此危改的面积不会很大，成本不会很高：通常是1—3人户控制在40平方米—60平方米以内。对于自筹资金有困难的贫困户,改造房屋面积按照下限标准控制,堂屋、仓储用房等附属用房不计入危改面积。本着降低成本的原则,除了部分有严重住房风险的一级"危房",必要时拆除原地重建,其余二、三级"危房"通常是小改动,例如修补屋顶、墙体等,以此来减少贫困户的花费。因此,危改后的大部分房屋仍然是木结构、斜屋顶,这与后来农户自建的新房有明显的不同。根据"防漏水漏雨"政策相关规定,也有少数针对平顶砖房的改造,例如加盖一层防水平顶。

在黄泥村,"危改"是一项强制工程,体现在:第一,被评为"危改"房后必须改造成安全用房,杜绝安全隐患;第二,二三级危房本着"降低成本"的原则,尽量不拆除重建;第三,新房建成后必须及时拆除旧房,坚决防止建新不拆旧、建新仍住旧等现象①。

三 "危房"改造政策的进展和成效

2017年,麻江县落实"危房"改造589户。其中,黄泥村进行"危房"改造的农户有16户,如图9—1所示,分别有1户被评为一级"危房",12户被评为二级"危房",3户被评为三级"危房"。此后的三年内,黄泥村每年的"危房"改造数量一直保持在30户左右,截至2020年8月,黄泥村实现"危房"改造103户,解决了103户贫困户家庭住房问题。

图9—1 2017年"危房"改造名单

---

① 危改后政府强制农户拆除旧房,若是农户自建新房,政府鼓励拆除旧房。

自2017年政策落地以来，村委每个月都会开展"危房"改造的宣传工作。尤其对于住房安全级别难以保障的，宣传小组会详细向户主阐述"危改"政策，以及住房安全的重要性，劝说其申请"危房"改造。据统计，每年在"危房"改造方面的大规模宣传达到了15次左右。

农户对待"危房"改造的态度是不一致的。大部分农户对"危改"的态度是积极的。一个2017年完成"危房"改造的农户表示，"危改"后生活质量得到了很大的提高，从前房屋漏水，雨水会淋湿床褥，对一家人的睡眠造成了很大的影响。经过"危改"后，彻底解决了此问题，且因为有政府的补贴，自家花费很少。因此，对农户来说，"危改"的利处主要是能帮助解决房屋渗漏、倾斜、虫蛀等问题，保障住房安全，提高生活质量；而弊端则是政府补贴之外，农户需要自筹资金进行改建，且改建期间的住宿问题需由农户自行解决，这些都会加大家庭的经济负担。

"终于不用担心漏水漏雨了！"[①]

据农户吴某回忆，他家被评为一级"危房"时，木屋已经严重受损：主体部分向地势低的方向倾斜明显，并且木结构表层有严重的腐朽和虫蛀，部分被虫蛀空，敲击有空鼓音。房屋内部出现严重的漏水漏雨现象，屋面局部塌落，形成空洞。鉴于当时的房屋状况，以及户主吴某的低保贫困户身份，当地"危房"评议小组将其评为一级"危房"，并给予3.5万元的危改补助。

吴某家庭共有四口人，当初是因病致贫，目前吴某病好后从事种植、养殖，一年可收入3000余元。同住的另外还有孙子、孙媳，两人在外务工，月薪均为2500元。这之外，还有一个上小学二年级的重孙。总体来说，吴某家庭目前的经济水平可以负担得起砖混结构房屋的建造，因此，吴某家庭对老木屋进行了整体拆除，并自行寻找施工单位建了砖混房屋。由于是整体拆除，改造期间，吴某一家只能另找住处。又因为施工的半年内，孙子、孙媳外出打工，吴某便和重孙住到了吴某姐

[①] 引自支晓旭对黄泥村农户吴某的访谈，2020年8月26日，地点：贵州省麻江县黄泥村。

姐家。

　　半年后，一栋 100 平方米的砖混房屋就在原有宅基地上建成了，拆除木房、新建砖房，以及施工过程中产生的各种废料也都处理完毕。吴某一家搬回了自己家住。落成的新房子有两层、平顶，外贴墙砖，内部也贴了瓷砖和墙砖。进门是堂屋，摆了香烛，贴了红纸黑字的字幅，供奉着先祖和逝去的长辈。右面是厨房，左面是客厅，有沙发、餐桌和电视机，一家人就在这间屋内休息和吃饭。在客厅侧面还有一个小间，是新修的厕所。原来吴某的木屋是没有室内厕所的，通过这次改造，将室外"茅坑"改成了室内冲水厕所。砖房的二楼有三个卧室和一个小阳台，目前只有吴某和重孙住在一个卧室里，另外的房间是给孙子、孙媳准备的和一间客房。阳台种植了一些植物。

　　除了原来的冰箱，吴某还借危改的契机购置了一批新的家电，例如，净水器、电饭煲等，生活质量得到了很大的提高。吴某说："这次'危房'改造政府资助了3.5万元，自家也花费了大约10万元，趁这个机会也算是新建砖房、改善生活了。终于不用忍受漏水、漏雨的日子了。"

第三节　易地搬迁

一　易地扶贫搬迁政策

　　由于自然条件限制，有些区域没有发展农业、工业、畜牧业的条件，导致黄泥村当地农户无法通过种养殖和打零工脱贫。另外，自然灾害的频发也使得农户在贫困线上下浮动，无法实现资金的积累，返贫风险较大。为解决此类地区农户的生活困境，加大脱贫力度，2016 年，黄泥村响应开展易地扶贫搬迁工程，对居住在这类地区的建档立卡贫困户实行整体搬迁。

　　为鼓励易地扶贫搬迁，政府提供就业培训和资金补贴。对建档立卡贫困户每人补助 2 万元，对非贫困户每人补助 1.2 万元。若自行完成旧房拆除、还田①的，每人奖励1.5万元。否则，政府将强制拆除旧房②（纳入《中国传统村落保护名录》的自然村寨等除外），并实施复垦复绿。

除此以外，村委还出台了很多的惠民措施和易地搬迁配套措施，例如，开展搬迁农户就业技能培训、政府提供公益性岗位等。

根据2018年麻江县县志记载，为了实现"培训一人、就业一人、脱贫一人"，全县开展的技能培训达41期，培训1468人次。培训内容围绕创业培训、电工、家政、护工、砌筑工、养蜂技术及菊花护理等内容。通过这些政策，麻江县实现了2016年593搬迁户户均1.83人的就业人口，就业率达到100%。除了技能培训，政府还加大了力度创造就业岗位。2016年政府出资500万，入股建设县城"移民汽车之家"，内设汽车美容、修理、洗车、停车场，产生利益用于链接搬迁户，提供了100余个工作岗位。

在就业培训与资金补助之外，为建立健全全体搬迁农户的社会保障体系，易地扶贫搬迁工程同时还有附属公共设施的建设，如小诊所、公交站台等。根据统计数据显示，易地搬迁农户已全部参与合作医疗。

自2017年起，易地扶贫搬迁户全部实行城镇化集中安置，搬迁户以市（州）政府所在城市和县城安置为主，中心集镇安置为补充。相关城镇需要根据可就业岗位、可脱贫产业合理确定安置人数，确保农户搬迁后有业可就、有事可做，能够尽快脱贫致富。为了降低成本，防止农户因为易地搬迁而影响脱贫，规定城镇安置的人均面积不超过20平方米，农村安置的人均面积不超过25平方米，且建档立卡户自筹资金不得超过2000元。

二 易地扶贫搬迁的进展和成效

实行易地扶贫搬迁工程的第一年年末，整个麻江县安置593户，共2563人，其中黄泥村实现易地搬迁6户20人。至2020年，黄泥村无易地搬迁农户。

---

① 旧房拆除后，宅基地重新还田成为耕地，属于自己的承包用地。同样村民自主搬迁的，可以用耕地交换他人的宅基地或者将耕地转为宅基地。

② 易地扶贫搬迁工程中遗留的旧房按照政策要求强制拆除。

搬迁后的农户，被统一安置到县城居住，人居环境得到很大的改善。居住区多是两层砖混房屋，带有一层阁楼。户均居住面积180平方米。街道宽阔干净、便于农户出行。社区周围有理发店、超市等，生活十分便捷。小诊所、药店、银行等很容易到达，农户就医有保障、办理银行业务方便。除此以外，还设有技术培训班，帮扶搬迁农户可在县城就业。截至目前，参与易地扶贫搬迁工程的农户家庭均已实现至少一人就业。

虽然搬迁后生活质量大幅度提高，但是农户搬迁的意愿仍然很低。为此政府不断加大宣传工作，村干部每周都会去农户家里挨个宣传、动员，向在搬迁区域内的农户进行政策普及和介绍，并且在搬迁安置地悬挂"培训一人、就业一人、脱贫一户"等横幅。

三 农户对待搬迁的态度

总体上看，黄泥村农户对易地搬迁的意愿很低——只有在第一年有6户农户参与，且6户家庭成员均为少数民族，大多都是有看病、读书需求的。

黄泥村农户不愿意异地搬迁的理由一是"安土重迁"的情怀，住了几十年的老房子不愿意拆迁，总认为修修补补还能再住，一部分独居老人也不愿意多费精力去搬迁；二是耕地、牛舍、鸡棚等都围绕着老房子，易地搬迁后去耕地、喂养牲畜不方便；三是一部分易地搬迁的农户会被安排到县城，这会导致额外的水费、粮食费等开销；四是找不到合适的工作；五是黄泥村道路已经实现了村村通、户户通，交通相对比较便捷，距离县城仅有20分钟车程，所以县城的交通便捷不具有很明显的优势和吸引力。不愿搬迁的核心问题在于就业难、生活开销大。我们采访的一位户主表示，下山后一切行为，包括喝水都需要额外的开销，因此在没有可观收入来源的情况下，是不会考虑放弃耕地、牛舍、鸡棚等传统农业生产的。如果县城够提供一个好的工作岗位、能够解决基本生活的问题，就会考虑搬下山去。

对农户而言，搬迁的有利之处在于城镇拥有较为完善的公共交通、医疗设备、教育体系和工作机遇，且环境相比原来住所更适合居住；弊端主要是城镇没有耕地和空地来满足农户的种植、养殖需求，且人均居住面积相对较小，没有熟悉的社会关系。因此，决定农户搬迁意愿的因素很复杂，且对不同的人群体现出不一样的特征。对于拥有便捷交通工具的农户而言，城镇没有特别大的吸引力；而对于患病、读书、在外工作、没有便捷交通工具的农户而言，城镇的生活更为方便。他们以无法耕地、养殖牲畜、家禽为代价，换取城镇更方便的公共交通、医疗条件、教育条件。

易地搬迁工程结合技术和工作培训，对农户实现自我脱贫有极大的帮助。尤其是建成县城"移民汽车之家"之后，由此产生的工作岗位很好地吸纳了搬迁的劳动力，为他们的脱贫提供了帮助。

下山 [1]

第一年搬下山的杨某一家，被安置在县城后坝 B 区。下山前，杨某家是低保户，守着两亩地务农，家庭收入微薄；下山后，他们参与了政府提供的岗位培训，两名家庭成员在帮助下找到了县城附近的工作，月薪均在 3000 元以上，实现了自我脱贫。

杨某说："从前住在山上的时候，没什么技能和渠道，只有种家里的两亩土地，每年种的蔬菜、玉米都是自己吃，没有拿去卖，也没什么收入。"参与了易地扶贫搬迁后，杨家的土地承包给了乡邻，老房子也进行了拆除和还田。杨某依靠政府的补贴和 2 万元存款，完成了新房子的装修、家具的购置等，并且动员家属参与了政府免费的技术培训班。经过多次培训，杨某的两个儿子均在县城附近找到了工作，目前在化工厂车间工作。

务工带来的收入使得杨某一家的家庭年收入达到 6 万元以上，解决了由于收入低而带来的贫困问题，很好地完成了自我脱贫。现在，杨某一家在县城能够体面地生活。

四 房产的社会地位功能

由于农村消费方式较为单一，从整个生命周期来看，用于住房的消费

---

[1] 引自支晓旭对黄泥村农户杨正仁的访谈，2020 年 8 月 28 日，地点：贵州省麻江县黄泥村。

（黄泥村平均为20万/户）占比很高，因此除了承担提供住所的功能外，住房以一种"地位性商品"（Frank，1985）的身份成为农户相互攀比的矛头，在一定程度上代表了农户的家庭经济水平，间接影响其社会地位。

住房在黄泥村有三次较为集中的改建，背景原因除了改革开放以来农民收入水平的提高以及危房改造和易地扶贫搬迁等政策因素外，另一个重要的因素是农户之间的攀比风气。为了建造体面的新房，农户愿意负债向银行借贷或者向熟人借贷；在装饰材料的选择上也颇为大方，外墙、内墙均要粉饰，尤其是外墙和堂屋要贴瓷砖或者喷漆；房屋风格近年来也成为攀比的一个重要方面，三层欧式"小洋楼"成为大多数建新房的农户的首要选择。根据统计数据显示，黄泥村人均住房面积逐年增加，装修风格也从普通木房转变为精致的"小洋楼"。

减少攀比风气，引导乡风文明[①]

黄泥村村委主任在接受我们的采访时谈到当地存在的攀比风气。他说，村内的攀比风气近年来已经减弱了不少。村委会选派村干部组成小组入户对农户进行思想教育，宣扬勤俭节约的风尚，杜绝奢侈性、攀比性消费。在村委的宣传栏中，也会定期更新"拒绝攀比"等标语，引导农户抵制攀比心理带来的消极影响和减少因攀比引起的额外开销。村委主任表示，目前农户之间很少再出现争先改建新房、比较新房装修等攀比行为。

---

① 引自黄泥村书记访谈，2020年8月28日，地点：贵州省麻江县黄泥村村委办公室。

第十章　老人及养老

1956年，联合国《人口老化及其社会经济后果》中推荐将老年群体以65岁为界限进行划分；1982年召开的第一届世界老龄问题大会上，学者将60岁设定为老年群体的年龄界限。在针对发展中国家老年群体的研究中，研究人员多数以60岁为起点进行分析。此外，黄泥村的村民们也是从60岁开始享受政府提供的养老保障。因此，本章选择将黄泥村"60岁及60岁以上"的人口视作老年人并展开讨论。

随着生育率持续走低，我国老龄化问题愈发严重。2019年末，全国60岁以上的人口有2.5388亿人，占总人口的18.1%[1]。在传统社会里，家庭养老占据主要地位，而在现代社会中，已经普遍建立起由法律规定、具有强制性和福利性的社会养老保障体系。本章就老人的老龄化情况、养老情况、老年劳动力、隔代教育对黄泥村老人的生活展开描述。

第一节　老龄化情况

联合国世界卫生组织将老年人群体细分为"年轻老年人""老年人"和"长寿老人"，分别对应60岁—74岁、75岁—89岁、90岁及以上。按照这一规则，我们对黄泥村的老年人口做出统计（不含未迁入、未上户人口），如表10—1所示。

---

[1] 国家统计局：《中华人民共和国2019年国民经济和社会发展统计公报》，2020年2月28日，http://www.stats.gov.cn/tjsj/zxfb/202002/t20200228_1728913.html

表 10—1　　　　　　黄泥村老年人人口结构统计表　　　　　（单位：人）

年龄	男	女	总计
60—74 岁	77	90	167
75—89 岁	28	42	70
90 岁及以上	0	2	2
总计	105	134	239

资料来源：根据贵州省麻江县黄泥村户籍人口统计表整理而得。

黄泥村老龄化问题严重。村内 60 岁及以上的老人共有 239 人，占总人口数（1535 人）的 15.44%，其中，65 岁及以上的老人有 201 人，占总人口 13.09%。国际上将 60 岁以上老龄人口占总人口比重大于 10%，或 65 岁以上人口占总人口比重大于 7% 的社会定为老年型，而在黄泥村，这些指标远超过标准。

村内老年人群体中，男性有 105 人，占比 44.30%；女性为 134 人，占比 55.70%。他们中，身体健康者占多数，但也有罹患慢性病的老人，主要是高血压、关节炎等老年常见病，少数人患有重病、大病或残疾。表 10—2 为黄泥村各个年龄阶段老人的身体健康情况统计。

表 10—2　　　　　　黄泥村老年人健康状况统计表　　　　　（单位：人）

年龄（岁）	健康	一般	慢性病	重病/大病	残疾	总计
60—74	127	1	30	2	7	167
75—89	46	3	28	0	3	70
90 及以上	0	1	0	1	0	2
总计	163	5	58	3	10	239

资料来源：根据贵州省麻江县黄泥村户籍人口统计表整理而得。

第二节　养老

"养老"的含义有两层，一指奉养老人，二指老年人闲居修养。在第二层含义中,"养老"成为对老年人生活状态的描述性词语。本节主要讲述的是"养老"的第一层含义。

养老的实质是代与代之间的交换。研究表明,老人可以从代际支持或向子代提供支持的过程中感受到被重视以及自尊心的提高,从而增加生活满意度(Krause& Shaw, 2000; Thomas, 2010)[1][2]。学者通常将养老模式划分为家庭养老、社会养老和自我养老,其中社会养老是指社会养老保障制度、社会养老机构、养老服务为老年人提供养老资源;自我养老是指既不靠家庭,又不靠社会的一种经济独立、生活自理和精神独立。在黄泥村,老人的养老模式通常为家庭养老和社会养老[3]。

一 家庭养老

家庭养老在黄泥村体现为小家庭养老、分居养老的特点。虽然子女会为父母提供经济支持以及精神慰藉,但老人本身的生活起居都是相对自立的。分家之后,老人们如果身体健康或者配偶健在,都会尽量选择与子女分开居住,避免给他们带来不必要的麻烦,甚至愿意给子女予以生活帮助。

(一)经济支持

在黄泥村,老年人的收入来源有限,大多会接受来自子代家庭的经济支持。村里农户的土地大都流转给蓝莓公司或烤烟种植大户,自家种植的稻米、蔬菜等作物或养殖的鸡鸭等家畜,所得收入仅够保障家人的日常需求,鲜少有农业性收入。

开展产业扶贫工作以来,村里老人们除了每月领取一定的政府补助(如

---

[1] Krause N. and Shaw B. A., "Giving social support to others, socioeconomic status, and changes in self-esteem in late life" *The Journals of Gerontology Series B: Psychological Sciences and Social Sciences*, Vol. 55, No. 6, November 2000.

[2] Thomas and Patricia A., "Is It Better to Give or to Receive? Social Support and the Well-being of Older Adults" *The Journals of Gerontology Series B: Psychological Sciences and Social Sciences*, Vol. 65, No. 3, May 2010.

[3] 穆光宗、姚远:《探索中国特色的综合解决老龄问题的未来之路——"全国家庭养老与社会化养老服务研讨会"纪要》,《人口与经济》1999 年第 2 期。

养老金等）外，偶尔也可以去蓝莓公司或烤烟种植户处帮忙，这在一定程度上增加了老人的收入来源，也间接减少了子代为他们提供经济支持的负担。

然而，与城市家庭相比，黄泥村老人从子代所获的经济支持相对较少。原因在于年轻一辈人在省外务工，所做的工作大多仍为低技能职业，每月收入并不宽裕，自保能力不强，无法轻松地满足老人一切物质需求。

（二）生活支持

黄泥村老年人群体的养老生活支持情况和他们的身体健康、婚姻状况息息相关。身体情况较好的、配偶健在的老人大部分愿意和配偶独居，由两个老人相互扶持。子女们也会在空闲时间购买生活用品前来探望，并帮老人们整理房屋卫生等；身体差、配偶离世的老人大多是与自己的子女同住，他们与子辈相互支持。老人们承担起照顾孙辈的责任，并帮助子女完成必要的家务活，让子辈，尤其是子代女性，得以抽出时间和精力完成自己的工作。

与单向流动的代际经济支持不同，黄泥村老人与子女间的生活支持往往是双向的。老人给予子女家庭帮助，儿女也为老人提供生活支持，这是建立在强烈亲子关系上的爱与关心。

（三）情感支持

黄泥村的老人会在与朋友相处中收获情感支持。在黄泥村，青壮年大部分都到了省外务工，于他们而言，也就只能依靠电话或微信视频和自己的老年父母交流情感。老人们在缺少儿女、孙辈陪伴的情况下，更愿意与邻居或者村里的好友谈笑，他们在无意间给予对方以情感支持，收获慰藉。

老人与子女的互动——这种代际情感支持是相互的。父母投入劳动让子女成长，等到父母衰老后，子女又通过赡养让他们得以享受轻松的晚年。虽然这种哺育方式在具体实施过程中也会发生矛盾，例如有的老人在分家后住进儿女的家里，可能因为生活习惯的矛盾与子女发生口角，有的老人与子代的价值观念差异会导致行为与代际关系的规范发生冲突，但这种人情矛盾的发生因每个老人的家庭情况而异。

二 社会养老

黄泥村的"空巢"老人、独居老人的养老模式通常为社会养老。从家庭养老到社会养老，这是一种从主观到客观的转变。对于黄泥村这种劳动力流失、老龄化问题严重的地区，完备的社会养老保障的重要性不言而喻。村里针对鳏寡孤独及丧失劳动力的贫困老年人实行了"五保"供养，供养标准为625元/年，百岁以上老年人（1人）享有补助金720元/年。

（一）养老机构

黄泥村村委会没有敬老院，只是在村委会内建有一间老年人活动室。但据我们了解到，村里的老人平时并不会来这里娱乐，只是有时开展针对老人的宣传教育工作或者需要集中开会，干部们才会把老人组织到此处。常日里，老人们更偏好于三五成群地聚在一起聊天或者打牌。另外，村里的法律调解员也会为老人的养老保障提供帮助。

法律调解解决养老纠纷[①]

> 王姓老人的丈夫是一名退伍军人，每年有1万余元的政府补贴收入。二老育有3子，均已成家，且在分家的时候商议好让老人的丈夫住在二儿子家中，老人住在三儿子家中，两位儿子分别负责老人的生活起居、生病照料等事宜。但二老并未这么做，两人有一些储蓄，便一直生活在自己的房子里。
>
> 养老纠纷发生在王姓老人的丈夫过世后。办完葬礼，三儿子把两位老人几万元的存款全部拿走，并表示自己负责了父亲的葬礼开支，这些钱就应当归他所得。
>
> 村里的法律调解员为此专门3次走访，对老人儿子进行劝解。他将老人和三儿子组织到一处，动之以情，晓之以理。老人的三儿子最初态

---

① 引自陈睿对黄泥村法律调解员的访谈，2020年8月26日，地点：贵州省麻江县黄泥村村委会。

度坚决，一直强调自己没有钱，但经过法律调解员的劝说，最终达成和解，老人的儿子给予了自己母亲5000元的养老经济支持。

（二）养老保险

2009年，为保障农村地区老年人基本生活需求，国务院下发《关于新农村社会养老保险试点的指导意见》（国发〔2009〕32号），开展了新型农村医疗保险（以下简称"新农保"）的试点工作。年满16周岁（不含在校学生）、未参加城镇职工基本养老保险的农村居民，均可在户籍所在地自愿参加新农保。

黄泥村的"新农保"筹资采用个人缴费、政府补贴相结合的方式[1]。参保的农户们以年为单位缴费，一年一次，可以从100元、200元、300元、400元、500元、600元、700元、800元、900元、1000元、1200元、1500元、2000元这13个档位中进行选择。政府的补贴标准则按照"缴费100元至400元的补贴30元；缴费500元至900元的补贴60元；缴费1000元至2000元的补贴90元"进行。

谷硐镇人社中心负责统筹发放黄泥村参保人的养老保险金。每月5日前，工作人员会通过信息系统查询下一个月新增的符合养老保险金待遇条件[2]的参保人员，并打印《贵州省城乡居民基本养老保险待遇领取通知表》。

村委干部根据上述通知表通知相关参保人员办理领取养老金手续或补缴手续，并递交到谷硐镇人社中心。近年，手机、互联网的普及让部分农户可以直接通过微信补缴保险金。

谷硐镇人社中心的工作人员继而审核领取人的年龄、缴费情况等事宜，在每月10日前，将符合待遇领取条件的人员材料上报至麻江县医保中心。医保中心为参保人员核定城乡居民养老保险待遇，计算养老金领取金额，并

---

[1] 有条件的村集体会对参保人缴费予以补助（即个人缴费、集体补助、政府补贴相结合），补助标准由该村村委会召开村民会议商定。此外，社会公益组织等其他社会经济组织或个人也可对保险资金提供资助。

[2] 领取保险金的参保人需要：（1）年满60周岁；（2）未领取职工基本养老保险待遇及政府规定的离退休费、退职生活费；（3）满足以下条件之一，a）新农保或城居保制度实施时，已年满60周岁的；b）新农保或城居保制度实施时，已年满45周岁、未满60周岁，且按年缴费的；c）新农保或城居保制度实施时，未年满45周岁，累计缴费15年以上的。

生成《贵州省城乡居民基本养老保险待遇核定表》。

对于不符合领取条件的参保人员，麻江县医保中心会通过谷硐镇人社中心向黄泥村村委告知原因；符合领取条件的村民们则于次月开始领取。养老金的金额是基础养老金"加"个人账户养老金的总合，其中，基础养老金为每月70元。个人账户养老金则是该参保人个人账户的全部储存额除以139（个人账户养老金计发系数）。

在这里，老人们每月都可以收到来自政府的养老金。60岁及60岁以上的老人每人每月领取100元，80岁到90岁的老人每月有额外的老年人补贴60元，90岁以上的老人额外领取的补贴为90元每月。逢年过节，村干部也会带些生活用品前往慰问。

第三节　老年劳动力

与城市的退休制度不同，在黄泥村这样的农村地区，老人是否参与劳动大多取决于自身的身体状况。事实上，多数村民到了80岁仍然"停不下来"，"空心"家庭的老年人更甚——子女外出务工，老人也就承担起了耕种自家田地的责任。在山区，机械化农业难以大面积推广，而传统的耕作模式（育苗、插秧、耕作、收割等）又对劳动者有较高的体能要求。随着年龄的增长，多数老人健康情况变差，继续劳作则很有可能引发健康问题。这些劳动一方面影响了老人的生活质量；另一方面又会导致家庭医疗支出增加。团队成员在走访中曾遇到一位患有关节炎的"空心家庭"老人，其一年的医药费至少需花费3万—4万元，这对于贫困户家庭是一个不小的负担，甚至很可能"因病返贫"。

虽然黄泥村有的老人还会帮蓝莓公司或烤烟种植大户们干农活，以此赚取额外收入，但他们所做的全部为抹芽[①]、修枝、采叶这类低技能工作。原因在于，一方面老人的精力有限，无法开展如烤烟种植大户一样的规模化种植业；另一方面，他们也并不具备快速接受新型农业劳作模式的能力。因此，

---

① 在蓝莓发芽至开花前，除去多余的芽。

如果当地想要通过建立高附加值的产业带动经济，老龄化会是其前进路上相当严重的阻碍之一。

第四节　隔代教育

黄泥村的老人在子代生活的诸多方面扮演着重要角色。除了通过劳作增加家庭经济来源，老人在家庭中的另一个重要作用还体现在教育层面，即隔代教育。隔代教育指的是老人（祖辈）对孙辈的教育，其与亲子教育相辅相成，共同构成了家庭教育的主体。也正因此，隔代教育的好坏在很大程度上决定了家庭教育的质量。特别对于农村地区，由于青壮年劳动力外流，儿童被留在家中由老人照管，"空心"家庭数量众多，隔代教育的现象非常普遍。

我们以"祖、父辈是否共同参与"作依据，将隔代教育分为"完全隔代教育"和"非完全隔代教育"。前者意指父母长期与子女分离，孙辈的生活和教育完全由祖辈负责，例如双亲外出的留守儿童。后者则指父母和儿童短暂分开，祖辈暂时承担养育责任或者祖辈与父辈住在一起共同抚养孙辈，例如"周末父母"[①]。

产生这种现象的原因主要有三：一是经济条件的限制。虽然农户的教育观念正在转好、外地学校的入学条件也适当放宽，但多数青年父母并没有足够的物质条件将子女带至务工城市生活，分出精力亲自安排家庭生活并辅导子女教育。二是部分父母对子女教育的重视程度较低，他们并未意识到家庭教育的重要性，常常偏向选择阻力最小的生活方式，即将自己的孩子留在家乡，让老人们代为照看。三是日常工作对行动的限制。这部分父母虽然并未出省务工，而是选择在县城或邻市打工，但由于工作任务繁重、路途遥远，难以实现全天候照顾子女，从而不得已成为"周末父母"，将孩子托付给家中的老人照料。

[①] 孩童周一到周五由祖辈照顾，周六、周日则由父母照顾。

一 隔代教育的老年人动机

为什么黄泥村的老人在负责农业劳动的同时，还愿意兼顾孙辈的教育任务呢？调研组成员通过采访村中老人得到了两方面答案：一是为了生活上"有依靠"；二是为了精神上"有寄托"。

正所谓"老有所依"，其包括老人在物质上"有依靠"。在农村的家庭结构里，老人常育有多个儿女。尽管多子女意味着多份养老保障，但在分家的时候，儿女间产生赡养及财产继承的矛盾，老人夹在中间，处境尴尬，因此，帮助子女照看孙辈在一定程度上是一种常见的"交换"未来较好生活条件的方式。

"老有所依"，还指精神上"有寄托"。长久以来，宗法制度的沿袭影响了我国大众浓厚而独特的家庭伦理观，尤其是在较为传统的农村地区。"含饴弄孙"不仅是祖辈追求的生活状态，还是他们自觉的责任。多数老人认为，抚养孙辈是自己理所应当、顺其自然并且乐在其中的事情。在黄泥村，青壮年劳动力为适应社会发展和生活需要选择外出工作，将孩子留给自己的父母教养是他们的现实选择。而老年人，不仅把这种隔代教育行为当作一种帮儿女减负的方式，还在潜意识里将养育孙辈视作自己的责任，他们通过隔代教育获得满足感与自我认同感，缓解他们因缺少子女陪伴而产生的孤独情绪。

综上所述，老人愿意承担孙辈的抚养教育责任主要出于两种目的。第一，老人照料孙辈，增加了从子女处获得经济报偿的可能性，从而在一定程度上缓解了自身经济压力，使得生活"有依靠"。第二，老人通过照料孙辈，弥补了子女陪伴缺失带来的孤独感，在心理上得到慰藉，使得精神"有依托"。

二 隔代教育的效果

祖辈老人是黄泥村家庭隔代教育的"施教者"，他们普遍年龄较大，年轻时受教育程度低。教育理念上，他们比较保守，通常以分数和孩子是否听话为标准。在这种环境下成长的孩子，容易产生很多问题，如学习成绩差，性格以自我为中心，动手和自立能力较差，等等。

我们在走访中了解到，隔代教育的质量并不理想。在老人的隔代教育下，孩子出现的问题主要体现以下三个方面：

第一，学习状态。在学习方面隔代教育对孙辈的帮助有限。黄泥村的老人通常文化水平较低，很多老人甚至小学都没有读完，这导致很多老人无法对孙辈进行有效教育，而且对于一些身体较差的老人而言，对孙辈的教育更是力不从心。

第二，心理状态。学生从小受到隔代教育，与父母接触并不多，导致学生缺乏父母的关爱，与外界的接触也很少，而学生在此阶段正是人格塑造与性格养成的关键时期，很容易导致学生出现情感缺失的情况，使其在人格塑造以及性格养成方面出现问题，进而出现逃避现实社会的想法。同时，由于农村教师与学生父母难以取得联系，与学生祖辈之间的沟通较少，导致学校教育与家庭教育脱轨；教师对学生的日常学习和生活情况并没有深入了解，致使其无法对学生进行科学有效的教学，因此学生的学习兴趣越来越差，学习效率得不到提升，教育质量也在逐渐降低，形成恶性循环。

第三，精神面貌。在精神面貌方面，学生容易产生自信心不足的情况。对于受老人隔代教育的孩子来说，他们当中很多人会认为，父母将他们"抛"在了家里，孩子在6—14岁的年龄阶段正处于心智发展阶段，心思较为敏感细腻，感觉到被父母丢下非常容易造成孩子的自信缺失。而且由于大部分老人对孙辈约束较少，容易使孙辈不能自立生活，缺少培养和训练自理自立能力的机会，不利于他们独立人格的形成。此外，祖辈较为传统的思想还可能阻碍孩子创造力的发展及开朗性格的形成。

三 城乡差异

与城镇相比，黄泥村的老人们对孩子的隔代教育差异主要体现在陪伴时间、教育能力，以及教育观念三个方面。

首先，黄泥村老人陪伴孩子的平均时间要少于城镇老人陪伴孩子的时间。前文中提到，黄泥村的孩子在上学时大部分采用寄宿制，这就造成老人虽然是学生的监护人，但和孩子相处的时间也大多只在周末和节假日。

其次，黄泥村老人教育孙辈的能力较弱。黄泥村老人受教育程度普遍偏低，无法辅导孙辈的功课。而且，黄泥村老人对新事物的接受能力不强，老人如果不能适应当下的教育方式和变化，往往难以在教育孙辈上起到积极作用。

最后，教育观念的不同也会导致城乡隔代教育的差异。黄泥村的老人普遍认为，学习好不好是学校的事。他们将孙辈送进学校，就将所有的希望放在学校和老师身上。这是一种传统的教育观念，这种教育观念使得家长忽视了自身的作用。

"能上就上"[①]

我们走进小刘家里时，她奶奶正在缝衣服，爷爷还在地里干活，并未归家。小刘的父母都外出打工了，平日里就由爷爷奶奶代为照顾，上学期间便寄宿在校。

问起他的学习情况时，小刘说成绩一般，爷爷平时没太多的精力管他，只要考试及格，爷爷一般也不会问起什么。谈起今后是否想要上大学，小刘笑了笑，说："随缘，能上就上。"问起他有没有想要去的目标大学，小刘摇了摇头，说自己能考上大学就不错了。而在我们询问起有没有想考"985""211"这类院校时，小刘表示自己没听说过这个。

过了11点，爷爷终于归家了，在我们谈到教育问题时，他有些着急又有些无奈，"我们想教他也教不了呀！我和他奶奶都不识字，书都看不懂。"谈起对孙子未来的期望，他有些激动，说"能考上大学肯定要考！他现在这个成绩，也不知道能不能考上。"

---

① 引自陈睿对儿童小刘及其家长的访谈，2020年8月21日，地点：贵州省麻江县黄泥村。

第十一章　幸福感

党的二十大报告提出，必须坚持人民至上。精准扶贫的效果不是单一地以增加收入作为衡量指标，而是要充分考虑被扶贫对象的主观感受。党的十九届五中全会提出，要健全基本公共服务体系，完善共建共治共享的社会治理制度，扎实推动共同富裕，不断增强人民群众的获得感、幸福感、安全感[1]。其中，获得感和安全感是前提，增进人民幸福感是核心与目的。为此，精准扶贫更加关注有内生动力和持续活力的产业扶贫、教育扶贫和公共服务投资，以期克服"数字"脱贫、有效防止脱贫户返贫，进而增加农户主观幸福感、实现农户"真脱贫、脱真贫"。

第一节　幸福感的描绘

生活满意度是目前使用最广泛的评价个人主观幸福感的指标[2]（李越、崔红志，2014），为了考察黄泥村农户的主观幸福感，调研组从横向和纵向两方面对农户的生活满意度进行比较，前者聚焦不同家庭之间的幸福感差异描述，后者聚焦代际幸福感差异。

一　主观幸福感是什么？

党的十九大报告新增"幸福感"的概念，指出幸福感是建立在物质与精神生活得到相应满足的基础之上的，强调在满足人民群众对富裕生活追求的

---

[1] 引自党的十九大五中全会的报告。
[2] 李越、崔红志：《农村老人主观幸福感及其影响因素分析——基于山东、河南、陕西三省农户调查数据分析》，《中国农村观察》2014年第4期。

同时，应当顺应人民对美好生活的向往而更关注精神层面诉求；党的二十大报告重申了"幸福感"的重要性，提出深入贯彻以人民为中心的发展思想，使人民群众获得感、幸福感、安全感更加充实、更有保障、更可持续。

党的十九大以来，陆续有学者指出，精准扶贫效果的检验不能简单地以经济收入水平的变化数据作为衡量指标，而更应该重视人民的主观感受，立足于提高人民的幸福感。本部分将在精准扶贫视角下探究其对农户幸福感的影响。

对于幸福感的最初量度，可以追溯到古希腊哲学家柏拉图，他及后世英国功利主义伦理学鼻祖边沁都从功利主义的角度诠释幸福感，认为人们总是追求自身的"最大福利"；受到边沁等人对幸福感阐述的影响，一些经济学家试图从经济学的角度对幸福感进行实证探索，如边际效用价值学说的创立者杰文斯。杰文斯的观念影响了后来的福利经济学及其创始人庇古，他们认为经济福利主要体现在商品对消费者的效用上以及个人的未来收入水平上[①]。针对主观幸福感度量的渊源集中于以上两点，而当代对于主观幸福感的研究主要是基于生活质量意义和心理健康意义两方面。其中，生活质量层面的主观幸福感更多关注相对收入而不是绝对收入。相对收入在与他人的对比中能够给农户带来显著的影响，研究表明，在较为贫穷的地域，人们的主观幸福感程度与相对收入水平有较大的相关关系；在心理健康层面，主观幸福感和亲密关系、自信期望等均相关，其中亲密关系包括友谊、婚姻和亲子关系。

二 不同家庭的幸福感差异

从总体调查结果看，不同的家庭情况会对农户的主观幸福感产生不同的影响。家庭物质条件越好、住房面积越大、装修越精美、存款越多的农户家庭对自身生活表现出更高的满意度，他们能够拥有舒适的生活环境、营养均衡的饮食消费，实现穿衣搭配的自由。除此以外，住所所在地也是家庭情况的一个重要体现，住所周围的人居环境越适宜的，农户幸福感也会相应得到提高。但是在传统经济学理论中，收入水平一直被视为是影响个体效用进而

---

① 吴明霞：《30年来西方关于主观幸福感的理论发展》，《心理学动态》2000年第4期。

影响主观幸福感的关键因素。黄泥村为了提高农户家庭收入，出台了劳务输出扶贫政策，以方便农户出省打工。目前，大量外出务工人员不断将薪资寄回乡村，促进了农户家庭收入增加和乡村经济发展，一定程度上刺激了农户的消费欲望，促生了黄泥村的超市、小卖部、贵州农信便民服务点等机构，从而为农户的生活提供了诸多便捷，提升了农户的幸福感。

如图11—1所示，在调查的307户农户中，有130个建档立卡户样本，占比42.35%，其幸福感均值为4.28分，高于总体均值4.22分，并且"感到幸福"的人数最多，占比48.44%，相比之下，非建档立卡户"感到幸福"的人数比例为44.89%。调研组认为建档立卡户平均幸福感水平更高的原因在于，一方面是其本身的预期不高；另一方面是由于精准扶贫政策缩小了贫困户与非贫困户之间的经济、公共服务可获得性等差距。特别是黄泥村开展产业扶贫、建立合作社之后，建档立卡户可以从中获得分红和公益性岗位，不仅增加了家庭收入，还可以回村陪伴家人，因此表现出主观幸福感差异不明显。

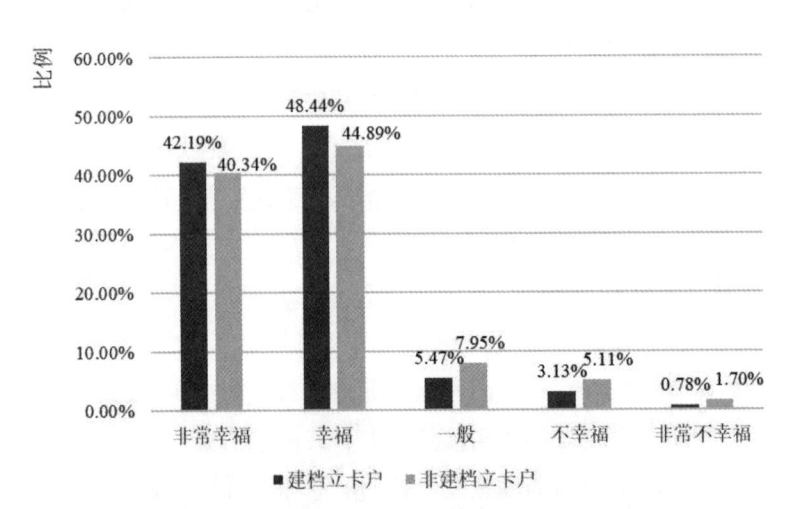

图11—1　2020年建档立卡户和非建档立卡户的幸福感统计
（注：数据来源于调研组的问卷调查。）

黄泥村建档立卡户的幸福感分析[①]

黄先生是建档立卡户，家有五口人：夫妻双方、年迈的父亲、刚刚成年的儿子，以及正在上小学的女儿。黄先生家是因病致贫，妻子患有脑瘤，经手术治疗后卧床在家。黄先生和儿子在省外打工，享受政府的劳务输出扶贫政策；女儿上学，享受教育补贴。因为疫情缘故，目前一家五口都在黄泥村。我们对户主黄先生进行了一个简短的幸福感调查。

采访员："和周围的人相比，您对您家的收入状况感到满意吗？"

黄先生："外出打工的话，扣掉各种生活开销，一年我们两个人可以赚5万多元吧。当然不能和有钱的家庭比，我们家这些收入够我们吃穿，就挺满意的了。"

采访员："现在因为疫情不能出去，您是什么感受呢？和外出打工比，哪一种生活更让您幸福？"

黄先生："我们以前每年都在广东打工，一年也就春节回家一次，只能有空和家里打打电话。还好儿子跟我在一起，我平时可以照顾照顾他，但是我爸爸还有老婆女儿就照顾不到了，就觉得离他们很远。现在这个形势，我们也出不去，反倒是陪家里人的时间多了，天天都在一起，种地养鸡，闲下来就看看电视，辅导女儿读书。以前春节回家女儿都和我生分了，现在一直粘着我让我给她讲广东好玩儿的事情。还有她哥，两个孩子感情一直很好，只是以前总是没办法。赚钱嘛，肯定是去外面打工赚钱多，寄回家给家人用，他们也能生活得更好一些。这6个月稍微节省一些，吃些自己种的水稻蔬菜。虽然一个星期吃一次肉，但是孩子们都更高兴，我们大人看着也高兴。一家人就应该在一起嘛，我们大人还好，主要是给孩子一个更好的家庭环境。老婆说以前女儿的学习没人管，她也不想学，现在我一有空就陪着她嘛，她学起来也挺高兴的。"

黄先生妻子："我肯定觉得现在更幸福呀，我生了病不能做什么，平常小女儿也管不动，老人也照顾不好，地和鸡都是老人在种和养，也没什么人和我说说话，现在老公回来了，我们一家人有很多话可以说。

[①] 引自支晓旭对黄泥村农户黄某的访谈，2020年8月25日，地点：贵州省麻江县黄泥村。

小女儿也更高兴了,有哥哥、爸爸陪她玩,比以前懂事了。"

采访员:"那黄先生接下来有什么打算呢?"

黄先生:"现在不是在弄那个产业扶持嘛,我听说有好多人在合作种蓝莓,把土地承包给合作社,还可以去那里工作,我觉得挺好,离家也近,可以每天回家。我和儿子打算去试一试。"

三 黄泥村农户代际幸福感差异

黄泥村农户可以分为三类群体:老年人、中年人和青少年。通过对这三类群体的访谈,调研组发现:幸福感随着年龄递增呈现"U"形分布,青少年和老年人(非留守群体)的主观幸福感较高,中年人普遍对自己的生活表示不太满意或者不满意。

中年人群体普遍具有较低的主观幸福感,他们承担了支持家庭的重任,既要照顾家庭,还要增加收入,而在黄泥村这两者一般是不可得兼的。一户农户说:"要想在家照顾老人孩子吧,就不能到浙江省、广东省打工。赚不到钱,拿什么生活。"因此处在两难境地的中年人就感到更大的压力,尤其男性对生活的满意度低于同年龄段的女性。

青少年和老年人相对来说承担的压力较少,主要是学习和耕地,生活模式简单。黄泥村老年群体是一个比较脆弱的群体,受生理机能下降等多种因素的影响,老年人对家庭和社会的依赖性增强了,尤其在收入和情感方面更需要依靠青壮年群体的照顾和留意。不少研究表明,能够得到这两种依靠的老年人幸福感是较高的[1]。

对青少年儿童来说,家庭环境对其心理健康有显著的影响[2](徐光兴,2009),如表11—1所示,家庭环境主要和家庭经济条件、家庭成员幸福感、亲子关系、家庭教育等因素相关。通过对这些因素的分析和对黄泥村孩子幸福

---

[1] 李越、崔红志:《农村老人主观幸福感及其影响因素分析——基于山东、河南、陕西三省农户调查数据分析》,《中国农村观察》2014年第4期。

[2] 2006年徐光兴采用家庭环境量表和中国人人格量表对855名青少年进行测试得出的结论。肖三蓉、徐光兴:《家庭环境影响青少年人格特质的性别差异》,《心理学探新》2009年第2期。

感的实际调查，我们可以得出：经济条件越好、家庭成员越幸福、亲子关系越亲密、家庭教育越积极的，孩子的主观幸福感往往更高，如表11—2所示。

表 11—1　　　　　　　　　　　黄泥村的家庭环境调查

指标	细化指标（单位）	平均值
家庭经济条件	家庭总收入（元）	46725.65
	住房面积（平方米）	114.32
家庭成员幸福感	父母关系是否良好 0＝否；1＝是	0.81
亲子关系	与父亲在一起的时间/年（月）	6.00
	与母亲在一起的时间/年（月）	6.95
	父母平均每天陪伴的时间（时）	1.98
	父母陪伴休闲娱乐的时间（时）	1.35
	父母陪伴交流谈心的时间（时）	1.81
	和父母出去游玩的次数/年（次）	1.78
	是否寄宿 0＝否；1＝是	0.79
	是否独生子女 0＝否；1＝是	0.79
	父母外出时联系的次数/月（次）	9.76
	对父母的陪伴是否满意 （1—5分）	4.11
	是否留守儿童 0＝否；1＝是	0.23
家庭教育	父母对自己受教育程度的期望 1＝初中；2＝高中；3＝大学；4＝大学及以上	3.31
	父母辅导时间/周（时）	1.12

资料来源：根据调研组在黄泥村的问卷调查整理而得。

表 11—2　　　　　　　　　　　　儿童幸福感

幸福感调查	
指标	人数占比
1—2 分	5.74%
3 分	7.09%
4—5 分	8.72%

资料来源：根据课题组在黄泥村的问卷调查结果整理而得。

放弃外出务工，回家陪孩子①

我们通过案例访谈发现，一个酗酒的、情绪暴躁的、常常郁闷的父亲，家中的子女通常是沉默寡言而且自卑的。例如，宋姓兄妹俩的父亲在附近打工，因为技术不好总是被老板批评，回家后经常喝闷酒，不愉快的情绪常常影响着兄妹俩，导致两个孩子逐渐变得沉默寡言。再例如，黄泥村'六大员'之一的龙主任，为了更好地照顾和陪伴儿子，放弃了在外务工的 3000 元/月的工资，选择了在村委工作，薪资 2000 元/月，这样可以每天回家陪伴儿子、接送儿子上下学、周末带儿子去县城或附近游玩。她儿子说："我妈妈现在一直都陪着我，我和她的关系很好，我感到很幸福。"

另外，社会关系也在青少年主观幸福感形成的过程中起到了调节作用。作为社会的动物，社会关系对于个人幸福存在正面的溢出效应。无论是朋友还是同事，人们都能从与他人共同渡过的时间中获得乐趣，通常与他人一起进行活动会有更强烈的满足感（卡尼曼·克鲁格，2006）。因此，黄泥村投入资金建设了篮球场等文化娱乐设施，以促进青少年进行社会活动，从而提升幸福指数。

四　留守群体幸福感差异

黄泥村的留守群体占比很高，主要有留守妇女、留守老人和留守儿童，他们的幸福感通常较低。可能经历诸如疾病、丧偶、孤独感、丧失劳动力、失去经济来源等压力性事件，留守老人由于无所依靠，生活满意度大幅下降。

贫困留守老人在黄泥村有很多，他们社会交往度不高，在生活休闲娱乐方面经验较少，精神生活不丰富，在精神心理和经济能力上都处于贫困状态，渴望得到子女的情感支持与经济支持。针对这种现象，黄泥村近年开展健康扶贫，不仅关注生理疾病，还关注心理疾病，对老年人进行及时有效地

---

① 引自支晓旭对黄泥村孩子宋姓兄妹、龙主任的访谈，2020 年 8 月 27 日，地点：贵州省麻江县黄泥村。

心理疏通；黄泥村还增加了报刊室、卫生站等公共投资；村干部在节假日下乡访问留守老人、陪伴聊天沟通，让他们感受到幸福感、排解孤独感。

另外，在黄泥村有40%以上的留守儿童缺失家长的亲密陪伴，普遍幸福感较低。父母外出打工，将孩子和老人留在乡村，虽然家庭收入满足了孩子对于营养的需求，使他们能够过上相对较好的物质生活，但是仅有隔代老人的陪伴对于孩子的精神世界是一种缺憾，他们感受不到来自父母辈的亲密关心，往往体现出缺乏安全感、缺少学习兴趣等特征。

"他们都不爱和我讲话"[①]

在黄泥村采集到的304份儿童样本中，有97份来自留守儿童，比例约为32%，分析这类群体的情绪特征，普遍对生活较为消沉、有更多的压力感、自我的期望值较低、对家庭关系表现出较为冷漠的态度。

小赵今年14岁，刚刚读初一。由于父母外出打工，常年不在身边；家中年迈的爷爷奶奶也无力管教，从读小学起就一直在校住宿。小赵说："在学校里也没人陪我玩，都不爱和我讲话。"笔者了解到小赵父母虽然常年在外务工，薪水却已经拖欠很久了，只断断续续发一些够生活基本开销的工钱，因此小赵家庭并不富裕。虽然小赵衣服上的图案已经模糊不清了，但是家里老人总是很节约，认为衣服只要能穿就不用换新的，所以小赵平时的穿着比较普通，在学校里受到了城镇同学的排挤。小赵说："有些同学家里很有钱，他们爸爸妈妈会来接他们，给他们买零食，还有衣服。他们都说我家没有钱，我也好久没看见我爸爸妈妈了，我很难过。"对小赵的情绪进行询问后得知，上一周感到悲伤难过和孤独的频率是"经常"，而快乐高兴仅仅是"偶尔"，原因主要是小赵在家庭中缺乏父爱母爱、在学校里缺乏友情，也没有感兴趣的事情，经常处于消沉的状态中，感受不到幸福。访问其他留守儿童，也得出了较为一致的结论：与非留守儿童相比，留守儿童往往承受更大的压力，

[①] 引自支晓旭对黄泥村孩子小赵的访谈，2020年8月28日，地点：贵州省麻江县黄泥村。

对自身幸福感有较低的评价。留守儿童的家庭与学校生活中长期充斥着各种压力，使其处于一种应激状态；在应对压力过程中，会不断消耗他们的积极心理资源，使之缺乏自信、缺少韧性、对未来失去信心等，进而影响其心理适应状况，如孤独感升高、幸福感降低。

第二节　幸福感的维度

一　生活质量维度

如果对黄泥村农户的生活质量和心理健康做一个整体的评价，根据全书对黄泥村和农户的分析，笔者将农户的生活质量细分为四个方面：财产（包括房产和财富）、身体状况、饮食、人居环境。

财产方面，黄泥村农户的财产主要是房子、土地、汽车和存款。房子作为居住场所，直接影响农户的生活质量：屋内的家具电器是否满足基本需要、饮水如厕是否方便卫生、居住空间是否狭小、房屋是否漏水漏雨，这些都是生活是否舒适的重要衡量指标。农户拥有土地的数量决定了其收入和饮食，从而影响农户的幸福感，例如，一户退伍老兵的儿子称，父亲服役期间错过村内土地分配，因此他们家只能依靠打零工来赚钱，同时因为没有土地种植粮食，只能从城镇购买大米；相反，耕地面积多的农户，则可以通过土地流转获得租金和分红，增加家庭收入。汽车和存款对于幸福感的提升是不言而喻的，可以满足交通的便捷和提高生活品质。

身体状况方面，身体健康与否会直接影响农户的生活水平，身患残疾不仅会降低劳动能力导致收入减少，还会降低自理能力，从而给家庭和个人带来生活障碍，进而降低幸福感。黄泥村农户普遍身体健康，仅有少数因工伤致残或身患重疾的，其余农户生病大多数只是感冒咳嗽，对生活影响不大。

饮食方面，饮食对幸福感的影响体现在营养和口感两方面。营养方面，黄泥村农户在饮食方面的平均消费为猪肉两周一次、牛羊肉一年一次、牛奶鸡蛋一周两次，平时多以面食和蔬菜为主，饮食内容较为单调，营养摄入较为匮乏。口感方面，农户追求辛辣，由于村内普遍种植辣椒，因此较易实现。

人居环境方面，除了房子，人居环境同样也影响农户在村中的居住体验。人居环境包括自然环境（例如空气、河流）、村容村貌（房屋、道路、垃圾）和农业环境（种植业污染、养殖业污染）。在黄泥村的新农村建设中，污水处理、改厨改厕、道路修缮等措施颇受村委重视，人居环境得到大力整治推进。目前，黄泥村空气清新、水源清澈、道路整洁便于交通、生活垃圾集中处理、种植养殖污染减少，这些都提升了农户对居住环境的满意度。

上述因素中，由财富差异而形成的相对收入对于农户幸福感影响最为显著[1]。财产拥有量体现了一个农户家庭的经济水平，财产拥有量高，意味着在村内相对收入高，这类家庭在接受采访过程中体现出普遍的幸福感高的倾向；而相对经济地位在周围农户中较低的农户家庭，感受到的主观幸福感也较低。这可能是在与他人的比较中产生了相对剥夺感，引起压抑、自卑等消极情绪，降低了主观幸福感。

二 心理健康维度

与农户心理健康有关的重要因素是压力[2]，在压力应对方面，笔者详细考察两个方面，一是社会资源，二是个体心理资源[3]。

第一，针对社会资源的研究集中于个体周围环境对其产生的社会支持方面，强调社会关系对心理健康的影响。社会关系包括家庭关系和非家庭关系。首先，家庭在人的成长和生命过程中都发挥着极其重要的功能，家庭关系是否和睦是农户能否感受到幸福感的关键。亲子关系和夫妻关系良好的家庭，成年人和青少年都能从中获得更高的满足和幸福感。反之，家庭关系不好的家庭往往会产生一系列问题和矛盾。黄泥村307个受访儿童在回答"父母关系是否良好"和"对父母的陪伴是否满意"两个问题上表现出一致性，父母关系存在问题的儿童往往更为敏感自卑和沉默寡言，对父母陪伴的满意

---

[1] 邢占军：《我国居民收入与幸福感关系的研究》，《社会学研究》2011年第1期。
[2] 主导目前心理健康社会学的理论模型：压力过程模型（The Stress Process Model）。
[3] 梁樱：《心理健康的社会学视角——心理健康社会学综述》，《社会学研究》2013年第2期。

度较低。

其次，非家庭关系与文化娱乐活动息息相关，农户通过参与文化娱乐活动来建立、维护和亲朋好友的社会关系。参与村内的文化娱乐活动对农户的社交有积极作用，在与人的交流中排解压力，获得积极情绪，有利于农户获得幸福感。

> 春节期间参加运动会的农户张某说："今年年成不太好，发大水把种的辣椒、烤烟都给泡烂了，没什么闲钱出去玩，就参加运动会和大家一起运动运动、聊聊天，倒也舒心了不少。"

第二，个体心理资源能够缓解外界压力带来的冲击，是个体面对压力、悲伤等负面情绪时调节的能力。个体心理资源越强大的人，越能够迅速调整情绪，往往更能够感知幸福感。笔者采访的对象中，有坚强乐观的孩子、也有敏感脆弱的孩子，前者在面对诸如父母关系不稳定的消极事件时，能够较为坦然地叙述，而后者则表现出不愿意交谈的悲伤情绪。与结论一致的是，通过《十分制幸福感量表》，可以得出前者的幸福感指数比后者高。

第三节　扶贫对幸福感的影响

一　扶贫主体：黄泥村精准扶贫"扶"什么

精准扶贫不仅扶物质、还扶精神，它为人民幸福奠定了基础。习近平总书记说："我们的人民热爱生活，期盼有更好的教育、更稳定的工作、更满意的收入、更可靠的社会保障、更高水平的医疗卫生服务、更舒适的居住条件、更优美的环境，期盼孩子们能成长得更好、工作得更好、生活得更好。人民对美好生活的向往，就是我们的奋斗目标。"[①] 为实现这个终极目标，他

[①] 中共中央宣传部：《习近平总书记系列重要讲话读本（2016年版）》，北京：学习出版社、人民出版社，2016年4月。

提出精准扶贫应当追求全方面精准，瞄准全部贫困人口，以企业、学校等社会力量共同参与帮扶，实现幼有所育、学有所教、劳有所得、病有所医、老有所养、住有所居、弱有所扶。精准扶贫主要是就贫困农户而言的，谁贫困就扶持谁，保证了政策的受惠者精准到农户本身，而不是参与扶贫的其他利益既得者。

具体到黄泥村，精准扶贫帮扶返乡创业者、外出务工者、易地搬迁者、危房改造者、接受教育的孩子、患病者、饮水困难者等。为便于分析，选取最为典型的两类：打工群体和留守群体（儿童、妇女和老人）。

打工群体主要是男性中青年和部分女性，年龄分布在 20 岁至 60 岁。部分打工者自发外出寻工；部分参与政府的"劳务输出扶贫"，自愿报名后由县劳动部门培养就业技术和能力，并组织集体向深圳、广东等沿海地区输出，人均年收入在 2.5 万元左右。留守群体主要由留守儿童、留守妇女和留守老人构成。留守儿童占据黄泥村儿童总数约 20%，大部分都在校住宿，享受教育补贴和营养膳食补贴；留守妇女和老人在黄泥村的比例较大，约有 60% 以上，这部分人群在黄泥村守着两三亩地进行种养殖。由于农业的经济效益低，他们的生活质量有待提高，有些人因为摄入营养不均衡而患病，需要依靠政府的基本医疗保险、大病保险和医疗救助等制度保障。

二 扶贫方式

（一）生活性扶贫

精准扶贫政策中生活性扶贫包括衣食住行和娱乐生活两方面。衣食住行方面，一是向儿童提供每天 4 元的膳食营养费帮助其获得均衡的营养摄入。营养跟进后儿童的身体情况更为健康：抵抗力增强、避免频繁生病，从而提高了儿童的生活质量；二是还向农户实行"兜底"保障措施，保证满足农户最低生活需求，不愁吃穿；三是"危房"改造和易地扶贫搬迁帮助农户实现住房条件的改善、"三改"政策和环境整治还改善了当地居民的人居环境；四是由政府牵头、自来水公司承建的农村自来水供应工程保障了农户获得安全的饮用水来源。以上四种政策满足了农户的最低生活需求，实现了"两不愁三保障"，物质生活质量的提高增加了其心理幸福感。

娱乐生活方面，精准扶贫政策带来的经济收益使农户的收入增多，间接丰富了农户的娱乐生活。娱乐生活的丰富带来的直接效果是黄泥村成年人和青少年精神世界的丰富，由于精神层面与幸福感有正向相关关系，参与文化娱乐生活是很好的减压方式，在与其他人相互的配合与交际中，农户能够感受到关怀，收获积极心态，促进其心理健康，增加其在面临压力时的心理资本，让农户能够更频繁地体会积极情感体验，从而增加其幸福感。

（二）就业扶贫

就业扶贫和幸福感的联系也很密切。在就业方面，精准扶贫集中于技能的培训、公益性岗位的提供、协助就业，以及劳务输出政策。技能培训旨在培养农户的能力，与协同就业配合实行，能够让农户学以致用，实现在脱贫中自我发展；劳务输出和公益性岗位都是提供就业机会。农户有了稳定的工作收入后，生活作息规律、家庭经济水平提高，满足精神和物质双重的幸福感。

（三）教育扶贫

在教育扶贫方面，"扶贫必扶智"，教育扶贫可以使贫困人群掌握先进的科学文化知识，提升基本素质和就业技能，更是帮助贫困人口消除贫困根源、阻断贫困代际传递的治本之策。

之前黄泥村内开展的教育扶贫主要集中在教育补贴方面，其积极作用有以下三方面：第一，黄泥村的教育扶贫向贫困农户家庭提供教育资助，通常是以存款的形式返还到农户对应的银行卡上，以年累计。这种重新发放资金而非直接减免学杂费的做法让农户在主观上产生"失而复得"的感觉，从而增加了自身的快乐体验，加深了其对教育扶贫效果的认可。第二，黄泥村的教育扶贫惠及所有有子女读书的贫困家庭，彼此之间没有差异，保障了农户之间的公平公正。第三，教育扶贫减轻了贫困户家庭的经济负担，尤其是曾经有申请助学贷款需求的家庭。

但是，从实际情况来看，这样的教育扶贫在提高农户幸福感方面的效果有限。仅仅补贴学费，只能够减免家庭教育负担，但没有关注学生的教育质量问题。

2020年，南京农业大学开展的"六次方"教育扶贫计划[①]，旨在解决贫困地区学生的教育质量问题，黄泥村也受益其中。秉持"扶贫先扶智"的思想，该项目通过发挥"乘数效应"，将教育扶贫的好处落实到切实提高农户子女的教育资源和受教育水平上，从而增加其人力资本投资，提高自我认知能力和幸福感感知能力。此外，该计划还包括南京农业大学研究生支教团[②]等教育资源注入，从而促进黄泥村，乃至麻江县实现教育质量水平的新提升。

（四）产业扶贫

要想真正实现黄泥村农户主观幸福感的提高，主要还是要依靠产业扶贫。具体到黄泥村，产业扶贫主要有蓝莓、锌硒米等农业产业合作社，以及种养殖业产业扶贫小额贷款。前者是黄泥村和南京农业大学、合作社和公司合作开展的，目的在于通过"公司+合作社+农户"的模式帮助农户从流转土地中获得高收益和解放劳动力，从而可以外出务工、增加家庭收入；同时，合作社和公司还会雇佣部分农户参与蓝莓、锌硒米种植过程，农户可以在学习种植技能、获得非农工资的同时陪伴家人、建立良好的家庭关系，这对子女教育和培养是极其重要的，可以积累收入和增加对子女的人力资本投资。后者是通过给创业农户提供原始资金、降低风险、激发内生动力，从而实现山村产业的发展，保证产业扶贫的效果。这就是产业扶贫的"收入效应"和"陪伴效应"，在生活质量和心理健康两方面提高了农户及其家人的幸福感，阻断贫困的代际传递。因此产业扶贫对于增加黄泥村整体幸福感是毋庸置疑的，它的传导机制是：创办、参与产业→劳动力回流→经济效益增加→家庭生活水平提高→对孩子教育、营养、生活重视→孩子幸福感提高→家长幸福感提高。

---

① 此内容将在第二十章《高校帮扶》一章节中详细阐述。

② 此内容将在第二十章《高校帮扶》一章节中详细阐述。

返乡创业是否增加了农户幸福感？[①]

朱先生大专读的专业是畜牧养殖，在外务工积累了一定的资金后于2019年返乡创业，从事生态鸡的养殖。朱先生向我们介绍他创业的过程：他先是申请了产业扶贫小额贷款，向银行借贷8万元，再加上自己务工所得10万元建设了生态鸡养殖大棚，规模1万元；然后购进鸡苗，进行生态养殖，等到鸡长到2—3斤时卖给省外的养鸡户，收益在60元/只以上。朱先生说饲养生态鸡一年可以得到收益约2万元，和外出务工相比较少，但是是自己热爱的事业，会全心全力去做并且壮大产业。询问朱先生返乡前后的幸福感对比，朱先生说："外出务工赚钱多，但是辛苦也不能陪伴家人，返乡创业后目前经济收入变少了，而且面临一部分风险，但是自己热爱这份事业，并且能够有空陪伴家人、监督孩子的学习，对比之下还是返乡创业更加幸福。"在产业扶贫的支持下，返乡创业者能够和朱先生一样申请产业小额贷款来支持初期的创业和中后期的扩建，减少了创业者面对风险的压力；并且在家陪伴家人促进了亲子关系和夫妻关系的融洽，对儿童幸福感的提升尤为重要。

（五）公共服务投资

除了上述生活性扶贫、就业教育扶贫和产业扶贫，为提高幸福感，精准扶贫还关注公共投资和公共服务。大量研究表明：义务教育、医疗卫生、生态环境和社会保障四类公共服务能显著提升个体的幸福感，甚至比收入对幸福感的影响程度更大。因此在经济发展较为落后的乡村地区，精准扶贫对公共投资的贡献显得尤为重要，只有加强改善经济社会地位处于弱势的群体的公共服务，才可能使农户有更高水平的幸福感；即通过提高公共服务供给水平和公平度，能够保障和促进农户的发展、增强农户的安全感、提高其生活品质，进而提高生活满意度和主观幸福水平，让农户有更多的幸福感。

公共服务对提高农户幸福感的意义是多方面的，表现在：第一，公共服务的提供有助于缓解收入分配不公平造成的农户的"不公平感"；第二，公

[①] 引自支晓旭对黄泥村农户朱先生的访谈，2020年8月25日，地点：贵州省麻江县黄泥村。

共服务有助于提升个体的人力资本和发展能力，例如，教育和医疗领域的公共服务是人力资本的重要决定因素，特别是对低收入群体；第三，公共服务有助于降低农户的"不安全感"，降低农户的预防性储蓄，进而通过增加当期消费提高农户的福祉水平。因此，公共服务供给水平和公平度的提升有助于提升农户个体的幸福感。

第四节　产业扶贫、父母陪伴对幸福感的影响

一　扶贫机制

产业扶贫通过留住青壮年劳动力，使山村的父母可以陪伴在孩子身边，从而提高对孩子生活、学习的关注，以此达到提升幸福感的目的。为了更深层次研究扶贫机制，我们采用了更为科学的统计学方法[①]。

我们首先针对麻江县孩子进行了主观幸福感的问卷采访，选取了"孩子性别""是否独生子女""是否寄宿""是否班干部""语数外总成绩""产业联结形式"六个变量来反映个体的主观幸福感，采用十分制评价表，1分代表最低，10分代表最高。结果显示，1332位受访孩子幸福感的均值为8.321，属于比较满意的程度。标准差为2.108，说明孩子的幸福感差异比较明显。另外，受访孩子中独生子女、班干部占比不高，语、数、外总成绩呈现出显著的差异性，标准差达到了49.439，整体成绩处于中上水平；第三，产业联结形式，其均值为3.108，标准差为1.784，表明当地产业并没有达到与农户紧密联系的程度。实际上，黄泥村的产业联结主要是通过"龙头企业＋普通农户"，以及"合作社＋普通农户"实现的，依靠土地流转租赁模式将产业发展的利益转移给农户家庭，提高其经济收入，从而对孩子的生活产生正向影响。

调研组运用OLS模型[②]分析了产业扶贫、父母陪伴与子女幸福感的关

---

① 引自调研组在麻江县的问卷调查数据。
② 基准回归过程和机制分析模型省略。

系，研究发现：产业与农村家庭的利益联结形式并不会直接影响子女幸福感。与父母同时外出相比，父亲或母亲单独外出对子女幸福感的影响并不显著，然而父母都不外出能够显著提升子女幸福感。说明家长陪伴的重要性，一个也不能缺。

进一步分析产业联结形式、父母陪伴对子女幸福感影响时，交互项结果表明，以土地入股、土地流转和自主经营这三种产业组织形式与父母陪伴并未产生调节作用。然而，父亲或母亲一方外出与打零工交互项显著，虽然父母中一方外出，但子女仍有另一方的陪伴，此外村产业发展吸纳留守的劳动力就业，增加家庭收入，促进子女幸福感提高。父母都不外出务工与打零工交互项显著，说明父母不外出务工增强了子女的陪伴效应，此外，父母通过在村产业中务工提高家庭收入，陪伴效应和收入效应增强了子女幸福感。

二 扶贫结果

精准扶贫涵盖农户的方方面面，但是真正评价其是否有效，不能仅看量化指标和数据，还要充分考虑其是否切实增加了被扶贫农户的幸福感。在家庭收入方面，相比县城，黄泥村农户的经济收入水平处于劣势，不公平感使农户产生了相对剥夺感，导致幸福感降低；在家庭关系方面，黄泥村大量劳动力的外流导致农户家庭分裂，青壮年男性劳动力频繁的外出务工阻碍了良好家庭关系的建立，从而导致家庭成员无法从家庭中得到幸福感。[1]

精准扶贫自 2013 年开始实施，惠及黄泥村老年、中年、青少年三代人。在精准扶贫实施以前，老年人以务农为主，存在大量不充分就业劳动力，世代固定在乡村土地上，以种植为一生的事业。精准扶贫后，这部分老年人有的可以在协助就业的帮扶下找到附近的工作，也可以获得公益性岗位，就业渠道拓宽[2]。同时，社会保障体系的完备保障了其生活水平和质量，表现在：

---

[1] 首先，上文分析农户生活质量与幸福感时，笔者围绕财产（包括房产和财富）、身体状况、饮食、人居环境四个部分展开，其中由于财产差异而产生的相对收入问题是对黄泥村农户幸福感影响最大的；其次，在心理健康方面，由于黄泥村大量劳动力外流，造成大量留守群体和不完整的家庭，关注社会资源维度的家庭关系显得尤为重要。因此，笔者立足相对收入和家庭关系展开分析当地农户的幸福感。

[2] 引自黄泥村书记访谈，2020 年 8 月 28 日，地点：贵州省麻江县黄泥村村委办公室。

（1）村委建设图书室和报刊室、丰富老年人的精神生活；（2）提供养老保险和医疗保险、降低医疗费用支出和健康风险；（3）提供社会支持，解决老人缺乏亲子陪伴而产生的精神心理问题，降低其孤独感。精准扶贫后，中年人通过参与技术培训和学习劳务输入扶贫政策，更能够获得高收益的工作。青年人在教育扶贫的帮助下获得更好的教育资源和教育环境。总体来看，黄泥村三代人的幸福感都呈现上升趋势，这和精准扶贫开展后农户相对收入增加、家庭关系得到改善是密不可分的。

第五节 启示与建议

一 如何提高代际幸福感

精准扶贫致力于实现山村振兴和贫困户全面稳定脱贫，最主要是要阻断贫困的代际传递问题，切实提高被扶贫农户家庭的代际幸福感。前述章节论述了劳务输出扶贫政策和产业扶贫政策对解决贫困代际问题的作用，如何将这两者充分结合来实现内生动力的挖掘和人力资本的积累，是精准扶贫能否有效提高农户家庭代际幸福感的关键。

众所周知，劳务输出扶贫政策能够实现山村家庭经济收入提高，但是要真正实现稳定增收和乡村振兴，归根结底还要依靠内生动力，从而发展黄泥村自己的产业。因此在劳务输出扶贫政策出台后，更重要的是要出台产业扶贫政策，让内生动力被充分激发，为农村当地的产业发展输入新鲜血液，以及增加儿童的父母陪伴时间和家庭教育程度，为下一代增加人力资本，以期成功阻断贫困的代际传递。

二 如何使精准扶贫更具活力

中国人的主观幸福感是否随收入增长而出现提升是关于中国幸福研究的一个重要主题。大量研究表明，中国人的主观幸福感并没有随着高速的经济增长而显著上升，因此关注精准扶贫对贫困户的幸福感的影响不能局限于收入增加，而应该从多方面多维度进行分析。在研究代际幸福感与精准扶贫的关系时，要重点关注教育、产业和公共服务三个方面，找到有效阻断代际贫困传递的方法。

首先是教育方面。黄泥村的教育扶贫应当从资金补贴向师资力量培训、孩子成长型思维培训和家庭教育培训转变，可以借鉴麻江县城镇地区开展的"六次方"活动，从教育的方法和模式上着手。

其次是产业方面。黄泥村大量劳动力外出务工，造成了黄泥村的空心化和家庭的分割，进而造成黄泥村动力不足和儿童家庭教育缺失的问题。大环境和小环境存在的问题间接降低了孩童的幸福感和心理素质，使得他们难以成才、走出大山。受限于山区的闭塞和自身的发展条件，他们只能在农村务农，这就导致了贫困的代际延续。所以解决贫困问题的方法不是向城市流动，而应该是发展农村产业，让劳动力留在农村，将知识和技能辐射到周围的其他农户及其子女，从而解决劳动力流失带来的社会问题和阻断代际贫困，提高整体农户的幸福感。因此，黄泥村要加强产业扶贫的力度，扶持更多的创业者，引进人才和技术员教导如何创办有持续生产力的产业。这方面黄泥村可以借鉴南京农业大学的扶贫思路。南京农业大学之所以选择在麻江县发展蓝莓产业，不仅是因为"麻江蓝莓"的美誉，更因为蓝莓种植是技术型，而非劳动力密集型产业，能够释放劳动力，并且其高收益性能够产生辐射效应，带动周围农户一同致富。

最后是公共服务方面。公共服务对于提高农户的幸福感有重要意义。黄泥村自主投资的公共服务仅公共厕所一个项目，水电、道路和生态保护项目都是政府投资的，村内的卫生服务站设施资源不足，并且缺乏文具店、书店等设施，亟需加大对于公共服务的投资。

因此，要切实提高农户家庭的代际幸福感、实现农户脱真贫，精准扶贫的侧重点应从单一的增加收入转化为同时关注"相对收入"和"家庭关系"两大重要指标，通过加强教育、产业，以及公共服务的投资来提高农户的生活质量和心理健康。

第三篇　经营活动

在巩固脱贫攻坚成果同乡村振兴过渡的发展阶段，黄泥村作为一个普通的欠发达山村，其经营活动在模式上表现出传统特征与现代特征相融合的特点。本篇既从微观层面总结了黄泥村农民资金往来特征与家庭收入情况，也从宏观角度介绍黄泥村产业结构调整概况及集体经营活动，并进一步地对普通欠发达山村走出贫困陷阱、发展振兴产业的路径进行了研究和总结。

第十二章 农业生产

农业是山村的基础性产业，是村民赖以生存的基础。黄泥村绝大部分家庭从事农业生产，在普通农户的家庭纯收入结构中，农业对收入有比较重要的影响。探究黄泥村农业生产的发展历史与结构特征，既是对黄泥村传统小农历史的追溯，也是对产业兴旺发展方向的思考。

第一节 历史沿革

一 麻江县农业生产概况

麻江县的主要产业是农业。县委、县政府十分重视发展农业生产，把农业和农村工作放在重要位置。通过几十年的建设，麻江县农业基础设施建设得到加强，农业内部结构得到优化，农业经济呈现蓬勃发展的良好局面。1991年后，县内执行《农业法》《农业技术推广法》和国家"八七"扶贫攻坚计划，坚持"高产优质高效"的农业发展方向，全县农业得到较大的发展。

2018年，全县完成种植蔬菜13.47万亩、精品水果9.87万亩、中药材1.56万亩、锌硒米1.5万亩、茶叶0.25万亩、烤烟0.91万亩、食用菌481亩；生猪出栏16.56万头，家禽出栏185.75万羽，禽蛋产量0.51万吨。据不完全统计，种养殖业共计带动和覆盖贫困人口3.89万人，人均增收2000元以上。同时，2018年麻江县通过大力实施农业生产奖补项目，共有建档立卡户1.1万户参与实施生产奖补项目，兑现生产奖补资金1923万元，户均增收1797元以上。[①]

[①] 麻江县年鉴编纂委员会：《麻江年鉴（2019）》，贵州人民出版社2020年版，第238页。

二 麻江县土地管理改革

麻江县土地管理在 2000 年以前主要聚焦于非耕地使用权拍卖和农村土地承包工作两大重心。1995 年，中共麻江县委、县人民政府准予集体组织对荒山、荒坡等非耕地使用权试行拍卖。1998 年 8 月，全县开展第二轮延长农村土地承包工作。同年 10 月 6 日至 7 日农村土地承包工作培训会议结束后，麻江县组织第二轮农村土地承包工作组进入杏山镇长兴村开展试点工作。根据试点经验，麻江县制发了《关于进一步稳定和完善农村土地承包关系的实施意见》，该意见规定从 1994 年 1 月 1 日起，全县耕地承包期再延长 50 年、非耕地承包使用期再延长 60 年。1999 年 2 月，中共麻江县委《关于进一步加强农业和农村工作的意见》颁布实施，进一步健全和完善土地使用机制和约束机制，以保障农民对土地的长期使用权和生产自主权；加快农村集体土地使用权的流转力度，推进土地适度集约经营。同年 3 月，县委、县人民政府对荒山、荒地、荒滩、荒水资源开发的范畴、拍卖范围及对象做出明确的规定，鼓励县内有能力的人士从事"四荒"开发。

自 2017 年起，麻江县全县农村土地确权工作已经完成了航拍、摸底调查、底图制作、外业勘界指界、公示，正在开展农户签订土地承包合同。2018 年农村集体产权制度改革试点全面启动，全县土地确权登记颁证 31980 户，顺利通过州级核查和省级验收。

第二节 黄泥村农业现状

一 农地规模

黄泥村国土面积 9.6 平方公里，耕地面积 4800 亩，其中：田 1775 亩、土 3033 亩、林地 6000.3 亩、草地 2055 亩。2017 年全村实施退耕还林 324 亩，流转土地 1214 亩种植蓝莓；2018 年流转 346 亩土地种植蓝莓；2019 年实施退耕还林 91 亩；2020 年计划流转 300 亩种植蓝莓，流转 200 亩种植烤烟，分散种植密本南瓜 91 亩，辣椒 42 亩，其他蔬菜 127 亩，黄泥组种植太子参 50 亩，大坡组种植草莓苗 25.19 亩；历年来修筑通村通组公路、集体娱乐场所、企业占地等占地 99 亩。

二 关键生产环节

以水稻种植为例，黄泥村水稻生产表现为"精耕细作"。水稻是黄泥村自古以来传统的粮食作物，熟制是一年一熟。村内水稻播种方式以育苗插秧为主，购买稻种是育秧的第一步。留种育秧的传统已经消失，村民更愿意去农业公司或是镇集贸市场买每年最新的稻种产品，从而保证更加优良的品质。值得一提的是，自 2015 年以来，网络购种开始在村内流行起来。最先是一两户家庭文化水平较高的农户进行尝试，使用之后发现网络购买的稻种更为高产与高质，随后村民便纷纷效仿网络购种。从此，黄泥村迎来网络购种的热潮。

在多黄土的黄泥村，田的质量虽高于土，但是由于土壤特性、耕地质量始终有局限性。因此，需要依赖施肥提高土地质量，实现提质增产。复合肥和尿素是主要的肥料类型，复合肥是在插秧前施用，在秧苗插入田地的根部位置，要先施用十五斤左右的复合肥，然后用土覆盖后，将秧苗插在肥料上方的土内。农家肥也有农户在施用，多是马、猪、牛等粪便，但农家肥近年来施用趋势逐渐下降。尿素用于追肥阶段，在水稻生长过程中，如果长势较慢则需要追肥，施用量大概在每株 10 斤上下。

黄泥村水稻收获后的加工处理也符合精耕细作与自给自足的小农特征。收获后村民需要在自己家院内晾晒稻谷，时间一般为 2 天。晾晒结束后，农户也不会立即将全部稻谷加工成大米，而是加工部分近期会食用的大米，余下的便装入麻袋封存，用作下一年的家庭口粮。

从黄泥村水稻种植生产环节可以看出，黄泥村农业生产具有机械化水平低、劳动力投入大、商品率低等特征，种植过程中更依赖农户自我经验而非结合科学技术，存在"看天吃饭"的现象，农业种植风险性较高。2020 年秋收期遭遇持续降雨，造成该年稻谷抢收减产，连绵阴雨，使得稻谷缺乏晾晒，存在发芽发霉风险，农户受损程度进一步增加。在此情况下，麻江县政府在南京农业大学资助下斥资 20 余万元，紧急购置了一台可移动式烘干设备，为百姓烘干稻米，解决了农户的燃眉之急。

相对于水稻，农户对玉米生产投入的劳动和时间较少。玉米在清明节前一周开始播种，播种在相对干燥的土里，播种前，也需要在播种位置施用肥料，但用量只需要 2 斤左右，然后在肥料上方垫上一层土，将几粒玉米粒也埋入这层土内，就完成了播种工作。播种以后，农户也会施用一次除草，但这次除草需要将除草粉末倒入打药机内兑水并搅拌均匀，然后村民背上打药机在田里人工喷洒除草剂。黄泥村玉米的生长期为 5 个月，且对玉米的劳动投入主要在收获后的加工阶段，收获玉米棒后农户需要将玉米粒剥离，放置在院内晾晒 2 天，避免存储时潮湿发霉，然后再装袋封存。

三 农业产业结构调整

2017 年以来，黄泥村所在的黔东南州重点实施"一减四增"产业调整战略，制定《黔东南州农业结构调整"一减四增"实施方案》，开始推进农业产业结构优化升级。麻江县根据实际情况，确定"一减四增"的内容为减少低附加值的玉米种植，重点培育增加花卉、锌硒米、蔬菜、蓝莓四大产业。黄泥村根据村内的基础情况，制定调减玉米种植面积，增加锌硒米种植比例、促进蓝莓产业发展的产业结构调整战略。黄泥村目前形成了以锌硒米和蓝莓为主，中药材、烤烟等为辅的种植结构。截至 2019 年的统计数据显示，黄泥村耕地面积 4140 亩，其中黄泥坝区主要分布在虎场组、羊方组、坝区的耕地面积 790 亩。2018 年，黄泥村累计完成蓝莓基地土地入股流转 862.76 亩，惠及农户 174 户，并示范带动谷硐镇其他村入股流转土地发展蓝莓产业 5786.849 亩，惠及农户 1595 户。目前，黄泥村蓝莓种植面积 1320 亩，规模最大的为黄泥坝区蓝莓基地，种植面积 903.11 亩[①]。

---

① 在本书产业结构一章中有详细论述。

四 产业兴旺规划

黄泥村充分利用自然地理条件,积极对接信息化发展模式,挖掘产业基础,打通对外联系,优化发展条件,走出一条有黄泥特色的产业兴旺之路。

一是打造精品支柱产业。黄泥村交通便利,区域优势明显,着力打造烟叶、粮食、林下经济、蓝莓种植四大主导产业,以实现资源优势向经济优势转变。(1)烟叶。以改种、改良、改土、改路、改水、改善烟叶生态"六改"为措施,确保每年烟叶面积不少于100亩,逐步提高烟叶产量、质量和效益。(2)粮食。根据市场需求为导向,引进优质高产品种,提高粮食产量与总量。(3)林下经济。依托谷硐专家工作站资源技术优势,引进林下养植新技术、新品种,不断发展壮大林下经济产业。(4)蓝莓。依托县农文旅公司发展平台,采取土地入股,大力发展蓝莓种植。

二是推动发展现代农业。(1)以市场信息为导向,引导农户根据市场需求改良品种。(2)加强农业科技培训,每年培训不少于5期,增强群众的"造血"功能。(3)通过合作社带动,充分发挥村脱贫攻坚合作社的龙头带头作用。四是充分发挥"土专家"、乡土人才、"六大员"作用,建立自己的专业技术人才队伍。拓展农业信息渠道。根据本村实际,因地制宜,积极拓展农业信息渠道,整合信息资源,及时提供农民上网查阅农业科技相关信息、帮助种养殖户、生产加工户发布、推介农副工、名特优产品以及宣传报道全村在脱贫攻坚中涌现出的新人好事。

三是加强农业基础设施建设,改善农业生产条件,完善农业基础设施,实现旱涝保收,提高耕地农业生产能力。按照山、水、田、林、路综合治理的要求,全村积极推广测土配方施肥技术,增加土壤有机质,提高耕地质量和产出率,搞好耕地灌溉体系配套建设,提高抗旱能力。

第三节 蓝莓产业

蓝莓产业是黄泥村的特色产业之一,经过数年的发展,如今的蓝莓产业已经初具规模,为黄泥村带来诸多效益。本小节中,重点介绍蓝莓产业的发展历史与现状。

一 麻江县蓝莓种植历史

在引种方面，2000年3月，县果品办从中国科学院南京植物研究所引进蓝浆果6个品种，1020株果苗；2002年，引进果苗8100株；2003年引进12000株，3次共计引进蓝浆果12个品种，果苗21120株。

在基地建设方面，2000年3月，在宣威镇光明村（龙崩）建蓝浆果栽培示范园10亩，2002年扩大栽培90亩，2003年扩大100亩，3次累计建成高标准栽培示范园200亩，总投资70万元（其中苗木费65万元）。2005年，在宣威镇翁保村完成蓝浆果商品生产基地建设100亩。

在苗圃建设方面，2004年5月，县果品办在长兴村主任冲湾国有苗圃地建成20亩蓝浆果育苗基地，其中，采穗圃15亩，全光照扦插圃185平方米，扦插、移植大棚576平方米。2003年攻克蓝浆果育苗技术难关，培育无性繁殖苗2000株。2004年，在苗圃内成功培育蓝浆果壮苗7个品种近3万株。当年，省下拨资金50万元，建立150亩蓝浆果快繁苗圃基地。2005年培育出标准蓝浆果苗15万株。

黄泥村于2017年引种蓝莓50亩进行试点，由于蓝莓较高的经济价值，随后2年，村合作社加快土地流转，以"公司+合作社+农户"的形式不断推广村内蓝莓种植，2019年底，村内蓝莓种植规模达1320亩。

二 蓝莓产业的经营现状

黄泥村的蓝莓产业有较高的经济价值。蓝莓种植投入量较大，但带来的经济收益也高，亩均收益在12000元，鲜果净收益亩均5000元。对于具有较高收益的蓝莓种植产业，经营主体是公司，没有一户农户参与[1]，其主要原因是蓝莓种植高风险性及技术要求较高，并且种植蓝莓的回报周期比较长，对资金的需求也比较大，只有通过规模种植才能使技术的产出最大化，如表

---

[1] 在本书产业结构一章中有详细论述。

12—1 所示。而水稻种植进入门槛低，对技术要求极小，不存在技术溢出，每一户农户都可以自主经营。

表 12—1　　　　　　　　　　　蓝莓鲜果投入成本表

投入	元/亩
土地	500
雇工及管理	6000
种苗、农药、化肥等	500

资料来源：根据黄泥村村委会统计数据而得。

南京农业大学的助力

南京农业大学及其下属经济管理学院一方面对黄泥村蓝莓种植提供技术上的智力支持；另一方面也拓展了黄泥村蓝莓产品的销路。经济管理学院致力于打造麻江蓝莓产品的销售平台，拓展销路，不仅加强本校和本院对其产品的消费，而且为麻江蓝莓产品扩大社会销售量，比如，2020 年新生报到的礼品就是麻江蓝莓汁，再如，南京农业大学外派驻村书记裴书记为麻江蓝莓汁进行直播带货。在需求扩大以前，蓝莓种植规模也较小，随着需求扩大及种植面积增加，公司在蓝莓种植上所需要的雇工也相对增加。2018 年，黄泥村蓝莓种植约 860 亩，为 35 人提供了就业机会，2020 年，黄泥村近 1400 亩的蓝莓种植地以及产业链的延长，每年提供了 300 个雇工就业机会，促使更多农户通过蓝莓产业增收。南京农业大学以及下属经济管理学院通过技术支持、增加需求，帮助农户实现脱贫增收。

三　蓝莓产业的成效与困境

黄泥村蓝莓发展以"利益链接、产业帮扶"和南京农业大学对接帮扶为主要实施举措。

黄泥村有机蓝莓种植基地采取土地入股形式对当地贫困户进行利益链

接，以"公司＋合作社＋农户"的组织形式，按"土地＋保底分红"模式实现稳定脱贫增收。具体措施为：由村脱贫攻坚合作社负责流转土地，流转期限20年，县文旅公司一次性支付农户两年（建设期）入地租金，每年800元/亩，第三年（收益期）蓝莓丰产后农户将土地租金折价入股分红，按照6∶4（县文旅公司60%、农户40%，保底500元）比例进行分红，13年经营收益期每亩至少可获得4000元分红。

2018年黄泥村参加入股贫困户共50户，户均获得2年土地租金2125元。2018年，该蓝莓基地带动当地贫困户实现就近务工35人，人均增收400元以上。该基地建设完成后，将开发种植劳务岗位，按照平均5亩需1人计算，年平均务工时间5个月，可解决173人的就近务工问题，年增加务工收入1万元以上。

目前黄泥坝区以麻江县农文旅开发投资有限公司，黄泥村生态脱贫攻坚种植农民专业合作社，以及县农业产业发展有限公司为主体，发展"蓝莓＋蜂蜜"的模式，到盛产期后，年均亩产收益为蓝莓1.2万元、蜂蜜800元，每亩收益达1.3万元以上。

尽管南京农业大学多年来不断派遣专业的技术人员到麻江县开展扶贫工作（其中经济管理学院重点对接黄泥村，为黄泥村的发展提供了强大的技术支持和产品销售渠道拓展），但是，黄泥村蓝莓产业作为新兴产业，就发展现状而言仍然存在三大问题。第一，农产品商品化不足。黄泥村种植水稻历史已久，积累了丰富的生产经验，传统的水稻种植在当地具有一定规模。2017年以来，大力发展以蓝莓种植为主的特色农业产业，通过种植示范点，带动周边农户种植，经济效益增长明显。目前，黄泥村近4140亩耕地中，锌硒米1700余亩占总耕地的41.06%，蓝莓1320亩占总耕地的31.88%。结合上述情况，黄泥村农业生产逐渐由单一的水稻种植，向水稻、蓝莓发展，且蓝莓产业发展仍处于上升期，很快蓝莓种植面积将会与水稻种植面积持平。当地的传统农业方式，品类较多，无明确的特色产业，今后将进一步发展黄泥村"公司＋合作社＋基地＋农户"经营管理模式，在蓝莓种植中推广"蓝莓＋蜂蜜"收益模式。在合作社统品种、统一管理、统一生产运营的示范带动下，黄泥村利用分散的农田，自主发展锌硒米及蓝莓的种植，实现了产业脱贫，振兴了黄泥村乡村产业。

第二，蓝莓产品开发及推广力度不足，生产标准也有待改进。黄泥村拥有优越的自然环境，蓝莓产业已逐渐成为当地的特色产业，目前以加工蓝莓和鲜食蓝莓为主的种植与销售已成为当地的主要收入。但黄泥村蓝莓产业与大部分地区的蓝莓产业模式雷同，缺乏核心竞争力，对大众消费者并无刺激，难以产生较强的认同感。"蓝莓+蜂蜜"的模式虽然对种植效益有所提升，但无论是蓝莓还是蜂蜜并未向第二、第三产业延伸。黄泥村未来可进一步挖掘当地文化特色，通过蓝莓的加工逐渐将蓝莓的产业链延伸，丰富蓝莓产品种类，逐步发展休闲农业，提高产业附加值。

第三，贫困农户自主造血能力不足。贫困户大都是因病致贫，且年纪较大，导致其对新事物、新理念、新技术的接受能力较差。此外，受自然灾害、销售渠道、价格等不确定因素的影响，部分农户对发展蓝莓种植以实现产业脱贫的信心不足，害怕承担风险，主动性不强。基于此，黄泥村实现全面脱贫需加强村集体等组织的示范带动作用，并通过专项资金优先帮扶等措施，降低其发展蓝莓产业的风险，提高生产积极性。

"大"教授与"小"农户的思维碰撞[①]

2019年夏天，南京农业大学的几位教授前往麻江县实地调研，与当地百姓探讨产业发展的模式，在座谈会上，出现了下面一幕。

教授："麻江县在农业生产上可以借鉴江苏农村的经验，可以拿资金在乡村建集体经济、吸引贫困户去参与，而不是直接发慰问金。授人以渔嘛，让农户在专业指导下学到技术，也参与到蓝莓、红蒜这些扶贫项目上来，留住农村劳动力。"

农户："我们是没有这些远见的，钱到钱包里越快越好。参与集体经济还要土地流转，一年才能拿到分红，风险又大，万一公司开到一半不种了，地荒废了，东西卖不出去了，就没得钱拿了嘛。"

教授："农户和集体是签合同的，农户负责种植，按一年的收成给红利，风险大多数是集体承担。我自己也有十亩桃园，雇佣两三个农

---

① 引自黄泥村书记访谈，2020年8月28日，贵州省麻江县黄泥村村委办公室。

户，一年工资1万元。这种模式你们能接受吗？"

农户："我们这里一般都是临时雇佣，一天10小时70块钱，当天付工资。你那种模式还是不能有保障，周期太长了，还是有风险。"

教授："风险都是集体的公司在承担，基础设施和苗子都是公司的，你们只要帮忙种植就可以了。"

农户："一个公司可以亏得起那么多钱和那几十亩土地，但是我一个农民就靠着那两亩地和我一天几十块钱的工资来生存，我没有每天的工资，就没有生活来源了，我怎么生活。所以我们都是干一天拿一天。"

教授："如果蓝莓这个产业不这样做，只会越做越窄。未来蓝莓的采摘如果不能实现机械化，那么一种就是增加劳动成本，一种就是提高蓝莓价格。质量好的果子，人工成本都在60%以上，这些工资公司要拿利润去衡量，所以只能一年支付而不能每天支付。那么刚刚讨论下来这就是行不通的，你们有没有想过自己去种苗。"

农户："自己种苗没有销售渠道，卖不出去，烂在地里自己也吃不掉。"

教授："可以借鉴种桃子的经验，你们农户要是一起种蓝莓，人数比较多就可以组成合作社，发展电商。但是组建合作社，你们首先要考虑的是品种问题，品种的搭配要注意早、中、晚熟，尽量拉长采摘期。然后可以开微店售卖，但是品质一定要做好。所以要想产业做大，尤其要靠合作社、靠一批年轻人，可以找几个大专毕业的、有点儿小资本的一起做。只满足于一天70块钱，是能够支持你今天过日子舒心，但是70块钱一天能拿多少年呢？要想真正改善生活，还是得靠产业发展。"

上面的对话十分精彩，生动展示出教授与农户间的思维碰撞。在一次次的对话过程中，教授的理论与农户的经验相结合，逐步探索出发展产业的合理模式，也体现了智力扶贫的重要作用。

第四节　锌硒米产业

锌硒米作为黄泥村的重要产业之一，种植规模最大。本节中，重点介绍黄泥村锌硒米产业的发展现状，并对锌硒米种植基地作详细介绍。

一　种植基地

（一）发展现状及建设内容

第一，黄泥村按照高标准农田建设要求，建设了包括耕地地力保护，灌溉渠道、排水沟、田间灌溉等农田水利设施，对田间道路、农田防护林网、农用输配电等农田配套设施进行了完善和提档升级，从而为良种良法配套、农机农艺融合、肥料统测统供统施、病虫草害统防统施等集成技术普及应用，以及规模化经营创造条件，综合提升基地生产能力。

第二，开展试验、示范研究及新品种、引进新技术、开发和推广，重点推广水稻良种为"宁梗8号"、"宜香优Ⅱ2115"、"隆两优黄莉占"、"隆两优华占"四个品种，主推"宁梗8号"、"宜香优Ⅱ2115"，通过政府采购程序进行发放，切实做到"五统一，两结合"[①]。

第三，搞好绿色综合防控技术指导，根据"预防为主、综合防治"的植保方针，指导全县优质锌硒米产业走生态调控（重点采取推广抗病虫品种）、物理防治（积极推广、应用理化诱控技术）、生物防治（重点推广稻、鱼、鸭共生等技术的示范推广力度）、科学、合理、安全使用农药（推广高效、低毒、低残留农药，优化集成农药的轮换使用、交替使用、精准使用和安全使用）的道路，把锌硒优质米产业生产标准化，农产品质量安全化。

第四，配套建设试验示范基地、农机农资中心、轮作共作示范基地等项目，增强黄泥村优质锌硒米生产，麻江县2万亩稻米产业的辐射带动能力，并强化稻米生产、农机等社会化服务，提高经济效益。

（二）对低收入户的影响

锌硒米种植基地的建设，在基础设施水平上实现了很大提升。低收入户有更好的劳作环境与技术条件，同时在制度上有了更多的补助与保障，极大

[①] 统一品种、统一集中育苗、统一配方肥、统一栽培技术模式、统一绿色综合防控；技术与企业相结合、农艺与农机相结合。

提高了低收入参与产业建设的积极性，同时也提高了低收入户收入水平，改善了低收入户生活质量。另外，建设种植基地，能够聚合生产资源，弥补低收入户在生产工具、技术等方面的资源不足，促进低收入生产水平提升，从而更加满足产业发展的要求，反向推动产业发展，形成良性循环。

第五节　产业扶贫与子女教育的关系初探

一　产业扶贫的挤出效应

通过以产权为纽带将企业与农户联结起来的产业所对应的，是通过以市场为纽带将企业和农户联结起来的产业。这类产业不仅无法产生教育溢出，而且会产生挤出效应。黄泥村所发展的蓝莓产业对教育就产生了挤出效应[①]。

蓝莓由于是多年生的经济作物，正如上文所述，不仅投入较大，而且生长周期长，带来的风险也相对较高。同时蓝莓种植对技术要求也相对较高，技术投入型的作物能通过大规模种植减少技术成本，实现规模效益，因此，要发展蓝莓产业，需要技术提供、资金支持、风险预防等多方面要求。进行公司的经营方式更能满足这些条件，因此，在黄泥村"公司＋合作社＋农户"模式中，农户的角色是提供土地，公司通过合作社将土地整合，实现蓝莓规模化种植，普通农户并不参与蓝莓种植[②]。对于农户而言，蓝莓种植对他们的就业并没有太大吸引，也很少能因为蓝莓种植而返乡务工创业，并且部分农户家庭土地流转后，解放了家庭劳动力，反而促进了农户外出务工，从而导致对子女陪伴的减少，形成了青壮年劳动力的挤出。

二　产业扶贫的教育溢出

麻江县产业扶贫的教育溢出，表现在劳动密集型产业吸引外出务工人员

[①] 这里可理解成部分的产业通过流转农户土地等方式进行发展，促使农户外出务工。
[②] 在本书产业结构一章中有详细论述。

返乡创业，产生对孩子的陪伴效应[①]。任远（2017）界定这种劳动力回流为主动回流，即家庭中有留守人员，例如老人、孩子等时，会产生劳动力主动回流的动力[②]，而产业扶贫提供收入机会等外部因素同样会促进劳动力主动回流。而从子女角度看，劳动力回流会增加父母对子女的陪伴。

笔者通过实地调研发现一例现实证据——新场村的红蒜产业。红蒜产业还未发展时的新场村[③]农户普遍通过外出打工获得更高的收益来满足家庭需求。2017年，借助当地特色的红蒜种植业，依托麻江县政府以及南京农业大学等社会资源，新场村以红蒜种植为基础，通过"公司+合作社+农户"的方式将其产业化发展，并由此延伸产业链。红蒜种植不需要复杂技术和雄厚资本，农户在上述方式中所发挥的作用就是分散种植，定点公司解决了销路和基本技术指导问题，农户依托合作社扩大种植面积，能促进农户增产增收。这样的主导产业可以吸引外出务工人员回家创业，进行较大规模的红蒜种植。

父母回家就业创业，最直观的影响就是极大增加了对子女的陪伴效应，陪伴增多，对子女教育有了更多关注，教育水平也能有所提高。通过陪伴效应的中介，传递的结果就是紧密联系型产业带来的教育溢出。因此，该类产业发展对农村人力资本的促进是极其有效的。

[①] 这里理解成，父母增加对子女的陪伴时间与关心程度。
[②] 任远、施闻：《农村外出劳动力回流迁移的影响因素和回流效应》，《人口研究》2017年第2期。
[③] 该村是麻江县的一个行政村，是课题组选取的用以对比黄泥村的对照村。

第十三章　产业结构

在脱贫攻坚向乡村振兴的过渡时期，推进农业产业结构调整，是巩固脱贫攻坚成果的重要举措，也是打好乡村产业振兴攻坚战和持久战的重要前提，但是，贫困地区复杂的环境使得实际的产业结构调整工作面临较多困难。在实际的产业结构调整中，贫困地区复杂的环境造成了很多的困难。张国建（2019）指出，部分的产业扶贫项目仍沿用过去农村帮扶的旧方式，政府主导的产业扶贫项目大多流于形式，缺乏可持续发展的空间，难以有效推动贫困地区的农民增收[④]。尹志超（2020）提出，产业扶贫的资源被错误地分配给非贫困群体，真正贫困的群体却难以享受到产业扶贫带来的红利，即使在初期被确立为产业扶贫的帮扶对象，也会因难以获得扶贫贷款的支持等人为因素，使得产业扶贫的脱贫效果难以体现[⑤]。因此，贫困地区的产业结构调整面临的问题更为复杂，实现良好的产业扶贫效果难度也更大。

长期以来，农业一直是黄泥村的基础性产业，村里绝大部分的家庭参与农业种植生产，但是，随着道路等基础设施进一步完善之后，黄泥村出现大量劳动力外流的现象，外出务工比例达到50%以上。农业产业参与主体发生重大改变，外界环境同时也在发生着急剧变化，黄泥村的农业产业走到革新的路口。

第一节　产业结构调整与农户生产结构改变

从宏观角度上来看，黄泥村的农业产业结构调整取得了显著的成果，带

[④] 张国建等：《扶贫改革试验区的经济增长效应及政策有效性评估》，《中国工业经济》2019年第8期。
[⑤] 尹志超等：《"为有源头活水来"：精准扶贫对农户信贷的影响》，《管理世界》2020年第2期。

动了村内的经济发展，提升了村民的收入水平，也为黄泥村取得脱贫攻坚的胜利做出巨大贡献。但是，从微观角度上看，黄泥村的产业结构调整对带动农户改变生产结构发挥的作用比较微弱。村内绝大部分村民，仍旧延续传统的生产结构。农户生产结构的调整，是学界研究农村贫困，探索扶贫方式的重点。吴海涛（2009）认为，由于有限的生计资本导致农户缺乏多样化的谋生手段，生产结构单一，最终导致了农户贫困，因此，调整农户生产结构是解决其贫困的重要方法[①]。徐鹏（2008）也指出，典型的农业户主要依赖自然资源进行生产结构安排，农业兼业户多样化经营有助于实现生计多样化[②]。产业扶贫正是给予农户生产结构走向多样化的契机。

黄泥村引进蓝莓产业后，农户将自有耕地部分流转，减少了一部分需要投入在土地生产上的压力。但是，农户在剩余的、未进行流转的土地上，并未选择调整生产结构。农户的主要种植作物仍然是玉米和水稻，很少选择种植蓝莓。村内更未出现蓝莓的种植大户。黄泥村的蓝莓企业在流转的土地上产生规模的企业效益，并将其大部分回流企业，仅是附加效益流动到黄泥村（例如缴纳的土地租金，雇佣工人的费用）。

从发展的角度看，黄泥村的产业结构调整，带来的只是企业收益的提高，农户的相对收益不变[③]。更为关键的是，产业结构调整没有实现改变农户的传统种植习惯，提升生产效率的目标，难以固化产业扶贫成果。

第二节 黄泥村农业产业结构调整概况

一 调整背景

在进行产业结构调整之前，黄泥村的种植业以玉米和水稻的种植为主，

[①] 吴海涛、陈玉萍：《农户收入及其结构分析》，《经营管理者》2009年第4期。
[②] 徐鹏等：《农户可持续生计资产的整合与应用研究——基于西部10县（区）农户可持续生计资产状况的实证分析》，《农村经济》2008年第12期。
[③] 土地租金在相当一段时间内是固定的。

小规模的烤烟种植为辅。但玉米作为低效作物，带来的经济效益不明显，无法满足产业兴旺的基本条件，原因有三：一是玉米种植资源有限，且缺乏抗病虫害、抗倒伏、抗旱抗寒等抗逆性的玉米品种，因此，玉米产业的产出不稳定，质量、产量市场竞争力不高，商品性低，产业效益不理想。二是玉米产业的附加值低。玉米自身特质决定其附加值有限，包括酿造、制药、食用等在内的企业对于玉米的需求量很低，不足以带动效益大幅增长。在附加生产中，玉米可以生产制造的附加产品也仅是酒精、氨基酸等附加产品，效益也十分有限。三是黄泥村的玉米产业化水平低。受地理等自然因素影响，玉米产业难以形成规模种植，无法引进使用农业生产器械，就连麻江县也尚未形成专业的产业合作社，社会服务体系严重匮乏，生产和销售两端都不足以构成带动玉米产业发展的要素。

二 调整方案及现况

2017年以来，黄泥村所在的黔东南州重点实施"一减四增"产业调整战略，制定了《黔东南州农业结构调整"一减四增"实施方案》，开始推进农业产业结构优化升级。麻江县根据实际情况，确定"一减四增"的内容为，减少低附加值的玉米种植，重点培育增加花卉、锌硒米、蔬菜、蓝莓四大产业。黄泥村根据村内的基础情况，制定调减玉米种植面积，增加锌硒米种植比例、促进蓝莓产业发展的产业结构调整战略。

有机蓝莓产业是全县产业结构布局调整的农业产业之一。2017年，黄泥村引入蓝莓种植，由县政府主要牵头，村委会协助配合发展有机蓝莓产业，建立了一小批蓝莓种植园作为示范园。第一批蓝莓成熟后，其较高的经济价值，让当地政府决定将蓝莓发展为黄泥村的主导产业。

黄泥村有机蓝莓种植基地采取土地入股的形式与当地贫困户链接利益，以"企业+合作社+农户"的组织形式，按"土地+保底分红"模式实现稳定脱贫增收，由村脱贫攻坚合作社负责流转土地，流转期限为20年，麻江县农文旅开发投资有限公司一次性支付农户2年（建设期）土地租金，每年800元/亩。

黄泥村目前形成了以锌硒米和蓝莓为主，中药材、烤烟等为辅的种植结构。2018年，黄泥村累计完成蓝莓基地土地入股流转862.76亩，惠及农户174户，并示范带动谷硐镇其他村入股流转土地发展蓝莓产业5786.849亩，惠及农户1595户。目前，黄泥村蓝莓种植面积1320亩。规模最大的为黄泥坝区蓝莓基地，种植面积903.11亩，如表13—1所示。

表13—1　　　　　　　　　　黄泥村主要种植作物及规模

种植内容	规模
锌硒米	1700余亩
蓝莓	1300余亩
中药材	200余亩
烤烟	105余亩
蔬菜	50余亩
草莓（草莓育苗）	50余亩
葡萄	40余亩

资料来源：根据对黄泥村村书记的访谈整理而得。

第三节　农户生产结构调整困境

农户是生产结构调整的主体，是主要决策者和具体实施者。受学界普遍认可的是，追求利润是农民维持生计、进行农业生产调整的初衷这指出了农户进行生产结构调整的核心原因，除此以外，学界内的讨论也补充了很多其他原因。余志刚（2018）提出农户个体特征、家庭经营特征等对农户种植结构调整意愿有一定影响[1]。刘莹（2010）提出农户对各目标的重视程度依次为利润最大化、减少家庭劳动力投入和规避风险，而以农业为主的农户更加偏重利润和风险目标[2]。刘军强（2017）从政府角度考察了其参与产业结构调整

---

[1] 余志刚、张靓：《农户种植结构调整意愿与行为差异——基于黑龙江省341个玉米种植农户的调查》，《L高校学报（社会科学版）》2018年第4期。

[2] 刘莹、黄季焜：《农户多目标种植决策模型与目标权重的估计》，《经济研究》2010年第1期。

的机制，揭示了政府参与低效的原因[①]。本节基于农户角度，从农户特征、外部环境以及政府行为三个维度，探索农户缺乏生产结构调整动力、外部环境影响农户考察新产业进入、政府行为的干预效果对农户有限等三个方面的原因。

一　农户的技术可获性

玉米、水稻等传统作物种植技艺代代相传，已经熟练掌握。对于黄泥村本地农民来讲，玉米种植是再熟悉不过的农业生产技艺，因此，农民在玉米种植上经验丰富。另外，对于农民来讲，种植玉米投入的时间相对较少，有其他时间进行非农劳作，获取其他收入来源作生活补充，更加适合当地百姓的生活习惯与需求。而且，玉米对于环境条件和管理维护的要求低，易于种植，降低了农户承担的种植风险，更易于被农户所接受，例如，在黄泥村所在的山区，鸟类啃噬是损害作物的主要来源。玉米相比其他植物更容易避免鸟类的损害，与此相反，蓝莓的种植需要更复杂的养护生产体系，对于种植技术要求更高。黄泥村虽然引入了蓝莓产业，但是技术支持力度与学习技术的基础都不算理想。

黄泥村的产业发展缺乏足够的技术支撑环境，主要有以下两个理由：

一是村集体专业合作社是黄泥村接受技术支持的关键渠道，但黄泥村的村集体专业合作社的主要组织者是村委班子，既缺乏资金支持，又缺乏专业技术人员指导。虽然种植大户一般能够掌握关键种植技术，但麻江县普遍缺乏种植大户。针对麻江县 12 个村的调查统计发现[②]，各村内鲜有种植大户，12 村中，仅有 1 家柑橘种植大户，因此，种植大户的"技术领头羊"的作用，在黄泥村不存在。

二是专业技术工作站或者技术人员进村也是黄泥村获得技术支持的重要方法，但是，黄泥村目前尚未有技术工作站。虽然南京农业大学定点扶贫麻

[①] 刘军强等：《积极的惰性——基层政府产业结构调整的运作机制分析》，《社会学研究》2017 年第 5 期。

[②] 麻江县产业与教育扶贫调研组于 2020 年 8 月在麻江县 12 村调研的结果。

江县后引进了一定技术要素,但是,迫于当地资源与环境条件的约束,南京农业大学提出的不少措施建议都缺乏实施的条件,技术禀赋仍然相对不足。

另外,黄泥村的劳动力素质不高也增加了技术学习的难度。由于青壮年劳动力外流,黄泥村的农业劳动力整体呈现出这样的特征:老龄化、文化程度低、亩均劳动力匮乏[①]。黄泥村的农村青壮年劳动力外流情况严重,进行耕地种植的大多是祖父辈,鲜有青壮年参与农业劳动,因此年龄结构上老龄化问题比较明显。也正因如此,这些劳动力迫于当时经济发展与教育普及等因素,受教育程度十分受限,大多也仅是小学文化水平。同时,祖父辈中祖父或者祖母已经去世的情况也普遍存在,因此在家中参与耕地劳作的劳动力数量非常受限。

黄泥村的劳动力特征不利于村民接受新产业,主要有以下几个方面的原因:

一是老龄化造成劳动力质量下滑,参与劳动生产时,相同工时下完成度低,劳作效率折损。在进行农户生产结构调整时,老龄化的劳动力结构会缩减可选择的范围,并且较大程度上,无法满足产业对于劳动力的要求标准,这对于劳动力密集型产业进入是有阻止效应的。

二是较低的文化程度不利于黄泥村的村民接受复杂的蓝莓种植体系。对于黄泥村的农民来讲,面对复杂的蓝莓生产体系,他们的参与、管理等能力会表现出显著不足,生产收益因此也不稳定,甚至会造成经营的亏损。另外,受传统观念的影响,黄泥村的农民在进行生产结构调整时容易表现出主观能动性低下的特点。由于强烈的小农意识对于新型农村经济理解不足,因此当地农户更倾向于采取保守的做法以规避潜在风险。

三是受黄泥村的亩均劳动力匮乏的影响,无法满足蓝莓产业的劳动力需求。由于黄泥村对外流青壮年劳动力回流的激励比较缺乏,加之在外非农务工相比于农业劳作收益更多,生活质量改善地更加明显,因此,黄泥村的绝大部分青壮年劳动力更倾向于外出务工,而不是选择回家种植蓝莓。

---

① 根据麻江县产业与教育扶贫调研组于2020年8月在麻江县12村调研的数据,黄泥村平均年龄为47岁。60岁及以上占比11%,50—60岁占比19%,40—50岁占比57%,40岁以下占比13%。平均受教育年限为4年,处于小学文化水平。亩均劳动力1.54人。

二 农户的风险偏好与时间偏好

黄泥村的村民缺乏参与市场的经验，这反而巩固了他们自食自用的生产习惯，同时也难以提升对种植蓝莓的收益的期待。黄泥村的农民种植玉米更多为自家食用或者饲养牲畜，无需承担销售风险，而且可以补充生活资料，相对来说更加稳定。

同时，种植蓝莓的投资成本与回报周期也高于黄泥村农户的风险承受力。蓝莓的种植成本高，每亩可种植蓝莓300株左右，每株幼苗约为30元钱，此外还有土壤改良费用、管理费用等，而且，蓝莓在基期种植后，需5年左右的时间才能收回成本，回报周期过长。以上对于黄泥村的百姓来说，风险过高，因此他们更趋向于保持原有的种植习惯。

我不想平稳的生活被打破

受访的王先生[①]在黄泥村的村委会工作，当我们问到黄泥村种植的作物大都效益较低，有没有考虑过改成高附加值产业时，王先生摇了摇头说："当然有考虑过呀，但是你了解，老百姓对这个很抵触的！他现在生活得好好的，你叫他去种一个新奇的东西，他怕，他怕卖不出去，没收入他拿什么来养家？但是如果种玉米的话，可以自己吃啊，也可以喂牲畜。家里养上一只猪和十几只鸡，它们吃的饲料都是自己家里种的玉米。要是种蓝莓的话，先不管能不能学会，就算是学会了、种出来了，也不一定能卖出去啊。你看看现在，卖个东西这么复杂，根本就学不会嘛。要是到时候果子都砸在自己手里了，和谁去说理嘛。不如种玉米，收成好坏都是自己的，不用愁着卖，省心还稳定。另外，蓝莓这种果子，我们自己根本种不起嘛！一亩地光是买苗也得将近八九千块钱，再加上种这果子肯定一亩地不行，最起码得个二三十亩吧，这些租地的钱也还得有个一万多块钱，这还不算什么化肥啊，设备啊啥的，这都加

---

① 引自李欣对黄泥村农户王某的访谈，2020年8月25日，贵州省麻江县黄泥村。

吧加吧一共得有个好几万。再说，种蓝莓也不是立马就能回本，还得个好几年，我们既拿不出钱来，也不敢赌这件事儿啊！万一最后失败了，这砸进去的钱可不算是个小数目。"

在我们问起有没有请专家来看过时，王先生回答道："有的，怎么没有啊，请的是知名专家，人家说得确实挺有道理的，但是虽然他是专家，老百姓不一定听他的话，他们当然知道专家更有文化，但是大部分农民的观念不是那么容易扭转过来的，他们更愿意相信自己这么多年的生活经验，而且专家说的那些技术呀、劳动力呀，在他们看来是很不实际的，他们不想担风险。"

三　公共投资与基础建设

黄泥村缺乏公共投资，对农民的外部激励不是很强。为了更好地衡量黄泥村的公共投资水平，调研组以黄泥村所在的麻江县为对象，进行数据分析[①]。分析结果显示，麻江县的固定资产投资额仍然表现出显著不足的特点。黄泥村缺乏公共投资，主要引起以下几个方面的问题：

一是制约了村集体经济与村合作社发展，也降低了村委班子工作的积极性，农户受此影响，对蓝莓产业的认可也有所保留。约80%的村支书或者村负责人表示缺乏资金是制约村集体经济和村集体专业合作社发展的最主要的原因[②]。而村集体经济以及村集体专业合作社发展的受限，也降低了农户对于蓝莓的种植期待。当然，除此之外，制约黄泥村的村集体经济与合作社发展的因素也包括村干部自身的因素，主要表现为村干部的个人利益与合作社的收益关联不大，缺乏相关的激励作用，同时村干部文化水平也有限。各类因素综合起来，降低了农户对蓝莓产业的期待。

二是缺乏公共投资导致农业基础设施建设有少许落后。目前来看，黄

---

① 根据《2017年黔东南州统计年鉴》数据，麻江县的资本投资目前处于良好上升状态，但横向比较后，仍呈现显著不足的特点。2018年，麻江县全年500万元以上固定资产投资增长19.8%，全年招商引资到位资金18.89亿元。和之前的数据，在固定资产投资与招商引资方面，取得了很显著的进步与成就。2017年，麻江500万以上固定资产完成额216300万元，在黔东南州16个市县中，处于倒数第二名的位置。

② 麻江县产业与教育扶贫调研组于2020年8月在麻江县12村调研的结果。

泥村的农业基础设施建设仍处于初级阶段。除道路建设比较完善以外，包括农田水利灌溉、农村电力、农村生态保护体系等方面的基础设施建设仍然不足，加之黄泥村自然条件不理想，也增加了建设难度，基础建设短板更加突出。由于外部措施的保障不足，农户更加缺乏种植蓝莓的信心和动力。

四 耕地细碎化与规模经济

黄泥村的农户自有耕地面积狭小，难以形成规模经济。黄泥村家庭拥有的耕地类型大多呈现碎片化，不利于连片集中种植。黄泥村耕地结构呈现出的特点是：碎片化引起耕地面积小而分散，且农户人均耕地面积狭小。麻江县以侵蚀构造地貌为主，农用耕地面积共计31.33万亩，500亩以上的坝区共计2.2万亩，仅占农用耕地面积的7%[1]。农户平均自有耕地面积为2.18亩，总样本270户，种植面积低于2亩的共计172户，占比64%[2]。

大片区农用耕地面积缺乏与当地喀斯特地貌有密切关系。侵蚀构造的地貌难以形成大面积连片的农用耕作区。除了地形地貌的因素以外，碎片化也扩大了耕地分散效应。耕地内产生了过多的田埂作为界限，田埂的面积占据可用的耕地面积，进一步减损了农户自有的耕地面积。其阻碍农户选择种植蓝莓的影响主要体现在以下几个方面：

一是耕地碎片化将会直接造成耕地损失，而种植蓝莓想要获得理想收益，需要连片规模化。郧宛琪（2015）提出，因为耕地的碎片化，将会直接导致损失耕地3%—10%，每吨谷物成本增加115元，生产效率下降15%[3]。黄泥村的情况正是如此，零零碎碎的土地特征让农户对选择种植蓝莓望而却步。

二是难以实现农业生产机械化。如果种植蓝莓的各个流程全部依靠人力的话，将大大增加生产成本，降低产业收益。黄泥村耕地碎片化、地势起伏大、农业耕地主要分布在河谷倾斜地带的特点，都不利于实现机械化。

三是高度碎片化增加了对黄泥村农户进行政策干预的难度。农户拥

---

[1] 麻江县年鉴编纂委员会：《麻江年鉴（2016）》，德宏民族出版社2017年版，第101页。
[2] 麻江县产业与教育扶贫调研组于2020年8月在麻江县12村调研的结果。
[3] 郧宛琪等：《解决土地碎片化的制度框架设计》，《地域研究与开发》2015年第4期。

有的土地难以形成规模，且分布分散，增加了地界纠纷的可能性。余艳锋（2017）在进行土地流转分析时认为，碎片化的事实一定程度上影响农户认知，使得地界纠纷可能性增加[①]。在实施集中土地流转等政策时，难度增加。如有不当，也极易引起农户与政府间的纠纷矛盾。在之后我们讨论麻江县采取调减作物政策时遇到的问题部分，也会提及此处。

五 政府引导及相关建议

麻江县落实《黔东南州农业结构调整"一减四增"实施方案》，在县一级形成了全力推进产业结构调整的制度体系，也出台了系列的促进农户生产结构调整的措施。但是，在政府引导下，黄泥村虽然取得了不小的成效，却仍然存在着一些问题，总体干预效果是有限的。主要表现为农户的抵触情绪依旧比较严重。黄泥村面对农户抵触情绪，也推行了一系列工作方法，如调派村里的干部深入农户，帮助农户做成本与效益的分析等，但收效并不是十分理想。主要有以下几个方面原因：

一是政策鼓励性不够强，农户获得奖补的难度比较大。目前，从麻江县的农业生产奖补方案来看，对于家庭奖补的条件是，每户农业产业收入在5000元以上的，兑现生产奖补资金2000元/户；产业收入在1000元—5000元的，兑现生产奖补资金以2000元为基数按比例予以兑现。虽然奖补的金额不低，但是对于黄泥村农户种植蓝莓来说，门槛较高。因为从种植第一批蓝莓，到取得产业收益，需要5年左右的时间，蓝莓的回报周期过长，降低了奖补对于农户个人的吸引。另外，该方案对于村集体或农民专业合作社的奖补条件是：集中连片种植面积100亩至200亩，每亩奖补150元，最高奖补3万元；集中连片种植面积200亩（含200亩）以上，每亩奖补200元，最高奖补5万元。虽然奖补力度非常大，但是从黄泥村的自然条件来看，耕地碎片化，以及农户的抵触情绪，增加了实现集中连片种植的难度。

二是村委的工作激励不够大。黄泥村的村委收入并不不高，相对于外出

---

① 余艳锋、彭柳林：《江西省耕地集中连片规模经营难题破解的对策思考》，《农业经济与管理》2017年第3期。

务工有较大差距。加大对于村委领导班子补助力度，调动提高积极性，使其有更充足的动力做好领头榜样，从整顿村风村气等其他方面出发，教育农户提高思想认知，降低其抵触性，进而获得政策认同，间接推动农户实现生产结构调整。

三是缺乏市场保护，农户个人承担的风险比较大。一般来说，农户通常选择保守姿态以规避市场风险，主要是因为对于市场概念理解不够深入。若想解决此问题，政府可以通过尽可能地提供给黄泥村农户种植蓝莓更多的市场保护，降低其所需要承担的风险，给他们吃下"定心丸"。例如，通过设定销售回收额度，降低农户在销售端承担的压力。提供常驻技术人员进行技术指导，降低农户在生产端承担的压力，从而缓解农户的抵触情绪。

四是黄泥村缺乏对于青壮年劳动力回流的激励。目前，黄泥村劳动力结构为上文所分析，整体质量不高。推进农户生产结构调整时，不能忽视对于青壮劳动力回流的关注。当前，黄泥村以及麻江县尚未有成文规定，以吸引青壮劳动力回流。因此，需要进一步地推出措施，优化劳动力结构。主要有以下几个方面的好处：

首先是便于提升农户端政策接受度。前文所述，有部分农户具有抵触情绪，与其认知与智识水平有密切关系。通过青壮劳动力回流，更改家庭种植经营决策方。对于青壮年轻人来说，学习能力更强，更易于接受新型观念引导。从而进一步引导家庭更改经营决策，黄泥村实现农户生产结构调整。

其次是提升生产效率，有利于调整后的家庭生产进入稳定期，从而也降低农户承担的风险。青壮劳动力学习能力强，对于较为复杂的蓝莓种植体系，具有更高的接受能力，有利于促进家庭种植内容间替换的平稳过渡。青壮劳动力生产效率高，也助于尽快取得蓝莓收益，推进其进入平稳发展期。

最后是有助于开展新型职业农民培育工作，推动新时期农村农民的更新换代。新型职业农民是新时期农村发展的必然需求，要良好推进这一工作，对于受培育的农民要求比较高。如前文所述，青壮年劳动力易于接受新型观念的引导，有更强的学习能力与接受能力。更加有助于新型职业农民的培育，进而进一步助力产业兴旺。

但是，关于黄泥村在吸引青壮劳动力回流时，面临激励成本较高的问题，建议如下：第一，应灵活考虑相应措施。一般情况下，青壮年劳动力在外务工收入较高。本地农业劳作一般难以取得这样的收入。因此，黄泥村吸引优质劳动力回流时，需要提供相同甚至更高的收入预期，这是有难度的。黄泥村在保证财政稳定的基础上，需要灵活考虑，从其他方面进行吸引青壮年劳动力。第二，需要及时落实新型职业农民培育配套政策。结合黄泥村农业产业结构调整的战略方针，制定相应新型职业农民培育方法体系，给予青壮年更高的可持续发展预期，提供动力吸引其回流。

第十四章　资金往来

典型的资金往来包括两个部分：信贷和人情开支。在黄泥村，信贷（包括金融机构信贷和民间信贷）经过漫长和曲折的发展形成了一套完整成熟的体系，并在国家扶贫方针[①]的基础上推出了很多惠民政策[②]，切实改善了农户"借贷难"的困境、满足了借贷需求；另外，人情开支也是资金往来的一个重要部分，在一定程度上为民间信贷提供了隐性担保，并起到了非正式保险[③]的作用，具有情感性和工具性两大特点[④]。本章将对黄泥村的信贷和人情开支进行详细阐述。

第一节　信贷体系

村庄是微型的社会，社会的良好运转离不开完善的信贷体系，因此乡村信贷体系的发展尤为重要。乡村农户借贷金额少而零散，商业银行难以从中获得利润，逐渐撤出农村金融领域，导致农村农户陷入"借贷难"的困境。为解决这一困境、方便农户借贷，各村开始创办农村信用合作社，构成乡村信贷体系中重要的一环。

[①]《关于创新发展扶贫小额信贷的指导意见》（国开办发〔2014〕78 号）。

[②]《关于全面做好金融服务推进精准扶贫的实施意见》（黔党办发〔2015〕40 号）；《贵州省"脱贫成效巩固提升 e 贷"实施意见》（黔扶通〔2020〕8 号）。

[③] Jain Prachi, "Imperfect monitoring and informal insurance: The role of social ties" *Journal of Economic Behavior and Organization*, Vol. 180, September 2020.

[④] 王晓全等:《非正式保险制度与农户风险分担建模与政策含义——来自 CFPS 数据的实证研究》，《经济科学》2016 年第 6 期。

一　金融机构信贷体系

黄泥村内没有独立完整的金融机构，其信贷服务是县城信贷机构的延伸。距离黄泥村车程20分钟的县城有中国建设银行麻江分行、中国农业银行麻江县支行、中国工商银行麻江县支行3家银行，还有11个农村信用合作社和2个保险机构，其中开办了信贷服务的有3家银行和11家农村信用合作社。信用社中最为黄泥村农户熟悉的是贵州麻江农村商业银行（简称贵州农信）。

贵州农信在网络上有官方网站，农户可以在官网直接存取款，也可以预约开户、智能收单、购买理财服务、办理信合合医卡[①]等。贵州农信还提供了"蒲公英"金融服务，定期给农户做宣传、防诈骗，为农户提供监督渠道和投诉渠道。特别值得注意的是，贵州农信在每个村内都有一个"村村通金融便民服务点"，通常是设在超市、便利店等公共场所，提供取款、查询、转账等业务。

在黄泥村，贵州农信便民服务点就设在村内的一家小型超市里，如图14—1所示。超市的所有者是服务点的管片负责人，负责整村农户的存取款需求，按照农户存钱的交易量和总金额收取服务费。只有当一个月的交易量达到80笔以上，总存款金额达到5000元以上，贵州农信才会给便民服务点的负责人服务费，最低是100元/月，之后按照农户存款的交易量和总金额计算比例并给付。在黄泥村，每个月的存款总金额在

图14—1　金融便民服务点
（注：支晓旭于2020年08月28日拍摄，拍摄地点：黄泥村金融便民服务点。）

---

① 信合合医卡是贵州省农村信用社向社会大众发行的一种人民币借记卡。

9000元至1.2万元不等，负责人可以拿到150元至200元的服务费。

农户办理存款业务，只需要携带现金和银行卡。据负责人介绍，每个月到金融服务站存款的农户群体相对固定，其余农户到站存款的次数约为一年1—2次，或者从不到服务站存钱，而是去县城存钱。为吸引存款，贵州农信还推出了很多存款理财产品。例如，"黔农宝""金百合"，存款年利率可以达到4%，但是多数农户对此缺乏了解，持怀疑态度，购买意愿低。

除了理财产品，贵州农信还推出了许多贷款产品，例如农户小额信用贷款、"三变贷"农户贷款、"黔微贷"微型企业贷款等，其中，被选择频率最高的是农户小额信用贷款。小额贷款有两类，福利性小额贷款和制度性小额贷款。福利性小额贷款是传统的小额信贷模式，旨在直接将贷款资金借给贫困农户，不考虑机构本身的营利性；而制度性小额贷款关注两个目标：一是能够有效地帮助贫困户，二是促进自身的经济发展。

针对黄泥村农户的福利性小额贷款有"致富通"和"特惠贷"。贵州农信黄泥村分站主任介绍，"致富通"适用于居住在信用社服务辖区内的信用农户，旨在帮助其进行农业生产和非农生产等经营性业务，但不能用于购置家具、建造新房等非生产经营性行为。此类小额贷款的上限是5万元，利率在0.3%左右，申请的流程是：首先农户提交申请，然后信用社对农户进行资信调查，确定其信用等级，最后签订合同、发放贷款。分站主任说："基本上有困难的农户来申请，对脱贫有帮助的，都会同意。"

政策性贷款"特惠贷"是政府针对贫困户开展的一项长期扶贫贷款。参与这项贷款的每个人可以将得到的4万元转贷给企业，企业每年给参与者4000元分红，没有利息。贵州农信的其他各种小额贷款属于制度性小额贷款，有借贷利率。针对建档立卡户设置的贫困户小额贷款的利率不高，无需担保或抵押，年利率仅为0.3%；为鼓励村内农户自主创业，面向养殖大户和返乡创业者等对象设置的产业扶贫小额贷的利息也在0.3%左右；非贫困户进行普通借贷则是根据个人的信用以及存款贡献度计算年利率，通常为0.9%。

二　民间借贷体系

民间借贷是中国传统乡村中特殊的融资方式，也是银行等金融机构借贷的有效补充，是建立在双方彼此熟悉和信任的基础上的。黄泥村是典型的熟人社会，乡邻、亲朋之间都十分熟悉，甚至知根知底，再加上部分人口的流动性较低，相互之间的信任程度较高，因此在没有信用社的时候，民间借贷早已发展得比较成熟。一般来说，村民之间的相互借款有以下几个特点：（1）大多向熟悉的亲朋好友借钱；（2）提出借款的金额较小，一般在3万元以下；（3）借款人根据情况借出一部分；（4）口头约定还款日期，不立字据、不写借条。到期不能还的，通常借款人会在约定日期前一两个月拜访被借方，说明原因，重新约定日期；（5）极少有利息。

黄泥村的民间借贷传统上是没有利息的，在实际访谈中得到的信息也是"借多少还多少"，不必要在还钱或者借钱时带礼物。虽然民间借贷相对来说成本更低，但是农户进行民间借贷的积极性却并不高，原因有：（1）民间借贷金额不宜很高，通常都是一两万元；（2）黄泥村有闲钱的家庭并不多，各家有各家的难处；（3）向亲戚朋友借钱人情上过意不去。虽然积极性不高，但是碍于情面或照顾到双方的面子，被借方总会拿出一些钱借给对方，通常在5000元到3万元之间，根据家庭当时的实际情况而定。拿到钱后，借钱者一般会表示感谢，并口头约定一个还钱的日期，通常在一年以内还清。虽然民间借贷在黄泥村没有写借条或者立字据的程序，但是经调查发现其还款率很高，几乎没有欠钱不还的情况。如果借钱者实在有事还不了钱，就会在约定的还款日前一两个月通知借钱方，说明原因，并重新约定还钱日期。

与正式借贷不同，民间借贷的特殊性在于：第一，它没有纸质的、具有法律效力的合同，一般都是口头合同，没有字据或者借条；第二，没有正规的利息规定，黄泥村村内一般都是无息私人借贷；第三，还款期限是可变动的；第四，没有物质抵押和担保人，不具有强制性；第五，借贷关系是建立在人情上，而非法律上的。在"正式借贷难"的困境下，民间的私人借贷是农户可以借到钱的最有效渠道。在信贷体系尚不完备时，村民大多数的生活性贷款都是通过民间借贷解决的，用于办红白喜事、看病、交学费等。民间借贷在所有借贷中的比例在 60% 以上[①]。

第二节 借款信贷需求

一 不同时期黄泥村农户的借款信贷需求

一个时期农户的借款信贷需求与这个时期的经济背景、社会风气、农户的生活水平有关。根据不同的借款信贷需求和时代背景，调研组选定四个阶段进行分析：

（一）第一阶段：20 世纪 80 至 90 年代

中国进入改革开放初期，黄泥村农户的生活质量和经济水平得到显著提高，有钱的村民开始纷纷改建房屋，砖木结构的木顶小青瓦和砖混结构的平房取代了原始的"七柱二瓜九个头"[②]。这一时期，虽然村内出现了零星的外出打工者，但是村内大多数农户仍然以务农为主，没有足够的积蓄是这一时期黄泥村家庭的普遍现象。由于农业的生产周期长，农作物成熟、收获、贩卖一年只有两次，因此，借贷就成为解决农户平时经济问题的唯一方法。

这一时期新的借贷需求主要是为了改建木房。木顶小青瓦和平房的建造成本通常在 8000 元左右，农户的积蓄通常无力承担全部费用，因此就产生了强烈的借贷需求。据统计，这一时期建房的家庭有 30%，户均借款 5000 元[③]。除此以外，用于婚丧嫁娶的借贷是这一时期以及更早时期的特征，特别是女儿出嫁或者儿子娶妻的时候，没有足够的钱筹办体面的婚礼、准备"嫁妆""聘礼"，成为很多农户借贷的原因。他们往往只能等农作物丰收、贩卖获得资金，或者收到"随礼"后还钱。在特别贫困的家庭还会因礼仪性支出而产生借贷需求。另外，上学、看病也一直是黄泥村民间借贷的主要原因。

---

① 贵州省麻江县县志编纂委员会：《麻江县县志（1991—2005）》，贵州人民出版社 2009 年版，第 244 页。
② "七柱二瓜九个头"，是当地对传统住房建筑的称呼，即由七根木桩作柱、分成两个隔间、用九顶茅草作顶的房屋。
③ 引自黄泥村书记访谈，2020 年 8 月 28 日，地点：贵州省麻江县黄泥村村委办公室。

由此来看，无论是建房产生借贷的新需求，还是一直就存在的用于婚丧嫁娶、上学看病的借贷需求，都体现了黄泥村农户强烈的生活性贷款需求。但是根据当期的统计数据[①]显示，在黄泥村生产性借贷占比高达到80%以上。从单个农户角度看，得出这样的结论是不能体现真实状况的。导致统计数据与实际情况不同的直接原因是：当期黄泥村的信贷体系还不完备，在银行等正规机构农户一般只能通过生产性需求借贷。要解决生活性借贷需求，只能通过民间渠道，所以这一时期的生产性贷款统计数据显示出与实际不同的高比例。

生产性贷款占比高？[②]

20世纪八九十年代，当时全村的生产性贷款比例很高，例如农户赵某说，当时家庭没有存款，想要借贷建房、购置家电来改善生活质量。他去银行借贷时，银行业务员问其借贷用途，得知是用于建房、买家电，就表示无法贷款给赵某。因为生活性贷款常常金额较少、单数多，银行无法从中得到高利润，反而可能承担高风险，因此银行在不确定农户还款能力的情境下，一般不会冒险贷款给农户，这就导致农户陷入"生活性贷款困境"，而只能选择民间借贷。因此银行统计数据体现出农户的借贷需求中生产性借贷占比高于80%就不足为怪了。

经过对农户的访问，调研组得出的结论是：生活性贷款的实际比例更低，应该在60%以上。并且，当期的银行借贷体系不能很好地满足农户的需求，导致生活性贷款需求高，但是不易得到满足。

（二）第二阶段：1993年至2005年

1993年实行身份证制度后，黄泥村向农户发放身份证，农户可以迅速自由流动，导致了"打工潮"的盛行，从而产生新的务工成本贷款需求。

---

① 引自《麻江县县志（1991—2005年）》统计数据。
② 引自支晓旭对黄泥村农户赵某的访谈，2020年8月25日，地点：贵州省麻江县黄泥村。

2005年，中国取消了纺织品配额，沿海地区劳动密集型产业大幅发展，外出务工需求更多。

具体来说，20世纪90年代，黄泥村道路交通进行改善，催生了一批外出打工者的出现。真正的"打工潮"发生在1993年，身份证发放到户后，使得农户出省较之前便捷许多，因此大量的农村剩余劳动力涌入县城、外省务工经商。由于出省交通不方便、路费高昂，再加上手机等移动支付工具尚未普及，因此外出务工经商的青壮年劳动力回村的频率很低，一般只在春节时带着一年的工资回家。而其余时间想要急用钱，村内农户只能选择借贷。

由于"打工潮"的兴起以及外出务工较高收入的吸引，农户纷纷选择借贷，用于支付家中的青壮年出省务工经商的费用[1]。为具体研究农户的外出务工成本和由此产生的借贷需求，我们对村内40余位外出打工者进行了深度访谈，分析结果见表14—1所示。

表14—1　　　　　　　　　借贷需求：外出务工成本

项目	内容	均值（元）	比例
进城寻工费用	路费	700	70%
	餐饮住宿费	200	20%
	各种劳务费（中介费、劳务信息费等）	100	10%
小计		1000	100%
在城务工费用（月）	食宿费	800	76.56%
	医疗	50	4.78%
	零花	50	4.78%
	交友	30	2.87%
	娱乐	35	3.35%
	购买衣服及日用品	80	7.66%
小计		1045	100%
总计		2045	

资料来源：根据对黄泥村外出务工群体的访谈整理而得。

---

[1] 出省务工费包括进城寻工费和在城务工费。其中，进城寻工费用是指农户从离家到开始工作之前的所有花费，包括出省打工昂贵的路费、餐饮住宿费、和各种劳务费；在城务工费用是指农户工作期间的花费，包括食宿、医疗、零花、交友、娱乐、购买衣服及日用品等费用。

除此以外，因为"打工潮"使得黄泥村的经济得到了很大的发展，所以用于婚丧嫁娶等礼仪性支出的借贷逐渐消失，但是住房、"嫁妆""聘礼"等借贷仍然存在，另外，学费、医药费等借贷同上一时期基本一致。

（三）第三阶段：2005年至2017年

这一时期，黄泥村建造"小洋楼"的现象蔚然成风，主要由于第一，黄泥村道路交通逐渐完善，很多建筑材料可以运进村内；第二，"打工潮"一代经过10年左右的时间积累了建房的积蓄；第三，21世纪初，由于电视的普及让黄泥村农户接触到村外的世界，因此农户们更关注生活质量；第四，黄泥村信贷体系逐渐完善，所以出现了农户集中借贷建房的现象。

2016年黄泥村村委启动易地扶贫搬迁工程，2017年启动"危房"改造工程。所以在2017年前后也出现了大规模的集中改建新房的现象。2005年，建造"小洋楼"的平均成本约为12万，2015年后建造新房的平均成本为20万，"危房"改造和易地搬迁农户家庭户均自筹资金为1.5万[①]。大批集中建房的现象，催生了这一时期黄泥村的房贷需求。

除了房贷，务工成本借贷只增不减。2005年纺织品出口配额取消后，沿海地区劳动密集型产业迅猛发展，需要更多廉价的外地劳动力输入。在这一背景下，县劳动部门统一安排有意愿出省打工的农户向沿海地区输出，从而提高了农户因为务工成本借贷的需求。另外，随着经济水平的提高，虽然农户能够承担得起购买家电器具、准备"嫁妆""聘礼"、学费等开销，但是因大病、重病借贷仍然保持同样的水平。

（四）第四阶段：2017年至今

大量劳动力离开黄泥村后，导致了黄泥村空心化。为扶持本地产业、鼓励农户自主创业，黄泥村村委从2017年开始实行的产业扶贫贷款，成为这一时期新的贷款需求。与20世纪90年代的农业生产性贷款不同，农业生产性贷款倾向于农户借贷购买用于自家耕地使用的农机设备或者借贷购买家

---

① "危房"改造和易地搬迁均有政府补贴，为减轻农户经济压力，要求建档立卡贫困户人均自筹资金不超过2500元。

畜，每户借贷的金额较少，没有形成产业。而近年的产业贷款则是针对有意愿"实现自我脱贫和带动乡邻脱贫"的创业者。2017 至 2020 年，共有 11 户自主创业，并有 5 户成功申请产业扶贫小额贷款。

二 农户借贷用途的结构

贷款从用途上分类，可以分为生产性贷款、生活性贷款和娱乐性贷款。改革开放以来，生产性贷款和生活性贷款在农村的发展比较迅速，成为农村信贷体系中重要的组成部分，涵盖了农户日常生活、生产借贷的方方面面。总体来说，生产性借贷的占比在农户借贷中占比很高，并且有持续增大比例的趋势；而生活性借贷逐渐降低。另外，不同存款家庭的借贷用途表现出不一样的特征。

生产性贷款主要用途有：农业经营、家庭副业经营、自主创业和扩大产业基地等，其中，农业经营性贷款比例高于 80%。以 1991 年为例，当年全村发放各项贷款 45.69 万元，农业贷款 42.125 万元，达到了 92.2%，主要用于支持粮食、烤烟、油菜、畜牧等。生产性贷款需求侧以创业者为主，如表 14—2 所示。虽然以前整个黄泥村自主创业的人数并不多，但是随着经济的发展和教育水平的提高，该人数逐年增多，从而导致生产性贷款也逐年增加。统计数据显示，仅 2019 年一年，回乡创业就有近 20 人，其中申请贷款人数为 15 人，人均借款 8 万。

不同存款情况的家庭，对于生产性借贷的用途也是不一样的。贫穷家庭借贷一般用于购买化肥等小量物资，满足自家最基本的农业生产需要；而富裕家庭则借贷大都因为经商、购买大型机械、扩大产业等需要。

表 14—2 1991 年黄泥村生产性贷款

1991 年生产性贷款（农业）		
贷款项目	数量	单位
购买耕牛	154	头
购买种子	750	公斤
购买化肥	298	吨

续表

贷款项目	数量	单位
购买燃料	0.633	公斤
购买机具	4	台/件
购买排灌机械	4	台/件
支持林业贷款	1	户
支持烤烟	40	户
支持饲养生猪	402	头
1991年生产性贷款（非农业）		
贷款项目	数量	单位
支持工副业	7	户
经商	9	户
服务业	2	户

资料来源：根据《麻江县县志（1991—2005年）》整理而得。

生活性贷款主要有：建房、购置家电、医药费、学费、外出务工的生活费等，如表14—3所示。其中，因为粮食、婚嫁、看病、上学、买电视等借贷需求一般出于贫穷家庭；因为建房而产生的借贷需求大多出于富裕家庭；中等经济水平的家庭一般因购买摩托车等交通工具、大型家电而产生借贷。

表14—3　　　　　　　　　　1991年黄泥村生活性贷款

贷款项目	数量	单位
治病	7	人/次
建房	21	间

资料来源：根据《麻江县县志（1991—2005年）》整理而得。

近三十年过去，黄泥村农户的贷款持续增加，到2017年，全村发放贷款约33.6万元，很大一部分用于农业建设，其中农户个人借贷更多用于建房和买汽车等大型开销。

贫穷家庭贷款购买电视[①]

1985年，黄泥村只有3台黑白电视。农户吴某回忆："当时大家一起去看电视，要走好远的山路，那时候还是泥土路，坑坑洼洼不好走。而且这里山多、地势陡峭，晚上看完电视回家很危险。但是不看也没什么娱乐活动，面子上也过不去，所以就想买电视嘛。"当时电视的价格大约是600元，普通农户一年的收入在800—1000元，因此电视是一件奢侈品。特别是对于年收入低于800元的贫困家庭，很难依靠存款去购买电视，因此就出现了贷款购买电视的现象。

吴某称，向银行借贷是困难的，只能向有钱的亲戚朋友借钱。他在1985年向哥哥借了500元，去县城买了一台黑白电视，到5年后才还清。村内其他稍微贫穷一些的农户一般也在1990年前后贷款购买了黑白电视，从而使黄泥村电视拥有率达到了80%。

除了用于生产和生活的借贷需求，有极少数农户还会借贷用于享乐，如抽烟、喝酒、赌博、请客、买奢侈品，但娱乐性贷款在黄泥村是极个别的少数。

三 农户对待借贷风险的态度

农户对待借贷风险的态度有三种，第一种是风险喜好，第二种是风险中性，第三种是风险厌恶。由于风险喜好与风险厌恶具有比较鲜明的特征，因此仅讨论这两种类型。对借贷风险的实际考量有两方面：一是借钱者的经济水平能否承担起借贷期间可能发生的经济冲击；二是是否有偿还债务的能力。

风险喜好类型的农户大多是富裕家庭或者创业者。他们较其他人，在经济能力和在思想准备上都更能够承受信贷风险。

[①] 引自支晓旭对黄泥村农户吴某的访谈，2020年8月25日，地点：贵州省麻江县黄泥村。

风险喜好型的创业者[①]

返乡创业的朱先生，十年前就读畜牧养殖专业。由于当时没有原始资金，也没有成熟的信贷渠道，朱先生选择出省打工，几年后积累了10万元资金，于2019年年初回乡创业。

在建造新房还是养鸡的选择上，朱先生坚持先立事业后建房。他的家庭也都很支持他。为了将养鸡事业做好，朱先生向银行借了8万元，共投入了15万元左右建设了配有现代化设施的鸡棚，规模为1万只鸡。因为生态鸡经济效益好，朱先生准备扩大他的产业，在还清贷款之后又借了5万元用于鸡棚再建设。

朱先生不是没有考虑过家中老人可能生病、建棚资金可能"打水漂"等风险，但是他对此的态度很乐观。他认为风险总是存在的，但不能因为有风险就放弃。例如，今年年初，朱先生就经历了一次较大的经济风险冲击。朱先生经营的生态养鸡，经济效益在60元/只，等到鸡长到3—5斤，就卖给省外的饲养公司继续喂养。2020年年初的新冠肺炎疫情导致销路受阻，生态鸡滞销在朱先生家，造成了暂时的亏损。但是朱先生仍然选择去贷款扩大养殖基地，甚至还要雇佣因为疫情休息在家的青壮年。可见，朱先生对风险的态度是充满自信的。

还有一家从事养猪事业的农户，由于建新房向银行贷款8万元尚未还清，因此在扩建猪舍的时候，只能选择民间借贷。他曾向哥哥家借了10万元，利用这笔钱购买了许多猪苗，还扩建了养殖基地。

但是富裕家庭和创业者在黄泥村仅占少数，大部分农户对待贷款风险的态度是比较消极的。务农或者务工的农户，都尽量减少贷款，有的农户对待贷款甚至有一种恐惧的情绪，他们宁愿节衣缩食、减少开销，也不愿意通过贷款或者借钱来改善自己的生活质量。农户表示，只有在明确知道自己能够还清贷款和利息，并且在此期间内没有额外的较大支出时，才会选择去机构

[①] 引自支晓旭对黄泥村农户朱某的访谈，2020年8月25日，地点：贵州省麻江县黄泥村。

贷款。特别重要的一点是，如果利息的数额过大，农户一般也不会选择贷款。

民间贷款也同样如此，虽然没有明确规定的还款日期，也没有额外的利息，但是关乎情面和信用，农户一般不会轻易开口向亲朋好友借钱。在自我评估为不能还钱时，通常不会冒险去借钱。因此在风险规避型农户偏多的黄泥村，几乎不存在借钱不还或还不起的情况，更不会出现反复借钱填补"窟窿"的现象。另外，在访谈过程中调查组没有发现村内存在"高利贷"的现象。

四 借贷需求的差异以及变化

在 20 世纪 80 年代之前，黄泥村农户借贷一般用于看病、上学等，有时会因为婚丧嫁娶等借钱；20 世纪 90 年代末，外出务工人数越来越多，部分农户开始为了出省打工的路费、生活费和房租而借贷；2005 年和 2015 年前后，黄泥村兴建新房、改造老房，因此这两个时期主要因建房而借贷；近年来，尤其是从 2017 年黄泥村加大产业扶贫、鼓励农户创业开始，有条件自主创业的农户开始为自己事业的原始资金而借贷。

目前，黄泥村大约有 40% 的农户有借贷的需求，其中经商、养殖、建房借贷的比例约占 35%，看病等借贷约占 5%[①]。农户偏好向正式机构，即信用社、银行借贷，而非民间借贷。正式机构中，接受农户借贷最多、最频繁的是贵州农信。

从用途上看，农户借贷一般有以下两种：一是生活性借贷，用于上学、看病、建房、婚丧嫁娶、外出务工的路费等；二是生产性借贷，用于农业生产、家庭副业生产、个体户创业，以及扩大产业等。从金额上来看，上学、婚丧嫁娶、外出务工的路费等都是规模较小的借贷，一般是几千元；而看病、建房、创业等则是较大的借贷，可能会达到 10 万元的数额。

不同的经济阶层可以反映出对不同的借贷偏好。村内经济条件较好的家庭近年来都纷纷向银行借款建造新房，户均借款 10 万元；经济条件一般的家庭则没有明显的借贷倾向和需求，他们能够承担得起生活开销和小风

---

① 引自黄泥村书记访谈，2020 年 8 月 28 日，地点：贵州省麻江县黄泥村。

险，但是也没有经济能力贷款建造新房或是创业；而经济条件稍微差一些的家庭，一般会选择申请小额贷款，金额一般在 3 万—5 万元，用于看病、买药、学费、外出务工的路费等；但是真正的贫困家庭，虽然对贷款的需求最大，却因为没有能力承担偿还的风险，所以不选择借贷。另外，对待借贷风险的态度也是因人而异，但总体上还是和家庭的经济情况是紧密联系的。

第三节　借款信贷渠道

一　金融机构借贷

金融机构等正式机构的借贷渠道，农户总体上是不太了解的。贵州农信主要有三种借贷方式：一是通过官网、手机银行 APP 等线上方式借贷；二是夫妻双方共同去县城的贵州农信办理点进行借贷业务办理；三是农户向黄泥村村委提出申请贷款，但这种方式仅适用于贫困户申请小额贷款、创业者申请产业扶贫小额贷款。

申请普通贷款的流程是：（1）夫妻双方持房产证，并和一位担保人一同前往县城贵州农信业务办理点；（2）表明借款原因、用途；（3）贵州农信对其信用和存款贡献度进行鉴定，明确利率；（4）签合同，发放贷款。

贫困户申请小额贷款的流程是：（1）贫困户自主申请；（2）村组织对其家庭情况进行审核；（3）贵州农信对其家庭情况、信用度进行鉴定；（4）签合同，发放贷款。

创业者申请产业小额贷款的流程是：（1）创业者自主申请；（2）村组织对其产业进行评估：能否帮助实现自我脱贫、能否帮助带动乡邻脱贫；（3）贵州农信对其产业发展进行评估，对其家庭进行征信鉴定；（4）签合同，发放贷款。

向正式机构贷款时，不论是贫困户申请小额贷款，还是非贫困户申请普通贷款，或者创业者申请产业小额贷款，都是需要户主夫妻双方同时到场的。不同的是，小额贷款的申请不需要担保人或者抵押，而普通贷款以及产业小额贷则是需要对借款人的还款能力进行鉴定和识别，还需要有抵押和担保人。

分析了借贷渠道后，还要分析农户通过这些渠道借贷的可获得性。对农户信贷可获得性的分析基于两方面，一是供给是否充分，二是农户了解是否清晰。

信贷的供给有两种来源，分别是金融机构借贷和民间借贷。向金融机构借贷是较为困难的，生产性借贷较容易得到，生活性贷款较难；民间借款虽然较容易获得，但是能借到的金额较少，并且还要考虑风险问题。

农户对信贷的了解大部分来源于村干部的宣传，一是宣传信贷获取渠道；二是提高农户正规机构借贷的意识，从而打击高利贷，如图14—2所示。另外，黄泥村的贵州农信设有农民金融服务点，也会定期组织人员小组下乡进户宣传信贷产品、借贷方式等。通过访问，调研组发现这样的入户宣传的力度是不够的，至于更为细节的小额信贷、政策性信贷等，基本呈现"不办理不清楚"的现象。

除了对基本业务不熟悉以外，还存在一种情况，即对贷款相关的金融知识不了解。这在黄泥村是普遍现象，但是影响不大，因为农户一般只考虑三个要素：能借多少钱、要还多少钱、什么时候还。另外，村内拥有智能手机的人比较多，但是通过手机银行、银行官网等申请借贷的基本没有；通过非正式借贷平台借贷的人数为零，这主要是由于农户对此比较陌生。

二 民间借贷

民间借贷是金融机构借贷的必要补充，但是没有正规的借贷渠道，是通过私人之间的交往进行借贷的，只有约定俗成的习惯制约。借钱一方首先需要自己寻找可能的借贷渠道，而这种渠道的可获得性和其社会关系有关。一般来说，社会关系网络越广泛、联系越紧密的关系，越有可能获得更多的借贷渠道。具体的借贷流程为：先拜访可能的被借方，说明借贷用途和需要的金额；然后被借方根据实际情况给出贷款金额；最后双方口头约定还款日期。

民间借贷中，被借方的借款意愿是很高的，有以下三种原因：一是借钱方和自己相熟，有求于自己，碍于情面难以拒绝，并且也有相互信任的基础；二是被借方很清楚借钱方的家庭情况，知道对方的经济水平；三是借钱者的家庭一直在村内，不会出现卷钱离开的情况。具体来看，民间借贷能够在黄泥村发展、成熟主要是因为几乎没有发生过借钱不还的情况。农户准时或提前归还所借金额的钱在黄泥村是一种风气。如果有急事耽误了，或者有意外一时间还不起，借钱方就会在约定的还款日前一两个月拜访被借方，说明原因，重新约定还款日期。这通常是因为突然有家人生病，或者有婚丧嫁娶之类的随机性支出。所以在这种良好风气的引导下，农户愿意借钱给他人。

但是借钱的金额并不是由借钱方决定的，被借方有两个考虑因素，一是借对方的这些钱，对方能否还得起；二是借出这些钱后，对生活有没有大的影响，近期有没有急需用钱的地方。衡量之下，被借方才会给出一个金额，可能比借钱者期望的少，但一般不会低于5000元。理论上，借款意愿应该和预期收益有关，而预期收益是和利息有关的。一般来说，民间贷款分为无息、低息、高息贷款，其中低息、高息贷款近年来在发达地区的农村发展较为迅速，尤其是低息贷款，而无息贷款逐渐减少。但是在黄泥村，民间借贷仍然保持着无息借贷的特征。龙女士说，借给丈夫的弟弟8万元用于养猪，借了五年。如果按照银行存款的年利率2%来计算，那么可以拿到8000元利息，在黄泥村是比较高昂的价格了，相当于某些家庭半年的收入。但是，龙女士对此表示，只需要偿还当初借出的8万元即可，不会要求对方多给利息或者礼物。

黄泥村中等经济水平和高等经济水平的家庭表示，基本都借出过五六万元的金额，频数有三至四次，但是从来没有发生过矛盾。如果借款期间突然急需用钱，被借方会拜访借钱者，说明原因，先拿回一部分的借款。如果借钱者也拿不出钱，借款者一般会向正式机构借钱。

第四节　信用担保制度

一　物质抵押

在黄泥村最典型的物质抵押是房产、汽车的抵押。房产抵押得到的贷款比汽车抵押的贷款更高。一家正在建造新房的农户家庭，借贷时以新房的房产证为抵押，可以贷到足够的钱（15万元）用于建房；以老房、汽车作为抵押，最可以贷8万元；如果不愿意做物质抵押，只有担保人，则不一定能够实现借贷。

二 担保人

无论是产业扶贫性质的小额信贷还是普通信贷，贷款时都需要有担保人。在进行担保人的选择时，一般不能以直系亲属作为担保人，大多数选择较为熟悉的亲戚作为担保人。

担保人需要监督借钱者及时还款、正确使用贷款，防止出现欠债不还的情况；倘若借钱者在还款期内逝世，或者因为其他的原因导致无法偿还债务，则担保人需要承担还款责任，因此，担保人是借钱者的风险分担人。由于担保带来的风险，人们对成为担保人较为谨慎，因此黄泥村内的担保通常是双方家庭成员互相担保。

三 民间借贷中的隐性担保

虽然民间借贷不需要物质担保或者担保人，但是这并不意味着民间借贷就没有担保制度。实际上，这种双方口头约定的民间借贷是以借钱者的社会关系作为隐性担保的[①]。

社会关系在一个熟人社会具有十分重要的意义，尤其是在农户们世世代代"生于斯、长于斯"的黄泥村，一个人的社会关系在一定程度上就是其信誉、品行的表现，也可以说是一个农户的身份，甚至有时还代表了一个家庭和整个家族。在这样的人情压力和面子压力下，借钱者不仅会受到家人的监督，同时还接受着乡邻、亲朋好友的监督，因此少出现"借钱不还"或者拖欠的现象。

---

① 赵学军：《中国农户的借贷与信用担保（1930—2010）》，社会科学文献出版社2018年版，第208页。

隐性担保[1]

一户向亲朋好友借钱的钱先生说:"借了钱肯定是要还的,不还会有家人、邻居催着还。"民间信贷看似没有利息、没有担保,实际上它是以社会关系为代价的,这无形中向借钱人施加了还钱的压力,以及日后帮助借贷者的压力,因此利息可以形象化地描述成"欠的人情",而担保则是"声誉地位"。

钱先生为了给母亲治病,向朋友借了5万元。他坦言,借钱之后家里人会很谨慎地对待各种开销、花费,会监督钱先生花钱的用途,生怕无力偿还而导致名誉扫地,日后家庭再有困难就无人帮助了;有时甚至连邻居、朋友也会提醒,毕竟在一个关系紧密的村落,每个人的利益得失在某种程度上都有些关联,会受到彼此人际关系网络的影响。

第五节　人情往来

一　人情往来的现状

黄泥村内最普遍的人情往来体现在婚丧嫁娶和传统节日上。婚丧嫁娶是村内的大事,除了特定的传统节日外,结婚是村内非常重视的喜庆的日子。男方家庭宴请亲朋好友,负责准备食材、聘请厨师、提供场地,还有烟花爆竹,而到场庆祝的亲戚朋友都会带一些"礼金"。"礼金"的余额和关系远近有关:越是与男女双方关系亲近的,"礼金"数额越大,最高可以达到800元;而双方关系较为疏远的,一般在100元至200元之间;没有血缘关系的邻居也会来庆祝,随礼100元左右。农户在相互还礼的过程中,会增加还礼的金额,这既是给对方送人情,又是照顾到自家的面子。

与婚礼相对应的是丧礼。村里有老人寿终正寝或者有人因意外去世时,其家人要为其置办宴席。和"喜事"一样,来吊丧的亲朋好友也都会带一份

---

[1] 引自支晓旭对黄泥村农户钱某的访谈,2020年8月25日,地点:贵州省麻江县黄泥村。

丧礼"礼金",关系亲密的一般 500 元左右,关系疏远的一般 100 元至 200 元;而没有血缘关系的庄邻,一般会在宴席当天帮助置办宴席,"礼金"为 100 元左右,比亲属要少一些。

除了婚丧嫁娶,春节、中元节等重大传统节日,也会存在人情往来。以春节为例,亲戚、朋友、庄邻之间会互相赠送礼物,通常是一些食品或者酒水,但这是没有习俗或者习惯约定的,有时这类传统节日送礼会成为偿还借贷人情或者支付私人借贷隐形利息的一种渠道。

人情往来中的额外支出[1]

调研者采访了黄先生,他曾在去年国庆节置办儿子的婚礼时,向梁先生家借了 2 万元,尚未归还。黄先生回忆:以前到梁先生家拜年通常是送些酒水,但是今年会多送一些额外的食品,比如给梁先生的孙子带些果糖和牛奶。这是民间默认的行为习惯,也是村民之间人情往来的良好秩序。

由于外出务工的工资具有不确定性,农业每年的收成有波动,再考虑到自然灾害等不可预测的经济风险,因此黄泥村农户家庭的实际年收入会有较大的变动。因此,在逢年过节时,可能会出现人情开支的变动,但是婚丧嫁娶的"礼金"等礼仪性开支基本不受影响,例如:春节走亲访友时不送酒水,而是送些饼干、水果。

二 人情往来的原因

农村社会中人情往来的主要原因是其情感性和工具性需求[2]。传统"差序格局"下的乡村社会,是以血缘、地缘维系的熟人社会,这就免不了人情往

---

[1] 引自支晓旭对黄泥村农户黄某的访谈,2020 年 8 月 25 日,地点:贵州省麻江县黄泥村。
[2] 王晓全等:《非正式保险制度与农户风险分担建模与政策含义——来自 CFPS 数据的实证研究》,《经济科学》2016 年第 6 期。

来和开支。这不仅是维系亲族友好关系的必要性开销，也是一种面子支出。通过相互的送礼和借贷帮助，黄泥村农户之间建立了复杂且难以分割的关系，这样互送人情的行为也为人情往来的工具性功能——非正式保险提供了感情基础和信任基础。在传统文化和习俗保存相对较完整的村落，农户更重视社会关系和人情往来。当面临意外或经济需求时，农户可以依靠此种社会关系和往来去互助和分担风险，具体则体现在农户之间的相互借贷上。

通过临时私人借贷获得资金是农户应对经济风险的常用手段。当一个贫困户家庭的成员突发大病，急需大量的医药开销时，他就面临了较大的经济风险。此时正规借贷则显得力不从心，最可能迅速筹集资金的方式是向亲朋好友求助。一个正遭受疾病的户主说，面临大量且突然的经济支出时，会首先考虑向熟人借贷。这里的熟人一般都是双方有人情往来的，例如曾经有过借贷、送过礼品等。值得注意的是，人情往来的工具性价值并非是即时的，往往可能曾经借贷给他人，等过了几年家里突然有急用钱的情况，才会去求助那个人，由此看来，工具性需求是基于经济利益的需求，具有风险分担的功能。在黄泥村，农户一般是通过礼品赠送、私人借贷的方式进行风险分担，以此来将风险较平均转移到各个年份。

总之，经由人情往来构成的社会关系网络是兼工具性与情感性为一体的。情感性基于血缘、地缘；工具性则是基于经济利益的需求。单纯的面子支出占比不大，农户表明在人情往来时，就是希望在以后需要得到情感或经济帮助的时候，能够更容易地找到求助对象。

第十五章　家庭收入

第五章在家庭分工中简述了收入来源问题，但是对于黄泥村的收入水平乃至收入结构尚缺乏细致的探讨。本章基于在黄泥村调研与访谈所获得的数据，重点从工资性收入、经营性收入、转移性收入和财产性收入四个方面介绍黄泥村农户的收入情况。

第一节　收入概况

黄泥村农户的收入构成以工资性收入为主。全村分划为4个村民小组，共有农户379户、1535人，是一个苗、汉、布依等多民族聚居村落。农民主要经济来源有外出务工带来的工资性收入、农业种植带来的经营性收入、土地租金等财产性收入，以及医疗补助、教育补助等政策扶持的转移性收入。2019年，379户农户总收入为1320万元，全村农民人均可支配收入9495元[①]。课题组从4年级至8年级孩子的家庭中随机抽取40户进行走访调研，抽样调查结果显示，40个样本的人均年收入为9078.77元，工资性收入占总收入比重最大，为85.39%，其次为经营性收入与财产性收入，分别占总收入的6.02%和5.02%，受访农户的总收入及其结构详见表15—1所示。

表15—1　　　　　　　　调研农户总收入来源及所占比重

收入类别	户均金额（元）	人均金额（元）	所占比重（%）
经营性收入	2644.03	546.53	6.02
财产性收入	2206.86	456.17	5.02

---

① 数据来源于黄泥村党支部统计数据。

续表

收入类别	户均金额（元）	人均金额（元）	所占比重（%）
工资性收入	37503.35	7752.09	85.39
转移性收入	1567.35	323.98	3.57
总计	43921.59	9078.77	100.00

资料来源：根据调研组 2020 年 8 月调研数据整理而得。

自全面开展脱贫攻坚战以来，黄泥村脱贫效果显著，建档立卡贫困户增收明显。在"十三五"之初，贫困发生率为 33.51%，全村共有普通农户 237 户，1014 人，其中建档立卡贫困户有 148 户，521 人。2014—2017 年共脱贫 94 户，364 人，2018 年脱贫 35 户，115 人，2019 年底贫困户全部脱贫清零。本次调研的 40 户农户样本中包含 8 户建档立卡贫困户共计 33 人，32 户普通农户共计 179 人。根据调研数据显示，2019 年建档立卡贫困户人均收入为 8506.82 元，普通农户人均收入为 9208.04 元，如表 15—2 所示。

表 15—2　　　　　　　　调研贫困户与普通户收入情况对比

指标	建档立卡贫困户	普通农户	全体农户
户均收入（元）	35090.63	46357.72	43921.59
人均收入（元）	8506.82	9208.04	9078.765

资料来源：根据调研组 2020 年 8 月调研数据整理而得。

虽然黄泥村农户的整体收入水平偏低，但对所处经济状况的满意程度较高。据 2019 年的调查数据显示，贵州省农村居民人均可支配收入为 10756 元[1]，麻江县农村居民人均可支配收入为 9847 元[2]，黄泥村农村居民人均可支配收入为 9495 元，如表 15—3 所示，可以发现黄泥村的整体收入水平偏低。调研过程中，课题组还对黄泥村农户进行了经济状况满意度的调查，调研发现农户中有 86.49% 的人对所处经济状况持较为满意的态度。在访谈过程中，课题组了解到其原因主要有一下三点：一是随着近年黄泥村脱贫攻坚活动的进行，基础设施与公共服务状况得到改善。同时，受益于贫困补助政策及产

---

[1] 数据来源于国家统计局。
[2] 麻江县政网：《麻江县 2019 年居民人均可支配收入稳步增长》，2020 年 3 月 23 日。

业扶贫政策,大部分贫困户的家庭经济状况得到提高,村民从心理层面上会有一种相对的满足感;二是麻江县物价水平偏低,整体消费水平不高,多数家庭目前的经济条件足以维持较为舒适的生活质量;三是许多村民通过种植实现自给自足,日常开销少。

表15—3　　　　　　　　2019年农村居民人均可支配收入对比

区域	贵州省	麻江县	黄泥村
农村居民人均可支配收入(元)	10756	9847	9495

资料来源:根据国家统计局、麻江政府网、调研组调研问卷数据整理而得。

"不卖钱,只是种了自己吃"[①]

我们在进行问卷调研时发现许多农户对于"种植收入"的回答与"家庭经营几亩地"的回答相互矛盾,家庭经营着土地,却不存在种植收入。

受访者杨女士说,这是因为自给自足是黄泥村常见的种植方式,"土地太小了,流转不了,种菜也卖不了几个钱,还不如自己种东西吃划算。每次去买菜多麻烦,自己种很方便的,而且自己种的也比外面便宜很多,还更健康,没有农药,吃起来也放心。"

自给自足种植模式产生的主要原因是土地规模小、生产效益低。由于山区土地的细碎化,农户将土地流转给蓝莓公司后,余下的多是零散的土地,规模多在一亩以内。小规模的土地经营难以形成效益,农户进行理性的抉择后,将种植的首要目的变为自给自足。种植的作物多为黄泥村的日常主食来源——水稻。

---

① 引自张纯对黄泥村村民杨某的访谈,2020年8月21日,地点:贵州省麻江县黄泥村。

第二节　工资性收入

农户的工资性收入主要有两个来源，即本乡地域劳动收入与外出从业所得收入。农户务工的方式主要有以下几种形式：一是就近就业，是由县劳动部门招聘安排的、离土不离乡的打工方式；二是就近短工，从事建筑、搬运、修理等工种；三是劳务输出，由县劳动就业办公室组织，统一安排有意愿出省务工的农户向深圳、广东等地输出；四是自发外出打工，这是最普遍的形式，呈现"寨邻带寨邻[①]、亲戚带亲戚、朋友带朋友"的现象。

不论是建档立卡户还是普遍农户相比而言，外出从业所得收入占收入总额比例更高，对比数据如表15—4所示。黄泥村有劳动力732人，占总人口的47.6%，其中外出务工人员有512人，占劳动力总人口的69.95%[②]，这意味着大多数的劳动力人口选择外出务工。在受访农户中，外出务工所得收入占总收入比例约为55.6%。

表15—4　　　　　　　　农户工资性收入组成及所占比重

收入人群	每户外出务工平均收入（元）	每户本地务工平均收入（元）
建档立卡户	17927.64	11247.38
普通农户	31451.28	28142.86

资料来源：根据调研组2020年8月调研数据整理而得。

一　外出务工

外出务工收入是黄泥村农户最主要的收入来源。村内外出打工现象最早出现在20世纪80年代后期和90年代初期。1995年以后，大批农村剩余劳动力涌入附近城镇务工经商，并且形成一种潮流。2019年，黄泥村379户家庭中有210户为"空心"家庭。

影响农户外出务工的主要原因是在外务工与县内务工相比有更大的概率获得高收入。数据显示，全国农民工总量29077万人，其中外出农民工

---

① 黄泥村自然寨与自然寨之间的邻居。
② 数据来源于黄泥村党支部。

17425万人，本地农民工 11652万人，全国农民工人均月收入 3962 元[①]。在访谈过程中，多个受访者表示如果不受家庭因素的限制，如照顾小孩、老人等家庭成员而留守家庭的需求，基本会选择外出务工。我们发现，黄泥村本地就业需求相对较弱，在接受调研的 40 户农户中，县内就业的户均收入为 26384.75 元，低于（县外）外出务工户均收入 29857.46 元。

黄泥村外出务工人员大部分是年龄介于 30—45 岁之间的中青年。这些"离乡人"多数为小学或初中文化，由于受教育水平低的限制，他们多数从事低技能职业[②]，如工地建筑工人、电子厂技工、货车司机、餐厅服务员等。黄泥村外出务工人员的就业地点主要为沿海城市，其中广州、浙江所占比例最高，如图 15—1 所示。

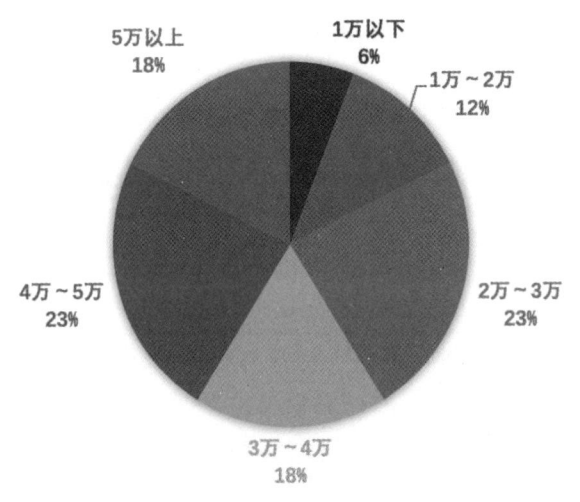

图 15—1　外出务工收入分布比例图
（资料来源：根据调研组 2020 年 8 月调研数据整理而得。）

---

① 国家统计局：《中华人民共和国 2019 年国民经济和社会发展统计公告》，2020 年 2 月 18 日。
② 不需要掌握复杂技术的职业，进入门槛低。

打工赚钱:"有办法"与"没办法"①

受采访者张某今年已经 76 岁了,和老伴一起在家照顾孙子和孙女。儿子和儿媳常年在外打工,他平常便在家务农。在广州,他的儿子是一名建筑工人,儿媳是一名罐头厂的员工。问起张某对儿子、儿媳外出打工的看法,他叹了一口气,"能出去肯定出去的呀,出去赚的钱多呀,外出打工,总有办法赚到钱的。种地,你赚不了多少的!能出去当然出去,就那么几亩地,基本都是自己吃,一年到头挣不了几个钱,你养不活家里人的……没办法!"

外出务工总有办法赚钱,但这一生计策略却被农民视为"没有办法的办法"。这样的回答可能暗含着农民融入城市之难,体现出农民思乡之苦,也展现出城乡统筹发展任重道远、公共服务均等化势在必行的发展态势。张某还向我们透露,他儿子与儿媳长期在外,家庭成员难以团聚,一年到头儿也回来不了几次,"他们打工的地方远得很,回来的车票也很贵啊,一下子就得千多块钱,除了过年,很少回来的。"但俗话说"有事没事回家过年",春节前后在外务工的人基本都会选择返乡,这是黄泥村一年内最热闹的时候,这对一些家庭来说也可能是一年中唯一一次团聚的时候。

二 本地务工

黄泥村农户的县内务工收入相对较低,这说明本地就业需求不旺盛。县内打工收入低、选择少,农民们难以通过发挥自己的"比较优势"寻得理想岗位。县内可供从事的职业较为单一,水泥工是最为普遍的职业。根据受访农户数据,超过 50% 的农户县内务工收入在 1 万元至 2 万元,本地务工的收入分布详情可见图 15—2 所示。

---

① 引自张纯对黄泥村村民张某的访谈,2020 年 8 月 21 日,地点:贵州省麻江县黄泥村。

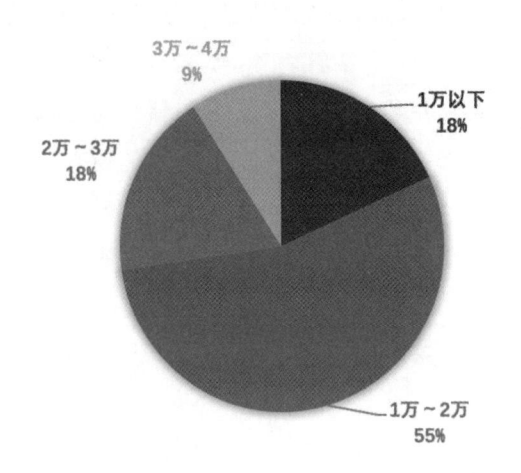

图 15—2　本地务工人均收入分布（单位：元）
（资料来源：根据调研组 2020 年 8 月调研数据整理而得。）

虽然外出务工的高收入导致了"空心"家庭的产生，但黄泥村仍然存在"实心"家庭。在此，我们重点关注黄泥村中有外出务工意愿及能力，但依然留在本地的人群。黄泥村大多数家庭的构成中有孩子、老人或病人，为了更好地照顾他们，许多家庭的劳动力选择留在村里。为尽可能赚取一些非农收入，同时兼顾家庭，这类群体通常会选择在镇上务工，以便及时回家。而在传统观念里，女性比男性更擅长照顾家庭，因此女性常常是家庭劳动力中选择留在家里的。在接受调研的农户中，女性占本县务农人数比例的63.6%。

"空心"家庭与"实心"家庭的形成基于农户的理性选择。曼昆在介绍经济学十大原理时说，人们常面临权衡取舍。农户在进行务工行为选择时便面临着收入多少与家庭陪伴之间的权衡取舍。不同的偏好影响农户的务工选择，即使外出务工收入水平在农户的总收入水平中处于较高的地位，依然存在农户为了家庭陪伴选择留守家庭的行为。外出务工与留守家庭的侧重点各有不同，前者注重收入的多少，后者注重家庭陪伴带来的隐性收入及效用，如老人的健康、孩子更好的成绩等。在两者中的权衡取舍取决于选择人的偏好。

打工钱，可以少赚点儿[①]

对于留在村里的女性，她们主要的工作收入来自种植收入以及县内的务工收入。女性留在村里多是因为家庭中有人需要照料，因此需要将大部分精力倾注其中，如果还有余力，便打些零工，补贴家用。

受访人金女士今年 36 岁，她丈夫在浙江打工，她留在家里照顾老人和孩子，她的大女儿今年刚升入初一，小儿子在读五年级。金女士之前一直在外打工，今年才回到家中，在县内做着一份水泥工的工作，但工资比较低，一个月辛苦工作往往只有三千块左右。金女士说："如果不是要照顾家里，我就去打工了。我以前在广州的工厂打工一年能挣五万多的。"

许多"空心"家庭会采用隔代教育[②]代替父母对子女的陪伴。金女士的父亲只有 60 岁，身体状况也比较健康，她和丈夫之前在外打工，便是由爷爷帮忙照顾孩子。但今年，金女士决定留下来，这又是为何？金女士如此回答："娃娃要上初一了，爷爷有可能照顾不好他，我得看着，我们还是希望他好好学习的，将来能考上个大学，我和他爸就知足了。"她补充说，这种观念是他们听以前在外打工的工友们说的，"我们挣钱不就是想供娃娃读书吗？很多人说他家娃娃没人看着，学习成绩不太好，我们俩很担心，最后还是决定我留下来。"。

第三节　经营性收入

黄泥村农户经营收入的来源主要有三方面：种植业收入、养殖业收入、非农经营收入。其中，种植业收入是农户最常见的经营收入来源形式。根据调查数据，82.5% 的受调研农户存在种植收入，种植业收入总额占农户户均经营性收入总额 78%。详细经营收入情况如表 15—5 所示。

---

① 引自张纯对黄泥村村民金某的访谈，2020 年 8 月 21 日，地点：贵州省麻江县黄泥村。
② 由爷爷、奶奶、外公、外婆照顾孩子。

表 15—5　　　　　　　　　　调研农户的经营性收入组成及所占比例

农户经营性收入来源	每户平均（元）	所占比重（%）
种植业收入	2062.41	78.00%
养殖业收入	581.62	22.00%
非农经营收入	0.00	0%

资料来源：根据调研组 2020 年 8 月调研数据整理而得。

调研农户为建档立卡贫困户的 8 户中，有 6 户家庭的收入组成中含有种植业收入，每户平均种植业收入为 3638.63 元，普通农户种植业每户平均收入为 1496.55 元。对于此种现象，笔者合理猜测有两个原因：一是调研数据较少，存在一定的抽样误差，二是普通农户中务工人数所占比例较大，种植收入并不是家庭收入的主要依靠。

一　种植业

种植业收入是组成农户经营收入的最常见形式，也是组成农户总收入的最常见形式。根据调研组调查，80% 以上的农户有种植收入，这意味着多数"空心"家庭离土不离乡，家中或多或少保留着承包地种些粮食作物。如图 15—3 所示，87% 的农户种植业收入在以下 4000 元以下。可见，传统种植业效益并不高。

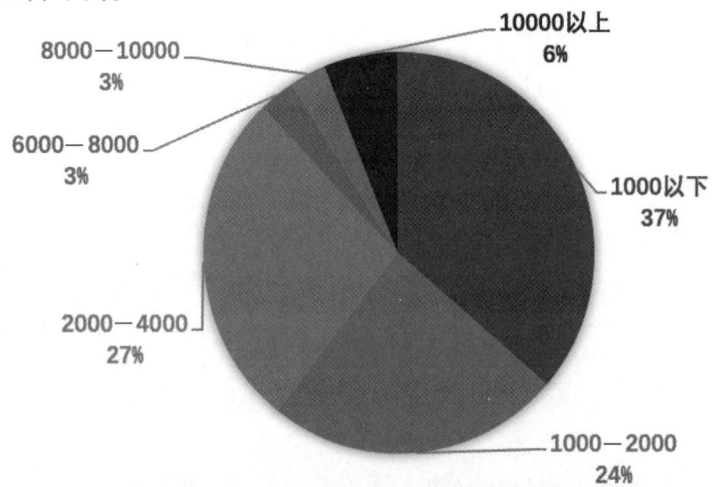

图 15—3　种植业收入分布统计图表（单位：元）
（资料来源：根据调研组 2020 年 8 月调研数据整理而得。）

造成种植业收入低的主要因素有两个：一是种植规模小。大多数家庭经营的田地规模较小，多在两亩至四亩。据课题组调研结果显示，有超过70%农户家庭经营土地在四亩以下。小规模种植难以实现规模经济，无法从事高附加值农作物种植，种植获利难。二是成本高。根据《全国农产品成本收益资料汇编（2019）》，三种粮食[①]的物质费用与服务费用占生产成本的50%以上，其中最主要的三种费用为租赁作业费、机械作业费、农家肥费。对于小农户而言，承包地的地租与家庭用工折价虽然可以"忽略不计"，但是，他们还需付出种子、农药、化肥、灌溉等成本，而粮食价格常年倒挂，农民从中获利难，因此种植业收益并不显著。很多农户在接受访谈时吐露："与其说是收入，不如说是自己种了自己吃。"

"十个里有九个在打工时也种地"[②]

黄泥村村民参与种植的主要形式为参与村集体经济及散户种植。散户种植多为锌硒米、蔬菜等粮食作物，主要用途为自给自足。

受访者张女士是土地流转的受益者，她把家里四亩符合要求的土地交给了公司进行流转，自己家屋旁还留有接近一亩的耕地。张女士平日除了经营家里的土地之外，还会去镇上打些零工，她说："十个中有九个在打工时也种地，土地流转不出去就自己种啦，不过大部分都种了自己吃。"虽然种植的效益并不高，但对于家庭来说依旧是一份收入，并且由于农业的时令性决定了不需要农户长期连续从事农业生产，因此在打工期间，她们也有较为充足的时间兼顾耕种。

二 养殖业

黄泥村的养殖业并不发达，379户农户中只有1户农户的收入来源以养

[①] 小麦、稻谷、玉米。
[②] 引自张纯对黄泥村村民张某的访谈，2020年8月21日，地点：贵州省麻江县黄泥村。

殖业收入为主。全村只有一个位于兴隆组①的养猪场，即黄泥村兴隆养殖场。养殖业的低迷主要受两方面因素的影响：一是养殖业的资金投入非常高。大规模的养殖必须有足够的资金作为支撑，不管是前期需要的基础建设费用，还是中期的管理费用，都需要大笔的资金投入，如建设养殖基地、购买养殖品种、饲料、疫苗等费用；二是养殖风险大，第一种风险是疫病风险。养殖业比种植业面对的情况更加复杂，如果养殖人员在养殖场的条件、饲料的喂养、疫苗的接种等方面缺乏足够的经验，非常容易造成养殖物种的生病，甚至死亡②。第二种是市场风险。养殖物种的市场行情难以预测，波动难以掌握③。受限于这两个方面，黄泥村的养殖业没有发展起来。

多数黄泥村农户养殖的目的并不是为了盈利，而是为了自留消费，这类养殖动物有鸡、鸭、鹅，规模多在 10 只至 30 只；另有一类生产性牲畜，主要为牛、马，牛可用来耕地，马主要用来搬运货物。

三 非农经营收入

作为麻江县一个较为封闭的山村，黄泥村并不具备足够的优势发展商贸。除农业经营外，农户极少进行其他经营活动。小卖部是黄泥村农户最常见的非农经营形式，但全村只有 4 家小卖部。小卖部是市场经济活动中规模最小的零售企业。黄泥村的小卖部每年利润在 1.5 万元至 2 万元，主要出售零食、饮料、生活日用品等，可以基本满足村民的日常需求。黄泥村的 4 家小卖部分布在不同的方位，每家小卖部都有较为固定的经营范围，互相之间的竞争性较弱。4 家小卖部都直接开设在经营者自家房屋的一楼，不需要租金，平日里家庭成员在二楼生活。

---

① 黄泥村划分为 12 个组，兴隆组为其中之一。
② 2020 年以来，总共有 9 个省份报告发生 18 起非洲猪瘟疫情，其中家猪疫情 17 起，野猪疫情 1 起。
③ 中华人民共和国农业农村官网：《9 月份第 1 周畜产品和饲料集贸市场价格情况》，2020 年 9 月 9 日。

"闲着也是闲着"[1]

这家小卖部位于整个村庄的西南角,我们进行访谈时店主正在向一个买冰棍的小孩收款,受访者孙某今年已经60岁了。在2011年,由于年迈体衰,孙某从外省返回家乡,在家赋闲时觉得"闲着也是闲着",靠着在外务工积蓄的一些钱财,便萌发了开办小卖部的想法,"年龄大了,不能出去打工了,平日里闲着也是闲着。我在外面打工的时候就觉得那种开小卖部的(人)特别悠闲,很羡慕。我们家这边没有小卖部的时候不太方便,家里少个油盐酱醋都得去村那头儿买。我就想着要不自己开个小卖部,还可以补贴家用,为家里增收。"这家小卖部最开始时规模非常小,只有两个玻璃柜,卖的是一些村里小孩喜欢的小零食,这简陋的布置便成为黄泥村当时第4家小卖部。

出乎他的意料,小卖部的生意还可以,于是在2014年,老孙扩大了经营经营规模,将小卖部扩展成现在房子一层的规模。老孙说:"小卖部一年赚的钱在1万元到2万元左右,2020年虽是一个特殊的年份,但由于黄泥村的环境较为封闭,未对小卖部的生意造成严重影响。"他表示虽然和其他家庭相比赚得较少,但他因为年迈,不能再像年轻人那样干活,对现在这样清闲的生活状态非常满意。

第四节 转移性收入

转移性收入是调节收入差距的重要工具。黄泥村中,建档立卡贫困户、低保户及老年人三类群体获得的转移性收入较高。据调研数据显示,2019年,8户贫困户每户平均获得5492.5元的转移性收入。

建档立卡贫困户的转移性收入主要来自两个方面,一是医疗补助。黄泥村全体村民每年会统一组织购买城乡居民医疗保险,每人每年需缴费250

---

[1] 引自张纯对黄泥村村民孙某的访谈,2020年8月21日,地点:贵州省麻江县黄泥村。

元。政府会为贫困户中的每个家庭成员提供120元的医疗补助,且贫困户在城乡居民医疗保险报销时享受额外的补助政策;二是教育补助。教育补助按教育阶段课划分为幼儿园、小学、初中、高中、大学,每阶段的补助水平都有所不同,各阶段补助详情见表15—6所示。

表15—6　　　　麻江县农村建档立卡贫困户学生资助项目详情

教育阶段	资助项目	资助标准（元/生/年）	备注
学前教育	儿童营养餐	600	不发放现金,用于"四统"*配送营养餐
	贫困幼儿资助	500	名额有限,根据下达计划逐级申报和审批
	县级扶贫专项助学金	500	全县建档立卡贫困户在校学生均可享受
义务教育	学生营养餐	800	不发放现金,用于"四统"*配送营养餐
	小学贫困寄宿生生活补助费	1000	不发放现金,用于"四统"*配送营养餐
	初中贫困寄宿生生活补助费	1250	
	县级扶贫专项助学金	500	全县建档立卡贫困户在校学生均可享受
普通高中	国家助学金	2000	名额有限,根据下达计划逐级申报和审批
	免学费	1600（按物价部门核定标准免费）	农村建档立卡、农低保、困难残疾生、农特供等四种贫困学生
	免(补)教科书	400	
	免(补)住宿费	500	建档立卡贫困户子女享受
	精准扶贫专项助学金	1000	
	县级扶贫专五项助学金	500	全县建档立卡贫困户在校学生均可享受
中职教育	国家助学金	2000	凡是符合条件的学生都能享受
	免学费	2000	
	免(补)教科书	400	一、二年级建档立卡贫困户子女享受
	免(补)住宿费	500	
	精准扶贫专项助学金	1000	
	县级扶贫专项助学金	500	全县建档立卡贫困户在校学生均可享受
高等教育	国家助学金	2500—3500	名额有限,根据下达计划逐级申报和审批
	免学费(专科)	3500	建档立卡贫困户子女享受
	免学费(本科)	3830	
	精准扶贫专项助学金	1000	
	县级扶贫专项助学金	3000	全县建档立卡贫困户在校学生均可享受

注：*　统招、统购、统配、统送。资料来源：根据《麻江县农村建档立卡户贫困学生资助项目告知书》整理而得。

低保户的转移性收入主要来自于低保金。2019年,麻江县的农村居民低保标准达到4140元/年[①],黄泥村低保家庭的月低保金=(当地低保标准－家庭月人均收入)×保障人数。

老人的转移性收入主要来自于养老金。养老金=基础养老金+个人账户养老金。其中,基础养老金70元,个人账户养老金=个人账户全部储存额÷139(个人账户养老金计发系数)。

第五节 财产性收入

黄泥村农户的财产性收入主要来自于土地流转所得租金。在受访农户数据中,每户平均土地流转所得收入为2039.73元,占每户平均财产性收入的92.43%,其他财产性收入仅占7.57%。

蓝莓产业是农户获得土地流转收入的主要来源。自2017年引入蓝莓产业以来,黄泥村以蓝莓为代表的村集体经济不断发展壮大,目前全村共种植蓝莓1320亩。蓝莓产业采取土地入股形式与当地贫困户进行利益联结,以"企业+合作社+农户"的组织形式,按"土地+保底分红"模式实现脱贫增收。由村脱贫攻坚合作社负责流转土地,每年800元/亩,流转期限20年,麻江县文旅公司一次性支付农户两年租金(建设期)。除蓝莓外,黄泥村还发展了烤烟、太子参、草莓等多种村集体经济。

黄泥村土地流转的推进影响了不同种类土地的租金收益。在未引进蓝莓产业之前,黄泥村耕地每亩每年的租金在400元至500元波动。引进蓝莓产业后,被蓝莓公司租入的土地每亩每年的租金为800元。蓝莓公司租入的土地要求为连片的土地,而农户拥有的土地很多是位于自家房子旁边的"一亩三分地",土地细碎化明显,达不到公司流转土地的要求。而受限于地理与规模,将土地出租给别人时的租金较低,每亩多在200元至400元,因此,此类用地多留用自己种植。散户在这细碎化土地上种植的首要目的是补充食物供给,多数种植了水稻或蔬菜自留消费。在满足家庭需求后,农户才会考

---

① 贵州省民政厅官网:《贵州省2019年城乡低保标准》,2019年1月28日。

虑将所得粮食进行销售，通常通过黄泥村在特定日期开放的"集市"售卖蔬菜，但由于种植规模很小，收益较低。

除土地流转的租金外，黄泥村农户收入中其他财产性收入所占比例非常小。据调研数据显示，黄泥村农户财产性收入中其他财产性收入仅占7.57%，涉及金融投资等方面的收入基本不存在。课题组对此进行了深入访谈，发现大多数农户受教育水平较低，所接触的知识面较为狭窄，因此金融财务知识匮乏，少有人愿意购买股票、基金等投资性产品来获取收入。

"我们哪里懂这些"①

黄泥村农户几乎没有接触过基金、股票等投资性财产。受访者杨先生今年51岁，年轻时一直在广州打工，近些年干不动了便回到家乡。提到家里有没有进行金融投资时，杨先生笑了出来："我们哪里懂这个哟！我年轻时在外打工，只听说过这个东西，这个股票啊什么的一不小心就能亏好多钱，哪有这么多闲钱去给你打水漂啊。"

第六节 蓝莓产业对农户收入的影响

黄泥村地处麻江县西北部丛峰槽谷区域，气候温和，有着优越的自然地理环境，为蓝莓产业的发展提供了良好的基础。自2017年引入蓝莓产业以来，蓝莓产业主要以"公司+党支部+合作社+农户"的模式发展，村合作社利用土地入股农文旅公司种植蓝莓，农户从中获得土地流转金，合作社提取土地管理费，壮大村集体经济，同时也解决农户就地务工问题。

蓝莓产业的引入帮助黄泥村建档立卡贫困户脱贫增收。在脱贫攻坚期内，村集体经济所得收益的30%归村集体，70%用于解决本村建档立卡贫困户的困难。村集体以年为单位按入股资金的8%向选定量化到户的贫困户

---

① 引自张纯对黄泥村村民杨某的访谈，2020年8月21日，地点：贵州省麻江县黄泥村。

分红，每年分红一次。2018 年黄泥村参加入股的贫困户共 50 户，户均获得 2 年土地租金 2125 元。第三年（收益期）蓝莓丰产后农户将土地租金折价入股分红，按照 6∶4（县文旅公司 60%、农户 40%，保底 500 元）比例进行分红，在 3 年的经营收益期中每亩至少可获得 4000 元分红。2019 年，村集体分红 8 万元，其中 5.6 万元用于解决贫困户困难，2.4 万元用于壮大村集体经济，庭院经济分红 6560 元用于解决农户困难。贫困户按户分为三个等级，一级 12 户贫困户（极贫），户均分红 800 元；二级 36 户贫困户（低保户），户均分红 500 元；三级 94 户贫困户，户均分红 342.13 元，另有非贫重病户 7 户，户均分红 400 元。剩余 30% 年收益 2.4 万元归村集体，用于村内公益事业建设、运行维护，弥补村级经费运转不足。[①]

蓝莓产业的引入帮助解决务工问题。蓝莓产业主要通过两种方式为农户提供务工机会：一是通过公司聘用提供长期稳定的务工机会。黄泥村本地务工人数较未引进时有所增加，截至调研时，返乡从事蓝莓产业的有 12 人，一年的工资在 3 万元左右；二是通过阶段性雇工提供短期的务工机会。蓝莓生长的不同阶段需要进行不同的处理，如播种、抹芽、修枝等，在种植耕作过程中需要大量的劳动力，黄泥村大量留守在家的女性与老人为蓝莓公司雇工提供了较多选择，雇佣劳作的收益为 80 元/天。

"留住人"的蓝莓[②]

"我把我的土地都流转给了种植公司，他们又聘请我来基地进行管工，我觉得很划算。"正在田间进行管工的黄泥村羊方组村民聂先生如是说。在黄泥村的蓝莓产业还未开展土地流转之前，他在外省打工，等到了农忙时节便回到家中忙农活，辛辛苦苦一年之后，收入也不超过两万元。而自黄泥村在羊方寨开展土地流转以来，聂先生抱着试一试的想法，把自家的五亩多土地都流转给了种植公司，自己则到种植基地上班，预计年收入可达 7 万余元。

---

① 数据来源于黄泥村党支部关于蓝莓的工作报告。
② 数据来源于黄泥村党支部关于蓝莓的工作报告引自张纯对黄泥村村民聂某的访谈，2020 年 8 月 21 日，地点：贵州省麻江县黄泥村。

第四篇　乡村振兴

"十四五"时期是我国减贫任务的过渡期，工作重点由巩固脱贫攻坚成果向实现乡村振兴转变。前三篇着重为读者描绘黄泥村脱贫攻坚时期的经济发展、人文生活的全貌。本书的第四篇将围绕黄泥村是如何迈出贫困并实现入乡村振兴，讲述黄泥村的脱贫过程以及振兴之路。全篇分为党建与公共服务、公共投资、集体经济、精准扶贫、高校帮扶与山村振兴六章。

第十六章 党建与公共服务

美好生活的实现无疑对基层公共服务建设提出了新要求。建设好基层公共服务，必须加强党建引领。自 2017 年蒙庆国担任黄泥村党支部书记后，黄泥村党支部充分发挥党建引领作用，以党建工作推动村庄行政高质量运行。经过近几年的建设，黄泥村党支部在加强群众领导力、提高干部综合素质、促进村庄产业发展与乡风文明等方面都发挥了引人瞩目的作用。

第一节 村党委的构成及维护

一 人员构成

黄泥村党支部现有党员 39 名，其中 12 名女性、27 名男性，党支部队伍中有大学生 6 人，老党员 7 人，最年轻的党员只有 23 岁，最年长的党员已有 90 岁。党支部书记蒙庆国是一名土生土长的本地人，2014 年，蒙庆国放弃在外发展的机会，返乡成为黄泥村村委的一名文书。2019 年，经上级党组织考核，他被任命为黄泥村党支部书记。就任支部书记以来，他带领村"两委"班子于 2018、2019 年连续成功创建党建扶贫"六好六强"示范村，示范带动"金种子"党员示范户 3 户，发展党员 5 名，动态培养村级后备力量 5 名，为建强基层战斗堡垒，决战决胜脱贫攻坚凝心聚力。

二 党组织生活

根据黄泥村的章程规定，黄泥村的每个党员，不论职务高低，都必须参加党的组织生活，不允许有任何不参加组织生活的特殊党员。组织生活是党的生活的一部分，它主要依托党支部、党小组开展活动。

黄泥村党支部会定期召开支部党员大会、支部委员会、党小组会，为党员按时开展党课教育活动。党支部党员大会每月召开一次，主要学习党中央和上级党委的重要指示精神，并讨论决定支部重大问题；党支部委员会会议每月召开一次，每半年召开一次民主生活会，开展党员的批评与自我批评；党小组会一般每月召开一次，党员每季度向党组织汇报一次自己的思想、学习和工作情况；党支部每季度组织一次党课或者观看一次党员教育片。

蒙书记自2017年上任以来，格外重视党员的组织生活学习和思想教育培养，带领黄泥村支部严格落实"三会一课"制度，并推进"两学一做"，多次举办主题党日活动，努力使支部工作标准化、规范化、多样化，并且重视发展党员工作，积极为党组织增添新鲜血液。

三　党内监督

党支部委员会对支部大会和支部全体党员负责，接受他们的批评监督，每年至少向全体党员报告一次工作。在进行重大问题决议时，由党员大会或支委会讨论决定，涉及方针、政策方面的问题及时向上级党委请示。

党支部每年组织党员进行一次民主评议。为了防止走过场，民主评议党员工作在党委领导下，采取坚持标准、立足教育、区别对待、综合治理的方针组织进行。评议党员工作一般分学习教育、自我评价、民主评议、组织考察、表彰和处理等步骤。评议中既评出优秀党员，又评出不合格党员。对优秀党员予以表彰；对不合格党员分别做出限期改正，劝退和除名的处理；对违反党纪的党员视其错误性质和认识错误的态度，给予适当的党纪处分。

四　后备党员培养

黄泥村党支部在进行后备党员培养时，重点关注退伍军人、大学生、返乡创业人员。主要原因是此三类人群在思想、知识、技术方面有着自己的优势，有利于发展壮大党支部的力量。

黄泥村在发展党员时遵循入党自愿的原则，成熟一个，发展一个，把吸收先进分子入党作为一项经常性的重要工作。在进行入党积极分子的培养、教育时，会指定一至两名正式党员做他们的培养联系人，吸收他们听党课，参加党内有关活动，分配一定的社会工作，送他们参加培训。经过两年培养教育后，在听取党小组、培养联系人和党内外群众意见的基础上，经支委会讨论同意，方可列为发展对象。未经政治审查的，不能发展入党；未参加上级党组织培训和党委委员谈话的，也不能发展入党。党支部会及时将上级党委批准的预备党员编入支部和党小组，并指定专人对他们进行继续教育和考察。支部每季度要讨论一次，发现问题及时同本人谈话。

第二节 公共服务中的党建力量

一 村干部构成

村党支部是农村一切组织和全部工作的领导核心，在政治上对村委会实施领导。黄泥村村委会受村党支部的领导，是村民自我管理、自我教育、自我服务的基层群众性组织，村民自治是在党的领导下、国家法律政策规定的范围内的自治。

黄泥村党支部委员会领导村民委员会进行村庄治理，村党支部书记、副书记、委员与村委会主任、副主任、委员统称为村干部。黄泥村党支部委员会由党员大会产生，村委会选举采取直接选举的办法，由具有选举权的村民直接投票产生，村民投票过半数选举结果有效，候选人获得参加投票人数的半数以上选票，始得当选。

黄泥村干部人员编制采用"员额制"，即村干部的工资福利、装备配置、教育培训以及日常管理等所需经费列入本级财政预算予以保障，属于在编人员，由财政拨款保障。黄泥村员额村干部有6人，统称为"六大员"，对应的6个职位，分别是村党支部书记、村委会主任、村委会文书、村委会人口计生主任、村宣传员、村委会综合治理员，其中中专、高中学历2人，初中学历4人，平均年龄35岁。同时，黄泥村把"金种子"带富计划作为基层组织建设的重要载体，调动全村党员干部和农村优秀人才参与到村级自我管理和自我服务当中，通过工作发现人才、培养人才，目前黄泥村共有后备干部2名。

二　干部职责

在黄泥村的日常运行中，"六大员"有着明确的分工和对应的职责。

村支书在村庄运行中起着方向性的作用：在思想引领上，要强化党组织建设工作，如发展预备党员、培养积极分子、抓好党员学习等；在倾听民声上，要落实村庄惠民项目，积极听取群众意见以完善工作制度、提高服务水平；在队伍建设上，要加强党组织对黄泥村工作的领导，落实领导班子建设。

村民委员会主任是村民委员会的负责人，要通过召集村民会议和村委会成员会议，推进村民自治进程；要围绕"四在农家·美丽乡村"创建活动，抓好基础设施建设；要落实发展村级经济，组织制定本村的经济和社会发展计划并实施；要落实农村救助、农村低保、危房改造、义务教育、计生工作等民生保障政策；要落实"民事村办"，制定相关村委会成员工作制度加强村委会自身建设。

村人口计生主任委负责计划生育的管理，主要职责包括：宣传党和国家人口与计划生育政策及法律法规；黄泥村的计划生育归属地化管理；年度人口计划的摸底工作和符合生育条件并要求生育者的申报、发证工作；督促、指导育龄夫妇选择合适的避孕节育措施；对流动人口计划生育证明的查验及管理；协助村委会完成村庄治理工作。

村委会文书负责协助村支书、村委会主任开展日常的村级事务性工作。主要职责包括：文书事务工作；党务具体工作；村级资产管理；会计统计工作。

村宣传员负责组织村庄活动及思想宣传。主要职责有：学习、宣传、贯彻党的路线、方针和政策；开展村庄精神文明建设工作；开展文化、体育及节日娱乐活动；村居环境卫生整治监督工作；村装规划建设。

村综合治理员主要负责落实维稳工作的各项措施，同时协助其他组织的运行。主要职责有：综合治理工作，群防群治工作；应急突发事件工作；组织开展普法宣传教育活动；综合教育工作；督促责任单位依法处理群众的信访问题。

为了进行专门的治理，村委会下设治保调解、民政救助、老龄群团、妇女计生、文教卫生五个专业委员会。各委员会由村委成员、村民代表和其他热心村工作的 3—5 名人员组成。专业委员会主任由村委会成员兼任。在村庄运行的过程当中，各委员会能配合党支部和村委开展各自的具体工作，让村庄井然有序地运行。

公共服务体系建设是乡村振兴的有力保障。乡村良好的公共服务体系，如交通、水电、通讯、环境等基础公共服务，既是公众基本生活的保障，也是乡村发展的保障，有利于维护和提高农民的基本权利和各项权益，提高乡村人口素质，促进乡村产业发展。

三 组织决策

黄泥村实行村民自治制度，坚持民主选举、民主决策、民主监督，在村党组织的领导下，由村民委员会组织村民民主管理本村的公共事务，实行村民主自治。

黄泥村的村民会议由村委会召集，每半年至少召开一次。当遇到以下三种情况时，应当及时召开村民会议：（1）决定涉及全体村民利益的本村重大问题；（2）需要听取村委会工作报告；（3）有 1/5 以上的 18 周岁以上的村民、1/5 以上的户或有 1/3 以上的村民代表提议举行。

村组织决策的具体流程为：两委班子提议—出席村民议决—村委会实施。村民会议必须有过半数的村民出席，才能举行，会议的决定须由出席的过半人数通过才有效。村民会议做出决定，由村委会负责实施。村民代表会议由村民委员会成员和村民代表组成，村民代表占村民代表会议组成人员的 4/5 以上，妇女村民代表占村民代表会议组成人员的 1/3 以上，村民代表由村民按每五户至十户推选一人，或者由各村民小组按核定的名额推选产生。在代表会议召开前，村民代表进行提案，村民代表会议会对此进行决议和决定，并通过村事务公开栏、村服务网等有效形式向村民公开、公布和宣传。

当涉及"三重一大"事项和热点、难点问题，必须执行以村民会议或村民代表会议为主要形式的民主决策制度，在镇纪委的监督下，按照"四议两公开"程序，即党支部提议、村两委会商议、党员大会审议、村民会议或村民代表会议决议和决议公开、实施结果公开进行民主决策，确保决策的科学、民主、公正。"三重一大"事项即：（1）重大决策事项：集体土地承包和租赁、集体举债、集体资产处置、干部报酬、公益事业经费筹集方案和建设方案等事项和热点、难点问题；（2）村支两委成员分工；（3）重大项目安排事项。讨论向上级报批年度重大项目计划事项，本地 1 万元以上项目的实施事项，讨论 5000 元以上的单笔对外投资、融资、担保等事项；（4）大额度资金使用事项。讨论 1000 元以上的单笔非日常性支出事项，讨论 1000 元以上资产、资源购置和处置事项，含产权变更、资产评估、招投标、合同等。

四　激励与约束

为了积极推行村务公开和实行民主管理，激励先进，约束干部在村务管理中违反制度、独断专行及造成损失的不良行为，黄泥村党支部也制定了相应的激励与约束制度。在进行激励或约束之前，需要对在职的村支委与村委进行考评定级。按村干部互评和村民代表会议民主评议相结合来打分定级的原则，考评分为"品德、能力、民主、公开、成绩"五项，每项分值为 20 分，每次考评总分为 100 分。村干部互评每季一次，与村支委中心组学习相结合，由谷硐镇党委政府派人组织。

考评定级与村干部的使用和补贴（工资）标准直接挂钩，按考评等级定系数。每个村干部的补贴（工资）基数以谷硐镇党委政府的年度考核规定为标准，同各自的系数相乘为每个村干部的每年补贴（工资）总额。对连续两年被评为不合格的干部，是村党组织成员的按党内有关规定处理，并报上级党委会给予必要的组织处理；是村民委员会班子成员的，责令其辞职；是其他村务管理人员的，由村民委员会或村民代表会议做出处理或给予停职处理。

五　党建治理效果

乡村公共服务作为乡村治理的重要内容，是满足农民美好生活需要和实施乡村振兴战略的应有要义。黄泥村党支部作为乡村治理的领导者、推动者和实践者，必然要在农村公共服务领域有所作为；实现城乡统筹和基本公共服务均等化，必须加强农村基层党组织建设，发挥其在农村公共服务中的引领作用。

（一）道路

黄泥村道路建设情况良好，发展迅速，不仅在覆盖率方面达到了较高的水平，在通达度方面也尽可能做到了优化。道路建设的资金主要来源于政府拨款，有时资金预算不够则需要村民进行自筹。路况的改变主要体现在三个方面：一是"交通路"，二是"机耕道"，三是"产业路"。"交通路"是指供行人和车辆出入行驶的道路，是村民日常生活不可或缺的基础设施。2017年左右，黄泥村基本上告别了"泥巴路"，实现了"户户都通水泥路"，方便了农户的日常出行；"机耕道"是指为了可通行机动车辆及农业机械的道路，随着农业机械化程度的提高，黄泥村机械工具的普及率也越来越高；"产业路"是指为了方便农户进行农业生产所修筑的道路。

"修进地里的路"[①]

> 黄泥村周边少有工厂，留在村子的农户大多依靠种地为生，受地形地貌的影响，黄泥村虽土壤肥沃，但许多田地地势陡峭，农户难以携带生产工具到田地里进行耕种，道路的不通畅阻碍了农户耕种所得的效益。近几年得益于蓝莓、草莓等产业的引入，方便产业生产的"产业路"不断被修建，农户以前大多只能依靠马作为交通工具携带少量耕种工具，现在却能直接将车子开到田地里，提高了农户的种植效率，改善了农户的种植效益。

（二）水利

水利建设是农业发展的重要基础。黄泥村位于贵州省南部，属山区，当地农作物种植广泛，对水利工程要求较高。当地水利的主要形式为蓄水池，

[①] 引自张纯对黄泥村村民的访谈，2020年8月23日，地点：贵州省麻江县黄泥村。

村内建有中小型水库 1 座，大小山塘 5 座，水井 7 口。引山泉河流之水浇灌土地，水质清澈，大部分农户表示能够满足灌溉和抗旱的需要。

（三）饮水

黄泥村的自来水来自石板河，经过净水设施流入黄泥村农户家庭中。2016 年以前，自来水普及率不高，很多农户只能每天用水桶挑山上的山泉水或是去水井挑水，2016—2018 年，黄泥村村委发挥指挥带头作用，依靠集体资金及村民自筹，对全村的饮水设施进行整改。2018 年底，全村村民家中基本引进了自来水，自来水水质清澈，质量过关。村子虽建有一座工厂，但对水质影响微小。供水池配备专业的管水人员，每月对本组供水设施（集水池、蓄水池、压力池、管道等）进行一次以上巡视和检查。对农户使用计量用水，用水户所用水必须在水表下取水，必须通个水表计量，否则定为违章用水。每户外按用水量缴纳水费为每吨 1 元，按元月收取，所有用水户不得拒交或者迟交。所收取水费直接作为管水人员工资报酬。水费收支情况由管水小组在次年 1 月 15 日前向村民张榜公布，接受村民监督。

（四）文化教育

贫穷治理一方面有赖经济水平的提升，另一方面有赖文化水平的增强。在子女与教育一章中笔者已经具体介绍，由于地域情况及发展情况的限制，黄泥村没有学校，谷硐镇也只建有一所中学麻江县谷硐中学，孩子们上学需要去镇上或县里，整体来说黄泥村的教育水平较为落后。而文化脱贫是脱离贫困的重要指征之一，也是黄泥村党支部扶贫建设的长期战略目标，因此农村阅读室建设的初心便是希望拓宽村民的眼界，拓宽村民的思想。

黄泥村的阅读室也称"农家书屋"，阅读室是一个约 20 平方米的房间，图书的主要来源渠道为南京农业大学的图书募捐活动及村集体扶贫资金的采购，阅读书目多种多样，涉及儿童科幻、老年养生、技术科普等多类内容。村民可选择在阅读室阅读书籍，也可以选择将图书借回家，借书时需要在图书借阅登记本上进行登记，阅读室负责人会定期查阅图书借阅情况。虽然书籍是面向全村村民开放，但受文化氛围及日常劳动工作的影响，大部分黄泥村村民既缺少兴趣，也缺少足够的精力阅读，所以阅读室的效果并不理想。

村里的阅读室[①]

提到村里的阅读室，受访人罗女士提到，她家10岁的小儿子非常喜欢看阅读室的书籍。"我对他玩手机的时间限制比较严格，他玩的时候我就想让他多读些书，有了阅读室之后我就去借了几本，都是那种科幻之类的书，他还挺喜欢看的，后来就经常问我什么时候再去村委，他想看书。"而被问到她自己经不经常看书之后，刘女士笑了笑，"我倒是想看，就是没得那个空呀！白天要干活，晚上要照顾小的，还要做家务，忙活完了歇会儿就该上床睡觉了。"

据阅读室负责人回忆，在他的印象里去阅读室的多是小孩子，大人们去借书大多是技术人员偶尔去借一些农业生产的技术书籍。对于阅读室如今的发展状况，他坦言："阅读室现在的状况确实是有些尴尬，你也不能说它没用，因为确实是有人来看的，但你也不能说它有用，一是人不多，二是对村里文化氛围的改善基本没起到作用，如果对标我们一开始的目的，那肯定是不成功的。"。

（五）社会保障

针对农村社会保障建设情况，黄泥村的成果主要体现在两个方面：一是农民最迫切、最关心的医疗保险和养老保险；二是为保障就业而设立的公益性岗位。在上文中，本书已对医疗保险与养老保险做了详细的介绍，两者在保障农户正常生活、减轻农户生活负担方面发挥了重要作用。因此，在本章节我们主要聚焦于第二方面，即公益性岗位。公益性岗位是指由政府出资开发，以满足社区及居民公共利益为目的的管理和服务岗位，招聘对象面向的是就业困难人员。黄泥村设置的公益性岗位有保洁员、护路员与护林员，经过面试后，符合条件的建档立卡贫困户、易地扶贫搬迁户、残疾、生活困难等失业人员会重点优先安置。三类公益性岗位虽然都属于卫生清洁类，但各自岗位的侧重点有所不同。保洁员主要清洁花坛等绿化设施的垃圾；护路员

[①] 引自张纯对黄泥村村民罗某的访谈，2020年8月23日，地点：贵州省麻江县黄泥村。

重点维护公路，对公路两侧清淤清堵、祛除杂草；护林员肩负的职责是保护山林，在3—6月份严防山火时期，护林员会在山林附近设置的卡点处守卡，谨防森林失火。公益性岗位的职员在上任时都要接受培训，护林员与护路员都由县政府组织进行培训，保洁员由村委负责交代注意事项。据调查，黄泥村有3位保洁员、3位护路员及8位护林员，任职人员家中均有老人或小孩要照顾，难以抽身离开村庄外出务工的建档立卡贫困户，每人每年的工资为1万元，工资按季度发放，每季月末结算酬劳。每个星期一，公益性岗位的职员都要来村委进行签到，计生主任会定期对他们的工作进行督促，采用当面或电话的方式对他们的工作情况提出建议或整改，督促多次依旧不改的，村委会考虑换人代替。

公益性岗位改变的人生[①]

在接受采访时，负责公益性岗位的计生主任龙碧秋给我们讲述了她印象深刻的一个例子："有一个姓金的人，今年好像是51岁了吧，家里没儿没女，没人照顾他，就他一个人，他智力还有稍有些障碍，有的时候傻傻的。他以前没有工作，过得很苦的，六月天的时候还穿着冬天的棉衣棉裤，因为没有换季衣服穿。但是夏天他把这个穿烂了，冬天就又没厚衣服给他穿了，大冷天穿得很少，而且吃得也很差。后来做了保洁员这份工作，有工资了，他的生活就变好了很多，吃的有了，穿的也有了，我去看他的时候和他开玩笑说：'小日子过得不错嘛。'"

（六）社会秩序与调解

黄泥村村委设有村民调解委员会，委员会由5人组成，1位调解书记，1位首席调解员，3位调解员。调解员受县司法局的培训，需要掌握基本的法律知识。村民调解委员会的主要职责是调解民间纠纷，防止民间纠纷激化，除此之外，还承担着向村民宣传法律法规，教育公民遵纪守法、遵守社

[①] 引自张纯对黄泥村计生主任龙碧秋的访谈，2020年8月23日，地点：贵州省麻江县黄泥村。

会公德的责任。

黄泥村村民之间关系较为和谐、相处和睦，产生的纠纷多为邻里之间的小事、土地所有权限问题，以及老人赡养的问题。当村民之间产生纠纷时，可采用书面或口头申请的方式向人民调解委员会申请调解。若符合受理条件，委员会会制定一名人民调解员为调解主持人，在双方在场时向双方当事人询问纠纷事实和情节，并征询其余知情人士的意见，了解双方的要求及理由后，拟定调解方案，按照司法部统一制定的人民调解协议格式制作调解协议，若双方当事人同意调解便在调解协议上进行签字，若不同意，再进行第二次调解、三次调解、四次调解……若调解委员会无法处理，便呈递上一级司法机关。若调解纠纷的申请不符合受理条件，在向当事人做出解释后，调解委员会则告知当事人到相关部门要求解决。

在近几年，黄泥村村民调解委员会依法、正确地调处纠纷，调处率达100%，调处成功率达95%，成功开展"四五"活动[1]。每隔半年，黄泥村村民调解委员会的成员会开展一次总结大会，梳理近半年的工作，分析典型案例，总结经验，并做好下一年的工作计划。

"不能辜负他们的信任"[2]

让调解员龙玉安印象深刻的是一个赡养纠纷。

虽然反反复复经过三次调解才成功，但龙玉安却心甘情愿，他说"这个邻里关系就是要我们来维护的，我们不干，就乱套了。村民们大部分还是很信任我们的，我们调解看证据，他们也相信我们才愿意接受这一次次的调解嘛，来来回回地跑，累肯定累，但是老百姓信任你，你就不能辜负他们。"

---

[1] "四五"活动：即杜绝因民间纠纷激化引起的刑事案件、治安事件、自杀事件和群众性集体上访事件的发生。

[2] 引自张纯对黄泥村调解员龙玉安的访谈，2020年8月23日，地点：贵州省麻江县黄泥村。

第三节　山村振兴中的基层干部情怀

农村党员队伍是基层党组织的重要组成部分，也是党在农村开展各项工作的中坚力量。黄泥村党员队伍充分发挥党建引领作用，在履行党员义务的同时，注意发挥先锋模范作用，团结和带领群众积极投身农村改革和发展。

一　先锋模范带头作用

农村党员发挥先锋模范作用具有先天的优势。农村党员身处农村基层第一线，与农村群众联系最密切、关系最亲近，也是农村群众最可靠、最亲密的"贴心人"。黄泥村党支部注重实践实干实效的要求，一方面更加注重自身素质的提升，树立终身学习观念，按时参加"三会一课"、支部主题党日等组织生活，在提升自身能力中增强服务群众的能力；另一方面坚持党员要更加密切联系群众，培养"助人自助、乐人乐己"的道德情操，进一步推动乡村发展进步，并发扬苦干实干的精神，尽力而为，量力而行，为实现人民对美好生活的向往而努力。

"我们是走在前面的人"[①]

聂登金是黄泥村的文书，也是黄泥村党支部的一员，谈起对于党员工作的理解时，他说："我们是走在前面的人。有时候很多事情必须我们带头才能干起来，我们是服务人民的。"

他提到黄泥村的每个党员都会对接一户或几户的贫困户。"我们党员干部和志愿者会分成不同的小组，定期关心建档立卡的生活状态，有空就拿着扫把、铁锹、抹布之类的工具呀，去帮他们扫院子、扔垃圾、擦桌子、玻璃、整理生活物品。"聂登金说除了生活上的照应，还有精神上的引导和关怀，"除了生活上的贫困之外，很多贫困户在精神上也

[①] 引自张纯对黄泥村文书聂登金的访谈，2020年8月23日，地点：贵州省麻江县黄泥村。

是比较匮乏的，没有什么娱乐方式，而且思维有的时候很固化，村里有什么针对他们的政策他们也多是不懂的，并且认死理儿，要靠我们去宣传、去做思想工作。"

聂登金结对帮扶的人便是他的邻居——一个孤身一人的老奶奶。"她身体状况不算好，自己一个人行动不便，很难照顾好自己，更别提收拾好家里了，很多东西都乱糟糟地堆在一起。我有空就会去看她，去她的家里坐坐，送些吃的呀、打扫打扫卫生呀、聊聊天呀。"聂先生提到，他每次去的时候都要忙活小半天才能收拾好刘奶奶的院子，是个不轻松的体力活。除此之外，他还经常与刘奶奶聊天，"她家里就自己一个人，没儿没女的，孤孤单单一个人，我就经常陪她聊聊天，给她讲讲村子里的事，能开心一下就是好的。"其他邻居笑称，如果不是知道情况，还真会误以为聂登金就是刘奶奶的儿子。就这么日复一日，聂登金未曾中断。

我们在走访刘奶奶时，她对聂登金的评价只有5个字，"他是个好人。"奶奶年事已高，我们说了三遍她才听清问的什么问题，她停顿了一会儿，像是在回忆这个名字，最终她一直在对我们说："他是个好人。"虽然刘奶奶的身体虚弱，声音听起来有些微弱而颤抖，但我们还是从中感受到了无比坚定的力量。

但聂登金不曾将这些视作成就，他说："我觉得这更像是一种责任和使命吧，我们常说自己是从群众中来到群众中去，老百姓很实在的，我们要真的去践行它，他们才会信任我们。如果用总书记一句话来说，就是不忘初心，牢记使命吧。"

二 奉献牺牲的情怀

甘于奉献，要做到集体利益在前，个人得失在后，吃苦在前，享受在后。"甘于奉献"是共产党人的崇高品格。"先天下之忧而忧，后天下之乐而乐"，"享受在后"不是享受在自己人生的后半段，而是享受在天下人之后，享受在广大人民群众的后面。在黄泥村脱贫振兴的征途中，正是因为有许许多多的党员干部奉献了无限的心血和汗水，才有了黄泥村今天脱贫振兴后的崭新面貌。

"站岗一分钟，做好 60 秒"[①]

"站岗一分钟，做好 60 秒"是黄泥村党支部书记蒙庆国常说的一句话。采访途中黄泥村几乎所有干部都提起过这句话，便如此让人印象深刻。蒙庆国是怎么坚持做好每一秒的呢？

村支书蒙庆国是苗族人，今年35岁，曾服役于武警西藏总队阿里地区支队，荣获过两次"优秀士兵"的称号，2017年被任命为黄泥村党支部书记。他谈起刚回到黄泥村时的感受："那个时候让我形容的话，我就三个字，脏、乱、差。"而这一切，你在今天的黄泥村是感受不到的，通往每户门口的水泥路、整洁的地面、井然有序劳作的村民，这是一番和以往截然不同的面貌。

自2018年乡村振兴战略实施以来，作为乡村振兴的前提和基础，打赢脱贫攻坚战成为重中之重，这也是蒙庆国上任后挑起的第一个重担——带领黄泥村摆脱贫困。为了摸清楚黄泥村的真实状况，他带领村干部每家每户走访调查，了解每户农户的家庭构成、经济收入、生活状态。蒙庆国在采访时自信地说："你现在问我任何一家的情况我都说得出，对于那些外出务工的人来说，他们可能都没我了解他们家的情况。"

他说那段时间日子常常是"5+2""白+黑"，甚至加班到夜里两三点都是有可能的。"那时候已经没有休息的时间了，脱贫是举国重视的事情，全国上下多少力量投入进去、多少眼睛在看着这个事情，我们能做的就是拼尽全力，尽快、尽善、尽好地完成任务，一刻都不能松懈。"

这一路上，蒙庆国也曾有过自我怀疑的时刻。作为村支书，他身上的担子绝不轻松，重要工作时期，加班加点是常有的事，而忙碌的工作挤占了他回归家庭的时间。妻子女儿也对他揽下这种"苦差事"感到无

---

① 引自漆家宏对黄泥村村支书蒙庆国的访谈，2020年8月23日，地点：贵州省麻江县黄泥村。

法理解。"我以前在外面包工程的时候一个月赚1万多元是没有问题的，还有时间陪我老婆和孩子，很舒服的，现在我一个月的工资是2000元。我记得那是脱贫攻坚的关键时期，我工作方面也遇到了些困难。有一次我加班到夜里12点多回家，就看见我女儿在沙发上等我等睡着了，身上连个毯子都没有。我就是那一刻突然对自己有了怀疑，我是谁、我在哪里、我在干什么，我从外面回来，但我老婆不支持、没时间陪女儿、工作也不顺利，我也是个平凡人，那个时候真的很迷茫，甚至想过要不要辞职。"

蒙庆国经过深思熟虑后，仍然选择留在这片土地上。"我发现我下不了狠心离开，我觉得我快和这片土地连在一起了，我放不下这里，而且那些村民也需要我，我不能走的。我自己有想象过脱贫之后的场景，我想如果能走到那一步，现在吃的苦我都能够承受。我经常给村干部们说我们要'站岗一分钟，做好60秒'，现在轮到我在这个岗位上，我就不应该，也绝不能退缩。"

图16—1　蒙庆国（左一）实地考察产业
（图片来源：黄泥村党支部提供。）

图16—2　蒙庆国（右二）与村民
（图片来源：黄泥村党支部提供。）

秉持严谨认真、心系村庄、心系村民的工作态度，蒙庆国带领黄泥村推动以蓝莓为首的产业的发展、整治乡村环境、完善基础设施、加强党建引领。在担任黄泥村党支部书记以来，他始终心系村里老百姓、为村民脱贫致富谋出路、想办法。2019年7月，黄泥村党支部获评"全州脱贫攻坚先进党组织"。2019年9月，黄泥村村书记蒙庆国凭借突出的工作成绩，被黔东南州委、州人民政府授予"全州脱贫攻坚优秀乡村干部"。

只要站在岗位上,每一秒都是时刻准备的状态。决战决胜脱贫攻坚已经到了最后的收官阶段,行百里者半九十,此刻黄泥村的各项工作都跃上了一个新的台阶,以蒙庆国同志为代表的基层干部们正以一个共产党员的要求践行着自己的初心和使命,带领村"两委"一班人按新农村建设的规划蓝图和实施要求,一步一个脚印,努力工作,继续前进。

三 责任与使命的践行

在打赢脱贫攻坚战,带领乡村振兴的过程中,广大基层党员发挥了不可磨灭的作用。除了发挥先锋模范作用的带头党员外,还有许多默默无闻,但同样奋战在脱贫一线的普通党员,他们以一颗奉献的心,积极投入到每一项工作中,组成了乡村振兴道路上一块又一块牢固的基石。

"出现在人民需要的地方"[①]

黄宁,2018年年入党,作为黄泥村的致富带头人被推举为共产党员。作为一名党员,同时也作为一名养牛经验丰富的养殖大户,黄宁在日常生活中勤恳劳动,积极向前来请教的人传授养殖技术与养殖经验,倾囊相授,不计较利益得失,发挥了一个致富带头人的引领作用。新冠肺炎疫情期间,身为党员,他主动请缨去村口守卡,帮助村委进行外来人员记录、体温测量、进出登记等工作。除他之外,还有许多党员也站了出来,能出力出力,能出钱出钱,能出物出物。按照黄宁的话来说:"党需要我,人民需要我的时候,我就来了。"

刘明钧,因为工作勤恳踏实、认真负责,2012年作为红凯化工厂的优秀员工被推举为共产党员,担任黄泥村第四个大组的组长,分管大坡组、棉花组、马鞍组三个自然寨。作为党员小组长,他的日常工作是

[①] 引自张纯对黄宁、高家海、刘明钧的访谈,2020年8月23日,地点:贵州省麻江县黄泥村。

帮助村党支部向村民宣传政策、落实党工作。在黄泥村开展人居环境改造时，他就需要协调各方面的事宜，村民、工程队、党支部，他回忆道，再鸡毛蒜皮的小事儿也需要他去解决，嘴皮子磨得上火，嗓子不好是经常的事。问起他会不会觉得苦或累，他说："一天不完成，便一天不撤退。"

高家海，1995年作为一名退伍军人回到黄泥村，成为一名共产党员。1996年，高家海担任黄泥村的党支部书记一职，一干便是12年。在任职期间，他一直致力于带领村民致富，改善人居环境，曾当选两届麻江县人大代表，工作事迹受到村民们的广泛好评。黄泥村作为山村，地势陡峭，在他担任村书记时交通发展情况不好，很多农户因为道路问题出行不便，不仅阻碍了村民的日常生活，也阻碍了村庄的经济发展。上岩组的村民受河流影响，交通不便的情况最为严重，高家海与村民协商后，利用政府拨款10万元的扶贫资金建设了"金岩大桥"，极大方便了人们的出行，是一项名副其实的惠民工程。他说："我当初回到黄泥村便是想贡献一点儿自己的力量，老百姓过得好，我就觉得好。"

乡村发展和建设中的基层党组织，不仅是解放和发展生产力、改进和完善生产关系的重要力量，同时也是发展公共服务、实现乡村振兴的推动力量[1]。村民富不富，关键看支部；村子强不强，要看"领头羊"。农村基层党支部的建设是党工作和战斗力的基础，基层党支部是村级各种组织的核心。要做好农村公共服务必须要加强基层党支部的建设，更好地组织带领群众投身农村发展，建设乡村新风貌。

---

[1] 王振波、刘亚男：《新时代背景下我国乡村振兴研究述评——基于十九大以来的文献考察》，《社会主义研究》2020年第4期。

第十七章　公共投资

公共投资是指由中央和地方政府投资形成的固定资产投入，其投资往往被限定在特定的公共服务领域[①]。政府积极行动为贫困地区农村居民提供基本公共投资的行为，可以让更多的贫困户受益，从而促进农村发展，因此农村发展的一个重要举措就是加大农村公共投资的力度，提高农村公共服务的供给水平。我国在改革开放后出台了一系列政策以加大农村的公共投资力度，进一步有效减少了贫困乡村的数量，贫困发生率降低，城乡差距缩小。

国家对乡村帮扶的公共投资也逐步落实到黄泥村。黄泥村公共投资包括道路、农业水利、文化体育设施、饮水工程、医疗卫生、通信网络等方面项目，系列投资增加了黄泥村的公共投资、增加了农户的收入、促进了山村发展。

但是，在农村发展方面仍然面临巨大挑战。"空壳村"在全国范围内仍然普遍存在、返贫风险仍然偏高、农村地区物质与精神发展不均衡等问题都尚待解决，而公共投资是解决现存矛盾的有效途径之一。本章将对黄泥村内公共投资的现状、成效及问题进行分析。

第一节　公共设施

一　道路

为响应国家"村村通"工程，麻江县于 2003 年 3 月正式启动"村村通公路"项目。至 2005 年年底，共修建通村公路 21 条，共 190 公里，修路资金由交通部核拨。修建费用标准为：2003—2004 年 3 万元 / 公里，2005 年

[①] 万道琴、杨飞虎：《严格界定我国公共投资范围探析》，《江西社会科学》2011 年第 7 期。

4万元/公里。群众投工投劳参与修建的公路4条：基东至岩头段公路、甲棚至瓮袍段公路、笔架至水兴段公路、宣威至甲树段公路。其中笔架至水兴段公路，水兴村群众不仅投工投劳参与修建路基，而且还无偿提供公路所占土地。黄泥村所在谷硐镇修建道路12公里，修建费用大约45万元，于2005年12月竣工，如表17—1所示。

表17—1　　　　　　　麻江县1991—2005年修建通村公路一览表

乡(镇)	公路名称	途经行政村	里程(公里)	竣工时间
杏山镇	麻江至坪山	杏山村、长兴村、坪山村	12	2005年10月
	水落洞至青山	谷宾村、靛冲村、小堡村、青山村	11	2005年12月
	隆昌至茅坪	隆昌村、长冲村、茅坪村	6	2005年12月
碧波乡	碧波至岩下	虎场村、岩下村	3	2004年7月
	新牌至偿班	新牌村、偿班村	3	2004年7月
	碧波至相塘	碧波村、相塘村	6	2005年12月
坝芒乡	下庄至猫头	蒋岗村、乐坪村、猫头村	14	2005年12月
龙山乡	龙山至界牌	龙山村、孟江村	6	2004年3月
	蚂蚁坟至河坝	中寨村、青坪村	5	2005年11月
宣威镇	毛草塘至罗伊	翁堡村、罗伊村	6	2004年8月
	腊白至黄莺	腊白村、黄莺村	6	2005年3月
	基东至岩头	基东村、岩头村	7	2005年3月
	笔架至水兴	笔架村、水兴村	11	2005年3月
	宣威至甲树	光明村、比户村、甲树村(接都匀羊烈)	10	2005年8月
	甲棚至瓮袍	平定村、瓮袍村、安鹅村	10	2005年12月
	翁堡至卡乌	翁堡村、沪江村、卡乌村	10	2005年12月
乡(镇)	公路名称	途经行政村	里程(公里)	竣工时间
贤昌乡	新场至塘山	新场村、塘山村	8	2005年3月
跨乡(镇)	鸭塘至基东	贤昌乡：盐山村，宣威镇：安鹅村、基东村	11	2004年3月
	大坪至兰山	景阳乡：大坪村，谷硐镇：兰山村、谷硐村	12	2005年3月
	谷硐至坝芒	谷硐镇：谷硐村、乐埠村、甘塘村，坝芒乡：栗木村、坝芒村	20	2005年10月
	谷硐至贤昌	谷硐镇：谷硐村、黄泥村、摆沙村、湾寨村，贤昌乡：贤昌村	12	2005年12月

资料来源：根据《麻江县县志(1991—2005)》整理而得。

当前黄泥村的穿村干道是 X033 县道,是黄泥村对外的主要交通道路,于 2005 年修建竣工,村内道路长度 8 公里。麻江县 2016—2018 年创建城乡统筹试点县三年行动计划项目中,对 X033 县道进行了改造,其中包括两部分:第一,麻江县 X033 县道蒲席塘至翁保至卡乌段县道改造工程,县道拓宽改造工程 X033 县道蒲席塘至翁保至卡乌段 13.7 公里,内容包括改造路基、路面、涵洞等,总投资 3014 万元,改造修建时间为 2015 年至 2016 年。第二,县道拓宽改造工程(X028 县道 22 公里、X032 县道 43.1 公里、X033 县道下庄至蒲席塘段 59.1 公里、124.2 公里),改造路基、路面、涵洞等,总工程投资 14904 万元,改造修建时间为 2016 年至 2020 年。

在"修好产业路,铺平致富路"的引领下,黄泥村道路硬化分别于 2014 年和 2017 年实现"组组通"和"户户通"。黄泥村"组组通"计划是指对山村内部未连接到县道 X033 的自然寨修建通组路,以实现每一个自然寨能直接通到村内县道。黄泥村通组路于 2012 年计划实施修建,黄泥村村民共同商议决定。由上级政府下发通知,国家提供通组路修建的水泥、沙石等建材,县公路管理局派遣专业技术人员进行技术指导,黄泥村本村投工投劳。投工投劳方案是以自然寨为单位,自然寨内每一户家庭出至少一个劳工。通组路于 2014 年全部竣工,分别在上岩组、枇杷组、虎场组、羊方组、马鞍组共修建 5 条通组路,其余 6 个自然寨位于县道两侧附近,并没有修建通组路。"户户通"计划又称"入户通",是指在自然寨内部实现户与户之间道路平整硬化。黄泥村于 2014 年开始动工修建,仍然采用政府投资建材和村内自出劳工的形式,入户通道路于

图 17—1 棉花冲水库
(资料来源:黄泥村村委提供。)

2017年底全部竣工。

二 水利

黄泥村的水利设施以蓄水工程为主，行政村内建有中小型水库1座，大小山塘5座，水井7口。黄泥村区域水库为棉花冲水库，竣工于1982年，发源于重安江，控制流域面积为3.8平方公里，总容量为53万立方米，有效灌溉面积800亩，投资金额为9万元，均为国家补助。棉花冲水库在黄泥村地区起到的主要作用是防洪抗旱、蓄水调节，极大程度上保障了黄泥村地区农业生产的种植条件，也是黄泥村多年未发生大规模农业灾害的主要原因。小水窖、小水池、小山塘（简称"三小"工程）对雨水进行集流（蓄水）解决旱地浇灌和农村饮水困难是一种较好的形式，并且，该类工程规模小、投资少、见效快，适用于独户施工。1991年，采取国家补助部分材料，农户集资投劳，水利部门实施技术指导的方式进行修建。至2005年底，全县在杏山镇、下司镇、宣威镇、龙山镇、坝芒镇、景阳乡以及黄泥村所在的谷硐镇7个乡镇实施"三小"工程633口（座），总容积58320立方米，具体情况如表17—2所示。

棉花冲水库

棉花冲水库位于黄泥村辖区，于1977年5月修建，1982年11月竣工蓄水，距县城28公里，水库坝址以上集雨面积4.1平方公里，大坝为均质土坝，最大坝高19.5米，坝顶长60米，水库总库容67.8万立方米，兴利库容45.2万立方米，如图17—1所示。

棉花冲水库因运行多年一直存在坝基渗漏严重问题，于2012年10月进行除险加固，于2013年5月完工。工程建设单位为麻江县水利局，工程总投资为231万元，主要建设内容为水库大坝防渗加固和整形，溢洪道拓宽加固、放水涵洞技改。该工程设计灌溉面积2600亩，保护下游210户，1120人。

表17—2　　　　　　　　麻江县1991—2005年重要蓄水工程情况表

工程名称	数量（处）	所在地	所在河流	坝高（米）	有效灌溉面积（亩）	总投资（万元）	完成时间（年）
水冲水库	1	杏山镇	重安江	21.0	2341	118.00	1976
宣威水库	1	宣威镇	清水江	22.0	7835	182.00	1975
小坝水库	1	景阳乡	重安江	9.0	564	12.58	1956
打龙塘水库	1	杏山镇	清水江	14.0	580	12.40	1973
蚂蚁塘水库	1	谷硐镇	重安江	6.6	262	2.94	1976
棉花冲水库	1	谷硐镇	重安江	21.0	800	9.00	1982
虎拜石水库	1	碧波乡	重安江	23.0	650	23.00	1986

资料来源：根据《麻江县县志》整理而得。

由于黄泥村部分自然寨远离水源，为解决产业和农业用水，脱贫攻坚期间黄泥村投入大量资金完善灌溉条件。2016年至2018年黄泥村修建农田灌溉沟渠11300米，人畜饮水提灌站2座，解决了村内部分区域水资源枯竭问题。其中，灌溉沟渠共在7个自然寨修建8条，每条沟渠投入资金在30万元—50万元不等，如表17—3所示。

表17—3　　　　　　　　黄泥村灌溉沟渠建设表

自然寨	数量（条）
黄泥组	2
棉花组	1
羊方组	2
马鞍组	1
虎场组	1
新庄组、田坎组	1

资料来源：根据黄泥村主任黄绍有的访谈资料整理而得，2020年8月28日，贵州省麻江县黄泥村。

三　文化设施

体育广场也是黄泥村的一道风景线。黄泥村11个自然寨中，有9个自然寨建设有体育广场，仅有2个自然寨由于村民协商占地问题无果，所以没有修建体育广场。黄泥村大范围的体育设施与场地建设大部分是借助脱贫攻坚文化扶贫契机，由麻江县政府拨款建设。黄泥村体育广场于 2017 年集中修建，平均占地 150 平方米，建造费用如表 17—4 所示。

表 17—4　　　　　　　　　　黄泥村体育广场建设投入表

自然寨	投资（万元）
黄泥组	35
棉花组	45
羊方组	45
马鞍组	28
虎场组	45
新庄组	30
枇杷组	35
上岩组	35
大坡组	32

资料来源：根据黄泥村主任黄绍有的访谈资料整理而得，2020 年 8 月 28 日，贵州省麻江县黄泥村。

为丰富村民精神生活，提高村民文化素质，黄泥村村委在 2010 年设立了阅读室。黄泥村阅读室地址经历了两次搬迁：2010 年至 2018 年黄泥村阅读室位于原黄泥小学教学楼二楼（现黄泥村村委会办公楼），黄泥村新办公楼（位于黄泥小学旁）于 2018 年竣工并投入使用，2018 年 12 月 18 日村委决定将阅读室搬至新办公楼一楼，更便于村民使用。到 2019 年 2 月，由于需要设立老年活动室，又将阅读室再次搬迁至原二楼，不过对原房间进行了翻新，装修总费用 3.5 万元左右，所用资金还包括了购置书架、桌椅、书籍等方面的投入。现阅读室占地面积 20 平方米，图书主要来自南京农业大学的图书募捐活动及村集体扶贫资金的采购，书籍主要以农业技术指导为主。

四 卫生条件

黄泥村的医疗卫生条件设施经历了较大的变迁,一方面,卫生室本身得到了改造,在 2015 年之前,黄泥村卫生室仅有 20 平方米,2015 年由麻江县卫健局投资 20 万元进行改造,现占地面积 130 平方米;另一方面,卫生室提供的服务有了较大的变化,以前卫生室可提供输液治疗、抗生素销售等服务,现在卫生室经营范围局限于提供非处方用药销售。

黄泥村卫生条件改造还表现在公共厕所的提供。"厕所革命"在黄泥村表现为居民住房内部厕所改建和村内公共厕所修建两部分。公共厕所于 2018 年由麻江县新农办投资 8 万修建,占地约为 30 平方米。

五 饮水

2016 年以前,黄泥村饮水主要来源为水井取水使用。黄泥村饮水工程即自来水安装于 2016 年开始实施,主要依靠国家财政拨款。较大的饮用水工程修建在上岩组,由于上岩组地处半山坡,远离水源地,取水困难。为实现全村村民能取用自来水,县水务局于 2018 年动工在上岩组修建自来水系统,在最高海拔的农户住房之上,修建蓄水池与抽水泵。县水务局投资 45 万元,全部由县政府安排劳工,于 2019 年 5 月竣工试用。

六 通讯与网络

黄泥村通讯及网络在 2015 年后得到了较大发展。2015 年,为实现网络在村内普及,鼓励村民在家中安装网络设备,对主动安装网络装置,实现家庭网络覆盖的家庭每户补助 220 元。到 2020 年,基本上实现了人人有通信设备,大部分家庭有上网设备。

第二节 公共投资与乡村振兴

道路、水利方面的公共投资属于经济性公共设施投资。这类投资不仅可以直接改善贫困地区人民生活、居住环境，对减贫有着直接的效果，还可以打通贫困地区外通内联的交通运输通道，改善投资环境，促进产业发展和要素流通[①]。黄泥村公共投资的成效反映了乡村振兴中产业振兴、文化振兴、生态振兴等多个方面的内容，并且为脱贫攻坚事业立下了汗马功劳。

道路是联系外界的桥梁。道路完善往往会带来"引进来"与"走出去"的两方面影响，其中产业引进就体现了"引进来"的作用；"走出去"即外出务工。黄泥村道路拉近了村中劳动力与发达地区的时间距离，增加了黄泥村村民的非农就业机会，相对于务农，打工的高收益让更多财富流入村中，2005年左右兴起的第一波新房修建正是山村经济发展的一个缩影。从当前的脱贫治理成效来看，在黄泥村调查农户中，家庭工资性收入占总收入85.39%[②]，而工资性收入主要来自于外出务工，可以说外出务工直接推动了黄泥村村民走出贫困。

水利设施的建设对于个体农户农业生产也有重要价值。黄泥村将原始的劳动力灌溉升级为科学水利灌溉，能够更加合理地利用水资源，并且切实增加农产品产量，实现农户增产增收。水利设施作为产业基础不断完善，也能间接增加农户非农就业，提高非农收入。

公共投资打牢产业基础，是社会性商业资本流入山村的保障，例如，道路投资打通了企业的原料市场与销售市场。黄泥村村内道路完善，与县城的空间距离缩小，各种材料可以直接从县城运进山村，这对于产业发展的初期厂房建设、设备购置等大有帮助。道路修缮后，产业发展的商品能够流通到城市，进入市场。水利建设也是发展农业产业过程中重要的一环。水利建设好可以节约农业劳动力和用水量，增加农作物的产量，大大降低了企业的成本和增加了企业的收益，对于企业发展产业来说也是一种吸引。虽然这两者对产业的吸引度还不够，但是这类公共投资的缺失会导致优惠政策失效，商业资本无法进驻山村。正如访谈中村主任所说："这是我们要实现产业吸引所必须发展的基础投资建设。如果没有这些完善的成熟的基础建设，企业即使接受了政策优惠，也会因为运营成本高而放弃产业。因

---

① 杨飞虎、彭筱薇：《我国扶贫工作中公共投资作用机理研究》，《学习与探索》2019年第5期。
② 数据来源于调研组2020年8月问卷调查。

此，加大村内的公共投资建设是有必要的,尽管它的经济作用还未产生明显效益。"

黄泥村的公共投资给农户的生活也带来了很多的正面影响。黄泥村水电建设投资、环境保护投资和体育设施投资取得了显著的效果,从物质和精神两方面提高了黄泥村农户的生活质量。在物质生活方面,经过十多年的投资,黄泥村农户住宅通自来水和通电的比例大幅度提高,已经基本达到100%;黄泥村公共厕所的建设对于未来解决农户在田耕地时的生活需求和解决乡村环境环保问题都做出了重大贡献,有利于保障村民生活卫生健康,改善水质污染、土壤污染。对娱乐生活的投资,诸如篮球场、建设设施等,很好地丰富了黄泥村农户的空闲生活,加强了彼此之间的联系,直接增强了农户主观幸福感。

除了上述三种公共投资取得了成效,黄泥村在通信、文化方面的公共投资也有显著效果。具体表现为:第一,交通的便捷方便了农户在乡村与城镇之间往返,缩短了农户到达城镇的距离,在一定程度上为农户外出打工提供了良好的硬性条件,因此道路修缮后外出务工群体人数增加迅速,不断为黄泥村带来经济收入,促进了黄泥村的乡村振兴。第二,通过加强对通信的公共投资,黄泥村年轻一代农户可以享受到智能手机和网络时代通讯的便捷,可以加强同异地亲友之间的联系,也在客观上促进了外出务工群体的壮大和乡村振兴。第三,文化服务对黄泥村青年一代有重要影响。要改变地区性的发展动力不足和阻隔代际贫困问题,增加新一代人的人力资本投资是十分重要的。尽管文化投资的实际效果还并不理想,但是通过这类投资,青年一代的人力资本可以得到提升。

第三节 公共投资的困境

公共投资的效果并非都能到达经济学所强调的效率。在新时代脱贫攻坚与乡村振兴发展过程中,如何在加大农村公共投资力度的同时兼顾提高农村公共投资质量成了一个值得关注的问题[①]。近20年来,虽然多数农村公共服务的水平明显提高,但是仍然存在不足[②]。例如,缺乏外部监督以及信息不对称等因素存在,使得公共投资的实际效益大打折扣,无法达到经济学意义上的效率。虽然公共投资为黄泥村促进脱贫攻坚、实现乡村振兴提供了物质保障,但是公共基础设施的应用在黄泥村仍然暴露出农业产业设施带动能力不强、生活设施使用率低、群众使用积极性不高、缺乏相关推广制度等问题,因此,如何精准定位公共投资中产生的问题,提高公共投资的使用效率,是本节关注的话题。

道路与水利是农村农业产业发展的基础,但是随着贫困农村农业生产基础设施的完善,是否能吸引商业资本、引进相关产业是值得讨论的问题。我们在脱贫攻坚阶段经常观察到的现象是:一个贫困农村地区,随着公共设施投资的不断加大,村庄的农业产业确实得到了逐步的建立和发展,但是,这其中也伴随着国家政策和当地政府对扶贫产业倾斜力度不断加大。如黄泥村日趋发达的产业道路系统、不断完善的水利设施等就是有力的例证。那么,基础设施投资和政府政策倾向二者谁对贫困地区产业建立起决定性作用呢?

黄泥村的道路与水利投资早在20世纪七八十年代就开始逐步进行,直到2013年精准扶贫提出前,黄泥村产业基础投资建设已经进行了近35年之久,这期间呈现的现象是青壮年劳动力不断流出,"空壳村"的问题长期得不到解决。自2013年精准扶贫以及2015年脱贫攻坚理念提出至今,国家不断加大对贫困村、"空壳村"的政策与财政倾斜,黄泥村也在这期间得到了更多基础设施的公共投资,道路扩建翻新、水渠建设等投资促进了黄泥村形成较为完善的道路和水利系统。尽管具备低廉劳动力价格和土地租金等成本优势,但是直到2017年仍然没有公司愿意主动来到村里进行产业投资。

结合山村产业建设的时间点,我们不难发现,麻江县现存的山村特色产业大部分是在2017—2019年集中建立的。该时间段也是"南农麻江10+10"

[①] 罗仁福等:《我国农村道路投资质量研究》,《农业技术经济》2014年第3期。
[②] 张林秀等:《改革开放以来农村公共投资演进及效果分析》,《农业经济问题》2018年第8期。

计划向山村产业扶贫规划覆盖的重要节点，大量自然科学与人文社科方面的农业专家涌入麻江县进行实地考察，对产业发展的可行性和科学性进行论证，不仅给予资金帮扶，而且在技术层面为山村产业发展提供了重要保障。与此同时，麻江县政府对黄泥村的产业建立起到了决定性作用：在对黄泥村区位条件考察后，县政府提出要落实建立黄泥村蓝莓产业，搭建与南农经管院对接平台，并积极推动企业进村，黄泥村则是由麻江县农文旅开发投资有限公司投资开展蓝莓产业建设。值得一提的是，这家公司并非社会商业性质的公司，而是一家国有独资企业。

不难看出，当前贫困山村产业扶贫仍然是政府力量在发挥重要作用。如果缺乏政府的帮扶倾斜，产业仍然难以建立。黄泥村蓝莓产业是由麻江县人民政府牵头，南京农业大学提供资金帮扶与种植管理技术保障，二者共同推动下实现逐步建立与发展，属于政策倾斜。公共投资发挥的作用局限于增加基础设施建设和改善生活条件，对山村"造血"产业吸引的作用仍然难以体现。因此，实现乡村产业兴旺，就要加大对农村产业基础设施投入，着重补足黄泥村缺乏高标准农田建设短板，从而打牢产业根基。同时，要因地制宜地制定吸引产业的相关便利政策，从而带动社会商业资本流入贫困山村。

第十八章　集体经济

农村集体经济是中国农村经济的重要组成部分，是实施乡村振兴战略，探索中国特色农业农村现代化道路的重要依托[1]。在脱贫攻坚之前，沿海地区已经有不少农村通过大规模发展农村集体经济实现了脱贫致富。就当前中国农村的现实情况而言，具备发达的集体经济与乡村产业会带来较高水平的农村经济。本书所关注的黄泥村，集体经济发展缓慢，对农户带动能力弱。黄泥村依托蓝莓产业，组织农户集中流转土地，将每年流转土地租金的5%给低收入户分红。除了组织土地流转，黄泥村并没有参与蓝莓公司的经营管理，单纯依靠土地租金收入，不足以实现乡村振兴的目标。因此，如何实现集体经济与黄泥村的有机结合，建立乡村与产业的紧密联系，是本章需要讨论的问题。

本章拟从三方面展开讨论：首先，分析黄泥村集体经济发展的现状，讨论黄泥村目前集体经济的存在形式和作用。其次，分析黄泥村集体经济发展中存在的主要问题。最后，根据黄泥村的问题提出相应建议。

第一节　集体经济现状

农村集体经济是指主要生产资料归农村社区成员共同所有，实行共同劳动，共同享有劳动果实的经济组织形式[2]。通常来说，在村"两委"的组织下，农村集体经济发展能惠及村民的集体所有产业，可以以工业、农业以及

---

[1] 高鸣、芦千文：《中国农村集体经济：70年发展历程与启示》，《中国农村经济》2019年第10期。
[2] 根据我国《宪法》第八条规定："农村集体经济组织实行家庭承包经营为基础、统分结合的双层经营体制。农村中的生产、供销、信用、消费等各种形式的合作经济，是社会主义劳动群众集体所有制经济"。

服务业等多种形式存在,包括"农业集体经济"和"非农集体经济"。

一 黄泥村的集体经济

黄泥村在实行产业扶贫前后,其集体经济组成有所不同,但总体仍然较弱。2016年及以前,黄泥村的村集体经济构成只有政府拨款发放的村庄生态林保护资金,黄泥村生态林约为60亩,每亩保护补助为50元/亩,所以每年3000元左右的保护补助款就是村内集体经济的全部收入。2016年后[①],借助产业扶贫契机,黄泥村开始着手打造本村产业。2017年,黄泥村成立了蓝莓公司,蓝莓产业开始形成。由于蓝莓公司不是村集体所有,蓝莓产业并非村集体经济组成部分——村委的责任是组织土地流转给蓝莓公司,以流转费用的5%作为村集体经济的收益,每年收益大概在2.3万元——因此,目前黄泥村的集体经济收益包含生态林保护资金和土地流转费用两部分,一共2.6万元/年,如表18—1所示。

表18—1　　　　　　　　　　黄泥村集体经济变化表

时间	组成	数额（万元）
2016年及以前	生态林保护补助	0.3
	总计	0.3
2016年后	生态林保护补助	0.3
	土地流转费	2.3
	总计	2.6

资料来源:根据对黄泥村主任黄绍有的访谈资料整理而得,2020年8月28日。贵州省麻江县黄泥村。

为什么选择蓝莓产业[②]

2016年后,黄泥村选择蓝莓产业并非一蹴而就,而是多方协调保

[①] 2016年11月23日,国务院发布《关于"十三五"脱贫攻坚规划的通知》。
[②] 引自对黄泥村主任黄绍有的访谈,2020年8月28日,地点:贵州省麻江县黄泥村。

障下的成果。具体过程为：第一步，县政府提出意见指示。麻江县政府领导在对麻江县东部蓝莓种植产业园考察后认为，麻江县东部的蓝莓产业已经发展数十年之久，并且收益颇高，带动了当地农户脱贫，提出借助东部经验与技术，在麻江西部也选择一个村庄试点种植蓝莓产业，带动村民脱贫。

第二步，县农业局多次实地考察。麻江县政府做出指示后，县农业局迅速安排实地考察，求证有没有实现的可能性。麻江东西部存在气候与土地质量的差异，对蓝莓种植可能会产生巨大影响。经过对西部自然条件的考察以及结合村庄实际情况，确定了黄泥村为蓝莓产业发展村。

第三步，蓝莓企业的加盟，提供稳定的资金保障。在县政府与县农业局的极力支持下，县文旅公司承担黄泥村蓝莓产业发展，提供土地流转费用，以及相关蓝莓产业基础设施建设费用。

第四步，南京农业大学产业扶贫技术团队的技术与智力支持，经济管理学院提供销售渠道保障。销售风险性是影响产业发展的重要因素，如果产品滞销导致企业亏损，企业一旦因为亏损退出产业，那么村庄蓝莓产业将变成烂尾工程。因此，南农技术保障种出优质蓝莓，经管学院保障蓝莓销路，从而解决了黄泥村蓝莓产业发展的后顾之忧。

第五步，黄泥村"两委"进行动员。蓝莓产业发展的第一步就是土地流转，让企业实现规模化种植，而农户长期以来自产自销的小农经营，有较强的土地依赖性，因此流转阻力较大。黄泥村村委通过上门劝导，利益链接等多种方法动员群众，逐步逐年实现了规模种植面积递增。

值得强调的是，黄泥村虽然发展了特色蓝莓产业，但是没有与其建立紧密的利益链接机制。当前蓝莓公司完全由麻江县农文旅投资有限公司控股经营，黄泥村村集体及其村民仅是外部参与者。农户只关注公司能否按时交付租金，并不关心公司的生产经营状况。村集体没有选择以土地入股的方式换取公司的经营权，无法带动更多的农户参与进来。从这一层面来说，黄泥村仍然没有能实现"造血式"扶贫的集体经济模式。

二 与"苏南模式"的比较

与内地山村相比,东南沿海农村地区的集体经济发展拥有悠久的历史与显著的成效,以苏南地区[①]最为典型。借助于改革开放的契机,在20世纪80年代,苏南地区乡镇企业遍地生花,大量崛起的乡镇企业推动了苏南乡村经济的发展,带动了乡村村民脱贫致富。这种依托产业建立乡镇企业的发展模式被称为"苏南模式[②]"。20世纪末,随着市场经济体制的建立与完善,苏南乡镇企业进行了全面产权改制转型。农村集体经济的产权变革加速了苏南地区工业化和城市化的进程,推动"苏南模式"不断创新与演进[③]。就集体经济的发展特征而言,"苏南模式"的集体经济与黄泥村集体经济有以下三大不同:

第一,集体经济发展是否高度依靠村民。"苏南模式"强调家庭经营和个体参与,产权为集体所有,经营盈亏由个体农户所组成的村集体共同承担。产业发展同村集体以及每个村民的利益息息相关,极大提高村民对农村集体经济的参与度,促使村民提高自身能力,激发农村产业振兴的内在动力。而黄泥村蓝莓产业发展对村民的依赖度不高,产业建立仅是由县政府牵头、村"两委"配合下的企业引进。村集体以租赁,而非入股的方式将土地租给蓝莓公司,缺少实际经营主体,农户难以真正进入蓝莓产业。

第二,集体经济产业的方向选择不同。"苏南模式"下的集体经济大部分是依托地区资源优势发展工业产业,而黄泥村正如上述分析所言,目前更适宜发展的是以蓝莓为基础的特色农业,这和两地的实际区位条件和产业发展的时代背景有关。工业区主要受交通、土地价格和人口聚集度的影响,黄泥村虽然拥有土地价格优势,但是远离市场,产品交易对交通和物流网要求

---

① 苏南地区是江苏省南部地区的简称,地处长三角中心,东靠上海,西连安徽,南接浙江,北依长江、东海,苏南主要包括南京、苏州、无锡、常州、镇江五市,是中国经济最发达的地区之一。

② 关于"苏南模式",有学者定义为:以家庭经营为基础,乡村工业为支柱,地区性合作经济为主体的多形式、多门类、多层次互相交错的合作经济网络;以市场调节为手段,把农村变为工农一体、城乡联结的社会主义大生产体系。农村各业逐步协调发展,农民依靠集体经济走向共同富裕,城乡经济互为依靠,共同发展(孙国贵:《"苏南模式"探讨》,《农业经济问题》1986年第9期。)。

③ 陈晓华、张小林:《"苏南模式"变迁下的乡村转型》,《农业经济问题》2008年第8期。

大，运输成本高，并且，当前黄泥村的劳动力多选择外出务工，村中青壮年劳动力缺乏，因此，集体经济发展方向是苏南与黄泥村的重要差别。

第三，市场化程度不一致。目前，苏南的农村集体经济组织形式以股份制为主，企业经营、产业发展、产品销售充分发挥了市场对资源配置的决定性作用，政府在其中主要扮演监督的角色，而黄泥村的产业发展是由国有独资企业投资的扶贫项目，政府在其中发挥了绝对作用。该产业更多是通过发挥政府的调节作用，使得经济"蛋糕"惠及至贫困山村。

正是这三大差异的存在，使得"苏南模式"无法在贵州贫困山村复刻。但是从20世纪80年代的早期"苏南模式"到如今的"苏南模式"，经历了集体经济产权组织形式的极大变革，使得苏南集体产业由衰落到兴旺。苏南地区的农村集体经济结构改革、重构并适应了市场对资源的配置，各种股份合作社、经济合作社、股份公司等新型集体经济组织大量涌现，使过去旧的集体经济模式的内涵发生了相当大的变化，激活了集体经济组织的活力、动力、能力和效力[1]。黄泥村集体产业是否能通过变革而振兴，后文将继续讨论。

第二节 黄泥村集体经济的成效与困境

一 集体经济下的脱贫成效

发展农村集体经济，有助于实现造血式扶贫、精准扶贫的体制机制创新，对农村经济增长有重要现实价值[2]。在贫困山村依靠个体农户难以实现产业发展，山村脱贫需要集体经济的带动。通过组织村民以村为单位，把村中的资源聚集共同发展某一产业，实现村集体的收入增长，再惠及至个体农

---

[1] 刘志彪：《苏南新集体经济的崛起：途径、特征与发展方向》，《南京大学学报（哲学·人文科学·社会科学）》2016年第2期。

[2] 赵春雨：《贫困地区土地流转与扶贫中集体经济组织发展——山西省余化乡扶贫实践探索》，《农业经济问题》2017年第8期。

户，实现脱贫。这与政府直接财政拨款有所不同，是一种"造血式"的产业扶贫。如果村集体没有参与扶贫产业的经营管理，二者没有紧密的利益链接，那么产业扶贫带来的仍然是"输血式"帮扶。

黄泥村集体经济的作用局限于脱贫与防止返贫。蓝莓产业作为黄泥村集体经济收入来源的一部分能为建档立卡户带来三方面收益：第一部分是村集体将土地流转收入的一部分作为集体收入，每年年底通过合作社进行分红，将 2.3 万元平均分配给建档立卡户。分红收入一方面给低收入户带来了实际收益；另一方面可以增加低收入户对产业发展的信心。第二部分是土地流转收入，流转费用每亩是 400—500 元，低收入户能否获得的流转收入取决于低收入户自有耕地面积和愿意流转的耕地面积，这对于低收入的农户能起到防止返贫的作用。第三部分是蓝莓公司雇工收入。蓝莓公司在蓝莓种植过程中，需要雇工进行施肥、除草、杀虫、采果，每年人均收入能达到 1 万元以上。2019 年底，黄泥村通过以上三方面收益，解决了村内尚未脱贫农户的脱贫问题。

黄泥村合作社[①]

黄泥村村民合作社于 2015 年成立，全称为麻江县谷硐镇黄泥脱贫攻坚种养殖农民专业合作社（以下简称合作社）。2015 年至 2017 年，合作社并没有发挥实际作用，合作社的成立是为了把贫困户都纳入其中，村产业或是其他扶贫项目开展必须依托于合作社。2017 年，蓝莓产业正式引进黄泥村，合作社也随之步入正轨，其主要作用是以合作社为框架，组织土地流转，通过合作社平台，为社员提供蓝莓公司的临时雇工就业机会，也为社员提供部分公益性岗位，分红也是在合作社的名义下进行的。合作社更多是一种物资岗位的提供载体，实际组织与监督工作是村党委在把控。村党委要组织合作社进行土地流转，公开公正将资金进行分红，并且要督促企业按时按劳动报酬发放雇工工资，切实保

[①] 引自对黄泥村主任黄绍有的访谈，2020 年 8 月 28 日，地点：贵州省麻江县黄泥村。

障合作社正常运行与社员利益。

二 难以发展的集体产业

在相对固定的地区范围，经济发展是地区发展的基础，而经济发展的基本要素是土地、资本、劳动力、技术、市场和制度[①]。黄泥村无法建立具备"自我造血"功能的集体经济组织的问题，需要围绕黄泥村的要素困境来回答。下文将从土地困境、资本困境、劳动力困境三方面阐述黄泥村产业发展的困境。这三方面困境包含了农村地区无法发展集体经济的特殊性和一般性问题：土地困境是导致蓝莓产业无法融入村集体经济的特殊性困境；资本困境是黄泥村无法建立村集体产业的一般性困境；劳动力困境中既包含特殊性困境又融合一般性困境。

（一）土地困境

土地是农业生产最重要的生产要素，脱离了土地，农业产业发展无从谈起。在山地环绕的黄泥村，土地是黄泥村能发展蓝莓产业的基础，也是黄泥村自身少有的资源。由于蓝莓企业进入黄泥村，需要有适合的种植土地，因此黄泥村村民的土地拥有了需求方。土地租赁和土地入股是土地流转后的两种供给方式，不同的方式会带来不同的影响：土地租赁表现为收益稳定、风险性小；土地入股则需承担经营亏损风险。对于未见效益的蓝莓产业，不管是村集体还是村民都不愿意承担风险入股参与经营，所以黄泥村选择了土地租赁的方式。而随着蓝莓产业种植规模扩大，经济效益逐渐显露，即便村集体或是个体农户想要进入蓝莓产业，但是较好的土地都流转给了企业进行种植，农户就会面临"有心无地"的困境。

由此可见，土地困境带来的问题不仅是土地资源不足，而且影响了产权分配机制。黄泥村在村集体的组织下，把土地资源集中流转，租赁给蓝莓公司。村集体只需要定期收取地租以及不定期地提供临时雇工，而将产业的利益盈亏"置身事外"，这样的村集体经济发展模式虽然能为村民带来稳定的

[①] 曹宝明、顾松年：《"新苏南发展模式"的演进历程与路径分析》，《中国农村经济》2006年第2期。

收益，但是没有融入产权的村集体经济难以调动村集体参与的积极性，较低的收益也无法激活村民内生动力，因此，即便黄泥村的蓝莓产业十分兴旺，但是在这样的产权分配方式下，无法壮大村集体经济。

（二）资本困境

黄泥村的资本困境表现在自身没有资本和难以吸引资本两方面。黄泥村长期以来依靠生态林保护补助维持村委办公费用，没有一定资金积累，集体经济无法靠自身财力发展壮大。另外，黄泥村山地较多，地势起伏大，是交通发展的天然阻力。近年来，道路基础设施已经得到了很大发展，黄泥村道路硬化已全面实现，但是崎岖的山路，还是使得运输成本较大。地理位置和地势条件限制了黄泥村的进一步发展，因此，企业要想来黄泥村投资，需要承担较大的运输成本。由于附加值较低的加工制造业对运输成本较为敏感，较高的运输成本会减少企业投资的可能性，因此，黄泥村也难以吸引社会资本。

（三）劳动力困境

人力不足和人力资本困境是劳动力困境的两个方面。在改革开放以前，我国农村主要存在人力资本困境，即大量农村劳动力具有缺技能、缺知识等特征。而近十多年来，随着大量青壮年劳动力外出务工，导致农村形成劳动力空洞，造成人力不足。人力困境是当前农村普遍存在的问题，而人力资本困境在不同农村地区有不同的表现。

黄泥村劳动力困境包含缺乏青壮年劳动力和缺乏知识技术管理型人才两方面问题。长期贫困的后遗症是让村民习惯了外出务工的就业方式，村中所剩多以老人、妇女和儿童为主，形成劳动力空洞。并且，村集体中缺乏人才，村"两委"人员还存在缺乏敢闯敢拼的冲劲、洞察市场的眼光、经营管理的本领的问题。面临技术管理人员和普通劳动力的双重匮乏，使得黄泥村没有人能发展集体经济。

集体经济发展更多需要依靠内在动力，而土地、资本、劳动力三方面的紧缺压力让黄泥村缺乏集体经济发展的先天条件，在外部资源无法弥补先天劣势的情况下，导致黄泥村集体经济难以发展。

第三节　黄泥村集体经济的发展选择

集体经济经营模式的选择有三种[①]：自主经营、合作经营、租赁移交经营，如表18—2所示。苏南作为东部沿海的经济发达地区，无论是经济基础，还是产业起步的历史背景，同目前的贵州等内地区域都有较大的差异。苏南乡镇企业在起步阶段建立了自主经营权极强的集体产业，随着市场化的需要，产业发展模式由自主经营向合作经营倾斜。而黄泥村的蓝莓产业一开始便选择了集体经济产业经营权最弱的移交经营方式。不仅在黄泥村，麻江县多数贫困山村都是选择了这一模式，这主要源于各个村庄资金储备不足、没有适合的管理人员，以及群众参与意愿不高等多方面因素的影响。

表 18—2　　　　　　　　　　集体经济经营类型及特征

经营模式选择	经营任务复杂性	市场竞争程度	集体经济组织的管理能力	集体经济组织经营自主权
自主经营	弱	弱	强	强
租赁移交经营	强／中	强／中	弱	弱
合作经营	中／强	中／强	中／强	中

资料来源：根据程郁、万麒雄：《集体经济组织的内外治理机制——基于贵州省湄潭县3个村股份经济合作社的案例研究》，《农业经济问题》2020年第6期整理而得。

农村土地集体所有制实现形式的变革方向有以下两种：一是由完全自主经营向合作经营转变，二是由不参与经营向合作经营转变，两种方式都有利于实现农村经济多种经济成分共同发展、多元化的所有制格局，有利于资源

[①]　程郁、万麒雄：《集体经济组织的内外治理机制——基于贵州省湄潭县3个村股份经济合作社的案例研究》，《农业经济问题》2020年第6期。

的优化配置并能促进农村生产力的发展①。二者不同点在于：前者是为了引入社会商业资本，分散村集体对发展产业的所有权比例，改变村集体对产权完全掌握导致资产僵化、缺乏有效配置和监督的格局；后者在于要改变村集体对特色产业所有权零占有的困境，建立属于村集体的产业。第二张产权分配方式的改变，使得村集体从产业发展的外部监督者成为内部参与者，让更多股份通过村集体转移到村民手中，扶贫产业真正到达通过扶产业到达扶村民的目的。同时，深化农村集体产权制度改革②，激发农村集体经济活力，壮大集体经济，完善分配方式，增加农民收入，才能够真正巩固脱贫攻坚和推动乡村振兴，从而实现农业现代化。

引进社会化服务③是解决黄泥村资金缺乏、人力资本不足的有效方式。社会化服务聚焦于服务关键词，由社会化服务公司提供包括产前、产中、产后相关服务，能有效解决贫困山村地区产前农业生产资料不足、产中缺乏技术指导、产后难寻销售渠道等问题。社会化服务在于通过缓解农户的劳动力、技术等资源禀赋约束，促进了土地规模经济的实现④，而蓝莓产业的技术溢出也在于其规模效益为黄泥村采取社会化服务提供了可能性，这也是黄泥村能走社会化服务道路的关键。引进社会化服务，可以解决农户在资金、技术限上的困难，缩减生产成本，实现个体自主经营，共享扶贫产业"蛋糕"。

总体而言，黄泥村目前的集体经济发展滞后，蓝莓产业无法与农户产生紧密的利益衔接机制，对农户收入的带动作用有限的主要原因是黄泥村的集体经济缺乏实际经营的主体。在蓝莓产业的发展过程中，从蓝莓公司到农

---

① 张晓山、国鲁来：《改革以来中国农村经济集体所有制有效实现形式探析》，《管理世界》1998 年第 3 期。

② 农村集体产权制度改革：主要目标是构建归属清晰、权能完整、流转顺畅、保护严格的中国特色社会主义农村集体产权制度，建立符合市场经济要求的农村集体经济运行机制，形成维护农村集体经济组织成员权利的治理体系。"卢千文、杨义武：《农村集体产权制度改革是否壮大了农村集体经济——基于中国乡村振兴调查数据的实证检验》，《中国农村经济》2022 年第 3 期。

③ 社会化服务：通过对分散经营的农户提供从产前、产中直至产后的专业化、系列化、全程化服务，解决一家一户无法胜任的事情，确保为农业生产和农户经营提供及时有效的服务。

④ 杨子等：《农业社会化服务对土地规模经营的影响——基于农户土地转入视角的实证分析》，《中国农村经济》2019 年第 3 期。

户的链接过程发生了阻断,黄泥村的农户无法通过公司实现自主经营。从这个现实情况出发,黄泥村要改变集体经济产权分配方式,就要从不参与经营向与蓝莓公司合作经营的道路发展。同时,上级政府要更加注重培养村委的"企业家精神",弘扬创新驱动意识,鼓励形成村委带头,全村上下敢于尝试变革、勇于探索联系村集体的产业道路,努力实现推动生产组织形式创新,有效调动村民主观能动性,激活山村发展内生动力。

第十九章　精准扶贫

在精准扶贫政策[①]的扶持下，虽然黄泥村贫困户人数逐年下降，但是巩固拓展脱贫攻坚成果的压力仍然很大，尤其是在较为薄弱的乡村产业基础上。本章将就黄泥村的贫困现状、扶贫措施、扶贫效果三方面描述黄泥村的贫困户群体，并结合新冠肺炎疫情给黄泥村精准扶贫工作和对象带来的冲击进行分析。

第一节　对贫困的界定

一　收入型贫困和支出型贫困

收入型贫困是指农户家庭由于年收入过低而造成的贫困（朱照莉，2017）[②]。我国目前建立的收入型贫困救助制度由低保、专项救助构成，实施对象是低保线以下的贫困群体，其贫困识别指标是低保线。黄泥村的扶贫标准线是4000元/年[③]，低于这个标准则被认定为低保户，属于收入型贫困。在2019年之前，这类群体在黄泥村贫困户中占比很高，他们大多患病或长期在家务农，依靠两亩地种植水稻、玉米等低经济效益作物，家庭年种植业收入仅在2000元左右。由于无法依靠自身力量脱贫或积累资金，他们只能依赖政府的各项补贴维持基本生活，甚至陷入吃不饱穿不暖的困境。

[①] 精准扶贫政策方针：《抓党建促脱贫攻坚培训知识要点资料汇编（中共麻江县委组织部2020年3月）》。

[②] 朱照莉、周蕾：《江苏省多元化社会救助体系设计和成本预测研究——基于收入型贫困和支出型贫困结合的角度》，《南京中医药大学学报（社会科学版）》2017年第2期。

[③] 引自黄泥村书记访谈，2020年8月28日，地点：贵州省麻江县黄泥村村委办公室。

贫困户的认定不仅仅以收入为唯一标准，还涵盖其他方面，如支出。支出型贫困是指家庭成员罹患疾病、子女上学、遭遇事故或灾害等因素，造成家庭刚性支出远远超出家庭承受能力，从而使家庭实际生活水平低于最低生活保障标准，且短期内不可能改变的贫困状态。我国的支出型贫困救助体系由各专项救助制度构成，实施对象是低保线以上的贫困群体，其贫困识别指标为必要支出大于收入。必要支出包括医疗、教育、衣食住行、婚丧嫁娶、突发意外等的开销，其中最能引起支出型贫困的是医疗带来的巨额花费，这类支出动辄上千上万元，直接导致农户无力承担而陷入贫穷。在黄泥村的143户建档立卡户中，患有慢性病的有62户、开销尚能接受，患有重病的有11户、占比达到了7.69%；另外，因学致贫的户数为0户，政策保证全部接受教育的孩子都能享受补贴[①]。

二 多维贫困

贫困的内涵和界定并不单一，以经济为唯一衡量指标的绝对贫困不能很好地反映农户的贫困现象，因此要引入其他的衡量维度。2010年，《人类发展报告》正式提出"多维贫困"的概念，涉及三个维度：分别是健康、教育和生活标准。

在黄泥村，打工潮发生后，很多农户依靠外出务工提高了收入、摆脱了经济贫困，但从整体发展来看，人的贫困不能仅从经济维度进行衡量，而需要从多个维度进行考察。针对黄泥村的具体情况，调研组从家庭结构、经济水平、健康状况、教育、生活质量、公共设施可获得性六个维度来考量黄泥村农户多维贫困的现象。

第一，家庭结构维度主要包括家庭人口数量和劳动力人数。劳动力人数很大程度上决定了一个家庭收入流来源的数量，而家庭人口数量又和人均收入有关，一般而言劳动力人数和家庭总人口数量越接近，这个家庭的整体经济水平和生活质量越高。在黄泥村，18—60岁的健康青壮年一般都是劳动力，其中一部分妇女在村务农，其余群体大多出省务工。分析采集到的304

---

① 引自黄泥村书记访谈，2020年8月28日，地点：贵州省麻江县黄泥村村委办公室。

份问卷显示，黄泥村农户的劳动力占比为46.7%，其中贫困户的劳动力占比为45.7%，劳动参与率约为40%；约有160位农户是因为老弱病残的缘故而丧失劳动力；约40位劳动力未能充分就业，大多数是女性和刚成年完成义务教育的青年。

第二，经济水平维度指标包括了工作情况和存款/年收入。在黄泥村务农的家庭普遍比务工的家庭经济水平低，务农家庭（以2亩计）的年收入在3000元左右、务工家庭（以1人外出务工计）的年收入在2.5万元左右[①]。

第三，健康状况维度包括营养和疾病两方面。通过横向分析可知，黄泥村贫困户的营养摄入普遍不算均衡，据调研数据显示，平均每户两周吃1次猪肉、一年吃1次牛羊肉、一周喝2次牛奶、一周吃2次鸡蛋。对比普通农户，有的家庭能够一周消费4次以上猪肉、两个月消费1次牛羊肉、每天消费牛奶和鸡蛋。通过纵向分析可知，目前由于黄泥村开展了农村义务教育学生营养改善计划[②]，向青年儿童提供每天4元的营养膳食补助，因此下一代的营养摄入较其父母辈稍为均衡。村内一年患疾病的农户较多，大多都是抵抗力差引起的感冒、咳嗽或者胃病等，少数患有甲亢等，另外，村内有3例脑瘤患者。

第四，教育维度包括受教育年限、对子女受教育态度和孩童对上学的态度三方面。经调查访问，调研组得出结论：在黄泥村，父亲接受教育平均年限为6.68年，母亲接受教育平均年限为6.00年；对孩子接受教育的期望均为大学水平，约有30%的受访者希望孩子读到大学以上；孩子的上学意愿大部分是愿意读书，只有一少部分学生认为读书不能改变生活。由于对贫困户有教育补贴，保障了村内每家每户孩子均能读书，因此在这几个方面贫困户与普通农户没有表现出明显的差异性特征。

第五，生活质量维度指标包括厕所、饮用水、家电以及住房特征。目前黄泥村已经实现封闭式厕所100%覆盖、安全饮用水100%覆盖，基本家家都有彩电、冰箱、洗衣机，人均住房面积在30平方米以上，房屋基本都是

---

① 引自麻江县产业与教育扶贫课题组在黄泥村的调查结果。
② 为贯彻实施《国家中长期教育改革和发展规划纲要（2010—2020年）》，黄泥村从2012年开始实施农村义务教育学生营养改善计划。

木结构或者砖混结构，房龄平均10年，其中木结构房屋的居住者一般为贫困户，近年新建砖混房的多为非贫困户。

第六，公共设施可获得性维度。公共设施包括医疗机构、教育机构、金融机构和公共交通。黄泥村距离城镇有约20分钟的车程，镇上有正规医疗机构、小学、初中等教育机构，以及各种银行分行，公共交通也很发达，有较多公交车车站。黄泥村内没有公共交通，但是道路已经实现"户户通"；在村委设有卫生室、超市设有贵州农信的金融便民服务点，相对来说公共设施较易获得，如表19—1所示。

表19—1　　　　　　　　　　　　　多维贫困指标

维度	指标	具体指标
家庭结构	家庭规模	家庭成员数量
	劳动力	家庭成年劳动力数量
经济水平	工作情况	务农/务工/个体工商户/其他
	存款与年收入	家庭存款与家庭年总收入
健康状况	营养	每周肉、牛奶、鸡蛋的消费量
	疾病	患慢性病/大病的家庭成员数量
教育	年限	户主及其配偶的受教育年限
	对子女受教育态度	支持/同意/中立/反对
	对上学的态度	有用/中立/没有用
生活质量	厕所	旱厕/冲水式旱厕/简易水厕/水厕
	饮用水	有/无
	家电	冰箱、洗衣机与彩电的数量
	住房	住房的面积、结构与房龄
公共设施可获得性	医疗机构	与最近医院的地理距离
	教育机构	与最近学校的地理距离
	金融机构	与最近银行/信用社的地理距离
	交通	与最近公交车站的地理距离

资料来源：根据联合国开发计划署《人类发展报告（2010）》整理而得。

依据以上六个维度，考察黄泥村贫困户的情况就不能单一以收入为标准，而应该根据其家庭的结构、收入、生活质量、地理位置等综合考虑，这和贫困户识别过程中的"两不愁三保障"是不谋而合的。依据这样的识别标准，目前黄泥村的建档立卡户中仍存在收入达标但未被认定为脱贫的贫困户，例如，张某在2014年因为收入过低被评为建档立卡户，在就业扶贫的帮助下得以在县城附近打工，年收入达到脱贫标准线。但从多维贫困的角度进行评估，张某家尚未实现住房安全保障，因此暂时没有达到退出建档立卡系统的标准。2019年前，和张某类似的贫困户在黄泥村还有很多，他们属于没有实现稳定脱贫的贫困户，仍然保留建档立卡户的身份，在村内贫困户中占比大约有30%[①]。

第二节　扶贫措施

中国扶贫经过了四个阶段。第一阶段是1978年至1984年农村经济体制改革下的贫困瞄准和扶贫；第二阶段是1985年至2000年的以贫困县瞄准为重点，实施开发式扶贫，主要任务是从解决普遍性贫困转变为解决区域性贫困；第三阶段是2000年至2010年，以贫困村瞄准为重点推进的开发式扶贫；第四阶段是2011年以来区域瞄准和到村到户瞄准结合实施的精准扶贫。这四个阶段循序渐进，扶贫对象实现了从整县到整村再到精准到户的细化历程。在2015年的减贫与发展高层论坛上，习近平总书记深化精准扶贫，提出"五个一批"脱贫措施[②]，为打通"脱贫最后一公里"开出破题良方。在黄泥村，精准扶贫从2016年正式开始，目前已经形成生活性帮扶和生产性帮扶两大较为成熟和完整的帮扶体系。本节将立足黄泥村的精准扶贫，围绕其识别过程、具体措施和识别困难进行探究。

一　精准识别

中共麻江县委组织部编写的《抓党建促脱贫攻坚培训知识要点》规定：

[①] 引自黄泥村书记访谈，2020年8月28日，地点：贵州省麻江县黄泥村村委办公室。

[②] "五个一批"：即发展生产脱贫一批、易地搬迁脱贫一批、生态补偿脱贫一批、发展教育脱贫一批、社会保障兜底一批。

扶贫对象精准识别和脱贫退出程序坚持客观公正、程序规范、民主评议、严格评估、动态管理、质量可靠、群众认可、社会认同的原则。

落实到黄泥村，精准扶贫识别的主要方法是：以农户收入为基本依据，综合考虑"一达标、两不愁、三保障"等情况，通过农户申请、民主评议、公示公告和逐级审核的方式，整户识别。识别标准以农户人均收入和扶贫标准线为依据，人均收入在国家当年扶贫标准线以下的，且存在吃不饱、穿不暖、饮水安全问题、住房安全问题、义务教育问题和基本医疗保障问题等困难的，可以认定为精准扶贫对象。

贫困户精准扶贫的程序是：农户申请→村级初审并入户调查→村民代表大会评议并公示（纠错）→乡镇核查公示（纠错）→县级审核并公告（纠错）后批复→签字确认（乡村两级主要负责人及有关负责人与农户共同签字）→录入全国扶贫开发信息系统。

扶贫对象动态管理工作，是检验年度脱贫攻坚成效的收官之举。在黄泥村，贫困户精准扶贫的识别年份是2014年、2017年和2018年，对村内农户进行重新认定以及脱贫户退出贫困名单，秉持"应收尽收、应退尽退"的原则。

贫困户满足以下条件即视为脱贫：该户年人均纯收入稳定，且超过脱贫标准，不愁吃穿，义务教育、基本医疗、住房安全均有保障，即满足"一达标、两不愁、三保障"，则通过贫困户退出程序退出国家扶贫开发信息系统。其中，2020年国家脱贫标准为人均纯收入4000元/年[①]。农村居民家庭总收入包括该农户家庭的工资性收入、经营性收入、转移性收入和财产性收入，家庭经营性费用总支出是指农户家庭在生产经营活动中的成本支出，如表19—2所示。确认达到脱贫标准的，依照以下流程退出程序：村民小组提名→村支"两委"和驻村工作队核实→拟退出贫困户认可→在村内公示无异议后公告退出→报乡镇人民政府核准→乡镇党委政府按照5%比例抽检→县级审批认定→签字确认（乡村两级主要负责人及有关负责人与农户共同签字）→在全国扶贫开发信息系统标注脱贫。

---

① 计算公式为：农民人均纯收入＝（农村居民家庭总收入－家庭经营费用总支出）/农村居民家庭人口数。

表 19—2　　　　　　　　　　　　家庭总收入和生产经营总支出

农村居民家庭总收入	
工资性收入	劳动酬劳、福利
经营性收入	农林渔牧业、工业、建筑业、第三产业
转移性收入	养老金、退休金、社会救济和救助
	政策性生产和生活补贴
财产性收入	利息、股金、租金、红利、土地征用补偿
生产经营费用总支出	
成本支出	购买种子、化肥、地膜、饲料
	用于灌溉、承包土地
	雇工、运输、购买农机局、雇佣农业机械

资料来源：根据调研组 2020 年 8 月访谈资料整理而得。

对于已脱贫的建档立卡户和边缘户，扶贫动态管理也会重点关注。村干部说，会在精准识别过程中对已脱贫的建档立卡户进行重新认定，评估其是否已经实现稳定脱贫。已经实现的则安排退出系统，尚未实现的继续给予政策帮扶，并进行适当的监测来防止其返贫。对于边缘户，同样会重点进行监测和指导，为其实现脱贫打通"最后一公里路"。

精准识别的动态管理还体现在面临意外情况时。例如，2017 年 10 月将贫困户数据导入国家扶贫开发系统后，有农户在 11 月因灾或因病致贫的，由于没有国家系统的认可，故不能进入扶贫名单，村委会即采取"补短板"的形式，对其进行临时救助、寻找企业帮助或社会救助，来助其在这一段时间内维持基本生活，等到第二年再录入扶贫系统。具体来说，因突发疾病致贫的，对其实行报销门诊费、减免医药费等措施；因突发灾祸致贫的，对其进行社会保障救助等。

二　多元帮扶

多元帮扶模式在黄泥村主要集中在两个方面（表 19—3），一是生活性帮扶，二是生产性帮扶。其中生活性帮扶主要有物质帮扶、资金帮扶，例如，在春节和中元节[①]，村干部会对村内贫困户进行走访慰问，通过物质经济帮扶、支持、协调其在生活生产中的困难。据统计，2017年黄泥村共发放约196万元用于兜底扶贫、3.6万元用于临时救助；2018年黄泥村共发放约200万元用于兜底扶贫、6万元用于临时救助。同时，黄泥村的贫困户在接受生活性帮扶的同时还与一位帮扶责任人保持联系，帮扶责任人能够帮助解决贫困户的各种生活问题，如如何向银行借贷、如何找到一份工作、如何申请享有劳务输出扶贫政策等，如表19—3所示。

表19—3　　　　　　　　　　黄泥村的帮扶方式

		帮扶手段	帮扶责任人
生活性帮扶	物质帮扶	食用油、棉衣棉被慰问金	各级政府、其他社会力量
	资金帮扶	慰问金等，共计30.24万元	

		帮扶手段	帮扶责任人
生产性帮扶	教育扶贫	①保证青少年儿童接受义务教育 ②对农户进行技能培训、知识传输	各级政府、村干部
	产业扶贫	①发展山村主导农业产业项目 ②支持农户自主创业	
	就业扶贫	提供就业机会、劳务输出政策	

资料来源：根据《麻江县县志（2018年）》整理而得。

除此以外，社会中的其他团体和组织也会在访问中对贫困户进行生活帮扶，例如，南京农业大学访问贫困农户，询问其致贫原因并针对原因提出建议和指导，并给予资金帮助。2018年以来，南京农业大学积极推动麻江县的山村振兴，其经济管理学院"双带头人党支部"还发动全院党员教师为麻江黄泥村募捐1.4万元，援建黄泥村文化教室。

生活性帮扶虽然对贫困户的生活改善有所帮助，但是扶贫作用较为有限。如果贫困户自身没有脱贫发展的动力，仅仅依靠政府的物资、资金等帮扶是难以真正扶起来的，唯有开发式、造血式、输血式扶贫，才能真正让贫困户走上脱贫致富的道路，因此，为激励农户自我脱贫、促进他们实现自我

---

① 当地农户最为关注春节和中元节。

发展，黄泥村开展了生产性帮扶，如教育扶贫、产业扶贫和就业扶贫。其中教育扶贫的重点在于：（1）保障黄泥村适龄儿童接受义务教育、不愁学费；（2）农户能够接受相关的就业培训、农业培训等知识输送。就业扶贫主要是给农户提供就业机会，帮助他们实现自我脱贫，如统一组织出省务工等。产业扶贫则是以鼓励农户参与当地产业、扶持农户自主创业为主，旨在通过发展地方性产业形成和农户紧密衔接的农业产业，进而提升贫困人口自身"造血"功能，甚至带动周围农户致富，从根本上解决脱贫致富难题。

然而，产业扶贫在黄泥村的发展并不顺利，目前没有农户单独从事蓝莓种植，原因主要有以下几点：第一，产业扶贫项目面临自然风险、市场风险和道德风险。自然风险是指产业（尤其是种植业产业）可能遭受自然灾害而导致负收益，如蓝莓种植户可能面临旱涝风险；市场风险是指由于信息不对称导致产品滞销卖不出去而亏损；道德风险是指农户担心合作方可能毁约，则将面临沉没成本和机会成本的双重损失。第二，农户自主创业的积极性不高、内生动力不足。这主要是因为农户自身拥有的资源较为稀缺，所以不愿意承担巨大的风险去发展产业。第三，扶贫项目可持续发展能力低。2017年政府推出产业扶贫贷款后产业扶贫项目曾如雨后春笋般兴起，但一部分很快便停运倒闭，例如，一些已经创办了厂子和养殖、种植的农户，在扶贫资金逐渐抽离后，很快就因为管理不当或者运转问题而破产，普遍缺乏可持续性。

但是产业扶贫在黄泥村仍然为一些有能力的农户提供了机会，鼓励他们自主创业、共同创业，另外，教育和就业扶贫在黄泥村发展较好。这三种扶贫政策共同帮扶了一批贫困农户，使他们在脱贫过程中实现自我发展、走上致富道路。

从"争当贫困户"到"争做脱贫户"[①]

2014年因病致贫、2017年实现脱贫的刘某，在脱贫之前接受过政府的技能扶贫和教育扶贫。刘某一家曾经都在家务农，守着了亩土地种些水稻和蔬菜，家庭经济收入少，入不敷出。尤其是在2014年妻子

---

① 引自支晓旭对黄泥村农户刘某、金某的访谈，2020年8月28日，地点：贵州省麻江县黄泥村。

被查出患有甲亢之后，刘某家庭经济受损、无法满足基本的衣食住行需求，在2014年的贫困户识别过程中被认定为贫困户，录入国家扶贫开发系统，并享有一系列扶贫政策，如农户技能培训班、子女教育补贴、医疗补助等。刘某表示，农户技能培训对其十分有帮助，提升了他和其他农户脱贫致富的技能和本领，并且为他在日后寻找就业岗位的过程中发挥了重要的作用；除了技能培训和协同就业，刘某家正在上初中的女儿还享受了教育补贴，每个月获得补助105元，同时由于农村义务教育学生营养改善计划，每天还有4元营养膳食补助，用于购买牛奶等营养品；另外，刘某一家均享受资助参保，每人减免130元/年。对刘某来说，影响最大的帮扶还是技能培训帮扶。刘某于2015年入职谷峒镇化工厂，年薪可达到3.5万元，再加上家庭种植年收入1000元，已达到脱贫标准线，并于2017年完成退出。刘某家目前的主要收入是化工厂的薪资，这些收入足够负担得起女儿的教育和妻子的医疗，能够较好地满足衣食住行的需求。刘某对政府的精准扶贫政策和措施评价很高，称其"改变了生活状态"。在饮食方面，从前是粗茶淡饭凑合着吃，现在一周可以吃两次猪肉，孩子天天都在喝牛奶。对比从前的生活，刘某说一家人不愁吃穿用度，感到很满足。

还有一户典型的从扶贫走向脱贫的农户，户主姓金。金某家有6亩地，但是不擅并且不喜经营，年经营性收入不到3000元，依靠政府补贴生活。为充分激发金某的内生动力，政府向金某提供技能培训和产业扶贫。在培训过程中，金某掌握了种植蓝莓的技术和相关知识，并对此产生了一定的兴趣。为鼓励金某规模种植，发展蓝莓产业，村委给予其产业扶贫贷款的机会，让其低成本、低风险地发展蓝莓种植。目前，6亩蓝莓的纯收益在4000元/亩左右，金某依靠蓝莓可以实现每年纯收入两万元以上，并且金某仍在不断学习、寻找更有效益的种植模式，对于种植不再抱有懒惰思想，真正地实现了在脱贫过程中不断自我发展。

三 精准扶贫识别的困难

在精准扶贫识别过程中，要充分结合"一达标、两不愁、三保障"并兼顾当地生产生活收入水平对贫困户进行慎重识别，要考虑以下排他性因素：（1）在城镇购买商品房、门市房等在国土部门存在不动产登记（不含因灾重建、扶贫搬迁和拆迁建房）；（2）家庭成员拥有小轿车、载客机动船舶、工程机械、大型农机具等；（3）家庭成员作为企业法人或者股东在工商部门注册有企业且有年审记录的，或长期雇佣他人从事生产经营活动；（4）家庭成员中有财政供养的机关事业单位、国有大中型企业在职在编在岗干部职工（不含公益性岗位和临聘人员）；（5）全家长年在外（1年以上），不在当地居住、生产和生活失联户；（6）子女或法定赡养扶养人收入明显高于当地扶贫标准，未尽赡养抚养义务的老人户；（7）集中供养的"五保"人员（不含孤儿）。

上述指标为精准识别贫困户带来了一定的难度。除此以外，村干部还强调不仅要亲自考察申请农户的家庭情况，而且要综合考虑周围农户对其家庭经济水平的评价，一致认为经济水平较差的、真正需要得到帮扶的，才通过其申请。但是在这过程中仍然存在一些问题，如精准偏离。部分贫困群众发展的内生动力不足，甚至过分依赖政策扶持、社会帮助，这会给其他农户造成不公平感，也给村干部的扶贫工作带来一些困扰。

贫困户的识别如何"精准"[①]

为了解对于贫困户的识别能否做到真正精准，调研组采访了村内负责脱贫攻坚、精准扶贫的干部黄主任以及一位非建档立卡户杨某。黄主任向我们介绍村内的精准识别过程："在我们村里贫困户的识别一共是进行了三轮，分别是在2014年、2017年和2018年，每一次的识别标准和流程都是按照章程要求进行的，首先是对国家确定的贫困人口进

---

① 引自支晓旭对黄泥村村干部黄主任的访谈，2020年8月28日，地点：贵州省麻江县黄泥村村委办公室。

行规范动态管理，也就是对符合纳入建档立卡条件但识别遗漏的、已经退出但是又返贫的，以及识别错误这三类情况进行核实；其次是对已脱贫人数和当年年度减贫人数进行重点核实，对相关农户情况进行综合评估，以免发生识别错误。具体操作方法是调查农户的年度人均可支配收入，在国家当年扶贫标准线以下的、并且达不到'一达标、两不愁、三保障'要求的，就认定为贫困户。这些都是政策上的要求，具体实施的时候，是农户自己先申请，我们村委组织人员入户调查，再小组评议，确实需要帮助的就录入建档立卡系统。"调研组询问具体入户调查内容，黄主任表示第一是看收入情况是否属实，这一般是有专门人员进行核实的，按照政府规定的"农民人均纯收入"的公式[①]计算；第二是看经济条件能够满足基本的衣食需求、房屋是否符合安全住房标准、有无基本的家具家电、用水用电是否方便、有无上学医疗困难、饮水安全是否保障等。对申请的每一户农户进行上述详细调查后，符合条件的在村内公示并召开村民代表讨论，无异议的便完成认定、有异议的进行调整。

另外，在核实过程中，发现有达到脱贫标准的，按照相应程序进行精准退出，但是响应国家"脱贫不脱政策"的措施，对这部分农户仍然给予教育、医疗等补贴，直到其能真正实现稳定脱贫。黄主任说这是要根据实际情况考察的，对达到标准但可能返贫的农户，取消建档立卡身份但仍然给予补贴；对于度过缓冲期、真正实现稳定脱贫的农户，才结束给予补贴。

谈及目前黄泥村内扶贫工作识别中存在的问题，黄主任承认遇到一些困难。例如，原则上要求扶贫开发领导小组对农户进行一年两次的识别程序和一年一次的退出程序，但是黄泥村人力、物力有限，不足以支持其一年一次及以上的深入调查；再例如，识别过程中可能发生精准偏离，即有些农户家庭节衣缩食、拼命工作，勉强可以实现温饱、收入达到国家扶贫标准线，如果参考多维贫困指标，这样的群体是贫困户，但是在现行标准下无法得到政府补贴；还有些农户无所事事，但是被评为

---

① 计算公式为：农民人均纯收入＝(农村居民家庭总收入－家庭经营费用总支出)/农村居民家庭人口数。

贫困户、依靠政府生活，无法挖掘其脱贫内生动力。这样的精准偏离带来了负面效果，黄主任表示对此没有特别有效的措施，因为依据收入标准评为贫困户后是无差别对待的，不会对其按照经济或者勤劳程度分类管理，但是对于有意愿脱贫的农户会有一定的政策倾斜，如提供更多的公益性岗位机会。一户接受采访的非建档立卡户杨某称，递交材料后未被评为建档立卡户的主要原因是收入达到了国家扶贫标准线，但是杨某认为这样的评定方式并不合理。杨某表示他和儿子在外省打工时除了在工地搬砖，空闲时间还会接一些发传单、送货的零活，才勉强使得收入达到标准线，实际上若是按照多维贫困的指标来看，仍是处于贫困状态的。

第三节 扶贫效果

一 返贫风险

自 2014 年最初实行建档立卡户识别程序以来，截至目前，黄泥村的建档立卡户由 2014 年的 148 户降至 2019 年的 3 户，低保户由 46 户减为 0 户[①]，脱贫工作取得了巨大的成效，这和政府开展的一系列帮扶措施是密切相关的。这些政策不仅能够鼓励农户，尤其是边缘户实现自我脱贫，而且能够有效防止脱贫户返贫，如产业扶贫、教育医疗补贴等。

对已经实现脱贫的农户群体进行回访时，笔者了解到，脱贫后的农户家庭在仍然享有政策优惠的情况下能够过上相对较好的生活，不愁吃穿用度，并且教育医疗有保障、住房饮水安全符合条件，基本实现稳定脱贫。但是也有少数农户家庭面临返贫风险，若是遭遇突发疾病或者意外灾祸，很可能造成经济受损，再度陷入贫困处境。若发生这种情况，村委会能够通过临时救

---

① 在 2014 年初的第一轮建档立卡户识别过程中，全村共有 148 户建档立卡户，其中有 46 户是低保户；到 2017 年初第二轮识别时，全村共有贫困户 70 户、221 人次，这期间累计脱贫 78 户、共 300 人次；在 2018 年第三次识别过程中，有贫困户 51 户；2019 年时为 3 户。总体来看，自 2014 年以来，实际脱贫户数为 145 户，惠及 516 人次。目前，黄泥村还有 3 户农户未脱贫。

助的方案对其实施精准救助。

二 疫情冲击下的山村"数字兴旺"

黄泥村的教育扶贫和就业扶贫一直以来都进展良好,而产业扶贫在实践中却表现不佳,表现出农户参与度低、项目缺乏可持续性等现象。近十几年来,在教育扶贫和就业扶贫的政策引导之下,黄泥村农户家庭收入持续增加、生活水平日渐提高,大多数农户都安于外出务工的现状。新冠肺炎疫情首先冲击的就是外部产业,农户无法继续从中获得收入;而村内少数农户自发的创业项目,又难以接收如此庞大的剩余劳动力,因此出现了大量农户返贫的现象,使得黄泥村整体经济受损。归根到底,还是由于产业扶贫"内生动力不足"的原因,没有充分挖掘村庄和农户的潜力。

针对这种由于突发疫情而导致的大规模返贫现象,政府尝试采取提供公益性岗位、提供兜底保障等措施来解决这类返贫群体的生活问题,但是政府对此的帮助也很有限。由此可以看出,一个缺乏自主产业的农村是难以抵挡外界风险的,在面临冲击时往往暴露出空心化和内生动力不足的问题。

三 巩固脱贫成果

新冠肺炎疫情减缓了社会经济的运行速度与效率,这给刚刚实现脱贫的黄泥村带来发展的压力。如何在疫情冲击下巩固脱贫成果,成为黄泥村村干部首要解决的难题,也与每一位村民切身相关。可以观察到,疫情之下"脱贫"表现出脆弱性,返贫风险加剧,贫困问题仍然严峻。具体来说,一是新发生的因疫返贫风险,如外出务工的限制导致农户的收入下行风险加大、支出负担明显增加;二是长期存在的因病返贫、因灾返贫风险。

对此,黄泥村村干部制定了一系列措施来减少返贫风险,巩固脱贫成果。针对疫情冲击的负面影响,一方面要把就业扶持放在首位,在保证零感染、不传播的前提下,帮扶人应当充分发挥参谋和协调作用,及时通过自身的社会资源,为帮扶对象提供就业信息;另一方面,应依托当地扶贫产业,大力建设"扶贫车间",增加本地就业渠道。同时,需要完善社会服务体系,增加在防疫过程中的财政投入，为返贫农户提供资金支持和政策保障，例如，为农户提供口罩和洗手液等。针对其他的返贫风险，可以参考江苏在精准扶贫过程中对农村贫困人口的大数据识别经验，建立精准扶贫大数据监测平台；依托贵州"云上贵州"平台，完善对贫困户的动态追踪，尤其是对返贫边缘户的精准识别，从而链接社会力量对其进行帮扶，防止其返贫，达到巩固脱贫成果的目的。

第二十章　高校帮扶

2012年11月，国务院扶贫办、教育部等八部委联合印发《关于做好新一轮中央、国家机关和有关单位定点扶贫工作的通知》，要求实现定点扶贫工作对国家扶贫开发工作重点县的全覆盖。教育部直属40余所高校以"一校结对一县"的形式展开定点扶贫工作。南京农业大学结对帮扶贵州省麻江县。

目前，学界对于高校扶贫的研究已有不少成果，具有代表性的是，程华东（2017）以华中农业大学为例构建出的四螺旋模型，即将产业作为纽带，链接起农户、企业、高校、政府四大主体，具有良好的现实意义[1]。李俊杰（2018）以中南民族大学为例，构建出高校扶贫五力模型，认为教育、产业、科技、人才、思想文化等方面的扶贫共同推进高校扶贫发挥作用[2]。随着高校扶贫模式的不断完善，其在脱贫攻坚的进程中也逐渐发挥出更为重要的作用。

南京农业大学在定点扶贫过程中，通过不断谋求创新，虽然取得了一系列的成就，但也不可避免地遇到一些实践困境。本章将从南京农业大学的典型扶贫措施出发，介绍扶贫措施的基本情况与核心内容。同时，笔者还将通过讨论和分析其成效经验与实践困境，有针对性地提出对策与建议，以期为进一步推进高校扶贫工作提供建议与思路。

---

[1] 程华东、刘堃：《高校教育精准扶贫模式探究——以华中农业大学精准扶贫建始县为例》，《华中农业大学学报（社会科学版）》2017年第3期。

[2] 李俊杰、李晓鹏：《高校参与精准扶贫的理论与实践——基于中南民族大学在武陵山片区的扶贫案例》，《中南民族大学学报（人文社会科学版）》2018年第1期。

第一节　定点扶贫工作的概况

2013年以来，南京农业大学努力整合资源，积极创新帮扶举措，推动麻江县的脱贫攻坚与乡村振兴事业不断发展。2019年4月24日，贵州省人民政府发文同意麻江县退出贫困县序列。自此，麻江县正式摆脱了绝对贫困，开启实现乡村振兴的新征程。本节将简要介绍南京农业大学近些年以来开展的富有特色的帮扶措施。

一　"南农麻江10+10"行动计划

2018年以来，中共麻江县委、麻江县人民政府在1号文件《关于麻江县2018年决战决胜脱贫攻坚确保整县实现国定标准脱贫退出的实施意见》中明确提出，2018年是全县决战决胜脱贫攻坚、确保整县实现国定标准脱贫的退出年，也是迈上乡村振兴新征程的关键之年。针对麻江县脱贫攻坚新形势与新需求，南京农业大学与麻江县政府在充分沟通协调的基础上，创造性地推出"南农麻江10＋10"行动计划（以下简称行动计划）。

图20—1　南京农业大学党委书记陈立根与"南农麻江10＋10"村书记座谈
（图片来源：南农新闻网党委宣传部提供。）

该行动计划的基本组织形式是南京农业大学的 10 个学院结对帮扶麻江县 10 个典型村。帮扶村由麻江县自主选择。南京农业大学根据确定的 10 个村，选取 10 个学院党委结对共建。

该行动计划以 "10+10" 形式为依托，开展了多维度的扶贫工作，合力打造出产业扶贫、党建扶贫、智力扶贫、消费扶贫、教育扶贫、特色扶贫等富有特色的扶贫举措，如表 20—1 所示。

表 20—1　　　　　　各项扶贫项目对口单位一览表

扶贫内容	麻江县对口单位
消费扶贫	麻江县供销合作社联合社
教育扶贫	麻江县教育和科技局
	麻江县龙山中学
健康扶贫	麻江县卫生健康局
文化扶贫	麻江县农业文化旅游园区管委会
干部培训	中共麻江县委组织部
招商引资	麻江县投资促进局
	麻江县农业农村局
	麻江县供销合作社联合社
智力调研	麻江县扶贫开发办公室
考察督促	中共麻江县委办公室
	麻江县人民政府办公室
宣传推广	中共麻江县委宣传部

资料来源：根据《南农麻江 10+10 行动计划》整理而得。

（一）产业与科技扶贫方面

南京农业大学选派相关领域专家，与麻江县农业农村局、麻江县供销合作社联合社、麻江县农业文化旅游园区管委会等对口单位共同遴选适地特色产业，设立产业与科技扶贫项目（落实于村集体专业合作社或新型主体）；10 个学院组建了 9 支专家服务团队，建立起科技示范基地 11 个，帮助成立麻江县稻米产业新型农业经营主体联盟，推进麻江县花卉、蔬菜和蓝莓新型农业经营主体联盟建设，共建锌硒米、家禽和农村电商等新型农业经营主体发展联盟 3 个；指导农业龙头企业与农产品加工企业 3 家、农民专业合作社 5 家，打造农旅结合示范点 1 个，帮助建设休闲农业与乡村旅游点 2 个；同时，引进新品种 700 余个，展示菊花脱毒育苗、草莓无土栽培等新技术、新模式 20 余项，调研与指导红蒜蒜种退化、锌硒米绿色优质栽培、肉鸡养殖生物营养调控、蓝莓保鲜操作规范等关键技术问题 35 个，如表 20—2 所示。

表 20—2　　　　　　　　产业与科技扶贫工作对接表

麻江县帮扶村	南京农业大学学院	产业类型	产业规模	麻江县对口部门	南京农业大学专家
咸宁村	农学院	锌硒米	2000 亩	供销社	李刚华 方星星 管荣展 周曙东
乐坪村	动物医学院	稻田养鱼 优质油菜	600 亩		
新场村	资源与环境科学学院	红蒜	500 亩	农业局	吴震 渠慎春 陆应林 韩永斌
水城村	植物保护学院	蔬菜	2000 亩		
仙坝村	生命科学学院	草莓苗	100 亩		
河坝村	动物科技学院	养鸡	2 万羽		
兰山村	食品科学技术学院	蕨菜加工	40 亩		
卡乌村	人文与社会发展学院	菊花、油菜	500 亩	农文旅	房伟民 管荣展 韩永斌
谷羊村	园艺学院	花卉	50 亩		
黄泥村	经济管理学院	蓝莓	678 亩		

资料来源：根据《南京农业大学麻江 10+10 行动计划》整理而得。

（二）党建扶贫方面

南京农业大学先后开展联合党日活动、党建培训活动、基层党建交流、"双带头人"教师党支部共建、网上支部共建、学生党（团）支部暑期社会实践、村支部党建学习考察等活动与工作 15 场次。2018 年划拨党费 100 万元；2019 年划拨帮扶经费 270 万元，专项用于结对村基层党组织建设和集体经济发展；2019 年引进帮扶资金 500 万元；培训基层干部 487 人次，培训技术人员 906 人次。南京农业大学经济管理学院"双带头人党支部"发动全院党员教师为麻江黄泥村募捐 4 万元，并援建黄泥村文化教室。

南京农业大学动物医学院通过联系江苏省盐城市盐都区旭日居委会，举办"强村帮扶弱村"募捐活动，捐赠麻江县乐坪村 2 万元。南京农业大学公共管理学院通过联系江苏省南京市玄武高级中学青年教师成长共同体等募捐帮扶经费 2800 余元。资产经营公司捐赠 13 套，价值近 60 余万元的移动党支部设备。

（三）智力扶贫等其他特色扶贫方面

2019 年，南京农业大学组织规划设计研究院覆盖 10 个帮扶村进行全面考察调研与总体规划，创新实施"党建+乡村旅游"，打造"景村"党建品牌；以卡乌村、新场村、河坝村等为重点，持续在麻江县有机农业发展规划、有机农业示范县创建、"1258"建设工程、蓝莓产业发展等重大项目中提供智力支撑；同时，委派 3 位教授担任贵州省"三区"科技人才，对接帮扶村农业科技指导工作；组织大学生艺术团和武术队参演"贵州麻江品菊季"，积极开展大学生暑期社会实践活动，帮助开发蓝莓艺术节策划、河坝村瑶族枫香染技术与非物质文化遗产。

除此以外，南京农业大学还特邀请麻江县在学校 2019 年校友代表大会上开展项目招商引资推介，重点推荐卡乌村、黄泥村等发展的蓝莓产业和乌羊麻乡村田园养生养老项目，组织校友企业家赴麻江县考察，联系江苏沃田集团股份有限公司、安徽省旌德县朝辉绿色食品有限公司、邳州市黎明食品有限公司、江苏江南生物科技有限公司等，对接帮扶卡乌村、黄泥村、新场村、兰山村等村的蓝莓产业、红蒜产业、蕨菜加工产业和食用菌项目等发展，组织校医院专家团队开展专家坐诊、基层巡诊和业务知识讲座等系列健康扶贫活动，组织园艺学院与黔东南州唯一本科院校凯里学院开展学生培训与项目合作，组织人社系党支部开展劳动保障调研，助力就业扶贫。

南京农业大学创新性推出的"南农麻江 10+10"行动计划，将定点扶贫任务做出特色，做出效果，取得了一系列显著成果，获得各界的一致认可[1]，

---

[1] 自推进实施"南农麻江 10+10"行动计划以来，直接结对帮扶贫困村 10 个，直接服务与带动农户 4997 户、建档立卡贫困人口数 10459 人。工作成效显著，获得各方面的认可。

2018 年底，麻江县所有贫困村全部出列，2018 年脱贫 4232 户 14770 人，贫困发生率为 1.55%，比 2017 年下降 7.13%。

南农大帮助仙坝村、卡乌村、新场村、水城村入选贵州省乡村振兴"十百千"示范工程示范村，卡乌村入选精品旅游村寨，水城村获评美丽乡村，河坝村枫香染瑶绣入选文化传承项目。

2019 年 4 月 24 日，贵州省人民政府发文同意麻江县退出贫困县序列。

为麻江县人民创造出了繁荣的福祉。

二 南京农业大学研究生支教团

2012 年，南京农业大学被确立为中国青年志愿者研究生支教团新增高校，并于同年 9 月开始组建南京农业大学第一届研究生支教团（全国第十五届，以下简称南农研支团）。2014 年 7 月，南京农业大学第二届研究生支教团首次奔赴贵州省麻江县，此后的 7 年时间里，南农研支团代代接力，在麻江县的教育扶贫领域创造出令人瞩目的成就，得到麻江各界的充分肯定。南农研支团每一届的故事都丰富精彩，翔实道来，篇幅不允，这里仅选取近两个研支团的故事进行讲述。

（一）支教工作撑起一片天

课程教学方面，南农研支团成员所任课程覆盖语文、数学、英语等基础课程，以及物理、生物、地理等拓展课程，平均每位成员每周任教 18 个课时，任教科目成果突出[①]。

第二课堂方面，南农研支团认真设计、组织并全程协办了龙山中学第一届体育文化艺术节；开设了《我和我的祖国——中国国情概论》《青诗班》《地理中国》《影视鉴赏》等选修活动课；获校领导批准后，成立龙山中学学

（接上页）2019 年 1 月 29 日，南京农业大学定点扶贫案例入选微言教育"奋进之笔我来写"专栏攻篇两个高校案例之一。

2019 年 1 月 30 日，中共贵州省委书记孙志刚、贵州省省长谌贻琴联合署名感谢信，提及：南京农业大学一年来卓有成效的帮扶工作，有力地推动麻江县脱贫攻坚取得显著成果。

2019 年 9 月 23 日，《"南农麻江 10+10"行动计划 探索精准扶贫乡村振兴新路径》连续第 3 次入选教育部直属高校精准扶贫精准脱贫十大典型项目。

2019 年 11 月 4 日，围绕"大山小院精准扶贫座谈会——南农大以党建为引领，催生扶贫内生动力"的主题，"学习强国"、新华社、交汇点、中国网等多家媒体报道南京农业大学精准扶贫工作。

2019 年 11 月 7 日，南京农业大学扶贫开发工作领导小组办公室荣获"2019 年贵州省脱贫攻坚先进集体"。

2020 年 3 月 4 日，中共黔东南州委、黔东南州人民政府再次向南京农业大学发送感谢信。信中提及：南京农业大学真情实意、真金白银、真抓实干地帮扶黔东南，为黔东南脱贫攻坚"把脉问诊、对症下药"，为黔东南州决战脱贫攻坚、决胜同步小康作出了积极贡献。

2020 年 5 月，南京农业大学获评 2019 年中央单位定点扶贫成效考核"好"等级。

① 学生成绩在全县排名靠前。

生会，帮助制订《龙山中学学生自我管理条例》；开设"紫金大讲堂"，以树立远大的理想以及当下实时的社会突出问题为切入口，主题包括"大学是什么样""珍爱生命，远离毒品"等，为学生的青春成长铺设防护网，引导学生们不断提升、开拓自身思想境界和人生格局。

2018年开始，南农研支团策划"图南公益游学"项目，开启麻江优秀学子实践游学的历史。组织山区学生走出大山，到经济发达地区研学。2018年首批26名品学兼优的学生远赴南京、苏州、上海等发达地区开展了为期1周的学习之旅。2019年，40名学生于8月来到上海、苏州和南京，开展第二期"图南公益游学"。

（二）多方努力寻资助

2018—2019学年开始，在南京农业大学教育发展基金会的支持下，南农研支团在麻江县设立了南京农业大学奖学金。2018—2019学年第二学期，通过严格的比较与筛选，首批60位麻江县学生领取了奖、助学金，共计5万元。

"禾苗助学成长计划"是南京农业大学研究生支教团自2016年起，在贵州省黔东南州麻江县龙山镇龙山中学、龙山小学等服务地学校开展的教育扶贫重点项目，旨在帮助家庭贫困且品学兼优的学生完成学业。该项目以南农研支团为媒介，连接资助人与受资助学生，采取"一对一"的帮扶模式，对龙山当地的贫困优秀学子每月给予生活补贴。截止到2020年7月，"禾苗助学成长计划"累计资助学生112人，所筹资金达9万余元。据跟踪调查，绝大多数资助学生的学习成绩始终保持在班级前10名，身心得以健康成长与发展。

公益募捐方面，研支团在长期实践中，逐渐形成"精致公益"的理念，并不断运用到实际工作中去。"精致公益"内涵包括三个方面：一是活动流程的设计精致，以"前期筹备预热—过程控制—后期宣传与反馈"为主轴，逐渐形成并规范各种活动的固定模式，以使活动效果圆满；二是公益项目的透明反馈，明确所有善款来源，明细所有开销细则，并定期向相关责任方反馈资金去向情况；三是体现公益的人文关怀，在整个项目实行过程中保护学生尊严，突出感恩教育。2018年以来募集各类物资及资助共计8.6万余元，惠及河坝村小、兰山村小等帮扶村和龙山中学、宣威中学等乡镇中学，如表

20—3 所示。

表 20—3　　　　　　　　　南农研支团贵州分团公益活动开展表

序号	活动名称	活动时间	合计金额
1	平板电脑学习计划	2015 年 12 月 29 日	10000 元
2	关爱双眼，关注视力	2016 年 6 月 25 日	6000 元
3	大山里的世界杯	2016 年 9 月 8 日	30000 余元
4	阳光体育、适龄读物	2016 年 10 月 28 日	10000 余元
5	大山里的圣诞老人	2017 年 1 月 7 日	4000 余元
6	给孩子运动的机会	2017 年 3 月 31 日	6000 余元
7	点滴清明	2017 年 4 月 27 日	4200 元
8	阳光黔行	2017 年 5 月 12 日	9000 余元
9	微爱山区	2017 年 5 月 28 日	1700 元
10	暖梦行动	2017 年 11 月 19 日	12000 元
11	感恩回报社会，爱心遥寄山区	2017 年 11 月 29 日	1000 余元
12	暖冬行动	2018 年 12 月 21 日	3600 元
13	万里鸿雁，引梦入笔	2019 年 1 月 7 日	10000 余元
14	微心愿	2019 年 3 月 1 日	2000 余元
15	爱心书屋	2019 年 4 月 26 日	50000 元
16	捐赠书籍教具、体育器材	2019 年 5 月 20 日	6000 元
17	清晰视界，睛彩未来	2019 年 6 月 14 日	10000 元
18	书送未来	2019 年 5 月 30 日	5000 元
19	语秾同行，筑梦麻江	2020 年 6 月 19 日	8000 余元

根据南京农业大学研究生支教团提供的资料整理而得。

"志"富路上遇见支教队伍[1]

"祝陈老师新年快乐，感谢您一直以来的关心和帮助，今年我的平均分也超过了 85 分，家里老人的身体恢复得挺好的。希望您有时间回贵州看看。祝您身体健康，万事如意。"

---

[1] 引自南京农业大学宣传部赵烨烨作品。

每年春节，南京农业大学食品学院辅导员陈宏强老师都能收到黄林（化名）发给他的祝福短信。他俩结缘于 6 年前。那时，陈宏强是首批支援麻江的 L 高校研究生支教团成员，而 14 岁的黄林刚念初二。

从小跟着爷爷奶奶，住在阴暗潮湿的苗家木屋里的黄林，立志要好好学习，走出这片大山，去外面的世界看看。初到麻江的陈宏强也很快发现，在这座闭塞的大山里，简陋的文具、破旧的图书无法满足孩子们对知识的渴求，他们策划用一场"阳光黔行"的公益资助项目为孩子们募集崭新的学习用品，为他们打开知识的新天地。

黄林就是受"阳光黔行"资助的孩子之一，陈宏强是他的对接老师。在支教的那一年里，陈宏强会踏着泥泞的小路去黄林家家访，会隔三差五关心他的学习，会带着他们一起在球场上挥洒汗水，还会和他们一起聊聊外面的世界，包括孩子们向往的大学校园。

"可能那时他就悄悄立下了目标吧。"陈宏强清楚地记得，每当自己说到 L 高校的人和事的时候，黄林的眼睛里总闪着光，充满羡慕与期待。

6 年后，怀揣着最初的梦想，铭记着老师的鼓励，黄林以优异的成绩考上贵州师范大学。"他第一时间把好消息告诉了我。"陈宏强十分欣慰。

"我希望以后能像支教团的老师们一样，成为一名人民教师，为自己家乡的教育事业做出自己的贡献。"如今，如愿在大学校园肆意挥洒青春的黄林又有了一份全新的期待。

陈宏强所在的这支研究生支教团队伍，在南京农业大学教育帮扶麻江的道路上渊源已久。自 2014 年起，学校已先后选派 6 届研究生支教团，共 26 名志愿者先后奔赴麻江支教。

6 年来，支教团牢牢把握"支教+扶贫"两条工作主线开展工作。一方面，他们所任课程覆盖语、数、外、史、地、生等多门科目，累计授课近 4 万节，覆盖学生 8000 余人；另一方面，他们在长期实践中，逐渐形成了"精致公益"的理念——"禾苗助学成长"助学金实现"一对一"帮扶；"山路家访"定期对帮扶学生进行家访；"紫金大讲堂"，通过课外知识的普及，告诉孩子"远大志向的实现并不会受物质贫乏的羁绊"等等。"这支研究生支教团长期深入了解学生、学校以及地方的实际需求，力求解决'卡脖子'的问题，从而实现社会化公益扶贫工作上的精准扶贫。"校长陈发棣介绍道。"支教一年，自教一生。"张祥洋是第十六届支教团的团长，2020年8月，在即将告别一年的支教时光时，他在日记里写下了这样的文字："我是一名普通的支教志愿者，我们选择在青春最美好的岁月里来到孩子们的身边。"

三　经济管理学院的扶贫举措

行动计划中指定，南京农业大学经济管理学院（以下简称经管院）结对麻江县黄泥村。笔者作为经济管理学院经贸系党支部书记，参与并见证了经济管理学院与黄泥村对口扶贫的过程。本节选取具有代表性的扶贫措施，从村的角度出发，以微观的笔触，对高校的定点扶贫进行素描。

（一）党建扶贫方面

2019年7月，经管院党委邀请黄泥村领导一同调研考察了淮安涟水中药材基地、句容市白兔镇致富果品专业合作社、农村科技服务超市句容经济林果产业分店、句容市碧园农业工程技术有限公司、虎耳山无花果专业合作社、丁庄万亩葡萄专业合作联社、丁庄老方葡萄专业合作社等地。

同年7月，经管院党委携大学生暑期实践团再赴贵州省麻江县开展系列活动。在座谈会上，黄泥村委班子详细介绍了黄泥村各项情况，笔者等人代表经管院经贸系党支部，就双方的共建帮扶工作，与黄泥村领导班子展开了详细的讨论。会上，笔者代表经管院进行了图书捐赠。会后，在村支书等人陪同下，笔者一行携带学院募捐善款，给黄泥村尚未脱贫的13户贫困家庭送去温暖。大学生暑期实践团也走村入户，分别对麻江县黄泥村、水城村、坝芒村、共和村等村落进行了深入调研。

2020年7月，调研组一行再次奔赴麻江县，以"教育扶贫""党建扶贫"为主题，开展扶贫调研。同时，组织开展"六次方"教育扶贫计划及成长型思维课程计划（此教育扶贫内容将在下文中作详细描述）。活动中，调研组带领的经管学院调研团也再次前往黄泥村，开展党建扶贫座谈，调研组作了

《江苏扶贫经验与启示》的主题发言。之后，调研组一行赴蓝梦谷蓝莓园进行了考察，就麻江县产业扶贫与教育扶贫双向互动关系做了深度调研。

（二）电商扶贫方面

2019年7月，麻江县开设南农·麻江O2O"黔"心助农特色农产品营销电商培训班。经管院专家教授坐班授课，麻江县部分电商企业代表和电商服务站站长、县、镇、村三级电商代表等共60余人在场听讲。重点讲解了电子商务进农村的发展现状、不同经营主体农产品电子商务经营模式、农产品直销模式、农产品发展的关键点四方面的知识。

（三）教育扶贫方面

经管院与南京农业大学社会合作处、麻江县教育和科技局、中科院心理所，以及英国萨赛克斯大学等6方联合开展"六次方"教育扶贫计划。

图20—2 "六次方"教育扶贫计划培训现场
（图片来源：该项目课题组。）

"六次方"教育扶贫计划是一项研究贫困地区学生思维习惯、心智能力的随机对照试验项目，意图探索出提高贫困地区学生学习成绩、更新思维习惯、提升教育质量的有效方法。麻江县小学五年级学生共计 1800 人，项目将其随机分为三组，其中一组为实验组。该项目首先由课题组成员对麻江县的小学教师进行培训，再由小学教师为麻江地区 600 个小学生提供为期 6 周的成长性思维训练课程，并安排 60 个大学生志愿者对 600 位受教学生的家长进行一对一帮扶，引导家长为学生创造学习成长型思维的家庭氛围。该项目拟对这批学生进行为期 6 年的动态长期追踪，关注学生在学业表现、学习态度、心智成长等非认知技能的长期变化。2020 年 7 月，经管院一行到麻江县开启"六次方"教育扶贫计划。经管院专家课题组特邀中国科学院心理研究所专家为 30 余名小学教师做成长型思维初期培训，8 月底，培训班对同一批教师代表进行第二阶段的培训。

秉承扶贫先扶智的思想，"六次方"教育扶贫计划的实施发挥了项目的多方"乘数效应"，在引导教师革新教育理念的同时，启发贫困地区孩子的成长性思维，促进学生心智的全面发展。该项目为麻江县教育扶贫事业提供了新思路、新方法，对麻江脱贫攻坚与教育发展具有重要意义。

第二节 典型措施成效与困境的启示

在开展各项定点扶贫工作的过程当中，调研组以黄泥村为观察对象，重点关注了在此村中开展的消费扶贫、科技扶贫、党建扶贫、电商扶贫等典型的扶贫措施。同时，调研组也重点关注了研支团以及"六次方"教育扶贫计划。本节在总结这些典型措施的成效经验的同时，还将重点讨论这些措施的实践困境。

一 消费扶贫的受益机制分析

南农在推进消费扶贫方面推出了众多措施，也取得了显著的效果。2019 年，南农累计购买麻江县农产品共计 241 万元，帮助销售麻江县农特产品 277 万元，与中国农业银行签订了《消费扶贫合作备忘录》，在扶贫商城设立了"南京农业大学定点扶贫推荐专区",帮助拓展麻江县特色农产品的销售渠道。南农开展的消费扶贫,促进了麻江县农产品外销,保障了农业经济收益。

但是,消费扶贫的直接收益方是各类企业,农户仅能获取间接收益。以黄泥村为例,南农积极帮助展销各类蓝莓产品,促进了蓝莓产品的销售,但是,展销收益都回流到企业,农户只能取得间接收益。这就导致本地农户对于消费扶贫的认可度不高,认为消费扶贫的最大受益者是企业,而并非农民。

企业与农户签订长期合约,有责任和义务保证在合同期内的农户正常收益,无论消费扶贫与否,从农户端来讲,其收益不会有太大变化,因此农户对于消费扶贫并不持关心的态度。高校的消费扶贫应当将有限的资源配置在真正能提高农户收入的事情上。对于农户自行种植的经济作物,或者养殖的牲畜,高校可以策划相应的消费扶贫策略,这样才能真正提升农户收入,获得扶贫效果。

二 智力扶贫对农户的溢出效应[①]

智力扶贫是彻底脱贫的重要推手,也是阻断返贫的重要途径。南农在对口扶贫的过程中,十分重视智力扶贫。在黄泥村推行的智力扶贫系列政策,主要包括专家下乡进行实地调研指导、编制技术手册、培训技术人员等。当前的黄泥村优先发展优质锌硒米产业与蓝莓产业。南农选派房伟民、管荣展、韩永斌等相关专家,对其发展规划等开展调研与指导。培训方面,截至2019年,南京农业大学在麻江县共培训技术人员906人次[②],其中,在黄泥村培训技术人员8人次[③]。南农对于黄泥村的智力扶贫取得了显著成效,为黄泥村顺利开展产业结构调整,落实产业扶贫政策起到了推动作用。

但是,基于农户的角度,调研发现:在黄泥村开展的智力扶贫举措对于

---

① 溢出效应是指一个组织在进行某项活动时,不仅会产生活动所预期的效果,而且会对组织之外的人或社会产生的影响。这里是考察,对产业发展提供的智力扶贫对农户的增益情况。
② 南京农业大学社会合作处、新农村发展研究院办公室官网:《我校获评2019年中央单位定点扶贫成效考核"好"等级》,2020年5月11日。
③ 麻江县产业与教育扶贫调研组于2020年8月在麻江12村调研的结果整理而得。

黄泥村农户的溢出效应较弱。在对黄泥村村民进行"您对于村内的智力扶贫的了解程度有多大，请您根据自己的了解程度，从1—10分中评分"的调研中，获得以下数据，如图20—3所示。

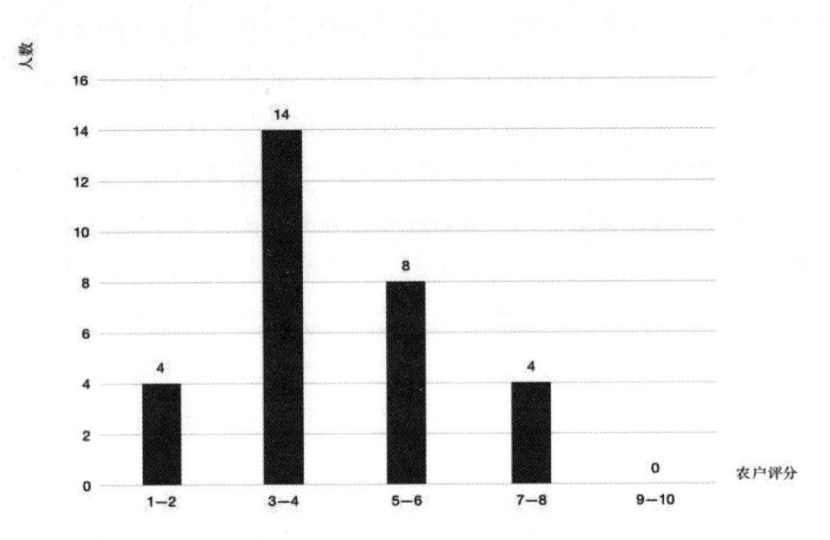

图20—3　农户对科技扶贫的了解程度评分情况
（资料来源：根据调研组在麻江县调研的结果而得。）

由图20—3知，农户对于智力扶贫的了解程度处于中等以下的水平。说明智力扶贫与农户的联系较弱，智力扶贫的溢出效应不是十分明显。这其中的原因既包括推行得措施的单一性，也包括劳动力素质不高与客观信息不对称等方面的问题。具体表现在：

一方面，现有的扶贫措施仍有进步的空间。技术要素倾注的常态化尚未形成，技术培训面（包括培训对象与培训内容）略有狭窄，智力扶贫的普惠性因此受到影响；另一方面，黄泥村的农业劳动力呈现出老龄化且受教育水平不高的特征[1]。这在一定程度上，也制约了农户对于新技术培训的接受程度，减弱了智力扶贫的溢出效应。

除此之外，客观上信息不对称的问题也是重要原因。高校提供的指导规

---

[1] 根据调研组在黄泥村展开调研的数据，黄泥村大部分青壮年外地务工，村内现有的农业劳动力平均年龄为47岁。60岁及以上占比11%，50及50～60岁占比19%，40及～50岁占比57%，40岁以下占比13%。平均受教育年限为4年，处于小学文化水平。

划及技术支持与农户的实际需求存在一定程度上的偏差，主要表现在理论规划与现实实践上的脱节，以及信息传递的单向性和不透明性，致使高校与农户之间出现信息不对称的问题，这也导致智力扶贫的效果受到影响。

诸多的客观要素禀赋不足，是高校扶贫工作的重要阻碍之一。以智力扶贫对农户溢出效应弱为例，劳动力素质不高与客观环境造成的信息不对称问题，都提高了高校扶贫的效果门槛。高校在这种情况下如果盲目加大扶贫力度，例如增加专家下乡比例，拓宽技术培训面等，虽然能够取得一定效果，但扶贫工作的投入与受益比是增加[1]的，降低了扶贫效率。

因此，面对这种情况，如果高校在一定时间内难以改变客观环境时，则需要选择多重的解决思路，而不是盲目加大力度。劳动力素质不高的问题，需要当地政府推进青壮年劳动力回流和人才引进等政策的落地与实施，以改善劳动力素质。信息不对称的问题，需要增加专家下乡调研的频率，鼓励专家首先进行广泛调查研究，切实掌握当地的实际情况后，再进行指导规划。

三 短期支教与教学稳定性

南农研支团在麻江县龙山中学支教的七年以来，无论是在提高课业成绩、丰富"第二课堂"方面，还是在吸引社会资助、改善教学设施等方面，都取得了显著的成就，也获得了麻江县各界的一致认可[2]。但是，短期支教[3]的问题仍然值得关注。笔者所在的调研团，随机抽样了10名受教学生进行了案例访谈。对于"你觉得支教团对你是否有消极影响时"问题，得到了一致的回答："支教团的老师们都十分活泼有趣，给我们带来了很多新鲜的东西。我们每天都很期待上他们的课，觉得他们的课简直是上学最大的乐趣。但是，支教团的老师只教授一年，等到来年我们又来了一个新老师，我们还要重新适应，好不容易适应好了，老师又要离开了。每个老师教书的方式都

---

[1] 扶贫工作的边际效益递减，增加同样的投入所得的收益减少。
[2] 详细资料可详见第一节第二部分：南京农业大学研究生支教团。
[3] 以南农研支团政策为例，每一位志愿者在麻江县支教满一年即可返校进修研究生学业。

不一样，导致我们有的时候学习起来，稍微感觉有些影响。"①

由此可见，南农研支团的短期支教对于教学稳定性还是产生了较大影响。从学生端讲，学生对于老师的适应需要一定的时间。不同的老师有不同的教授方式，当同一门课程多次更换老师时，会对学生的接受与理解造成影响。而从教师端讲，进入新的教学环境，需要一定的适应期。当几乎适应之后，又要临近支教的结束日期。因此在教学过程中不断耗费时间与精力去适应环境时，也会造成教学质量的折损。据受教学校的本地老师介绍："新来的支教老师都很认真，但因为语言、文化、饮食等各方面的不适应，对于他们来讲，迅速进入教学状态是比较困难的，而且当支教的老师才适应之后，支教期限又快到了，因此整个支教的过程，教学质量还是有待提高的。"②

从现实情况来看，高校推出的支教计划大多是短期支教。虽然对于短期支教带来的各类消极效应，是阻碍提升教育扶贫效果的重要原因，但是基于各方因素（例如支教大学生的诉求，支教团运作体系等方面），短期支教仍将存在一段时期。因此，高校应当在调派支教之前的一段时间内，给予支教者充足的了解与熟悉时间。支教老师要做好思想工作，提前了解学生性格，重点关注学生心理状态，争取尽快取得学生信赖。

四 产业与电商扶贫困境：差异性与针对性

经管院立足自身学科特色与资源优势，推出了一系列产业与电商扶贫措施。经管院邀请黄泥村的村委班子，多样化地考察了南京市周边富有成效的乡村产业③，为黄泥村的领导班子介绍了多种发展思路。同时，在麻江县开展的电商培训班上，经管院也调派有关专家坐班授课，为麻江县电商发展提供知识补充与智力支持。

虽然在一定程度上取得了效果，但是总的来看，对于产业扶贫与电商发

---

① 引自李欣对随机抽样的 10 名学生的访谈。2020 年 8 月 23 日，贵州省麻江县。
② 引自李欣对受教学校的本地教师的访谈，2020 年 8 月 23 日，贵州省麻江县。
③ 包括淮安涟水中药材基地、句容市白兔镇致富果品专业合作社、农村科技服务超市句容经济林果产业分店、句容市碧园农业工程技术有限公司、虎耳山无花果专业合作社、丁庄万亩葡萄专业合作联社、丁庄老方葡萄专业合作社等地。

展的带动效应并不突出。邀请黄泥村的村委班子实地考察了诸多产业之后，黄泥村仍难以从中获得实际经验，在村内开展产业调整难度比较大。课题组在与黄泥村的村支书的访谈中得知："经管院带我们转了一大圈，看了不少的成功的产业，但是到我们这里都行不通。一个是地域的差异，那边的自然环境和我们这边相差得比较多，单纯把人家种植的作物搬过来肯定是养不活。再一个是经济水平的差异。我们强调学习人家的经验，但是却没有人家的资源。现在村里也没充足的发展产业的钱，启动这个产业调整的难度就很大。还有就是也没有足够吸引人的条件来引入外商，别人管理维护方面的技术我们一时半会儿也学不来，就算学出来成本也很大。总之就是，单凭现在的实际情况，我们转了这一大圈只能算涨了涨见识，真正能拿到村里来用的东西并不多。但是，还是很感谢经管院帮忙联系了这么多地方，费时还费力，没有他们我们也了解不了这么多外面的信息，我们由衷地感谢他们[④]。"

由此可见，高校帮扶的关键还是因地制宜。合理总结黄泥村特征，有匹配性地选择出考察对象，才是高校进行有效引领的关键。

电商扶贫虽然有一定的效果，但总体上作用表达的受限仍比较多。最突出的表现就是，电商课的听众不多。这是因为受众面狭窄，麻江县适宜接受电商发展的主体数量并不多。因此，农户在面对电商扶贫时，一方面出于家庭农业实际情况的需求性并不强烈；另一方面，受自身知识水平限制，接受和理解新概念的能力不足，因此表现出对电商扶贫的兴趣并不强烈。

相比组织电商学习、培训电商技术，搭建成熟电商平台与农户的链接、提供合理保障促进电商元素进入生产过程等措施，可能会取得更好的扶贫效果。虽然经管院在电商领域具有专业优势，但是由于贫困地区的实际需求不强烈，如果脱离现实状况一味的给予技术培训，可能造成资源浪费等现象，不利于扶贫工作的有效开展。

[④] 引自黄泥村书记访谈，2020年08月28日，贵州省麻江县黄泥村村委办公室。

五　教育扶贫困境：有书不读还是有书难读

"六次方"教育扶贫计划中的一部分内容是通过网络会议的方式给孩子线上免费教授英语课程。教授的老师们认真备课，形成了合理的线上授课体系。但是，线上授课的出勤率却出现了问题。在首次授课时，出勤率仅有30%；在老师们的干预下，出勤率提升到60%；最后结课时统计出的平均出勤率仅有50%。

针对这一问题，课题组于学生进行广泛交流后，总结了以下几个原因。一是父母不支持。有部分学生表示，父母不支持他们学习线上课程，一方面是父母对线上免费的课程信任度不高；另一方面，父母更倾向安排孩子做家务劳动。二是学生不重视。课题组发现，有一部分学生不重视线上课程，拒绝登陆线上会议，也不理会老师的干预。三是家庭贫困，没有智能设备，无法参加线上课程。四是操作流程复杂，影响正常登陆。有一部分学生表示，每次登陆都会遇到各种问题，自己对网络问题的处理很陌生，导致每次都难以解决，或者解决后，课程也已经结束。

究竟是有书不读还是有书难读？笔者认为两者都是教育扶贫陷入困境的原因。有书不读是因为贫困地区的父母和学生，在一些事物的认识上面仍然有些不足，导致其面对新型授课方式有所抵触，另外受限于学生学习意识不够强烈，导致对自学能力要求较高的线上授课方式效果不佳；有书难读则是迫于贫困，没有合格的基础设备来支持线上授课，或者是面对稍复杂的网络或者设备问题，父母和学生往往就束手无策。

第二十一章　山村振兴

脱贫攻坚和乡村振兴是新时代的两项重要任务，二者有机衔接的连贯性、有序性和紧密度，关系到我国实现第二个百年奋斗目标。2018年2月4日，《中共中央国务院关于实施乡村振兴战略的意见》强调，要"做好实施乡村振兴战略与打好精准脱贫攻坚战有机衔接"的工作。同年9月，《乡村振兴战略规划》中明确提出"推动脱贫攻坚与乡村振兴有机结合相互促进"等实施要求。2019年《政府工作报告》中说明，要把乡村振兴与脱贫攻坚从有机衔接上升到统筹衔接。次年，中央一号文件中强调要围绕打赢脱贫攻坚战，实施乡村振兴战略。2020年10月29日，党的十九届五中全会中再次提出，要优先发展农业农村，全面推进乡村振兴，实现巩固拓展脱贫攻坚成果同乡村振兴有效衔接。一系列重要政策及会议均反映了脱贫攻坚和乡村振兴不是独立进行，而是相互衔接、共同促进，尤其在决战脱贫攻坚、决胜全面小康这一特殊的时间交汇点，我国将进一步加快脱贫攻坚和乡村振兴实现步伐，促进脱贫攻坚和乡村振兴有机衔接。

第一节　脱贫成果

贫困一直是社会发展过程中的难题，解决贫困问题是我国长久以来的追求。特别是党的十八大以来，以习近平总书记为核心的党中央高度重视我国农村地区贫困问题，把解决贫困问题提上重要议程。"十三五"期间，我国脱贫攻坚事业取得了巨大成就。截至2019年5月份，全国832个重点贫困县中的780个宣布脱贫摘帽，区域性整体贫困得到基本解决[①]。到2020年

[①] 王介勇等：《巩固脱贫攻坚成果，推动乡村振兴的政策思考及建议》，《中国科学院院刊》2020年第10期。

末我国将解决绝对贫困,现行标准下的贫困县将全部摘帽,农村贫困人口将全部实现脱贫。目前产业扶贫政策覆盖了 98% 的贫困户,贫困地区累计实施产业扶贫项目超过 100 万个,很多贫困县都依靠资源禀赋和社会力量,成立了产业扶贫基地,形成具有当地特色的主导农业产业,带动农户走上致富道路。

一 黄泥村的脱贫成就

在全国精准扶贫的大背景下,黄泥村的脱贫工作也取得了重大成就。在现行标准下,黄泥村已经实现全部脱贫。由于"脱贫不脱政策"的措施,建档立卡户达到脱贫标准后仍然享有扶贫待遇,保留建档立卡户的身份,因此要考量黄泥村贫困数量变化,应关注实际贫困户人数,而非建档立卡户人数。在 2014 年初的第一轮建档立卡户识别过程中,黄泥村共有 148 户建档立卡户,其中有 46 户是低保户;到 2017 年初第二轮识别时,全村共有贫困户 70 户、221 人次,这期间累计脱贫 78 户、共 300 人次;在 2018 年第三次识别过程中,有贫困户 51 户;2019 年时为 3 户。总体来看,自 2014 年以来,实际脱贫户数为 148 户,惠及 521 人次。到 2019 年底实现建档立卡的贫困户全部脱贫,贫困发生率为 0。

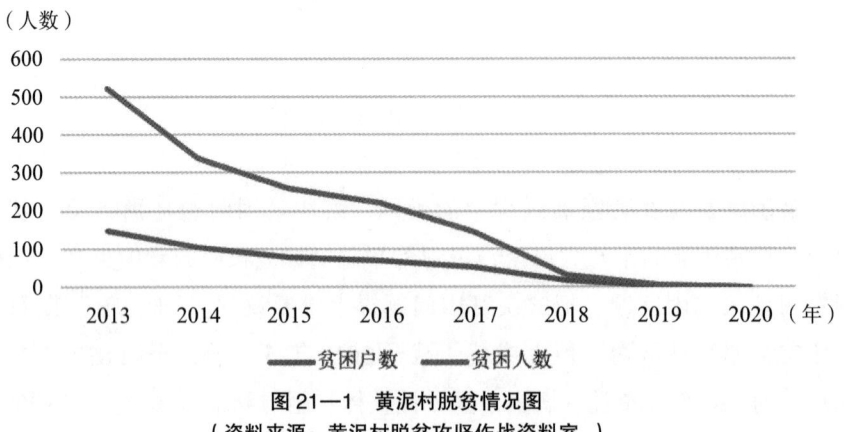

图 21—1 黄泥村脱贫情况图
(资料来源:黄泥村脱贫攻坚作战资料室。)

在收入方面，根据黄泥村村委统计数据①显示，2019年379户农户总收入为1320万，全村农民人均可支配收入达9495元，远远高于人均4000元的基本贫困线。同时，根据入户访问获取的数据显示，在调研的40户农户中（包括8户建档立卡户和32户普通户），建档立卡贫困户人均收入为8506.82元，普通农户人均收入为9208.04元，进一步从收入的角度佐证了黄泥村的脱贫成果。2018年，贵州省农村居民可支配收入为9716元，麻江县农村居民人均可支配收入为8887元。2019年，贵州省农村居民可支配收入为10756元，麻江县农村居民人均可支配收入为9847元②。基于2018年与2019年省、县、村两期数据对比可知，短短一年时间，贵州省麻江县包括黄泥村在内的地区农村居民整体收入显著提高。

在固定资产消费方面，根据调研组调查结果③显示，黄泥村村民小汽车拥有率为25%，摩托车/电动三轮拥有率95%以上；智能手机/电脑拥有率80%；冰箱拥有率100%；彩电拥有率100%；洗衣机拥有率100%。其中，小汽车集中为普通农户家庭所有，部分建档立卡户家庭没有摩托车。生产性资产，部分普通农户家庭主要有联合收割机、播种机等。

在食物消费方面，黄泥村村民的恩格尔系数为46.4%。从食物开支角度看，大部分村民处于小康水平。

针对贫困户，围绕"两不愁三保障"目标，政府采取了一系列手段进行帮扶，例如产业扶贫、就业扶贫、教育医疗补贴、公共服务投资等，鼓励农户实现自我脱贫。在村干部和社会多方力量的共同努力下，黄泥村已经基本实现整体脱贫。回访脱贫户时，可以发现，如果仍然享有政策帮扶，他们能够过上相对较稳定的生活，基本实现"两不愁三保障"目标，真正实现稳定脱贫。

二 黄泥村的返贫风险

在没有形成长效扶贫机制前，返贫风险长期存在，脱贫攻坚期内的成就

---

① 数据来源于黄泥村村委。
② 贵州省统计局、国家统计局贵州调查总队：《贵州统计年鉴2020》，中国统计出版社，2020年10月。
③ 调研组2020年8月问卷调查。

仍然不牢固不稳定。如果停止持续的政策支持和投入，就可能存在返贫风险（张琦等，2019）①。绝对贫困的解决并不意味着我国不再存在贫困问题，这只是我国脱贫事业的阶段性胜利，目前仍然面临一些亟待解决的问题，例如我国脱贫攻坚进程呈现不平衡性，沿海农村脱贫速度明显快于内地山村地区。2010到2017年，全国农村贫困人口下降了81.6%，其中，东部地区下降了88.4%，而中西部地区仅下降80%左右（魏后凯，2018）②。中西部地区多包含深度贫困山村，而深度贫困地区具有基础设施和公共服务等缺口，特别是在居住、教育、卫生等方面较滞后，导致存在较高的返贫风险（黄征学等，2019）③。贵州省正处于我国中西部地区，麻江县又是贵州省重点贫困县之一，因此，对黄泥村脱贫事业的讨论应当关注返贫问题。

脱贫户返贫的重要原因在于经济条件与自然禀赋的限制。二者并不是相互独立的因素，而是彼此影响、共同作用、"牵一发而动全身"的关系。但不论是自然条件的变化，还是其他意外情况发生，其表现都是落脚于农户经济条件变差，最终导致返贫。黄泥村也有少数脱贫后又返贫的农户家庭。他们一般是面临突发的疾病困扰或者灾祸，而家庭经济水平一时无力承担，因此又陷入贫困。针对这类群体，村委对其进行临时救助来助其度过难关，若短期内无法再次脱贫，则会在下一次的识别中重新录入贫困户名单。

因伤返贫 ④

农户钱某年逾半百，有些驼背。见到他时，他正在田地里劳作，右手提药袋，左手撒农药，显得有些力不从心。我们前去和他交谈，钱某停下手中的活，和我们热情交流起来。他说："我以前还是个年轻小伙子的时候，参加了村里的就业培训，通过他们的介绍到谷硐的化工厂工作，在车间里做些杂活，操作机器……"我们了解到，前几年由于操作

---

① 张琦、孔梅：《"十四五"时期我国的减贫目标及战略重点》，《改革》2019年第11期。
② 魏后凯：《2020年后中国减贫的新战略》，《中州学刊》2018年第9期。
③ 黄征学等：《中国长期减贫，路在何方？——2020年脱贫攻坚完成后的减贫战略前瞻》，《中国农村经济》2019年第9期。
④ 引自支晓旭对黄泥村居民钱某的访谈，2020年8月28日，地点：贵州省麻江县黄泥村。

不慎，钱某在操作机器时一不小心将手臂卷入了运转的机器里面，造成了伤残。这不仅使钱某花费大量存款接受治疗，还让他丢失了工作，导致家里一下子没有了主要的收入来源。钱某只能重新依靠种田生活，于是又成为需要政府和社会救济的对象。

2020年受新冠肺炎疫情的冲击，黄泥村低收入户面临着极大的返贫风险。尽管村内没有感染肺炎者，但是由于外出打工受限，村内大部分"空心家庭"都失去了经济收入，无力承担各种生活花费，只能转而依靠村政府的扶持；同时黄泥村在疫情大考中也面临经济情况萎靡的问题，村政府没有足够的财政力量救助全村农户，因此在2020年上半年异常地出现了部分返贫户。

究其根本，黄泥村返贫风险的根源还在于现有的脱贫成果依赖于转移性支付。黄泥村脱贫资金主要来源于政府直接财政拨款和村集体产业分红，前者是"输血"，能够给脱贫带来"短、平、快"的效果，有效解决当期脱贫问题；后者是"造血"。虽然从理论上看，政府希望通过产业扶贫建立村集体经济，实现长效脱贫，但实际效果表明，政府资金的投入只实现了当期的脱贫任务，黄泥村的蓝莓产业产权和村集体经济分离，农户难以参与其中，内生动力不足，无法实现"内生性扶贫"，因此，黄泥村脱贫仍然没有实现从"输血"向"造血"转变，返贫风险较大。

第二节 新形势与新挑战

2015年11月中下旬，中国中央扶贫开发工作会议在北京召开，习近平总书记在会议上就"脱贫攻坚"提出，要消除贫困、改善民生、逐步实现共同富裕。这也契合我国在"十三五"期间提出的目标，即到2020年稳定实现农村贫困人口"两不愁三保障"的目标；同时还要实现贫困人口人均可支配收入增长、基本公共服务可获得性增加，最终接近全国平均水平。2020年后，尤其是"十四五"期间，我国消除绝对贫困，将进入相对贫困阶段。

"十四五"时期我国的首要任务是巩固拓展脱贫攻坚成果，打牢开启治理相对贫困的基础（张琦等，2019）[①]。

黄泥村现阶段所采取的脱贫方式虽然达到了短期解决绝对贫困的效果，但并不是高质量的脱贫。黄泥村的新挑战在于山村的产业虽然兴旺，却没有带动人力与人力资本兴旺，农户与蓝莓产业之间没有建立有效的利益分配机制，农户参与度低，导致产业扶贫不具有可持续发展的条件。这样的山村地区一方面要面临降低脱贫户较高的返贫风险，另一方面又要衔接"十四五"解决相对贫困的艰巨任务。这就意味着，我国贫困农村地区面临的新形势和新挑战聚焦于如何利用现有扶贫产业资源，深化扶贫方式变革，降低返贫风险，带动农户摆脱相对贫困，其实现路径就需要依托乡村振兴。

乡村振兴战略是习近平总书记在党的十九大报告中提出的概念。十九大报告指出，"三农"问题是关系国计民生的根本性问题，必须始终把解决好"三农"问题作为全党工作的重中之重，实施乡村振兴战略。乡村振兴关系全面建设社会主义现代化国家的全局性、历史性任务，是新时代"三农"工作的总抓手。

乡村振兴中明确提出要实现产业兴旺，也要实现农户生活富裕。黄泥村当前的产业发展问题就在于产业兴旺与村民富裕没有建立有机联系，村民要想生活殷实必须走出山村，依靠外出务工获取较高的工资性收入，蓝莓产业仅仅起到了帮助建档立卡户脱贫和防范部分低收入家庭返贫的作用。因此，黄泥村要走出贫困，必须贯彻乡村振兴战略，变革当下产业发展模式，依托产业兴旺走向山村致富之路。

第三节 巩固脱贫攻坚成果，衔接乡村振兴战略

乡村振兴坚持农业农村优先发展，核心是产业兴旺、生态宜居、乡风文明、治理有效、生活富裕。这 20 个字的要求是不可分割的有机整体：产业兴旺是根本，生态宜居是基础，乡风文明是关键，治理有效是保障，生活富

---

① 张琦、孔梅：《"十四五"时期我国的减贫目标及战略重点》，《改革》2019 年第 11 期。

裕是目标，这五个方面有机结合，构成乡村振兴战略的主要内容。

麻江县将巩固和开展脱贫攻坚与乡村振兴工作作为重中之重。县委书记王镇义指出，麻江县必须高度重视扶贫工作，付诸行动：一要提升活力。要认清形势，提高认识，创新思维，点燃激情，把解决群众生产生活中存在的问题和困难放在心上、握在手中；要扛起使命和重托，发挥好党员先锋模范带头作用，团结务实，攻坚克难，把一方老百姓所需所盼的事情办实办好。二要敢于担当。要抓住脱贫攻坚这一历史性机遇，本着为一方老百姓谋福利，为村里谋发展，对人民负责，对历史负责，敢于突破，勇于创新，破解发展过程中遇到的困难和问题，把产业发展起来，把项目推进起来。三要高效落实。脱贫攻坚工作任务艰巨，时间紧迫，各级各部门安排的工作任务务必快速反应，立即落实。要列出时间表和路线图，像钉钉子一样，一个项目一个项目抓落实，一个产业一个产业抓成效，用优异的成绩获得群众对我们认可和支持。

在县政府统筹规划下，当前黄泥村积极以产业扶贫为抓手，利用"南农麻江10+10"计划、政府扶贫开发政策等现有资源，引进麻江县农文旅开发投资有限公司，着力打造特色蓝莓产业，努力实现以产业带动村民脱贫。2018年，黄泥村建设蓝莓种植基地862.76亩，土地流转、村集体分红及雇工收入直接带动村内174户居民家庭实现增收，极大加快了黄泥村脱贫步伐。2019年，黄泥村蓝莓种植基地扩大至1300亩以上，提高了蓝莓产业惠民覆盖面，为2019年底黄泥村实现全部脱贫提供了重要保障。

为适应生态文明建设要求，因地制宜发展绿色农业，促进农村生产、生活、生态协调发展，黄泥村努力打造生态宜居的村内环境。近年来，契合麻江县政府总体要求，黄泥村响应开展农村人居环境整治工作，内容包括有：开展农村"危房"改造计划，对进行"危房"改造的建档立卡户实施分级财政补助；道路平整实现"村村通、组组通、户户通"；垃圾回收与污水处理系统建设；饮水工程建设与实施"三改"行动等。系列措施使得村内环境面貌得到明显改善，基本实现了农村基础设施日益完善、管理机制不断创新、村民幸福指数得到提升、脱贫基础不断巩固。

为实现乡风文明，黄泥村大力弘扬社会主义核心价值观，在村委宣传栏张贴树立文明新风的标语，引导农户提升自我素质。围绕文化体育氛围建设，物质方面，黄泥村还在各个村组修建了 9 个篮球场作为体育活动广场，并在村委会设立阅读室，通过高校、政府、社会等多渠道募集书籍，打造了良好的文体设施基础。精神活动方面，黄泥村每年都举办"体育文化活动日"，开展广场舞比赛等特色活动。村民物质文化与精神文化的同步提升，不仅丰富了村民的生活，而且落实了"扶贫又扶智"的指导思想。

黄泥村村委在扶贫工作中深刻体现了"打造人文关怀，促进治理有效"的工作态度，秉承"不放弃一户、不漏下一户"的工作原则，将村中所有建档立卡户分配给对应的村委会委员直接帮扶，并且村委利用南京农业大学经济管理学院帮扶资源，多次为村中特困家庭募捐，实现每一户都能走出贫困。在村"两委"的带动下，村中党员不定期地走访建档立卡户家庭，帮助建档立卡户打扫卫生、整理床被，这不仅促进建档立卡户家庭经济上脱贫，而且打造了良好的居住卫生环境。

精准扶贫：黄泥村在行动[①]

为响应脱贫攻坚的号召，贵州省制定了"33668 扶贫脱贫攻坚计划"等方针政策。"33668 扶贫脱贫攻坚计划"中"33"是指从 2015 年到 2017 年，用 3 年时间减少 300 万贫困人口；"66"是指深入实施"精准扶贫 6 个到村到户"，完成"小康减少六项行动计划"；"8"是指到 2020 年，实现贫困农村居民人均可支配收入 8000 元以上。麻江县政府总体规划和黄泥村村两委的组织下，黄泥村设立了"谷硐镇黄泥村脱贫攻坚作战队伍"，并专门在村委会设立了一个脱贫攻坚作战会议室，由谷硐镇派遣总指挥，黄泥村村支书等担任副总指挥，将 4 个村民小组下的 11 个自然寨划分为 4 个网络，分别由村"六大员"负责，保证每一贫困户有相应的村干部对接帮扶。

---

① 黄泥村脱贫攻坚作战资料室提供。

第四节 乡村振兴实现中的问题

实施乡村振兴战略，是针对社会主要矛盾变化做出的重要选择。党的十九大提出了我国社会新的主要矛盾，即人民日益增长的美好生活需要和不平衡不充分的发展之间的矛盾。后者最主要的表现之一就是城乡之间的发展不平衡、不充分。自改革开放以来，农村资源不断向城市转移，资金、土地、人才等各种要素单向由农村流入城市，在推动城市快速发展的同时也造成农村严重"失血"。所以，要解决社会主要矛盾的主要方面，就是解决当前城乡发展差距的问题，从"输血"转向"造血"。

解决"三农"问题的有效方法就是提高农村农业产业的竞争力，这就需要推进农业供给侧结构性改革，延伸农业产业链、价值链，提高农业附加值。而黄泥村当前的困境也在于产业引进和发展，主要包括资金、技术、人力资本要素的匮乏。

第一，资金短缺，产业带动能力不强。宏观层面，麻江县全县经济总量小、基础薄弱、财政十分困难，对于各个村的扶持力度有限。虽然扶贫资金、人才、物资对麻江县各个村都均衡投入，但是强度较小，单方面依靠政府人力、物力、财力扶持，难以点燃产业发展的内在动力。微观层面，蓝莓产业为黄泥村新兴产业，虽有企业支持，但缺乏龙头品牌企业引领和支撑，基础较差，因此培育扶贫产业缺乏资金和人才支撑。同时，由于蓝莓产业的种植风险性和技术溢出效应等原因，使得黄泥村个体农户难以直接参与，导致产业带动群众增收能力不强。

第二，产业技术可获性难度大。高校作为知识、智力、人才、技术的聚集高地，承担着人才培养、科学研究和社会服务的基本职能。也正因为高校具有科学探索、知识创新、技术集成的优势，因此它又被赋予了一项独特的使命，即成为脱贫攻坚与产业扶贫的重要社会力量。在产业扶贫大背景下，南京农业大学作为首批参与定点扶贫的教育部直属高校，负责定点帮扶贵州省麻江县，经济管理学院定点帮扶麻江县黄泥村，学院联动农学院等相关专业领域院系，这不仅给黄泥村蓝莓产业提供了销售渠道，而且提供了技术支持。但是，由于土地规模和农户文化水平有限，个体农户难以通过这种方式获得种植技术，因此，黄泥村真正的技术困境在于农户技术可获性的问题。

第三，生产生活条件水平较低，信息获取性有限，造成"扶智"障碍。在脱贫攻坚实施后，虽然村民的生产生活水平有了显著提高，但是信息化建设方面仍然存在信息化普及度较低的问题。黄泥村农户家庭几乎没有电脑等电子设备，居民信息获取渠道仅仅是电视、手机、村委通知，并且村中留守居民大部分是老人，他们的信息获取多数仅依靠村委通知。信息的有限获取造成了山区的二次屏障，即第一次由于山区地形带来的信息封闭，第二次由于部分人群网络使用程度较低带来的信息闭塞。当地社会商业资本难以引进的贫困山村，人才引进更是难上加难，技术型劳动力的获取更多依靠当地村民，而有限的信息获取难以冲击村民传统的思维方式和生产生活方式，不能打破传统固有思维的束缚，造成对新兴种植管理技术接受难、学习难等困境，导致当地产业发展缺乏有效的人力。

第四，劳动力流失严重，子女教育水平较低。在蓝莓产业引进之前，村内极少有土地流转现象，农户依靠自有地种植水稻、玉米来提供家庭粮食，并反哺家庭养殖业，自给自足的耕作模式让家庭劳动力固定在本村，维持了一定数量的当地劳动力。在蓝莓产业引进后，虽然公司雇工解决了部分村内闲置妇女劳动力就业问题，但是企业需要蓝莓规模化种植，因此加剧了村内农户土地流转，并且使普通农户难以进入蓝莓产业，导致村内更多劳动力闲置，这部分劳动力选择了外出务工，造成当地劳动力流失。劳动力流失、父母外出务工，造成子女陪伴缺失，导致下一代教育质量受限，甚至存在心理健康问题。

综上所述，黄泥村产业发展困境聚焦于人力资本困境带来的技术困境和资金困境，人力资本的困境又主要体现在劳动力缺乏技术技能，以及下一代欠缺优质教育问题。因此，要实现黄泥村产业振兴，首要任务是要突破人力资本的困境。

第五节　建立乡村振兴的长效机制

与物质资本相对应的是人力资本。人力资本主要体现在劳动力的资本上，如劳动力的知识、技能、健康等，其主要特征是：不可从劳动力本身分割，主要获得渠道是通过后天开发，使得可以能动地创造和增值财富[1]。

人力是生产要素中的关键，要推动乡村振兴，就必须重点关注人力资本的培养和积累，形成以人才为支撑的人才振兴。我国广阔的农村地区蕴含大量的人力资源，但人力资本的存量并不高，由此制约了我国农民的增收和农业的快速发展[2]。通过有条件的转移支付和促进儿童人力资本积累，不仅可以实现减少当期贫困，而且可以预防未来贫困、改善收入分配[3]。除了儿童，其他各个年龄段群体的人力资本提高也都可以促进就业以及经济长效发展[4]。

我国农村人力资本发展具有受教育程度偏低和地区之间差异大两大特征[5]。在实际调查过程中也发现，黄泥村老年群体受教育程度大部分在小学及以下，青壮年群体中极少数有高中以上教育经历，另外，黄泥村作为西部典型山村，在教育层次上落后于东部沿海地区。

基于此，黄泥村要大力发展人才教育和培养，首先要抓住"人"这个关键因素，提高群众的知识水平，培养其就业创业的能力，进而激活乡村振兴的内生动力。其次，提高人力资本要从政策制度上落实。乡村振兴战略可以参考的具体做法是畅通农户表达诉求的渠道，鼓励农户参与基层决策和管理，保证农户的主人翁地位，以期调动广大农户不做"旁观者"，不做"局外人"，在建设农村、发展农村中发挥主动性和创造性。再次，要着力推进乡村产业振兴、人才振兴、文化振兴、生态振兴等，建设多元化的农村，改善农户的生活环境。最后，应设计符合当地实际的订单生产、股份合作、综合服务等合作经营模式，形成多方主体"优势互补、利益共享、风险共担"的有效融合机制，让小农户分享产业链增值收益。

要健全乡村人才激励，制定完善的创业扶持措施，提供资金支持、技术顾问等，从而引导各类人才到乡村创业兴业。支持农业企业人才培养，可采

---

[1] 杜志雄、李福荣：《人力资本积累与农村经济发展》，《农村经济与社会》1992年第3期。
[2] 王迅：《从人力资本理论视角看我国农村人力资本投资》，《农业经济问题》2008年第4期。
[3] 郑晓冬等：《有条件现金转移支付与农村长期减贫：国际经验与中国实践》，《中国农村经济》2020年第9期。
[4] 蔡昉：《如何开启第二次人口红利？》，《国际经济评论》2020年第2期。
[5] 孙一平、周向：《异质性人力资本对中国农业经济增长的影响研究——基于省际面板数据》，《农业技术经济》2015年第4期。

取政府采购服务等形式，对符合条件的成长型农业企业管理人员和技术人员进行培训。人才可以培养，也可以引进，要注重从返乡的退役军人中培养选拔村干部，选派优秀退役军人到党的基层组织、城乡社区和退役军人服务中心（站）工作。

要实现黄泥村振兴，必须以教育为出发点和落脚点。在促进人力资本积累的投资中，教育支出是最重要的环节。这其中包含两层含义：第一，要加大公共服务投资对村民技能再增长的教育投入，增强当期人力资源的资本量，以解决短期面临的产业发展人力资本空洞问题，这样的做法具有解决绝对贫困、防止返贫、巩固脱贫成果的实际价值。第二，要持续投资公共教育，加大贫困山村儿童教育优惠力度，实现教育资源向内地农村倾斜。同时，要在村委带动下，鼓励父母加大对子女的家庭教育投资。以教育扶贫为抓手，努力提高下一代的教育质量，培养具有志向追求、成长型思维的新一代山村儿童。最终实现黄泥村人力资本积累，从而阻断山村贫困的代际传递。

后　记

本书除了首席专家周力教授之外，还有6位本科生参与合著。每个成员之间分工明确却也相互协作，周力负责导言与后记的撰写，并且主持全书的指导、编写、修订及定稿等工作；漆家宏负责第一、五、六、七章的撰写以及全书校稿工作；张纯负责第七、八、十五、十六章的撰写；支晓旭负责第四、九、十一、十四、十九章的撰写；王崇懿负责第二、十七、十八、二十一章的撰写；陈睿负责第三、七、十章的撰写；李欣负责第十二、十三、二十章的撰写以及全书校稿工作。三个月的通力合作使课题组凝聚成一个高效团结的队伍。

书稿撰写期间，6位主笔人高度投入、全力以赴。漆家宏作为一名农林经济管理专业的学子，此次深入了解黄泥村的脱贫攻坚路让她切实感受到农经学子肩负的时代使命，她表示十分有幸有此机会能以本科生的身份在学术之路上进行各种探索尝试。对于6位主笔人来说，黄泥村曾经是一个素未谋面的"陌生人"，张纯曾感慨道，这一路走来，她们与一个陌生的村子相遇，深入走近它的方方面面，最终将一路上的所见所闻、所听所感凝结于纸上，真的是一场奇妙的缘分。支晓旭也感慨道自从踏上麻江县黄泥村的土地，便与山村扶贫结下了不解之缘，她很感谢能将自己的实践经历撰于文稿中，也很幸运与农经有了这么一次深度接触。写作本书不仅仅是对黄泥村真实状况的呈现，王崇懿认为，作为本科生尝试农业农村方面的学术性书稿写作，一方面激励了学术研究的兴趣，更重要的是强化对贫困问题的关注，在内心树立有乡土气息的"三农"情怀。书稿的顺利完成，离不开每位主笔人倾注的心血，陈睿提到调研与写作过程并不容易，但也给团队带来了难得的成长，她真诚地希望每位读者都能通过本书了解一个普通山村的经济生活风貌，以及地区产业与教育的内在联系。当然，本书在撰写过程中也得到了许多同人的支持，李欣表示学术生涯能借此开启，是良遇恩师之福；顺利完成创作，是师兄姐与所有同人帮扶之恩，一并真挚感谢！

本书为国家社科基金重大项目"新时代我国农村贫困性质变化及2020年后反贫困政策研究"（19ZDA117）的阶段性成果，同时得到了南京农业大学经济管理学院"2020年一流专业建设—农林经济管理"的资助。

本书得到了南京农业大学经济管理学院党委的大力支持，感谢其为成长型思维课程给予的经费支持。本书还得到了南京农业大学经济管理学院团委的大力支持，感谢其在实地调研过程中给予的指导与帮助。除此以外，特别感谢南京农业大学党委书记陈利根教授、南京农业大学团委副书记朱媛媛老师、南京农业大学社会合作处副处长严瑾老师、麻江县副县长李玉清、南京农业大学宣传部赵烨烨老师、南京农业大学经济管理学院党委书记姜海教授、副书记宋俊峰老师以及李扬老师等的大力支持！本书在修改的过程中，还得到了应瑞瑶教授、林光华教授、何军教授、徐志刚教授、易福金教授等专家的建设性意见，得到了课题组张凡、孙杰、羊洋、杨青、吕达奇、李灵芝、刘宗志、邹瑶、邵俊杰、陈晓虹、魏政等的鼎力支持与指导！感谢你们为此书倾付的心血！

当然，因为在实地调研和书稿撰写的过程中难免遇到一些困难和产生一些疏漏，本书的不足与缺憾，欢迎读者批评指正！

调研组
2020年11月30日